No eres mi alma gemela

Ilsa Madden-Mills

No eres mi alma gemela

TRADUCCIÓN DE
Patricia Mata

CHIC

Primera edición: enero de 2024
Título original: *Not My Match*

© Ilsa Madden-Mills, 2021
© de la traducción, Patricia Mata, 2024
© de esta edición, Futurbox Project S. L., 2024
La autora reivindica sus derechos morales.
Todos los derechos reservados, incluido el derecho de reproducción total o parcial.
Esta edición se ha publicado mediante acuerdo con Amazon Publishing, www.apub.com, en colaboración con Sandra Bruna Literary Agency.

Diseño de cubierta: Taller de los Libros
Imagen de cubierta: Freepik - johan12 | Freepik
Corrección: Alicia Álvarez, Sofía Tros de Ilarduya

Publicado por Chic Editorial
C/ Roger de Flor n.º 49, escalera B, entresuelo, despacho 10
08013, Barcelona
chic@chiceditorial.com
www.chiceditorial.com

ISBN: 978-84-19702-09-8
THEMA: FRD
Depósito Legal: B 34-2024
Preimpresión: Taller de los Libros
Impresión y encuadernación: Liberdúplex
Impreso en España – *Printed in Spain*

 # Capítulo 1

Giselle

Martes, 4 de agosto

Esta noche parece mi sentencia de muerte. Pronto, el verdugo hará que me levante del taburete y me llevará directamente hasta la guillotina. Estoy tan harta y cansada que no intentaré resistirme. «Haz que sea rápido e indoloro», le diría. «¿Me dejas que dé un trago de tu petaca antes de despedirme?».

El afortunado que me hace sentir así es Charlie, aunque ha insistido en que lo llame «Rodeo». Es un tipo bajito, debe de medir algo más de metro sesenta con el sombrero. Se mete los pulgares por el cinturón, y eso hace que se le suban los vaqueros por la parte de atrás y que parezca que se mueve el caballo encabritado de la hebilla. Casi me quedo ciega hace un rato, cuando las luces giratorias de la discoteca han aterrizado en la hebilla dorada. No tengo nada en contra de los chicos bajitos ni de la ropa de vaquero, pero el muy capullo le echa el ojo a todas las chicas del Razor.

Es la gota que colma el vaso de un día horrible que ha empezado esta mañana al ver que me habían intentado robar el coche, y ha seguido con el tutor que me ha dicho alegremente que no me recomienda estudiar en el extranjero. Una sensación de decepción pesada e intensa vuelve a inundarme. Dejando a un lado el hecho de que un ladronzuelo me ha roto la ventana del coche y ha intentado hacerle un puente sin mucho éxito, me moría de ganas de irme a estudiar a Suiza. Todo lo que había soñado, todo a lo que me había aferrado con el corazón en un puño, tenía que ver con el puesto de becaria de investigación en el CERN, el Centro Europeo para la Investigación Nuclear.

La oportunidad de comenzar desde cero, descartada.

Adiós, aceleradores de partículas. Hola, desolación.

Me duele el pecho, así que me pongo una mano sobre él y hago presión.

La culpa de la mala suerte de estos últimos días la tiene la maldición de mi cumpleaños. Siempre me pasan cosas malas cuando se acerca la fecha y estoy a cinco días de cumplir veinticuatro, por lo que tiene sentido que el destino se esté mofando de mí, como siempre.

—¿Te gustan? —me pregunta Rodeo, con su marcado acento sureño y un tono despreocupado mientras me enseña las botas de vaquero de color verde oliva y lisas—. Son de cocodrilo. Tuve que ir a Miami a comprármelas. Se las encargué a un diseñador de los buenos. Hacen que cualquier atuendo deje de ser informal en menos que canta un gallo.

—Ah, qué bien.

Es guapo, eso no se lo puedo negar. Tiene una cara atractiva, una sonrisa bonita, buen pelo y los brazos y las piernas fuertes. Sin embargo, en sus ojos veo un atisbo de picardía y maldad que me da que pensar.

Es cuestión de tiempo que haga acopio de la sensatez y el sentido común que he heredado de mi madre y los use para largarme de aquí, aunque, de momento, solo quiero acabarme el *whisky*.

—Son lisas porque están hechas con crías de cocodrilo, tienen la tripa más suave y son más maleables en el proceso de curado. Los crían en una granja y, luego, los matan para hacer las botas, es un proceso fascinante. La verdad es que me encantaría verlo. ¿Crees que los sedan antes de hacerlo o que los desnucan sin más?

Pasa un segundo. O un minuto. Respiro hondo y respondo:

—Prefiero no saberlo.

—Eres muy sensible, cariño. —Hace un gesto de desestimación con la mano y levanta el pie, y una parte de mí quiere darle solo un empujoncito—. No te cortes, tócalas. Puede que no vuelvas a ver nada de tanta calidad en tu vida.

«¿Calidad?». Qué ironía que sea precisamente él quien hable de calidad. Hoy he tocado fondo. Parece que ahora atraigo a tíos que quieren ver cómo matan a crías de cocodrilo.

—No me apetece —digo con un tono gélido, aunque él no se da cuenta.

—Parecen de seda. —Me mira las piernas de manera provocativa, se da un tirón al cinturón y se acerca más a mí.

Una chica aparece a su lado para pedir una bebida, y no disimulo el suspiro que suelto cuando veo que la mira de arriba abajo.

El tío ha venido a echar un polvo. Lo entiendo.

El único motivo por el que lo elegí en la aplicación era que tenía una foto con un emú y sentí nostalgia. Son pájaros majestuosos y extraños que llegan a medir unos dos metros en el momento en el que alcanzan la madurez. Mi padre tenía una pareja de adultos en la granja, porque los propietarios de un safari local que iba a cerrar los liberaron. Yo los alimentaba, los cuidaba y los observaba con anhelo y cariño, impresionada por lo rápido que corrían (a casi cincuenta kilómetros por hora), y parecía que ellos me observaban y sabían que era tan rara como ellos: una chica alta y delgada que no tenía amigos y llevaba unas gafas demasiado grandes, y aparatos. Papá, que hacía tiempo que se había dado cuenta de la afinidad que sentía por las cosas diferentes, les construyó un recinto de unos ocho mil metros cuadrados con un estanque. Cuando los veía jugando en el agua… Una ola de dolor me recorre el cuerpo al pensar en que ya no los tengo ni a ellos ni a papá.

Ahora que lo pienso, Rodeo debía de estar subido en algo, en una caja o en una escalera, cuando se tomó la foto del perfil. Doy un trago a la bebida y entrecierro los ojos al imaginarnos en la cama. Yo mido un metro setenta y cinco, así que no sé cómo lo haríamos. Para mí, el contacto visual es muy importante, y si hiciéramos el misionero, su cabeza me llegaría por los pechos y el estómago, y tendría que retorcer el cuello para mirarme a los ojos. A lo mejor, compro una Barbie y un Ken, y le corto las piernas al muñeco para que quede como él y lo pruebo. Es una pena, pero, a veces, la ciencia requiere sacrificio. Cuando no tienes ni idea de algo, es importante que hagas algunos experimentos. No me gusta no estar preparada. Aunque no es que tenga curiosidad porque quiera acostarme con Rodeo, ni en sueños, pero estas ideas me ayudan a distraerme.

—¿Vienes por aquí a menudo, cariño? —pregunta Rodeo, que intenta retomar la conversación conmigo en cuanto la otra chica desaparece. Sus ojos oscuros me lanzan una mirada por encima de la jarra helada de cerveza de barril. Por lo menos, ha dejado de mirarme los pechos, cosa que ha hecho en cuanto me he puesto la americana de color azul marino y me la he abrochado hasta arriba. Una gota de sudor me cae por la espalda. Estamos en agosto y en el sur de Estados Unidos, o sea, que hay más de treinta y siete grados en el exterior. Si no me voy de aquí pronto, me acabaré desmayando.

—No, es la primera vez que vengo. No salgo a menudo, estoy en la universidad y doy clases...

Asiente y me interrumpe:

—Yo vengo porque está cerca de mi piso. —Hace una pausa—. Conocer a tías por internet no es nada fácil.

Cuando dice eso y deja entrever que no es tan capullo como parece me relajo un poco. A lo mejor, no iba en serio con lo de que quería ver morir a los cocodrilos pequeños.

Intento mostrar interés y le pregunto lo que mi madre siempre quiere saber sobre los chicos con los que salgo:

—¿Tienes trabajo?

Se mete los dedos por la hebilla dorada del cinturón y ríe.

—No tengo un trabajo tradicional como la mayoría. He ganado el rodeo Monta hasta la Muerte estos últimos tres años. El pasado, gané un millón de dólares en las competiciones. ¿Te gustan los vaqueros?

—Me gustan los caballos —respondo para intentar encontrar algún interés común—. Crecí en las afueras de Nashville, en un pequeño pueblo que se llama Daisy...

—Los látigos, las monturas, las espuelas, las bridas... tengo de todo en casa, si eso te pone —me interrumpe con un tono malicioso que hace que su lado ruin vuelva, y que el chico majo se esfume en un abrir y cerrar de ojos. Me avergüenzo al oír su insinuación y me doy la vuelta en el taburete. Suelta una risita malévola y dice—: Pareces un poco estirada, pero estoy seguro de que eres de las que las mata callando.

«Estirada». Minipunto para él. Estoy segura de que Preston estaría de acuerdo.

Sigue hablando y me distrae de los pensamientos oscuros que me intentan deprimir.

—Y ya sé lo que estás pensando: que soy bajito. La mayoría de las chicas piensan lo mismo. Pero espérate y verás, porque lo que tengo dentro de los pantalones es un regalo de Dios. Nunca se ha quejado nadie, hace tiempo que me lo monto con potrillas y siempre vuelven a por más. —Se le entrecierran los párpados y se mira la entrepierna con cariño, como si tuviera sentimientos y lo estuviera escuchando.

Lo sabía.

La primera impresión era la correcta. Es una sentencia de muerte y tengo que huir como sea.

Le doy la espalda al chico, me miro en el espejo al otro lado de la barra y veo que me empiezo a ruborizar. Tengo el pelo hecho un desastre, y los mechones rubios —que, al principio, llevaba recogidos en un moño bajo— me caen por el mentón y se me pegan a la frente sudada. El color rosa del pintalabios se ha desvanecido y se me ha corrido la máscara de pestañas por el calor.

Me subo las gafas negras por la nariz y me seco una gota de sudor de la frente. ¿A quién se le ocurre ponerse una americana en mitad del verano más cálido registrado hasta el momento? Jugueteo con el botón de arriba y me lo desabrocho.

A Rodeo se le iluminan los ojos al ver que me desabotono la chaqueta. Da un paso hacia mí y noto que su camisa de cuadros me roza los pechos, y le veo los pelos de la nariz. Su perfume me envuelve. Es un olor especiado, masculino, un poco coriáceo y equino.

Me aparto de él, arqueando la espalda, hasta que me choco con la persona que tengo al lado. Sin volver la vista atrás, me disculpo y me siento bien en el taburete.

Rodeo señala mi vaso vacío y me pregunta con una voz grave y ronca:

—¿Quieres otra copa? Hace rato que te has acabado el *whisky.*

Con el pie, piso la parte baja de la barra y muevo el taburete para alejarme de él. Miro el móvil y frunzo el ceño.

—Ya se está haciendo tarde y me tengo que ir…

—¡Oye, camarera! Sírvele otra copa a esta potrilla —grita moviendo el sombrero a la camarera, que está liada al otro lado de la barra.

La chica bajita se acerca a nosotros. En la chapa identificativa, pone que se llama Selena, y envidio la seguridad con la que contonea las caderas en esos pantalones de pitillo. Lleva un pintalabios rojo oscuro, el pelo rapado en un corte *pixie* y los ojos definidos con lápiz negro. Somos como el día y la noche; a mí ya casi no se me ve el maquillaje, llevo una falda de tubo de color marrón y zapatos de tacón bajitos.

Selena me mira e ignora a Rodeo.

—¿Seguro que quieres otra? —me pregunta con un tono seco que implica: «¿Chica, pero qué haces con este tío?».

Exhalo despacio. Solo tengo que librarme de él y disfrutar del calorcito de un buen *bourbon*.

Asiento rápidamente, sin dejar de mirar al chico.

—¿Te pongo otro Woodford con hielo?

—Sí, por favor —respondo.

Selena se da media vuelta y coge la botella de la estantería de arriba del todo, y Rodeo silba con suavidad mientras contempla el cuerpo voluptuoso de la chica.

Ella se gira otra vez, sirve la bebida y me la acerca. Su expresión es serena e inexpresiva. Tiene que haber oído el silbido, aunque no lo parece. Es una chica guay. Yo quiero serlo también. A lo mejor, eso me ayudaría a encontrar al chico adecuado.

—Gracias —digo antes de dar un trago.

Rodeo me mira con una expresión ardiente y alarga el brazo para tocarme el collar.

—Es evidente que lo nuestro fluye. Estás cañón. Yo estoy cañón. Tenemos química. Ya te imagino cabalgando sobre mí. ¿Has oído hablar de la vaquera inversa?

Le aparto la mano de mis perlas y le doy un empujón en el momento en el que una ola de ira se lleva consigo la educación que había conservado hasta el momento. Cuando está a una distancia prudencial, le doy un trago al *whisky* y lo dejo de un golpe en la barra. Busco en la bolsa del ordenador, saco la cartera, cojo varios billetes de veinte dólares y los lanzo sobre la barra.

—¿Ya te vas, nena? —pregunta con un tono lastimero.

Me giro hacia él y aprieto la mandíbula.

—Sí. Y sé perfectamente qué es la vaquera inversa. —Tengo que responder la pregunta, no puedo evitarlo. Cuando me interpelan, siempre quiero contestar de manera honesta—. Y no tenemos química. A mis protones no les atraen tus electrones.

—¿Protones? De qué…

—Además, me parece de muy mala educación que me hables de sexo cuando nos acabamos de conocer…

—Madre mía, menudo carácter. He de admitir que me encanta el sexo enfadado. ¿Por qué no nos vamos y…?

—Ni en sueños…

—Puede que hasta te deje pasar la noche conmigo, que te haga tortitas con pepitas de chocolate y arándanos orgánicos por la mañana. Pareces de las que desayunan granola.

Me gustan los arándanos orgánicos, pero…

—Hemos quedado solo para tomar una copa, ya te lo he dicho por mensaje. Y, por el amor de Dios, deja de llamarme «cariño» y «potrilla», o te juro que te vaciaré el vaso en la cara.

El pecho se me hincha por el arrebato. Acabo de amenazar a una persona con violencia física. No es nada propio de mí, yo nunca me enfado, siempre dejo que la gente me pisotee, una y otra vez…

Abre los ojos de par en par, yo me levanto rápidamente, doy un traspiés con los zapatos de tacón y choco con la persona que tengo al lado.

—Disculpa —le digo al chico. Me sujeto a la barra como si fuera un salvavidas e intento recobrar el equilibrio. Miro el vaso con recelo. Me había tomado una copa antes de que Rodeo llegara, y, teniendo en cuenta que no he cenado…, sí, estoy borracha.

—¿Giselle? —pregunta una voz grave, profunda y sensual. La reconozco a pesar del volumen de la música.

No, no puede ser.

El corazón me da un vuelco y siento que se me ruboriza el cuerpo entero cuando miro por encima del hombro de Rodeo hacia el hombre alto que está a unos metros, en el borde de la pista de baile. Su rostro, que parece salido de una película, me mira confundido.

Cierro los puños con fuerza. Tendría que haberme imaginado que me lo encontraría. He asumido que todavía estaría trabajando o haciendo lo que sea que hacen los deportistas profesionales por la noche. Elena, mi hermana, me comentó que se pasaba por aquí los fines de semana, pero nada más.

Devon Walsh, el famosísimo jugador de fútbol americano, me mira y arquea la ceja en la que tiene el *piercing*. Hago una lista mental. Lo eligieron el hombre más atractivo del año de Nashville. El mejor receptor de la Liga Nacional durante tres años consecutivos. Amigo íntimo de Jack, mi nuevo cuñado. Es el propietario del Razor. Tiene unos labios supersensuales y un cuerpo precioso y tatuado. Está buenísimo.

—¿Va todo bien? —pregunta. Me mira de arriba abajo, empezando por mi pelo despeinado y acabando en los zapatos de tacón.

Entrecierro los ojos y, aunque sé que es imposible, porque estamos en un local oscuro, siento que me apunta con un foco y examina cada centímetro de mí.

—Sí —digo mientras hago un gesto de despreocupación con la mano—, de maravilla. Me alegro de verte, ¡hasta luego!

«Lárgate». No quiero que haya testigos de mi fiasco.

—Ya. —Su mirada inquisidora se dirige a Rodeo y encuentro exasperante el hecho de que vuelva a arquear la ceja otra vez—. ¿Es una cita?

Mi cuerpo se rebela y se tensa al oír su tono inquisitivo y provocador.

Piensa que estoy saliendo con él.

Es cierto que hemos quedado, pero...

—Sí, es una cita —responde Rodeo, que me rodea con el brazo.

Me lo quito de encima entre tambaleos.

La frente de Devon se arruga un poco y mete las manos en los bolsillos de los vaqueros de marca que lleva caídos. Creo que ve que estoy al borde del infarto o de asesinar a uno de sus clientes.

Todo se revuelve en mi interior y no tiene nada que ver con el alcohol, sino con Devon; aunque no estoy interesada en él de ese modo, solo siento curiosidad. Sí, está más bueno que el pan, pero somos amigos. En realidad, no somos amigos como tal. Bueno, da igual, le estoy dando demasiadas vueltas al tema y no tengo el cerebro en condiciones. Para ser exactos, solo somos conocidos, y cuando me mira, piensa que soy la hermana de Elena, que está casada con su mejor amigo, y, por ende, tiene que ser amable conmigo.

Aunque no por eso dejo de fijarme en su mandíbula afilada y esculpida, y en sus ojos verde oscuro, enmarcados por esas pestañas negras y pobladas. Debe de medir más o menos un metro noventa —me muero de ganas de comprobarlo— y tiene el cuerpo perfectamente tonificado de entrenar en el gimnasio. Se le marcan los hombros musculados bajo la camiseta negra y ajustada, y su torso se estrecha hasta una esbelta cintura y unas piernas largas; lleva unas Converse desteñidas, un Rolex en la muñeca y, en la otra, una pulsera de cuero. Tiene un lado civilizado, pero otro de chico malo y muy travieso.

Tiene la piel bronceada, que contrasta claramente con mi tez pálida como la leche, y el pelo castaño y grueso, con reflejos de color azul eléctrico. Lo lleva largo en la parte alta de la cabeza y peinado hacia atrás, con mucho volumen, y los laterales rapados. Usa más productos para el pelo que yo. Cuando lo conocí en febrero, peinaba un mohicano engominado con las puntas moradas, pero cambia de imagen más que cualquiera de las chicas que conozco.

En los lóbulos, le brillan pendientes de diamantes, algo en lo que tampoco nos parecemos. Yo dejé que se me cerraran los agujeros cuando tenía dieciocho años y nunca me los volví a hacer. Tiene los antebrazos cubiertos por tatuajes de rosas y mariposas que revolotean, de color azul y dorado. Me gustan. Muchísimo. Nerviosa, empiezo a juguetear con el collar de perlas.

—¿Giselle? —me pregunta.

Me quedo totalmente en blanco cuando me doy cuenta de que me lo estoy comiendo con los ojos. Tartamudeo e intento encontrar una respuesta inteligente:

«Vamos, Giselle, estás haciendo un doctorado en Física, tienes una plétora de palabras en tu arsenal. ¡Dile que no estás saliendo con Rodeo!».

Pero solo puedo pensar en la última vez que lo vi, aquel sábado, en la boda de Elena y Jack, cuando él hizo de padrino y yo fui la dama de honor. Llevaba un traje gris ajustado con el que estaba para comérselo y la tela era tan suave que me tuve que morder el labio cuando colocó mi mano sobre su brazo. ¿Nuestros dedos se tocaron más de lo necesario? Tal vez. Seguramente él no se dio cuenta, solo estaba actuando de padrino en la boda de Jack. Aunque me miró muchísimo rato. Y con una mirada de esas de nivel cinco, de las que implican contacto visual durante diez segundos; lo que quería decir que, o bien tenía un grano enorme en la nariz, o le gustaba mucho lo que veía. Le pregunté —o, mejor dicho, le susurré— si se encontraba bien, mientras nos acercábamos por el pasillo hacia Jack y Elena. Él se limitó a decir que sí, cosa que me pareció muy rara, porque Devon es de todo menos borde.

Más tarde, cuando estaba sola en casa, analicé lo que había pasado y llegué a la conclusión de que me había mirado solo porque estaba pálida y horrible con el vestido sin tirantes que Elena había elegido para mí. Ya le dije que no me favorecería, porque no tenía suficiente pecho, pero ella había insistido.

Sin embargo, en la iglesia, de pie al lado de mi hermana mientras ella recitaba sus votos, me distraje pensando en Devon. ¿Se sentía atraído por mí? «¿Por mí?» Me parecía imposible.

Y mis dudas quedaron resueltas cuando una modelo a la que había llevado de acompañante llegó al banquete. No volvió a dirigirme ni una mirada.

—No me jodas, ¿eres…, eres Devon Walsh? ¡He seguido tu carrera desde que estabas en Ohio! Tengo la equipación con tu nombre colgada en la pared —dice Rodeo, que me aparta para llegar hasta la estrella del fútbol americano.

El empujón en el hombro me hace perder el contacto con la barra, caigo hacia un lado y, una vez más, choco con el chico que hay a mi lado, que está sentado en el taburete. El hombre se da la vuelta con el ceño fruncido («este tipo me suena») y me golpea en la mejilla con el botellín de cerveza.

—¡Ostras! ¿Estás bien? —pregunta el chico del taburete, que intenta estabilizarme, pero es demasiado tarde.

—Estupendamente —digo entre dientes. Retrocedo y eso hace que me tiemblen los tacones en los azulejos resbaladizos. Mientras intento recobrar el equilibrio, parece que el tiempo se detiene, pero mi cuerpo obedece a la ley de la gravedad (gracias, Newton) y caigo al suelo. Golpeo el suelo con las rodillas.

Justo delante del hombre más atractivo de Nashville.

«Perversa maldición de cumpleaños».

Capítulo 2

Giselle

—¿Te duele? —me pregunta Devon al ponerme una bolsa de gel de frío en el pómulo derecho.

Hago un gesto de dolor y, cuando me llevo la mano a la cara para sujetarme la bolsa y él aparta la suya, nuestros dedos se rozan. Las mariposas me revolotean por el estómago y siento un cosquilleo en las terminaciones nerviosas donde me ha tocado, pero me deshago de la sensación. Solo es un chico con una belleza que paraliza. No obstante, yo no le atraigo ni lo más mínimo.

—Estoy bien —respondo con un tono alegre y forzado. La cabeza me va a estallar, pero no sé si es por el golpe en la cara o porque tengo el estómago vacío.

Estoy sentada en una mesa del reservado del Razor, una zona acordonada en la parte trasera del local. La sala está casi vacía, a excepción de unos cuantos chicos que miran un partido en una de las esquinas. Imagino que se llenará mucho más tarde. Por suerte, parece que han apagado la música en el reservado.

Devon está de pie a mi lado y se agacha para mirarme a los ojos como si quisiera asegurarse de que estoy lúcida. Su embriagadora fragancia masculina con una nota de mar y de verano me envuelve; es un perfume de los caros.

—Te has dado un buen golpe contra el suelo. ¿Te duelen las manos o las rodillas?

Lo tengo tan cerca que veo titilar los destellos dorados de sus pupilas igual que si fueran mariposas que revolotean por el verde oscuro y suave de sus ojos. Tiene una mirada lujuriosa, cautivadora y seria…

«Deja ya los adjetivos sobre sus ojos, Giselle». Vale.

—Un poco, del golpe.

—Probablemente mañana te saldrán moratones. ¿Quieres ponerte hielo?

—No, pero muchas gracias. —Deseo olvidar todo lo que ha sucedido. Más que nada, porque me muero de la vergüenza.

Me pasa los dedos por encima de la rodilla para ponerme algo, pero no se detienen más tiempo del necesario.

—Cuando te has lanzado encima de mí, pensaba que me ibas a hacer un placaje —murmura.

—Oye, he rebotado de un chico al otro, no tenía otra opción.

Me veo de rodillas y con las palmas de las manos en el suelo para evitar aterrizar de cara. Devon me ha ayudado a levantarme con cuidado, me ha agarrado con fuerza de los codos y le ha gritado a Aiden, su compañero de equipo, que estaba sentado en el taburete, que fuera a la cocina a por hielo. Luego, me ha acompañado al reservado abriéndonos camino entre la multitud. Pensaba que me cargaría en brazos como en una de esas novelas románticas.

—De ser cierto el autobombo que te das siempre, no podría tumbarte yo sola —comento con una risita—. Si quisiera placarte, tendría que ser muy sigilosa. Me escondería en la oscuridad de tu armario y saldría cuando menos te lo esperaras. Abrirías la puerta y estaría oculta entre tus camisas caras con una de esas máscaras horrorosas. —Sonrío, aunque me duele la cara—. ¿Qué te da más miedo? ¿Los insectos? ¿Freddy Krueger? ¿Michael Myers?

Suelta una risa compungida y dice:

—Los tiburones. Me muero de miedo al verles los dientes. Vi *Tiburón* cuando era pequeño y tuve ganas de vomitar.

—Cuidado —digo—. Iré a por ti.

—Para eso, tendrías que colarte en mi ático, y eso no es nada fácil porque tengo un ascensor privado.

Río.

—No subestimes las agallas y la determinación de una mujer del sur de los Estados Unidos cuando se propone algo. —Sé dónde vive. Nunca he estado en su piso, pero...

Su cuerpo de luchador se desdobla cuando vuelve a ponerse de pie.

—Eso ya me gusta más, estás fresca como una lechuga. No te preocupes por haberte caído, les pasa a muchas mujeres cuando me ven.

Pongo los ojos en blanco con tanta fuerza que me duele. ¿Había mencionado que es un chulo?

—Pero, claro, a ti no te pasa —añade—. Tú eres demasiado guay.

Espera, ¿qué?

Se me hace un nudo en la garganta cuando intento descifrar qué ha querido decir. Ah, ya, ya entiendo qué piensa de mí. Lo mismo que todos los demás. No debería molestarme, pero no lo puedo evitar.

Trago con dificultad y digo:

—Esa soy yo. Me creo mejor que los demás.

Frunce el ceño y añade:

—Oye, un momento. Lo has malinterpretado…

—No, tranquilo. Sé qué opinan todos de mí. Que soy un robot sin emociones, que solo pienso en mí misma, que no tengo ni la más remota idea de nada y que soy inmune a los hombres atractivos.

Ladea la cabeza y arruga los labios, como si estuviera pensando, y, luego, se mete una mano en el bolsillo de los pantalones, gesto que revela que está incómodo. Lo sé, porque lo observo.

—Ni se me había pasado por la cabeza nada de lo que acabas de decir. Solo he mencionado que no eres como las demás…, bueno, da igual. —Abre la boca, la vuelve a cerrar y añade a continuación—: ¿Crees que soy atractivo?

—Pfff. Para nada.

Resopla y pone una expresión que no sé interpretar.

—Bien.

—Eres demasiado mayor para mí.

Farfulla con incredulidad y no puedo evitar sonreír al ver su expresión. Vaya, eso sí que le ha dolido.

—Por el amor de Dios, pero si tengo veintiocho. ¿Tú qué eres, cuatro años más joven? —Se despeina con la mano, pero, aunque lleve el pelo hecho un desastre, le queda genial y los reflejos azules le brillan entre los castaños. Maldita sea. Tiene una belleza natural.

Me encojo de hombros con indiferencia fingida.

—La edad no me importa cuando alguien es mi tipo, ya sabes, tengo tres requisitos: que le gusten los libros, el *tweed* y que sea tímido. Tú pareces una estrella del *rock*.

Y esos labios. Podría escribir un libro entero sobre su boca de color rosa claro y cómo la voluptuosidad de sus labios contrasta con las líneas duras de su mandíbula; sobre cómo su labio inferior es excesivamente carnoso y la forma de «V» perfecta del superior.

—Así me gusta. Tendrías que mantenerte alejada de los tipos como yo, preciosa —dice con una de sus sonrisas burlonas tan características. Y sí, solo somos amigos. Llama «preciosa» a todas, incluso a mi madre y a mi tía Clara.

—Ya —respondo asintiendo.

—¿El vaquero es tu novio? Lo hemos dejado solo cuando te he traído aquí, pero puedo pedirle a alguien que lo vaya a buscar.

Se aleja un paso de mí, como si fuera a llamar al chico, y yo gruño:

—No, por favor. No lo aguanto ni un minuto más.

Se detiene, se agacha y, esta vez, se pone de rodillas más cerca de mí que antes. Siento la tensión que irradia su cuerpo.

—¿Te ha hecho algo?

Me muerdo los labios, bajo la mirada a mi regazo y dejo que la franqueza de su voz ronca me inunde. Ay, Devon. Puede que sea un receptor famoso y arrogante de los Tigers de Nashville, pero, bajo la superficie, late el corazón de un hombre bueno. Por eso, cuando me dice cosas bonitas, en el fondo, sé que no es porque sea especial. Haría lo mismo por cualquier chica.

—Es… —un capullo— un chico al que he conocido en una aplicación de citas. Pensé que, si le gustaban los emús, tendríamos algo de lo que hablar. —Lo miro a los ojos a fin de intentar que entienda algo que para mí es lógico; sin embargo, me mira con cara de extrañado—. Luego, ha empezado a jugar con mi collar, y nadie toca las perlas de mi abuela —continúo mientras manoseo el collar y me lo llevo a los labios.

—¿Qué más ha hecho? —pregunta con voz grave. Se fija en el collar cuando me lo coloco alrededor del cuello; luego, me mira los labios. Ojalá los llevara pintados.

Me sujeto la bolsa de gel frío con firmeza e intento calmarme. ¿Puede oír lo rápido que me late el corazón?

—Ha mencionado la postura de la vaquera inversa, que suena muy divertida con la persona adecuada, pero… no con él.

Vaya. Devon tiene algo que hace que se me suelte la lengua. O puede que sea el *whisky*. Da igual, la postura parece muy *sexy*. Supongo que, para hacerla, la chica debe tener las piernas bastante fuertes. Yo salgo a correr todos los días, así que seguro que la podría hacer. ¿Dónde pondría las manos? ¿Sobre sus caderas, por detrás de mi espalda, o delante y, así, mantener el equilibrio? En cualquier caso, no estaría de cara al chico, así que me sentiría más desinhibida. Si consiguiera tener las manos libres, podría darme placer a mí misma. Decidido. La vaquera inversa pasa a ser el primer punto de mi lista para volver a la carga.

—Estás roja, Giselle. ¿Te encuentras bien?

Me aclaro la garganta y me deshago de las imágenes en mi mente.

—Es que hace un poco de calor.

—Pues quítate la chaqueta —dice—. Estoy sudando solo con verte.

Dejo la bolsa de gel frío y me desabrocho la americana, me la quito y la dejo en la mesa. Entonces, me doy cuenta de que tengo la camisa de seda blanca empapada. Se me marca el sujetador de encaje, pero el aire me sienta de maravilla. Me desabrocho los tres primeros botones y agito las delicadas solapas.

—Mucho mejor —comento a la vez que me quito las horquillas del pelo y las dejo en una línea perfecta sobre la mesa. Me masajeo el cuero cabelludo, me desenredo la melena y gimo de placer.

—Ahora, solo necesito que Chris Hemsworth me dé un masaje de pies para que el día me parezca pasable. —Me quito los prácticos zapatos con los pies y estiro los dedos.

—¿No está casado? —pregunta Devon.

Levanto la cabeza que había dejado caer por encima del respaldo de la silla y lo observo. Se ha alejado un poco y se pasa una mano por el cuello. Veo que se fija en mi blusa y, luego, aparta la mirada.

—En un universo alternativo, no —digo con un tono trivial—. Algún día, compartiré contigo mis ideas sobre los multiversos. Es posible que esté casado conmigo en uno de ellos y que tengamos diez hijos.

—Joder —comenta riendo.

Me derrito.

—En el universo de Giselle y Chris, él no puede resistirse a mis encantos y procreamos como dos conejillos a tope de viagra. Él es arquitecto, no actor, y vivimos en una casa de campo que me ha construido en los Alpes franceses. Yo me paso los días investigando la materia oscura, horneando galletas y haciendo patucos de ganchillo para los bebés. Y, por las noches, me entrego a él.

Frunce los labios y pregunta:

—¿Y yo dónde estoy en ese universo?

Me llevo una mano a la barbilla y respondo:

—Eres una adolescente que trabaja en una tienda de bollitos de canela a la que le encantan las pulseras con abalorios que cuelgan, el chicle y las boinas rosas. Los fines de semana, muestras tu lado más oscuro y te escapas por la ventana de la habitación para pintar grafitis con mensajes importantes en las vallas publicitarias.

Sus labios carnosos se curvan cuando me sonríe de oreja a oreja. El gesto me deja abrumada y sin aliento.

—Menuda imaginación tienes, conejita. Me quedo sin palabras.

Me sonrojo.

—Mis locuras sacan de quicio a mi familia. —Hago una pausa—. No sé si deberíamos llamarte «Canela» o «Rosita». ¿Qué prefieres?

—Ninguna de las dos, pero puedes llamarme «Campeón».

—O «Aguafiestas».

Devon me examina el rostro.

—Volviendo al tema de las citas por internet. Mi prima Selena quedó con uno al que conoció así y casi no consigue bajarse del coche. Es muy peligroso.

Suspiro y me da pena que haya cambiado de tema. Si supiera que, en uno de mis universos paralelos, me empotra contra la encimera del baño... Es él mismo —igual de atractivo y con ese cuerpo de escándalo— y yo soy una chica a la que recoge en la carretera cuando dejo plantado a mi malvado novio en el altar. Llevo un vestido blanco y sucio, tengo el pelo largo y rosa, pero llevo gafas, porque debo de parecer inteligente en todos los universos que existen. Él me desea desde el instante en el que me subo a su Maserati, me lleva a casa y me hace suya. Me regaño mentalmente. No me extraña no poder seguir las clases, no hago más que distraerme y, así, no me puedo concentrar en los hechos. No existe ningún universo en el que Devon y yo estemos juntos.

El hecho de que yo siga siendo virgen es por culpa de mis pensamientos tan gráficos. No he podido olvidar cómo Preston se burló de mí hace cinco meses, cuando admitió que me había sido infiel y se despidió diciendo: «¿Qué esperabas que hiciera si no me lo das tú, Giselle? Eres una frígida».

Estuvimos prometidos durante casi un mes, y ni con esas sentí... que lo deseara. Empezamos a salir, sin más, y, cuando me pidió matrimonio, acepté.

Y aquí estoy ahora, intentando demostrar que soy una chica normal que busca el amor en el sitio equivocado. Creo que había una canción *country* que decía algo así.

—Bueno, que a ti te caigan las mujeres del cielo no quiere decir que los demás lo tengamos tan fácil —digo bastante acalorada—. No he venido sola y no pensaba irme con él. Tenía un plan. Siempre tengo uno.

Da un paso hacia mí con cara de indignación.

—¿No es la primera vez que lo haces?

Bajo una ceja, molesta por la incredulidad en su tono.

—Albert, el primer chico con el que quedé, era un contable muy guapo. Nos conocimos en una cafetería. Todo iba bien hasta que me enseñó una foto de su ex en el móvil y se echó a llorar. Por lo que me dijo, ella quería casarse, pero él

23

tenía problemas con el compromiso. Le aconsejé que hablara con ella.

—¿Con cuántos más has quedado?

Me muevo en la silla, nerviosa.

—Parece que esté en el despacho del director.

—¿Cuántos?

Cierro la mano con fuerza. Me pone de los nervios.

—No sé por qué te interesa tanto, pero solo he quedado con otro más, Barry, un granuja. En la biografía de la aplicación ponía que estudiaba Química, así que deslicé su perfil hacia la derecha porque a los dos nos gustaba la ciencia. Y, al final, resultó que quería que me uniera a una de esas estafas piramidales en las que venden aparatos de cocina. No acepté, pero le compré una espátula. —Suspiro—. Y pagué yo los cafés. Y luego está Rodeo con el emú tan adorable…

—Giselle —dice con la voz tan cargada de frustración que no puedo evitar levantar la barbilla de modo desafiante.

—A veces, tienes que conocer a un montón de tíos, Devon. No finjas que no sabes de qué estoy hablando, porque tienes una novia nueva cada mes. ¿Quién era la chica de la boda? No llegaste a presentármela.

Su torso ancho se deshincha cuando suspira con exasperación.

—¿Con quién has venido?

—¿Qué es esto, un concurso de preguntas?

Curva la comisura de los labios con satisfacción.

—Sé que tienes que responder. Elena me ha comentado lo de tu problemilla con las preguntas.

—Será traidora —susurro.

Está en Hawái de luna de miel con el hombre de sus sueños, aunque me da la sensación de que está a mi lado. Siempre he estado a la sombra de la guapísima y amabilísima Elena. Suspiro. Por lo menos, ella es feliz, se lo merece más que nadie en el mundo. El año pasado, antes de que conociera a Jack, me cargué nuestra relación cuando Preston, su novio de entonces, me besó aquel día horrible en el despacho justo antes de que ella entrara. Normal que nunca me sintiera cómoda en nuestra relación con semejante comienzo. Siento un nudo de emociones en la garganta, así que me recompongo e intento no pensar más en ello. Me cuesta mucho olvidarlo.

—He venido con Topher —respondo a regañadientes—. Cuando he ido a comprar a Daisy, he entrado a la biblioteca y él ya estaba cerrando. Me ha llevado a Nashville en coche y ha insistido en acompañarme al Razor, porque nunca he ligado con nadie en una discoteca.

Devon me pregunta por el coche y le cuento que me han roto la ventanilla de mi viejo Toyota Camry para intentar robármelo.

—¿Sales con chicos para superar lo de Preston? —pregunta con un tono cauteloso mientras se sienta con cuidado delante de mí.

—Un clavo saca otro clavo.

Nos quedamos en silencio unos momentos. En cuanto me doy cuenta de la tensión que hay en el aire que nos rodea, me yergo en la silla y me centro. No entiendo por qué el espacio que nos separa parece estar cargado de electricidad, pero siento el chisporroteo.

—Entiendo —responde de manera mecánica. Me recorre con la mirada y se detiene un segundo en mi blusa antes de llegar a mi rostro. Nos miramos fijamente a los ojos hasta que aparta la mirada y se rasca la mandíbula—. Tendrías que pedirle a algún amigo que te presente a alguien…

—Ajá. Tú eres mi amigo, ¿verdad?

Frunce el ceño.

—Pues claro, ¿qué clase de pregunta es esa?

«No lo sé, quizá no entiendo en absoluto lo que quieres. ¿Por qué me echaste esa mirada de nivel cinco en la boda? ¿Fue por el horrible vestido o por mí?».

—Vale. ¿Con quién crees que debería salir? Tiene que ser amable y bueno en la cama, no, espera, tiene que ser espectacular. Quiero fuegos artificiales, Devon, quiero que el sexo sea increíble.

Se pone de pie y se aleja.

—He oído la palabra «increíble», ¿acaso estabais hablando de mí? —comenta Aiden cuando entra por la puerta y se acerca a la mesa.

Mide casi un metro noventa, tiene el pelo corto, moreno y los ojos de color azul cielo. Es un granjero de Alabama con una sonrisa impecable que hace que a las chicas se les acelere el corazón. Ahora mismo, es el *quarterback* de reserva de los Tigers, pero quiere ocupar el puesto de Jack.

Después de sentarse en el asiento que Devon ha dejado vacío, me ofrece un vaso de agua, que ha ido a buscar a toda prisa por petición de su amigo.

—Para que lo sepas, tengo el oído muy fino. Es parte de mis poderes sobrehumanos de *quarterback*. ¿Puedes decirme cuántos orgasmos necesitas exactamente? Yo te ofrezco cinco al día y tengo buenas referencias.

Suelto una carcajada y él hace lo mismo. Tiene más o menos mi edad, y nunca lo he visto con mala cara ni sin compañía femenina. En la boda de mi hermana, se presentó con dos acompañantes. Ni más ni menos que con dos mellizas y bailó una canción lenta con las dos a la vez: una por delante, rodeándole el cuello con los brazos, y la otra, por detrás, cogiéndolo de la cintura. La verdad es que le salió mejor de lo que me esperaba.

—No seas ridículo —le digo. Me recuerda a un cachorrito, dulce y revoltoso. De día, solo quiere que le lances la pelota, y de noche, acurrucarse a tu lado.

Y luego está Devon, que parece una pantera. Cuando lo miras, crees que holgazanea al sol, meneando la cola, y, antes de que te des cuenta, está temblando con una fuerza que no puede reprimir. Igual que en este instante, que mira a Aiden con mala cara.

¿Qué le pasa?

Los jugadores siempre bromean conmigo.

Aiden me observa vaciar el vaso.

—Siento haberte dado un golpe en la cara, Giselle. No me he dado cuenta de quién eras hasta que te he visto en el suelo.

Miro a Devon, que se ha alejado un poco y se apoya en la pared. Tiene el móvil en la mano y parece que ya se ha olvidado de mí. Qué bien.

—Yo tampoco me he dado cuenta de que eras tú —murmuro.

Se acerca a mí y me dice:

—El chico con el que estabas se ha ido con una morena. Espero que no fuera el amor de tu vida.

Me echo a reír.

—Parece que ha encontrado una potrilla a la que llevarse a casa.

Él se carcajea.

—Me ha dicho que me dejaba jugar con sus bridas y espuelas. Pensaba que me iba a sacar un látigo ahí en medio.

Aiden no puede aguantar la risa cuando le cuento cómo ha ido la cita. Le repito lo que me ha dicho el chico de que tenía un regalo de Dios entre las piernas, que ha insinuado que le gustaba hacerlo enfadado y que se ha ofrecido a ponerme arándanos orgánicos en las tortitas. Cuando termino, se seca una lágrima del ojo.

—Qué gilipollas.

—Lo ha conocido en una aplicación de esas —gruñe Devon mientras se guarda el móvil en el bolsillo de los vaqueros.

—Es algo totalmente aceptable.

—No está a tu altura.

—¡No soy la mujer más atractiva de Nashville!

—No eres fea —responde fulminándome con la mirada.

Vaya. Suelto un suspiro.

Nos quedamos en silencio unos segundos y Aiden nos mira a uno y después al otro con una expresión reflexiva. Da unos golpecitos en la mesa con los dedos y parece tomar una decisión.

—Y eso que decías de los fuegos artificiales, ¿qué te parece si...?

Devon se separa de la pared, se acerca con tanta rapidez que me sorprende y le da una fuerte palmada en el hombro a su amigo.

—Ríndete, Alabama. La tenemos prohibida.

Yergo la espalda. «¿Cómo que "prohibida"?».

En febrero, de acuerdo, porque estaba prometida, pero ¿ahora que estoy soltera, también? Aiden aparta la mano de Devon y me ofrece una sonrisa tan amplia que parece que se le vayan a quebrar las mejillas. Cuando habla, se dirige a Devon, pero me mira como si fuera un trozo de tarta.

—Si crees que me importa lo más mínimo lo que diga Jack Hawke sobre con quién puedo o no hablar, es que no me conoces. Me eligieron para los Tigers en la primera ronda…

—No eres especial, novato —le gruñe Devon.

—Y nadie, ni siquiera el capitán del equipo, me va a decir con quién puedo ligar —añade Aiden—. Además, tampoco anda por aquí. Estamos en plena concentración, y él, en la playa.

—Pero volverá, imbécil, y te machacará, aunque tengas el brazo lesionado —responde Devon—. Si no lo hago yo ahora.

Los deportistas son muy competitivos. Cuánta testosterona. Discuten entre ellos, y cuando acaban, se toman una cerveza juntos.

—Cuéntame más, ¿por qué os ha dicho Jack que estoy prohibida? —pregunto a Aiden con la voz tan calmada como puedo, para intentar esconder la ira que siento.

Me dirige una sonrisa que aplacaría a cualquiera. Aunque tiene el encanto típico de los chicos rurales, sabe muy bien lo que se hace.

—Vale, pero no te enfades. Ya hace tiempo que Jack habló con todos los del equipo sobre el tema. «No le pongáis ni una mano encima a la hermana de Elena si no os las queréis ver conmigo», dijo, más o menos.

Ato cabos rápidamente. No cabe duda de que Elena le ha contado a Jack que soy virgen, y, si a eso le añades el compromiso fallido y el hecho de que Jack me esté intentando proteger… Agradezco que se preocupe, pero, venga ya, ¿de verdad se creen que soy tan delicada?

Madre mía. ¿Y si le ha contado a los del equipo que soy virgen? No, no se le ocurriría, ¿verdad? Como lo haya hecho me lo voy a… Siento una fuerte presión en el pecho. Niego con la cabeza y me deshago de la idea. Estoy sacando conclusiones yo sola.

—Ya soy mayorcita, Aiden. Confía en tus instintos. ¿No es eso lo que hacen los jugadores de fútbol de verdad? —pestañeo intencionadamente.

Aiden me mira, primero sorprendido y luego con lujuria, y sonrío. Sí, el muy listo sabe coquetear.

—Aiden —le advierte Devon.

—¿Qué? —responde sin dejar de mirarme.

—Deja de follártela con los ojos.

—Cállate, Dev, así es como miro a todo el mundo. Aquí hay química.

—Ah, ¿sí? —pregunto con un tono serio.

Aiden me mira fijamente a los ojos.

—Ya te digo.

Devon suelta un gruñido y le vibra el móvil.

Me niego a mirarlo. Una parte de mí disfruta con la provocación. Entiendo que habla por Jack, pero solo la idea de que un grupo de hombres hablen de mi vida privada hace que quiera cargarme una mesa... o a algún jugador de fútbol americano.

Aiden coge mi móvil, me pide la contraseña, la introduce y me guarda su número.

—Ese es mi teléfono. Llámame. Podemos montar nuestro propio Cuatro de Julio. —Me guiña el ojo—. O ver alguna película de terror. Tú eliges.

—Me encantan las pelis de miedo, pero soy más de ciencia ficción.

Sus ojos azules se iluminan.

—O sea, que quieres ciencia ficción y fuegos artificiales en una película. ¿Estás pensando lo mismo que yo?

Tardo dos segundos en decir:

—¿*Independence Day*, de Will Smith?

—Me caes bien. —Me choca el puño—. Me encanta esa peli. Trato hecho.

Corto el rollo, pero lo suavizo con una sonrisa:

—Sé lo que estás haciendo. Crees que el hecho de tontear conmigo perjudicaría la temporada de Jack. Harías cualquier cosa con tal de ser el primer *quarterback,* ¿eh?

Se le empieza a poner colorado el cuello, y luego, el rostro, y hace una mueca.

—Quiero su puesto en el equipo y algún día será mío...

—Para eso falta mucho —gruñe Devon—. Jack está que se sale y, en unas semanas, se habrá recuperado del hombro.

Aiden le hace una peineta sin ni siquiera mirarlo y me dice:

29

—Pero me pareces muy *sexy.*

Arqueo una ceja. Soy una chica alta y delgada, sin pecho, y tengo la nariz demasiado larga. Puede que tenga unos pómulos bien marcados y los ojos azules y bonitos, pero me visto como mi madre. La ropa más seductora que tengo son unos vaqueros cortos deshilachados y un tanga rosa que me compré sin pensar. Ninguna de las dos prendas es apropiada para una estudiante seria de doctorado.

—Sí, tú y yo —dice Aiden con voz ronca mientras me mira con la que debe de ser su mirada seductora más intensa.

Devon alza las manos.

—Esto es absurdo.

—Vete a ver cómo van los camareros, Dev. Hoy han faltado un par —bromea Aiden.

—¿Y qué pasa con las mellizas de la boda? ¿No se enfadarán? —le pregunto a Aiden. Ambos ignoramos a Devon.

Aiden me coge la mano y responde:

—Ni siquiera recuerdo cómo se llamaban.

Mientras me río, niego con la cabeza y desenlazo nuestras manos.

—Te adoro, pero no me lo trago.

Aiden se lleva una mano al pecho y añade:

—Venga, no me tomas en serio. Cuando nos conocimos, estabas prometida, pero, ahora, tengo que aprovechar la ocasión. Finjamos que nos acabamos de conocer y partamos de ahí —dice con un tono serio antes de hacer una pausa—. La semana que viene, tengo un evento en un centro comercial, me lo ha preparado mi representante. Odio ir a estas cosas solo, las mujeres se me lanzan encima.

—Pobrecito —contesto con sarcasmo.

—¿Quieres acompañarme?

—¿A pelearme con las admiradoras que te lanzan las bragas en una tienda maloliente de ropa deportiva? —Me quedo callada y continúo—: Podrías sobornarme con comida y un buen vino.

—Ya basta —dice Devon, acercándose y mirándonos como si intentara calcular la distancia que hay entre nuestros rostros.

Aiden suelta una risita y se acomoda en la silla.

—Menudo personaje estás hecho, tío.

—¿Qué quieres decir? —se queja Devon.

Aiden entrecierra los ojos y frunce los labios, es evidente que tiene algo en la punta de la lengua.

—Suéltalo, Alabama —dice Devon.

Se miran fijamente durante un buen rato y sus ojos se dicen algo de lo que yo no me entero, pero supongo que tiene algo que ver con el hecho de que los tres son amigos, aunque Devon y Jack desde hace mucho más tiempo, Aiden es nuevo en el equipo y demasiado ambicioso. Quiere ser el *quarterback* titular, pero Jack se le ha interpuesto en el camino.

—Nada, tío, nada —dice al final Aiden.

Devon se cruza de brazos.

—Tu fiesta empieza a las nueve y te encargas de llevar la cerveza. Imagino que todavía no la tienes, así que, a lo mejor, deberías ir a comprarla.

Aiden resopla.

—Hay tiempo de sobra. —Me mira y me pregunta—: ¿Has cenado?

—No.

—¿Quieres que vayamos a comer algo?

Me muero de hambre, pero…

—Eh, bueno… deja que…

—Viene a cenar conmigo —dice Devon. Me contengo para no abrir la boca de par en par.

—Vaya, vaya —murmura Aiden, que contempla a su amigo. Su postura cambia. Se gira hacia mí y niega con la cabeza decepcionado—. Otra vez será, Giselle.

Devon lo coge del brazo y lo levanta.

—Quiero Guinness. A ti te gusta la Budweiser Light, a Holly, la Fat Tire. Son muchas cervezas distintas, será mejor que vayas a buscarlas ya.

—¿Dais una fiesta?

Aiden se encoge de hombros y dice:

—Vamos a ver una competición de artes marciales mixtas. Es solo para chicos, si no, te lo habríamos dicho.

Entonces, mira fijamente a Devon con una expresión desafiante, se inclina hacia mí y me da un beso en la mejilla. Choca con su amigo cuando se aleja con una sonrisa de satisfacción, me dice adiós con la mano y, antes de irse, articula un «llámame» con los labios.

Lo veo alejarse con una sonrisa tonta. Está claro que no lo voy a llamar. Es muy divertido y simpático, y un coqueto, pero no me atrae. No siento una conexión con él, a diferencia de uno que yo me sé y que me está poniendo de muy mala leche.

Me llega un mensaje de Topher. Me pregunta si necesito algo, me pide perdón por haberme dejado plantada en el bar y me dice que lo ha llamado un compañero de trabajo con una emergencia. Le respondo y le explico de forma resumida que la cita ha sido un desastre.

En todo este tiempo, el silencio se hace insoportable y reverbera cada vez más fuerte. Siento los ojos de Devon sobre mí, incluso antes de moverme.

Me guardo el móvil en la funda, me levanto y me pongo frente a él. Nos miramos fijamente.

Uno, dos, tres, cuatro, cinco…, él aparta la mirada y la posa encima de mi hombro.

—Conque vamos a cenar juntos, ¿no? No vuelvas a manipularme así. Puedo encargarme de Aiden. Me voy, que Topher me está esperando fuera.

—De acuerdo.

No decía en serio lo de ir a cenar juntos. Aprieto los puños con fuerza.

Suspira.

—Giselle, si quieres hablar con alguien para que te ayude con las citas… —Arrastra las palabras y hace una mueca. Su musculosa envergadura da un paso hacia mí y se detiene, como si no quisiera acercarse—. Mira, no es de mi incumbencia, pero creo que Aiden no es la persona… —Se rasca la barba incipiente de la mandíbula.

Si no estuviera molesta, me sabría mal. Es evidente que el chico no sabe qué hacer conmigo.

—Ya sé que le gusta incordiar a Jack, pero una tiene sus necesidades, Devon.

Entreabre los labios.

—Giselle…

Lo interrumpo.

—Te agradezco que me hayas traído la bolsa de hielo y librado de Rodeo, pero deja ya de decirme con quién puedo salir o dónde tengo que conocer chicos. Soy una mujer adulta.

—Espera un momento —suelta cuando me dispongo a pasar por su lado. Me coge por el codo y tiemblo al sentir el fuego que me recorre la extremidad. Maldito brazo, debería amputármelo. ¿Por qué le gusta tanto Devon?—. Giselle. —Baja los ojos hasta mis labios.

La manera que tiene de decir mi nombre, con esa voz quebrada y grave, hace que me detenga y que se me corte la respiración.

—Ya sé que eres una mujer… —Se queda en silencio, como si intentara buscar las palabras adecuadas, aunque, al darse cuenta de que tiene una mano sobre mi brazo, me suelta y retrocede. Exhala lentamente y el pecho se le deshincha—. Lo siento.

Actúa de forma… rara. Primero la boda y, ahora, esto.

Los nervios se apoderan de mí cuando pregunto:

—Cuando Jack os prohibió salir conmigo, ¿os dijo el motivo?

—Jack es tu cuñado y es un tío protector. No confía en nosotros. —Hace una pausa—. No te enfades con él.

—Eso ya lo decidiré yo. Entonces, ¿no dio más detalles ni contó nada sobre mí?

La expresión de Devon cambia y se pone serio. Mete las manos en los bolsillos.

—¿Devon?

Baja el verde de su mirada para esconderse.

—¿Podemos hablar de esto en otra ocasión? He tenido un día de mierda y me tengo que ir.

Está esquivando mi pregunta.

Se me acelera el corazón y la inquietud me vence cuando empiezo a darle vueltas al tema. No tendría que darme vergüenza ser virgen, hay mucha más gente como yo. Además, soy una persona sensual. Puedo escribir una escena entre un soldado alienígena alto y atractivo y su novia terrestre que hace que se me ponga la piel de gallina. Sin embargo, aun así, no puedo dejar de pensar que a lo mejor soy…

—No soy frígida —suelto.

Se queda paralizado con la mano en el pelo.

—¿Qué tiene eso que ver? Lo que he dicho antes no iba en serio, me has malinterpretado…

—¡Soy virgen!

Cada segundo que pasa sin que diga nada, con él mirándome como si le acabara de dar una bofetada, está cargado de tensión. Inhala bruscamente y maldice varias veces.

—Fuera todo el mundo —grita Devon mientras señala a la gente al otro lado de la sala. Lo miran a la cara, cogen las bebidas y se van.

Observo la situación con la respiración contenida.

—Te lo ha dicho, ¿verdad? —susurro.

—Giselle…

—Te he hecho una pregunta. Haz el favor de responder. —Aprieto los puños y espero. Espero…

Se pasa una mano por la boca y luego se rasca la barbilla.

—Sí.

Capítulo 3

Devon

A Giselle Riley se le ha ido la olla.

El noventa y nueve por ciento del tiempo es una chica correcta y formal desde el moño alto hasta los zapatos de tacón. No se altera por nada. Cuando Preston le puso los cuernos, no dijo ni una sola cosa mala sobre él. Nunca la he oído soltar palabrotas ni la he visto con el pelo suelto.

Hasta ahora. El pelo de color ámbar con reflejos plateados le cae por la espalda como una cascada rubia y las puntas le llegan por debajo de los delicados hombros. Tiene el tipo de cabello al que cualquier hombre le gustaría agarrarse con fuerza.

No es de extrañar que no pueda dejar de mirarla.

¿Quién es esta chica?

Está ruborizada y sus ojos azules plateados se mueven enérgicamente mientras anda descalza de un lado al otro. Se pone las gafas en la cabeza, da media vuelta, se acerca y se detiene delante de mí. Tiene la respiración acelerada y no puedo evitar fijarme en su camisa húmeda y en que se le marcan los pezones por debajo del sujetador de encaje cuando respira. Tiene los pechos pequeños, pero eso no me impide mirarlos. Me muerdo la lengua para no pedirle que se vuelva a poner la chaqueta. A ese paso, me partiría la cara.

Creo que me vendría bien. A lo mejor así conseguiría dejar de mirarla igual que un idiota.

Jack se va a cabrear cuando se entere de que he cantado, pero que le den por culo. Está de luna de miel, y yo aquí, intentando apagar el fuego de su familia ligeramente demente. Qué bien.

—¡Es que lo sabía! —grita—. Estabas raro conmigo, y ahora pensarás que soy todavía más aburrida y peculiar que antes.

Me lo voy a cargar en cuanto vuelva de Hawái. —Hace el gesto de estrangular con las manos—. Espero que un tiburón le arranque el brazo bueno de un bocado.

Santo cielo.

—¡Nunca he pensado que seas rara! —¿Y yo por qué grito?—. ¡Eres la persona menos aburrida que conozco! —añado.

Veo un destello en sus ojos, como un relámpago en una tormenta.

—Ya os imagino en el vestuario mientras os lo contaba todo y os decía que la pobre Giselle nunca ha... —Le tiembla el labio inferior durante medio segundo, se contiene y se endereza—. Eso no está bien. Es personal.

Tiendo las manos y digo:

—No nos lo ha contado a todos, ¿vale? Eso solo lo sé yo.

Se detiene en seco.

—¿Solo lo sabes tú?

—Sí...

—¡Genial! Te lo dice a ti para que te encargues de que todos obedezcan. ¿Siempre haces lo que te pide?

Gruño.

—Jack confía en mí, Giselle. Soy su mejor amigo. Aiden no tiene ni idea y, por eso, tendrías que andarte con ojo. Si llega a enterarse... —Me encojo de miedo, no sé qué sería capaz de hacer el muy capullo—. Seguro que mantendrá las distancias.
—Más le vale—. Tendré que hablar seriamente con él. —Y darle un par de tortas.

Se le ruboriza el rostro.

—¿Se lo contarías? ¿Por qué no lo anuncias en el periódico mejor? ¡O publícalo en Instagram! —Se pone de puntillas y me mira fijamente a la cara. No le resulta difícil, porque es alta y esbelta. Resopla enfadada. Sus ojos, inflexibles, me miran con odio y frunce los labios cuando me clava un dedo en el pecho. Huele bien. No es un olor floral cargado, sino uno fresco y dulce, igual que cuando llueve en primavera. Y cómo puedo no haberme fijado en su piel pálida y tersa, traslúcida...

Me estremezco cuando entiendo lo que me está diciendo.

—¡Ni se me ocurriría contárselo, por el amor de Dios! No es cosa mía. Lo que quería decir es... —¿Por qué meto la pata

36

cada vez que hablo con ella? Siempre me ha puesto muy nervioso. Es demasiado inteligente. No sé…, tiene algo.

Me vuelve a sonar el móvil, pero no consigo moverme. La chica loca que está delante de mí tiene toda mi atención. Me hinca el dedo en el pecho, se lo agarro y tiro de ella hacia mí.

—¿Estás intentando hacerme cosquillas? —Arqueo una ceja e intento apaciguarla.

Parpadea, como si acabara de darse cuenta de lo cerca que estamos, y se lame los labios.

—No.

Nuestros torsos se tocan y noto sus pechos pequeños y respingones… Un momento. ¿Qué le quería decir?

—No se lo voy a decir a nadie y no es nada de lo que tengas que avergonzarte. Me parece admirable que te estés…

Me interrumpe, pero, por lo menos, ya no grita y su voz suena como un siseo.

—No me trates con condescendencia. No sabes por qué lo hago, Devon.

—Tampoco es que quisiera —respondo entre dientes cuando, por fin, se libra de mis garras y empieza a caminar de un lado al otro una vez más—. Ojalá no me lo hubiera contado —le digo a su espalda rígida.

No obstante, me calmé bastante cuando me lo contó. Cuando la conocí, Giselle estaba prometida, pero, desde entonces, no pude evitar imaginármela tumbada en mi cama. Soy un hombre. Tiene algo especial que hace que no puedas dejar de pensar en ella y, sin darte cuenta, estás en la ducha pensando en ella con esas gafas tan grandes, sus perlas, los zapatos de tacón y nada más…

Muevo la cabeza para deshacerme de la imagen irracional. Qué sacrilegio. Es mi amiga. Una a la que no le puedo poner las manos encima. Nos separa una línea gruesa y bien definida.

Se mofa y se acerca otra vez a mí con los labios fruncidos. La imagen de su pecho jadeante, su rostro con forma de corazón y el movimiento de sus piernas bajo la falda se me queda grabada en el cerebro. Es una chica elegante y tranquila, parece que haya hecho un curso de esos de comportamiento, probablemente de protocolo.

Es toda una dama. Me gusta.

Y yo soy un tipo malo. Muy, muy malo.

No se equivoca al decir que tengo una novia nueva cada mes. Las mujeres acuden a mí en manada, atraídas por mi imagen pública y por la fama, y, de entre ellas, escojo las que me gustan. Cuando acabamos, se marchan contentas y con una sonrisa de oreja a oreja.

—No tendrás que preocuparte por guardarme el secreto mucho tiempo. Voy a hacerlo dentro de nada.

Me imagino a un tío turbio tirándose a Giselle y siento una oleada de ira inexplicable y aprieto los puños. Voy a arrancarle su cabeza imaginaria.

—¿Qué quieres decir?

Me mira fijamente a los ojos y parece que esté contando los segundos.

—Si quieres, te hago un croquis, pero no se me da muy bien dibujar —responde—. Imagínate que hay una ranura, y luego coges una pestaña y la introduces ahí. Ya no hay himen. Se acabó y todo el mundo dejará de hablar de mí a mis espaldas.

Después de soltar eso, se dirige a la puerta. El culo se le mueve de un lado al otro debajo de la falda, que tiene una abertura en la parte trasera. Suele llevar pantalones de vestir, y supongo que se la ha puesto para la cita, cosa que hace que me vuelva a enfadar. Todo ha dejado de tener sentido cuando se ha soltado el pelo, se ha desabrochado el botón de la camisa y se ha enfadado. ¿Por qué no puede ser la Giselle de siempre?

Se da media vuelta con los labios cerrados y dice furiosa:

—No pienso volver a usar tus fotos para Vureck en mi tablero de Pinterest.

—¡Ni siquiera sé qué significa eso! —le respondo.

Me ignora y se va. Mierda, si está enfadada, puede ser que coja al primer vaquero que pille y se lo tire antes de que acabe la noche.

Maldita sea.

—Giselle, ¡espera! Vamos a hablarlo. Te has dejado los zapatos y… ¡joder! —Cojo los zapatos y las horquillas de la mesa, y la sigo. Para cuando salgo de la sala, ella ya está a unos diez metros, abriéndose paso entre los clientes, esquivándolos y zigzagueando entre ellos. Pasa igual que un rayo al lado del gorila que vigila el escenario, abre la puerta y desaparece.

Por lo menos, se ha ido de la discoteca. Se marchará a casa, se calmará y, luego, la llamaré para hablar con ella. Charlaremos y todo estará bien, aunque, por otro lado, no quiero que se pase la noche furiosa y rabiando. Además, quería llevarla a cenar, ya que había surgido la ocasión. Es evidente que pretendía evitar que saliera con Aiden, pero podríamos haber cenado en el Milano's y haber tenido una velada agradable. Se habría sentado frente a mí y, a lo mejor, me habría explicado por qué exactamente ha decidido empezar a salir con un chico detrás de otro, y yo me habría comportado. Le podría haber dado algún consejo o truco, joder, no sé. Lo que sí sé es que los tíos a los que ha mencionado no son buenos para ella. Lleva un tiempo un poco perdida y parece dolida y… Mierda. Corro hacia la salida, decidido a alcanzarla y hablar con ella.

—¡Ey, Devon! Espera. —Alguien me pone una mano en el hombro.

Maldigo y me detengo al oír el tono de crispación de Selena.

—Tengo prisa. ¿Qué pasa? —La observo, parece agotada y se ha mordido tanto los labios que ya no queda ni rastro del pintalabios rojo que llevaba. Es algo así como mi única hermana. Nos parecemos: ambos tenemos el pelo oscuro, los ojos verdes y somos unos resentidos. Nuestras madres eran hermanas y crecimos juntos. La ayudé a encontrar un hogar aquí cuando se mudó desde California el año pasado.

—¿De quién son esos zapatos? —Señala los tacones que llevo en la mano—. Si quieres aventurarte en ese mundo, conozco unas cuantas tiendas de segunda mano geniales.

—Son de Giselle, la chica que se ha caído. Se ha ido —añado. Vuelvo a estar indeciso, una parte de mi cuerpo apunta hacia Selena, la otra, hacia la salida.

—Me cae bien. Te doy el visto bueno.

—Es una amiga, la hermana de Elena. No la conoces.

—Ya. El tío con el que había quedado era un capullo, pero ella me ha parecido guay.

—No es mi tipo. —Me gustan las mujeres menos interesantes, las fáciles de olvidar. Giselle no es así.

Selena añade:

—Desde que esa chica horrible te rompió el corazón, estás hecho un cínico. Algún día, me gustaría tener un sobrino o una sobrina al que achuchar. Espero que Hannah sea infeliz sin ti donde sea que esté.

Vaya, otra vez.

—Vale, pasa página. ¿Qué ocurre? —pregunto nervioso mientras repiqueteo con las manos sobre mi pierna.

Hace una mueca.

—Aparte de que otro de los camareros no ha venido a trabajar y que se ha escacharrado el aire acondicionado, todo va como la seda. Estoy intentando conseguir más personal y el tío del aire me ha dicho que vendrá a primera hora de la mañana.

—Parece que lo tienes todo bajo control. —No suelo inmiscuirme en la parte más técnica de la discoteca. Compré el local como una inversión, pero lo mío es el fútbol americano—. ¿Algo más? —Quiero prestar atención a lo que me dice, pero no puedo dejar de pensar en si los pies de Giselle se estarán achicharrando en el cemento caliente de la calle o si ya estará con Topher. Ni en por qué mi padre me llama todo el rato. Debería haber respondido al teléfono cuando me ha llamado, pero no quería perder de vista a Aiden. Jack me dijo que lo mantuviera alejado de ella y es el único motivo por el que me he inmiscuido.

—Cuando Randy dimitió, dijiste que contratarías a un nuevo gerente general, pero no me ha gustado ninguno de los candidatos que he entrevistado. Tenemos que encontrar a alguien antes de que sea demasiado tarde. —Sujeta una bandeja que tiene apoyada en la cadera y me mira con expectación.

Tardo tres segundos en tomar la decisión.

—Tú eres la nueva gerente general. Tendría que haberlo anunciado en cuanto se fue Randy. Contrata un encargado para el bar que cubra tu puesto. Solucionado.

Pone los ojos como platos, pero, en ellos, veo cierta emoción.

—Sí hombre. Yo no puedo encargarme de la discoteca, no he estudiado nada de administración.

—Eres lista, trabajadora y todos te respetan. Eres perfecta. Ahora, a trabajar.

Cuando voy a darme media vuelta para intentar alcanzar a Giselle en el aparcamiento, Selena se me lanza encima y me abraza con fuerza. Se le cae la bandeja al suelo y se me clavan los zapatos en el pecho. Suelto una carcajada y le doy unas palmaditas en la espalda.

—Oh, ya sé que me quieres.

—¡De puta madre! No sé qué habría hecho si no me hubieras dado un trabajo, ¡y, encima, ahora me asciendes! Es como si me hubiera tocado la lotería. —Me da un beso en la mejilla—. ¿Cuánto me vas a pagar, jefe?

Seguro que Giselle ya se ha ido. Suspiro.

—¿Cuánto crees que deberías cobrar?

—Un diez por ciento más de lo que cobraba Randy.

—Un dos. Randy tenía experiencia. Ya había sido encargado en dos o tres sitios antes que en el Razor.

Se muerde el labio y dice:

—Cinco por ciento, esta misma noche dejo contratados a los nuevos camareros y, antes de que acabe la semana, al mejor encargado de bar de Nashville. Sabes que puedo hacerlo.

Sonrío. Se deja la piel en el trabajo.

—Que sea un tres por ciento. Y lárgate ya.

Ríe, hace una pirueta y se dirige hacia la barra.

Me vuelve a vibrar el móvil, me pongo los zapatos debajo del brazo y me saco el teléfono del bolsillo.

Pulso el botón verde, pensando que oiré la voz de mi padre, pero no es él.

—En cuanto entres, van a sacar los móviles. Les encanta el drama y la gente famosa. Observarán con lupa cada uno de tus movimientos —dice Lawrence mientras salimos del coche.

—Lo sé —me limito a responder. He sido el centro de atención desde que estaba en la universidad, pero a él le encanta parlotear.

—No hacía falta que trajeras a Sexo a esta zona de la ciudad. Llama mucho la atención y te lo pueden robar —se queja.

Echo un vistazo rápido al Maserati rojo. Es mi tesoro y, cuando lo conduzco, recuerdo lo lejos que he llegado para ser un niño pobre de California.

—Se llama Rojo.

—Sexo le queda mejor.

Sonrío con satisfacción.

—Pues anda que no canta tu traje de Tom Ford de cinco mil dólares. Parece que vayas diciendo: «Tomad, tomad. Robadme la cartera».

Se pasa una mano por la corbata.

—Me cuesta creer que saliéramos por sitios así cuando íbamos a la universidad con Jack. Nos sobraba energía y nunca teníamos resaca. Tío, yo ya estoy viejo, y tengo una exmujer y una pensión alimenticia que pasar. Joder. Echo de menos nuestros días de juerga, ¿tú no?

—Qué va. —No echo de menos la universidad. Es cierto que, en el último año, ganamos un campeonato nacional, y siempre procuro recordarlo, pero no puedo evitar acordarme también del daño que me hizo Hannah.

Suspira cuando nos detenemos delante del bar Ricky's de la calle Wilbur, a unas cuantas manzanas de donde vivo, cerca del estadio.

Meto la cabeza por una sudadera ancha, me pongo la capucha y unas gafas de sol.

Me mira con los ojos amusgados.

—Última oportunidad. Puedo ir yo a buscarlo mientras esperas en el coche. Nadie tiene por qué enterarse de que es de tu familia.

Exhalo.

—No iría. Créeme, eso solo complicaría más las cosas.

Entramos al local. Es un bar al uso: el suelo está pegajoso, hay carteles de cerveza repartidos por las paredes, una barra larga con taburetes rojos y lámparas anticuadas que cuelgan del techo amarillo con gotelé. Tiene una distribución en forma de «L» e imagino que cuatro salidas. Por la que hemos entrado; una, al fondo del pasillo, pasadas las mesas de billar, donde estoy convencido de que hay un lavabo sucio; otra, en la cocina, y si el propietario es listo, una en su despacho. Suspiro despacio. He pasado gran parte de mi adolescencia limpiando vasos, barriendo suelos y sacando la basura de sitios como este. Mi padre tuvo un bar, pero lo perdió y se pasó el resto de la vida entrando y saliendo de cada uno por el que pasaba.

El sitio apesta a sudor, a patatas fritas grasientas y a perfume barato.

Hay tres chicos jugando al billar; dos mujeres un poco mayores bebiendo cerveza al lado de una gramola de la que sale la suave voz de Tammy Wynette, además de varios taburetes ocupados, aunque el lugar está bastante vacío. Nadie se fija en nosotros cuando nos dirigimos a la parte delantera, excepto el viejo que está al otro lado de la barra. Tiene la barba blanca y lleva gafas, una camiseta que se le estira por encima de la barriga y una gorra de los Tigers de Nashville. Es uno de nuestros admiradores, no sé si es algo bueno o malo.

Me inclino hacia él y digo en voz baja:

—He recibido una llamada acerca de Garrett Walsh.

Deja el vaso que estaba secando, asiente y señala hacia el pasillo oscuro.

—Hace media hora que ha ido al lavabo y todavía no ha salido. ¿Es usted su hijo?

Hago una mueca y observo las estrías de la barra de madera.

—Sí.

Alarga el brazo y me estrecha la mano.

—Ricky Burns. Es usted el mejor corriendo con la pelota. He sacado su número del móvil de su padre. —Se gira para coger un teléfono roto y me lo lanza—. Se lo ha dejado desbloqueado, así que he llamado a la última persona con la que se había puesto en contacto. No sabía que era usted hasta que he visto el nombre. —Frunce el ceño y prosigue—. Le respeto muchísimo, señor Walsh, pero su padre ya no es bienvenido aquí. Espanta a los buenos clientes y se pone agresivo. Ha intentado empezar una pelea con los tíos que juegan al billar. Como lo vuelva a ver por aquí, llamaré a la Policía.

43

Se me revuelve el estómago y, durante menos de un segundo, mi ira se dirige hacia Ricky, pero me deshago de ella. No es la primera vez que me dicen algo parecido, y, aun así, me duele.

—Gracias por no haberlo hecho.

—No se preocupe. —Coge otro vaso y empieza a secarlo.

Lawrence saca un fajo de billetes de la cartera, pero Ricky lo rechaza.

—No es necesario. Llévenselo de aquí. —Hace una pausa antes de susurrar con una mirada cargada de sospecha—. Antes de que llegara usted, han venido dos hombres que lo buscaban. Parecían tipos duros, matones con tatuajes. —Me mira rápidamente el *piercing* de la ceja y las mariposas que tengo tatuadas en las muñecas—. Les he dicho que no estaba, pero creo que usted debe saberlo.

—¿Dijeron qué querían?

Arquea una ceja, como si creyera que estoy loco, pero, luego, suelta una carcajada.

—Yo nunca pregunto, pero, a juzgar por sus expresiones serias, diría que dinero. Yo solo soy un viejo y este bar es mi vida. No quiero problemas aquí, ¿me entiende?

Sin lugar a duda.

—Muchas gracias.

Lawrence vuelve a fijarse en los parroquianos y pregunta:

—Ricky, ¿le importa que salgamos por la puerta de atrás?

—Adelante. Sonará una alarma, pero la apagaré desde aquí.

Doy una palmada en la barra, nos damos media vuelta y nos dirigimos hacia el pasillo, donde cuelga una triste bombilla de un cable. Llamo a la puerta del lavabo de hombres y digo:

—¿Papá? Abre, soy yo.

Intento abrir, pero ha echado el pestillo y la frustración va en aumento. Me viene a la cabeza una imagen de mi niñez: cuando llegué a casa de un partido de fútbol y me lo encontré inconsciente en los escalones de la entrada de nuestra caravana; lo tuve que arrastrar y meter en la cama.

—Déjame intentarlo. —Lawrence me aparta a un lado y golpea con fuerza—. Como no salgas de una puta vez del maldito lavabo, vamos a llamar a la Policía.

—Qué sutil —le digo.

Se encoge de hombros y responde:

—Sé lo que hace falta en estas ocasiones. He traído la su-dadera, he intentado sobornar al tío. Tú te lo pierdes. Imagina que me tuvieras a tu disposición las veinticuatro horas del día. Me encantan estas mierdas.

—Nashville me adora. —Es lo que le digo cada vez que me pregunta si quiero que sea mi relaciones públicas. Yo no necesito de eso. Jack es un caso diferente, porque tiene un pa-sado complicado y la ayuda de Lawrence le ha ido de lujo. El mundo es un pañuelo y los tres acabamos en la misma ciudad. A Jack lo ficharon en el equipo de Nashville en cuanto acabó la universidad, Lawrence es de aquí y tiene su propia empresa para deportistas, y yo jugué en Jacksonville y me intercam-biaron por un jugador del Nashville hace unos años. Los tres amigos juntos de nuevo.

—Apártate. Yo me encargo. —Cojo una de las horquillas de Giselle y fuerzo la cerradura. Lo intento tres veces antes de conseguir que el bombín haga clic y se abra la puerta.

—¿Debería preguntarte por qué llevas horquillas en el bolsillo?

—No.

—Se te da demasiado bien forzar cerraduras —dice pensativo.

—Solía emborracharse y dejarme fuera sin llave, así que tuve que apañármelas.

—Hostia puta, apesta a meado. —Lawrence se tapa la boca con un pañuelo cuando entramos.

Mi padre está boca arriba en el suelo, tumbado delante de la pila, con las piernas y los brazos extendidos como si fuera una «X». Veo que se le mueve el pecho y que, por tanto, está vivo, cosa que hace que me tranquilice un poco. La última vez que lo vi fue el mes pasado, cuando fuimos a cenar juntos. Pa-recía que estaba bien, un poco nervioso, pero sobrio.

Aparto a Lawrence hacia un lado, me agacho y le sacudo el hombro.

—Despierta, papá. Nos vamos a casa.

Al final, recobra el conocimiento, hace una mueca, par-padea repetidamente y suelta un quejido. Me llega el olor a cerveza.

—¿Dónde estoy? —pregunta con voz áspera.

—En un lavabo asqueroso. Y no es el tuyo. —Tenso los labios. Verlo así me recuerda el motivo por el que solo me he emborrachado como una cuba una vez en mi vida.

—¿Es el Ricky's?

Asiento. Arrastra las palabras, pero no me parece que vaya tan mal. Sus borracheras tienen diferentes grados y los he catalogado todos. Por lo menos, parece recordar que vino aquí.

—Me he peleado con Dotty —mascula—. He intentado hablar contigo, Dev, pero no me coges el teléfono. ¿Estás enfadado conmigo?

Me invade una sensación de culpa por no haber respondido a sus llamadas.

Dotty es su novia intermitente a la que conoció en Alcohólicos Anónimos.

—Vamos. —Lo agarro por las axilas y lo levanto con un gruñido antes de sentarlo en el retrete. Se tambalea hacia delante y hacia atrás, y se rasca la barba. Lleva una camiseta de Grateful Dead, que antes era blanca, pero, ahora, tiene manchas marrones. Hago un gesto de dolor y se me tensan los hombros cuando veo lo sucio que tiene el pelo, sus ojeras marcadas y el corte que tiene en la mano. Para no girarme y ver la expresión de reprobación de Lawrence, cojo un par de toallas de papel, las humedezco y le limpio la herida con suavidad.

—¿Qué te ha pasado?

Se mira la sangre seca con los ojos entrecerrados.

—No me acuerdo. —Intenta apartar la mano, pero se la sujeto con fuerza.

—No te harán falta puntos, pero sí antiséptico. —La voz me tiembla ligeramente y aprieto los dientes.

Cuando estaba en el segundo año del instituto, quiso cruzar la calle, lo atropelló un coche y tuvieron que ingresarlo, porque tenía las piernas rotas. La noche antes de dejar mi pasado atrás en California para irme a jugar al fútbol en la universidad, decidió hacer una competición de gritos con el vecino de enfrente, y acabó con la nariz y dos costillas rotas, además de una conmoción cerebral. Así que me perdí tres días de concentración por cuidar de él.

—He estado peor —refunfuña, como si me hubiera leído la mente.

Nuestras miradas se encuentran; tiene los ojos cansados, con las venas muy marcadas, el rostro cetrino, demacrado, y las arrugas de un hombre mucho mayor de cincuenta años.

—Dudo que tu hígado pueda soportar esto más tiempo —suelto—. ¿Cuándo has empezado a beber otra vez?

Se levanta entre tambaleos y se apoya en la pared antes de frotarse los ojos con los dedos.

—Joder…, es que…, no te preocupes. —Intenta dar un paso, pero se tropieza.

Lo cojo y lo ayudo a enderezarse. Es tan alto como yo, así que Lawrence me ayuda y lo cargamos entre los dos, nos ponemos sus brazos por encima de los hombros, salimos del baño y nos dirigimos a la puerta. El sudor me moja la espalda por debajo de la sudadera. No nos detenemos, llegamos al silencioso aparcamiento y tomo una bocanada de aire fresco.

Poco a poco, vamos hacia la parte delantera del local y llegamos donde está Rojo. Lawrence sujeta a mi padre mientras abro la puerta del coche; lo ayudamos a subirse y le ponemos el cinturón.

—Llama a Dotty y dile que lo siento… —dice mientras apoya la cabeza en el reposacabezas del asiento. Se le cierran los ojos.

Ni hablar, no pienso llamarla. Su vida amorosa es igual que la mía. En cuanto ven cómo es en realidad —un pozo negro de inseguridad—, no quieren saber nada más de él. Hace siete años que no dejo que ninguna chica vea mi verdadero yo. Cierro la puerta y miro a Lawrence.

Por suerte, tiene el rostro totalmente en blanco. Ahora mismo, no podría soportar que alguien me compadeciera.

—Veo que ya has hecho esto unas cuantas veces —dice en tono bajo—. Joder, Devon. ¿Por qué no me habías dicho que tu padre era…?

Exhalo despacio. Jack es quien más sabe del tema, pero ni siquiera él lo ha visto así.

Cambia el peso a la otra pierna, coge el móvil y empieza a hacer algo.

—No pasa nada. Si me necesitas, ya sabes dónde estoy, ¿vale? Voy a pedir un Uber. Llámame mañana y hablamos.

—¿Sobre qué? —Si se cree que quiero revivir este episodio, es que está mal de la cabeza.

Me mira con ojos penetrantes.

—Lo estaban buscando dos hombres. Tenemos que averiguar por qué.

—Es un borracho. —Es alcohólico, pero odio llamarlo así.

—¿Cuánto le das al mes aparte de pagarle las facturas?

—No es asunto tuyo. —Mi padre trabaja, pero es cierto que le paso dinero. Es mi padre y a mí me sobra. Hago lo mismo con Selena. Son lo único que tengo.

—Me lo imaginaba. Demasiado —murmura echándome una mirada con la que parece que puede verme hasta el alma. Se dirige hacia la esquina, donde se ha detenido un coche negro—. Me sabe muy mal perderme la fiesta en casa de Aiden, pero he quedado con una chica. Llámame si me necesitas, campeón. Soy todo tuyo. —Me lanza un beso.

Sonrío y noto que desaparece una parte de la tensión que siento.

—Ve con cuidado, capullo. Y gracias por ayudarme de gratis —le digo mientras abre la puerta y se sube al coche.

Se aleja, yo me giro y me subo al mío.

Evidentemente, en cuanto arranco, mi padre abre los ojos y vomita.

Busco servilletas en la guantera y lo limpio lo mejor que puedo, conduzco veinte minutos hacia el este de Nashville, hasta una pequeña urbanización de casas todas iguales con aspecto de rancho y unos jardines no muy grandes. Yo escogí la casa antes de que mi padre viniera a la ciudad hace unos años, cuando me mudé. Y le conseguí un trabajo en el concesionario de coches que está a una manzana.

Lo ayudo a entrar con dificultad a la casa oscura y busco a tientas el interruptor de la entrada, pero la luz no se enciende. Maldigo y lo llevo hasta su habitación, y, cuando la del cuarto se enciende, suelto un «joder, menos mal». Por lo menos, no le han cortado el suministro. Lo ayudo a quitarse la ropa hasta dejarlo en calzoncillos, lo tumbo de lado en la cama y le pongo

48

una papelera cerca por si tiene que volver a vomitar. Antes de que lo acabe de tapar con las sábanas, ya está roncando. Me lavo las manos y la cara en el cuarto de baño, y vuelvo a comprobar que esté bien. De casualidad, veo una foto en la mesilla de noche en la que salimos mi madre, él y yo con diez años. Aunque sonríe, ella tiene una expresión distante en el rostro, como si estuviera pensando en algo completamente diferente en vez de en su marido o en el niño que tiene al lado.

«No supe hacerla feliz», la voz de mi padre chirría en mi interior. «La dejé embarazada».

Pienso en el día en el que mi madre se fue hecha una furia de la caravana, apartando las latas de cerveza a patadas y con una bolsa de viaje en los brazos. Se fue con otro hombre y yo corrí detrás de ella, y le supliqué que no se fuera. «Volveré», me prometió con el rostro demacrado. Al mes siguiente, cuando tuve mononucleosis, ella no estuvo allí. Ni el día que cumplí trece años. Ni en Navidad. Me borró de su memoria como si nunca hubiera existido, se fue, y nosotros tuvimos que lidiar con las consecuencias.

Mi padre introdujo a otras mujeres en mi vida, tuvo un no parar de novias en las que yo buscaba el cariño que necesitaba. Se ganaban mi corazón inocente, y, luego, hacían lo mismo que mi madre. «Adiós, Devon. Pórtate bien y cuida de tu padre». Bonnie, Marilyn, Jessie… siempre se iban. Ahora, sé que la mayoría eran mujerzuelas, pero yo solo quería que alguna se quedara.

Todavía tiene la puta foto. La cojo y aprieto el marco con fuerza. Una parte de mí quiere romperla y borrar a mi madre para siempre de nuestras vidas.

«¿Dónde estás? Te he traído la cerveza que querías, gilipollas», veo en el móvil.

«Perdona. Tenía que hacer una cosa», le respondo a Aiden.

«Has sido tú el que me ha dicho que no llegara tarde. ¿Vas a tardar mucho?».

Dejo el marco y a mi padre en la habitación, salgo a la cocina y veo que está hecha un desastre. Hay botellas vacías, contenedores de comida a domicilio, platos sucios y basura por la mesa y la encimera. Cierro los ojos y deseo que desaparezca todo como por arte de magia, pero está claro que no funciona. Mierda. Me siento en la mesa y respondo al mensaje:

«Me ha surgido algo. Nos vemos mañana».

Me manda una ráfaga de mensajes, enfadado. Los ignoro. Mi padre es lo primero.

Capítulo 4

Giselle

Topher me deja delante de casa, me da un beso en la mejilla y yo camino en silencio hasta la entrada del edificio de piedra rojiza que tiene un piso diferente en cada una de sus tres plantas. Es un sitio encantador, queda cerca de la Universidad Vanderbilt y la casera es perfecta.

Myrtle está de pie en la acera. Lleva un vestido hawaiano naranja y morado, y Pookie, su *yorkshire,* olisquea el único árbol que hay. La mujer, que tiene sesenta años y es lo más parecido que tengo a una amiga, coge el porro que lleva detrás de la oreja y lo enciende. Aunque fuma por unas migrañas horribles, consigue la marihuana de manera ilegal y eso me preocupa. El pintalabios rosa le enmarca los labios cuando da una calada. Fue modelo en Nueva York hace cuarenta años, se casó con un productor de cine mediocre y acabó divorciándose y mudándose a Nashville para convertirse en cantante de música *country,* aunque no cuajó. Ahora, es la propietaria del edificio en el que vivo, escribe poesía e incluso le han publicado algunas.

Hace una mueca al ver que voy descalza y me pregunta:

—¿Has conocido a tu príncipe azul?

Me siento en el tercer escalón y respondo:

—Charlie ha resultado ser una comadreja con ropa de cocodrilo.

—¿Y lo del emú?

—No hemos llegado tan lejos y me ha dado miedo preguntar. Necesito vino y un poco de Ragnar Lothbrok. ¿Te apetece que hagamos maratón de *Vikingos*?

Da otra calada.

—Puede que mañana.

—¿Qué tal la cabeza?

—Ahora mejor. ¿Y la reunión con el tutor?

Le cuento horrorizada cómo ha ido la tutoría.

—No me va a recomendar para el CERN, no le gusta mi metodología para dar clase y no está satisfecho con mis resultados del semestre pasado —digo con un suspiro. No le falta razón en esto último.

Myrtle expulsa el humo y yo inhalo el olor.

—Sigo esperando el próximo capítulo de Vureck y Kate. Necesito saber si Kate conseguirá escapar de la nave.

Llevo cinco meses escribiendo una novela de ciencia ficción. Para mi sorpresa, es una novela romántica, aunque no fue mi intención, surgió así. La ciencia ha sido el centro de mi mundo desde que descubrí a Albert Einstein cuando estaba en primaria, pero escribir es la manera que tengo de deshacerme de la frustración.

—Le ha dado por fin algo de ropa después de explorarla para cerciorarse de que no tuviese ninguna enfermedad, pero, ahora, la ha encerrado en una cámara antigravedad y la pobre no consigue salir de ahí. Tiene que desactivar el centro de control para huir, pero no sabe cómo.

—¿Y si se va la luz de la nave? —sugiere—. La serpiente que tiene de mascota puede llevarle herramientas a la cámara y, así, ayudarla a escapar.

—Claro, porque las serpientes son capaces de coger herramientas —respondo con una sonrisa.

—Es alienígena. Ponle dedos.

Cojo el móvil y me apunto las ideas.

—Quizá. O hacer que al tipo fortachón lo atormenten los remordimientos, por su pasado un poco turbio, y vaya sonámbulo a la cárcel y la libere él mismo…

—Porque, en realidad, se la quiere tirar, pero no lo sabe todavía. Tienes que describir al alienígena lila con un buen miembro. El tamaño importa, me da igual lo que diga *Cosmopolitan.*

Sonrío.

—Ella sale de la cárcel e intenta huir, pero él la pilla y caen al suelo. El tipo musculado de dos metros está sobre el cuerpo blando y suave de la chica, y él nunca ha visto a una hembra de ese color… —Se me va apagando la voz a medida que se me ocurren ideas, y, cuando levanto la mirada, veo que Myrtle me sonríe con ironía.

—Se te iluminan los ojos cuando hablas de ellos. Tienes una artista escondida en tu interior.

Ja. Suspiro y me guardo el móvil en el bolso.

—Seguro que mis compañeros de clase piensan que la novela es ridícula.

—Ya veo que te importa lo que piense la gente. Supongo que a mi edad se ve todo desde otra perspectiva, pero, si quieres ser feliz, tienes que hacer lo que te acelere el pulso. Cada segundo cuenta. ¿Qué es lo que deseas más que nada en el mundo, Giselle?

No tengo ni idea. Ya no lo sé.

Sus palabras se me quedan grabadas y se retuercen en mi interior. Ahora que la opción de ir al CERN ha desaparecido, ya no sé qué será de mi vida profesional. ¿Qué haré ahora? Graduarme. Dar clases. Investigar. Vale, ¿y ya está? ¿Qué hay del amor y de mi sueño de formar una familia? A fin de cuentas, solo me queda la física y es la única en la que puedo confiar mientras mi vida pasa vacía por delante de mí. Se me vuelve a cerrar la garganta.

Pookie hace pis, se acerca corriendo y se sienta sobre mi regazo.

Acaricio al perro y le toco el pasador que lleva en el pelo de la cabeza.

—Últimamente, he tomado muy malas decisiones… Primero lo de Preston, que menudo desastre. Por lo menos, la física no me va a decepcionar. —Se me quiebra la voz y me sorprendo, pero es una muestra de lo mal que me ha ido el día—. Me he peleado con Devon.

—Ay, querida. Sé lo mucho que odias las confrontaciones. Cuéntame qué ha pasado con pelos y señales —dice mientras se sienta a mi lado.

Le cuento la cita con Rodeo y recreo ambas partes de la pequeña pelea que he tenido con Devon. Tengo una memoria eidética, algo que resulta horrible a veces, sobre todo, cuando quieres olvidar alguna mala experiencia; recuerdo casi a la perfección las imágenes y los sonidos, y todo tipo de detalles sensoriales. Nunca podré olvidar lo bien que olía Devon ni lo que he sentido al tenerlo contra el pecho. Tenía los músculos duros y definidos, y olía a verano y a hombre sensual. Lo resumo todo con:

—He tenido una pataleta anticuada y me he ido de allí echando humo. Por culpa de Jack, ahora Devon cree que me tiene que proteger. —Rasco a Pookie debajo de la barbilla—. Cada vez que me vea, pensará en mi virginidad. Seguro que cree que soy un bicho raro, eso explicaría cómo me observaba durante la boda.

Myrtle pone una mano sobre la mía y me ofrece el porro con una mirada cargada de máscara de pestañas.

—Creo que te iría bien una calada.

Hago una mueca.

—De todas maneras, te lo vas a tragar solo por estar aquí, así que… Va bien para activar las ondas cerebrales y pensar libremente —añade moviendo las cejas con picardía.

—Ahora mismo, prefiero tener las neuronas concentradas.

Suelta una carcajada y me vibra el móvil. Me lamento al ver «Mamá» en la pantalla, dejo que salte el buzón de voz y me levanto.

—Puede que en otra ocasión. El deber de hija me llama.

Dejo el perro a sus pies y observo el rostro de la mujer.

—No te he preguntado qué tal te ha ido el día. ¿Todo bien?

Gesticula con las manos llenas de joyas.

—La caja de fusibles del sótano está escacharrada. No sé qué de la electricidad. El camión de la basura no ha pasado. Pookie se ha cagado en mis zapatos de tacón bajos. Nada nuevo. —Se humedece los dedos y apaga el porro, se lo vuelve a colocar detrás de la oreja y me sigue hasta la ancha puerta principal.

—No ha pasado nada interesante entonces, ¿no?

Hace una mueca.

—Si te refieres a si he hablado con el señor Brooks, no lo he hecho. Me puede besar la petunia con esos labios arrugados y esa calva.

La rodeo con un brazo. El señor Brooks era su novio y estuvieron bastante tiempo juntos hasta que rompieron al mismo tiempo que Preston y yo. Desde entonces, nos compadecemos juntas.

—Lo siento.

—Pasaría un buen rato con él en la cama, pero no vale la pena —dice estrechándome.

—Vaya dos patas para un banco —le digo mientras entramos y la ayudo a subir los últimos escalones.

—No me he traído el bastón —comenta cuando nos acercamos al ascensor que, aunque es pequeñito y oscuro, funciona. Está en el sótano, así que pulso el botón para que suba. Las puertas se abren.

—Tendrías que hacerte la operación de rodilla —le digo cogiéndola por el codo—. Sabes que yo te ayudaría con la recuperación.

Me dice adiós con la mano y pone un pie en la puerta para evitar que se cierre.

—¿Te apetece que cenemos *sushi* mañana?

Asiento.

—Genial. *Spider roll* y wontón frito. En tu casa.

Señala hacia la puerta a un lado del vestíbulo en la planta baja.

—Podemos invitar al vecino nuevo. Se llama —Se inclina para susurrar— John Wilcox. Ha llegado hoy. Es un hombre muy guapo de unos cincuenta años.

Veo ese resplandor en sus ojos. Ya ha intentado emparejarme con el tendero, el panadero y el chico que trae el periódico de los domingos. No ha funcionado ninguna de las veces.

—Es todo tuyo. Por favor.

Lo piensa y dice:

—Es que tiene un gato, y soy alérgica.

—Pues te tomas un antihistamínico.

Se lleva un dedo a la barbilla.

—La noche de *sushi* siempre ha sido una noche de chicas.

—¡Pero las normas están para saltárselas! —me quejo.

Me sonríe con expresión divertida.

—Pues a ver si te lo aplicas.

—Invítalo. Lo pasaremos de muerte —comento emocionada mientras le digo adiós con la mano. Ella pulsa el botón de la segunda planta y deja que se cierre la puerta. Subo por las escaleras hasta mi piso en la tercera.

No tengo *whisky*, pero estoy a punto de darle un trago a la copa de vino cuando mi madre me vuelve a llamar sobre las nueve.

—¡Mamá! —digo alegremente—. No he podido cogértelo antes, que no estaba en casa.

—¿Tiene trabajo? —Nada de «Hola, ¿cómo estás?».

—Era una estrella de los rodeos, llevaba una hebilla en el cinturón y todo. —Luego añado—: Pensaba que Topher aguantaría por lo menos hasta las cinco de la tarde de mañana para contarte que tenía una cita.

Topher y mi madre habían tenido una época complicada cuando él vivía con mi hermana, porque mi madre insistía en que no estaba bien convivir con un chico, pero, ahora que Elena y Jack se han casado, está satisfecha y lo trata como si fuera uno más de la familia. Aunque no sé si eso es bueno.

—Topher no sabe guardar un secreto. Si no fuera gay, te diría que te casaras con él. Cuando estaba haciendo limpieza después de cerrar, ha pasado por la peluquería a por unos cuantos Sun Drop.

—Se ha metido en un buen lío por correr a contártelo. —Tramaré mi venganza.

Pasamos los siguientes minutos hablando hasta que me suelta la bomba:

—El domingo es tu cumpleaños. Llegaré de la iglesia sobre las doce, así que quiero que estés aquí sobre la una, querida.

Dejo la copa, me inclino hacia delante y agarro el móvil con fuerza. Hay algo en su voz que…

—No quiero hacer nada especial, mamá. Solo que estemos nosotras, la tía Clara y Topher. —Jugueteo con los hilos del sofá azul—. Elena y Jack no habrán regresado todavía, podríamos esperar…

—Lo celebraremos el domingo.

Gruño al oír su voz decidida. Es como un *bulldog.*

—Mamá, podemos esperar.

Se queda en silencio un instante y la imagino en su casa majestuosa de ladrillo con margaritas. Lo más probable es que ya se haya puesto el batín largo azul con el dobladillo de encaje. Seguramente, esté acurrucada en el sillón reclinable, viendo *Dateline,* con el pelo perfectamente peinado, mientras tamborilea los dedos en un ejemplar de la revista *People.* Tiene una infusión de menta en una taza a su lado.

—¿Mamá?

—Es que no me gusta nada verte tan triste, cariño. Preston...

Harta de escuchar ese nombre y molesta, me aparto el teléfono durante los siguientes diez segundos. A veces, creo que la ruptura le afectó más a ella que a mí. Al principio, no estaba muy convencida, porque Preston había sido el novio de Elena, pero es abogado, vive en Daisy y tiene dinero. Reunía todos sus requisitos, así que no se pudo resistir. Planeó nuestra boda, nos hizo un álbum con su gama de colores favorita (rosa y más rosa), eligió las flores, el restaurante, la banda...

Me acerco el teléfono a la oreja.

—¿No estabas enamorada de él?

—¿Quién?

—¿Es que no me escuchas? Mike Millington, el nuevo director del instituto de Daisy. Se ha divorciado hace poco. Se casó con una chica que conoció en la Universidad Tulane. Se ve que ella le puso los cuernos y tienen una hija, que es adorable. De añitos, así que te sobra tiempo para convertirte en un buen modelo a seguir...

—No estaba enamorada de él. —Tiene cuatro años más que yo y era nuestro vecino hasta que me fui a la universidad. Escribí nuestros nombres en una libreta y dibujé corazones alrededor. Tenía trece años—. Una vez, me ató a un árbol con unas esposas —comento.

—No exageres, que eran de plástico.

Dejo a un lado los recuerdos cuando me doy cuenta.

—¡Mamá! ¿Lo has invitado a mi cumpleaños? ¿Por qué?

—Querida, sé amable. Su padre falleció, y al poco tiempo, también su madre. Ha vuelto a Daisy y vive en la casa de sus padres. Ha empezado desde cero, cariño, solo quiero ser una buena vecina. No te preocupes por los detalles, yo me ocuparé de todo.

Entiendo que piense que estoy triste, pero de ninguna manera, puedo encargarme yo solita de elegir mal a los chicos con los que salgo.

—Hace diez años que no lo veo —farfullo, y me pongo en pie para deambular por el comedor—. No quiero atiborrarme de comida delante de él. Es mi cumpleaños...

—Haré que se siente a tu lado.

Gruño.

—¿Por qué?

Se queda en silencio un buen rato y solo oigo su respiración. Cuando habla, su voz suena apagada y con un ápice de dolor:

—Es un día agridulce, querida, pero te mereces una fiesta. Quiero que seas feliz.

Cierro los ojos. Cuando estaba debajo de las gradas del instituto, prácticamente desnuda mientras me grababan, mi padre tuvo un accidente de coche, después, entró en coma y acabó falleciendo. Eso fue en mi decimosexto cumpleaños. El día en el que empezó la maldición y, desde entonces, no he dado ninguna fiesta de cumpleaños.

La frialdad también empezó ese día.

Exhalo.

—Deberíamos hacer algo sencillo, como siempre.

Oigo el sonido de la taza cuando la deja sobre el platillo.

—No puedo retirar la invitación, sería de muy mal gusto. Eso lo sabe toda buena anfitriona. Cuando estemos todos juntos, te alegrarás. Te conozco más de lo que crees.

Me toco el puente de la nariz con el pulgar y el índice.

—¿Cuando estemos todos? —¿Qué ha planeado?—. ¿Has invitado también a mi novio de infantil?

—¿Cómo se llama?

—Jude. Qué más da, mamá. No puedes dar una fiesta con todos mis posibles futuros maridos. No necesito un hombre, tengo mi trabajo. —De un tiempo a esta parte, pienso lo contrario, pero no puedo contarle la misión en la que estoy embarcada en ese momento y que no tiene nada que ver con el amor. No hace falta que haya sentimientos. Solo el acto en sí mismo.

Miro la pared con ferocidad y juego con el collar.

—Si voy a ir a la fiesta, quiero alcohol.

—Es el Día del Señor.

—Champán. Jesús lo entendería.

Hace una pausa.

—De acuerdo.

Fulmino el móvil con la mirada, como si esperara que mi madre saliera de ahí con dos cabezas. ¿Parece que está dando su brazo a torcer?

Suspiro y aprieto los dientes.

—No me pondré nada especial.

—Como quieras —susurra con un tono victorioso—. Vístete como siempre. Siempre vas guapa.

Porque mi estilo está inspirado en el suyo.

—Sí, sí. Ya verás.

—No seas malcriada como tu hermana.

Sonrío con suficiencia. Elena fue la que se marchó a Nueva York a estudiar —cómo osó dejar el sur de los Estados Unidos—, viajó por Europa, renunció a ser médica para convertirse en bibliotecaria y acabó creando su propia empresa de lencería. Es la rebelde y yo soy la de repuesto, la que mi madre cree que nunca desobedecería, aunque últimamente me tambaleo en la cuerda floja y no sé hacia qué lado voy a caer. Suspiro y termino por contarle lo del CERN y ella no puede esconder el alivio en su voz. No le hizo gracia ni el simple hecho de que solicitara el puesto. Por lo menos, alguien se alegra de que no vaya a ir.

Después, cuando el vino me ha tranquilizado, vuelvo a sacar el tema de la fiesta.

—¿Has invitado a Devon?

El diálogo de fondo desaparece. Ha apagado la televisión.

—¿Quieres que lo haga?

Agarro el móvil con fuerza.

—Solo pregunto para saber cuánta gente habrá.

—¿Lo has vuelto a ver desde la boda?

No me gusta el tono con el que lo dice, parece que esté tomando apuntes.

—Poco. —No es una mentira del todo, pero no me apetece hablar de él y lo que eso implicaría.

—No es tu tipo, querida. Es de California.

Lo dice como si hubiera estado en la cárcel. Pongo los ojos en blanco.

—Y no lleva un pendiente, sino dos.

—Sé contar.

—¿Y qué me dices de los tatuajes? Dios mío.

Por eso nunca le he enseñado mi intento fallido de tatuaje.

—Es un mujeriego —continúa—. ¿Quién era la chica que llevó a la boda? Iba pintada como una puerta.

—Todas las mujeres somos diferentes, mamá. No nos juzgues.

—Bueno, pero no pegáis. Tú lo que necesitas es un chico de Daisy con el que tener bebés.

Exhalo.

—Olvídate de Devon. Nos vemos pronto…

Antes de que tenga tiempo de contestar, digo «te quiero» y cuelgo.

Me dejo caer en el sofá y me sirvo otra copa. Saco la libreta, encuentro la página donde escribí mis propósitos y anoto otro con lápiz, justo debajo de «Ir a Suiza», «Perder la virginidad» y «Escribir una novela de ciencia ficción».

«Comprarme un vestido que me llegue justo por debajo del culo».

A medianoche, estoy escribiendo, sentada al escritorio, con mis vaqueros deshilachados, con agujeros y una camiseta mientras escucho el retumbar de la tormenta de verano. Por lo menos, el frente hará que el aire sea más fresco. Cuando voy a la cocina para coger un vaso de agua, la luz se va y mi apartamento queda sumido en la oscuridad. El brillo del portátil se abre paso entre la penumbra e ilumina algunas partes del piso. Puede que sea por la tormenta o que un coche se haya chocado con algunos de los transformadores de la zona. Los apagones no son muy comunes, no recuerdo que haya habido ninguno en el año y medio que llevo viviendo aquí.

Miro por la ventana y veo que hay luz en el resto de la ciudad. Busco a tientas por el piso, cojo una linterna de un cajón de la cocina y me dirijo hacia la puerta principal. Me pongo tensa cuando la linterna ilumina una neblina grisácea que entra lentamente desde el vestíbulo y se cuela por debajo de la puerta. Por un momento, me quedo helada.

La caja de fusibles. Myrtle me ha comentado que algo eléctrico se había roto en el sótano. Cada vez más asustada, me deshago del aturdimiento que me paraliza y abro rápido la puerta. No hay fuego y tampoco oigo ningún chisporroteo, pero el olor a humo me inunda la nariz. La humareda me rodea los pies cerca de las escaleras y se me acelera el corazón, aunque soy consciente de que no es densa ni espesa.

Me dejo llevar por el instinto, cierro la puerta para evitar que entre el humo y bajo los escalones de la escalera de tres en tres. Cuando solo me quedan dos escalones, con las prisas, me caigo y aterrizo de culo en el rellano, pero no siento dolor, así que me levanto rápidamente. Llego a la puerta de la primera planta, que da al vestíbulo de Myrtle, la abro de inmediato y entro corriendo. Aquí, el humo es más denso, está a cinco centímetros del suelo y cada vez sube más. Me cubro el rostro con la camiseta y, antes de llegar a la aldaba, ya la estoy llamando a gritos y golpeando la puerta.

Tengo la respiración acelerada y cuento las veces que aporreo la puerta con el puño. Quince veces. La llamo.

Abre la puerta de la entrada al mismo tiempo que la maldita alarma de humo empieza a sonar. Eso solo me pone más nerviosa. ¡A buenas horas!

—Gracias a Dios. Debe de haber un incendio. ¡El humo está entrando por los conductos de ventilación y subiendo por la escalera! —La agarro del brazo, no hay tiempo de medir las palabras—. ¿Dónde está Pookie?

—¿Cómo dices? —Tiene un aspecto desaliñado, parece que llevaba horas dormida, lleva el batín torcido y tiene los pies descalzos.

Oigo un rumor, como un sonido metálico y, en ese instante, el agua empieza a salir por el rociador antiincendios del techo. Hace años que hizo que los instalaran en los pasillos.

—¡Myrtle, es un incendio! ¡Coge al perro! —le digo. Ella se pone pálida y se mueve de un lado al otro.

—No puede ser. El electricista me ha dicho que estaba bien…

La agarro de los hombros y bajo la voz para intentar sonar calmada a pesar de las circunstancias.

—Venga, Myrtle, cariño. ¿Dónde tienes al perro?

—En la cama. —Señala hacia la parte de atrás del piso y sale al pasillo, examinándolo todo con los ojos como platos. Suelta un grito ahogado cuando la dejo y entro a por el montón de pelo tembloroso al que cargo en brazos. De camino al pasillo, cojo su bolso y su bastón. Tiene el sistema de alarma conectado con el servicio de emergencias, así que vendrán los bomberos. Intento aguzar el oído para oír las sirenas, pero justo acaba de saltar la alarma…

Myrtle coge a Pookie y me sigue a un paso lento que hace que me den ganas de gritar. La guío rápidamente hacia la escalera y le doy órdenes mientras la ayudo a bajar a la planta inferior.

—Baja los escalones poco a poco, muy bien, así. De uno en uno. Lo estás haciendo muy bien. —Me acuerdo de algo y me horrorizo—. ¡El vecino nuevo! —Si el incendio está en el sótano, él se llevará la peor parte—. No abras las puertas del sótano —le digo pensando en voz alta—. Cuidado con la deflagración.

—¿Con qué? —grita. Cada vez está más pálida.

Durante medio segundo, pienso en explicarle que la deflagración se produce cuando se introduce oxígeno en una zona con bajos niveles de oxígeno, cosa que reavivaría el fuego, y los hidrocarburos y el humo negro explotarían y se llevarían por delante todo lo que se encontraran a su paso. Pero no tengo tiempo.

Inhalo con fuerza y veo que todavía se puede respirar. Tengo que mantener la calma por ella. Toco la última puerta con las palmas de las manos y veo que no está caliente, así que la abro y el humo llena la primera planta.

—Vamos poco a poco, vale, Myrtle. Lo estás haciendo muy bien. Cierra la puerta de las escaleras, esa, genial. Te acompañaré a la puerta principal y yo iré a por el nuevo, ¿de acuerdo?

Asiente, estrecha a Pookie con fuerza, con los ojos abiertos de par en par mientras tose. Cada vez más asustada, corro por su lado cuando veo que sale y está a salvo. En cuanto llego a la puerta del vecino nuevo, el hombre la abre con el gato en brazos. Menos mal.

—Hay un incendio —digo.

Él asiente bruscamente y se dirige hacia la salida en la parte delantera del edificio. El humo es cada vez más espeso y oscuro, me lloran los ojos y miro hacia la puerta del sótano. Oigo un chisporroteo, pero no veo llamas.

—¿A dónde vas? —me grita el hombre cuando me doy media vuelta.

Me muerdo el labio al ver hasta dónde llega el humo por la escalera. No está muy mal, todavía no es un humo denso y me llega por las rodillas. Si la cosa se pone fea, puedo salir por las escaleras que hay por fuera de la cocina, pero sé que no hará falta.

—Tengo que ir a por el collar de perlas de mi abuela.

Abre la boca, sorprendido, pero, antes de que me responda, salgo corriendo como alma que lleva el diablo.

Cuando entro en el piso, cierro de un portazo y rebusco por todas partes mientras cuento mentalmente los segundos. Mientras subía, lo he estado pensando y me he dado cuarenta segundos para buscar. Es menos de un minuto, pero puedo conseguirlo y es seguro.

Diez segundos…, las perlas no están en la mesa baja ni debajo de los cojines.

Veinte…, tampoco en la cocina, donde he abierto el vino.

Derrapo por la esquina hacia la habitación, mis ojos se dirigen hacia los libros de texto en el escritorio y la ropa en la cama. Nada. La frustración empieza a mezclarse con el miedo.

Treinta…, el humo me rodea cuando llego al lavabo, abro la puerta de una patada y busco entre las cremas, los perfumes y el maquillaje. Cojo una toalla, que uso para cubrirme la boca. No pasa nada, no pasa nada. Tengo unos buenos pulmones, siempre salgo a correr. Pero… la abuela. Falleció después de mi padre y nada volvió a ser igual. Ella siempre llevaba el collar. Le encantaban sus perlas, jugueteaba con ellas. Yo nunca fui su favorita, era Elena, pero me quería de todos modos.

Cuarenta… Salgo corriendo de la habitación y corro hacia la puerta principal, pero el humo entra por debajo como un maremoto. Me lloran los ojos y empiezo a toser. No puedo salir por ahí, no sé qué hay al otro lado. A lo mejor, hay llamas, o a lo mejor, el humo acaba conmigo antes de que me dé tiempo a bajar por las escaleras. Las náuseas me forman un nudo en el estómago que parece de cemento.

Con la mochila en la mano, corro hacia la habitación, cojo el portátil, el móvil y el bolso, y los meto en la mochila antes de salir hacia la cocina. Forcejeo rápidamente con el pasador de la ventana que hay al lado de la mesa. Oigo las sirenas de los camiones de bomberos a lo lejos y veo las luces rojas y blancas.

La lluvia me empapa y un relámpago cruza el cielo cuando saco las piernas por el alféizar al balcón, casi inexistente, y miro hacia el suelo de cemento. Genial, lo que me faltaba, un poco de electricidad mientras bajo por la escalera metálica. Miro por el borde. Según mis cálculos rápidos, debe de haber unos catorce metros.

—No tengo miedo —murmuro.

La lluvia que cae del cielo me golpea. Me cuelgo la mochila de los hombros, desengancho y empujo la escalera de metal, y escucho cómo chirría y cruje al bajar. Está oxidada, pero sé que funciona. Las chicas como yo tenemos siempre un plan. Comprobé todas las salidas el día que me mudé aquí.

El miedo me recorre la espalda al empezar a bajar. Me sujeto con tanta fuerza como puedo y me concentro en mirar los ladrillos que voy dejando atrás.

Son catorce metros. Puedo hacerlo.

Me agarro a la escalera con todas mis fuerzas. Bajo un pie y repito.

El viento me zarandea y tira de mí, y se me resbala la mano derecha. Me cojo con la misma agilidad con la izquierda, pero necesito un momento para respirar hondo e intentar tranquilizarme. Por lo menos, el aire está limpio. Me ajusto la mochila y vuelvo a empezar. Cuando estoy a medio camino, empiezo a oír débilmente que gritan mi nombre desde algún lugar entre el caos; es como un rugido escondido bajo el ruido de la lluvia y las sirenas. Pero no miro, me limito a seguir. Estoy en el lateral del edificio que da a la calle, así que no veo quién hay en la parte delantera, donde los bomberos gritan órdenes. Por el rabillo del ojo, veo que pasa una ambulancia. «Es normal», me digo a mí misma. Siempre acuden cuando llaman a los bomberos.

Llego a la altura del techo de la planta baja y me quedo quieta al ver el ventanal enorme de vidrio antiguo y ondulado que tanto le gusta a Myrtle. Las llamas centelleantes se propagan por el interior de la puerta del sótano a unos pocos metros, donde crepitan y bailan. Un humo espeso y negro sube por el pasillo como un monstruo nebuloso. Al otro lado, están las escaleras, pero no puedo ver la puerta.

Me dejo caer los últimos peldaños y corro hacia la fachada delantera.

—¡Myrtle! —grito cuando el sanitario la tumba en la camilla. ¿Qué le ha pasado? ¡Pero si ha conseguido salir! ¿Cuánto rato he estado...?

Siento una punzada de culpabilidad, me agacho para recobrar el aliento en la calle, jadeo, pero la adrenalina me va abandonando poco a poco. Lo he conseguido, lo he conseguido. Ahora bien, si le pasa algo a ella...

Examino la escena, miro al otro lado de los camiones rojos y me quedo atónita cuando lo veo.

¿Qué hace él aquí?

—¡Devon! —grito por encima de la aglomeración a los hombres que le impiden entrar al edificio.

Los segundos que tarda en girarse hacia mí y mirarme fijamente a los ojos se me hacen eternos. Se da media vuelta y viene —no, corre, corre rápidamente— hacia mí igual que en las películas, aunque...

Me coge con fuerza por los hombros y sus dedos se me clavan en la piel. Su rostro, que normalmente está bronceado, está pálido y hace un mohín de enfado con la boca.

Me lamo los labios entre jadeos.

—Tenemos que... dejar de... vernos siempre... en situaciones así...

Tira de mi cuerpo hacia el suyo, suelta un gruñido y me besa.

Capítulo 5

Giselle

—Estoy bien —le digo a la sanitaria que me ha pedido que me siente en un banco delante del edificio hace unos minutos.

Me vuelve a examinar los ojos con una linterna.

—¿No te has golpeado la cabeza? ¿Ni te has caído? ¿Estás mareada, tienes ganas de vomitar o tos? —pregunta. Su tono formal me tranquiliza, pero nada consigue que se me estabilice el corazón.

—Un poco de tos.

Me fijo en el hombre que camina de un lado al otro detrás de ella y que me mira con una cara que dice: «Te mataré en cuanto me asegure de que estás bien». No puedo aguantarle la mirada, así que inhalo y observo a los bomberos que se apresuran por el edificio. Han apagado el fuego, pero el humo sigue saliendo de las ventanas. Madre mía, ha sido todo tan rápido.

—Tiene el tobillo hinchado —gruñe Devon. Me miro el moratón feo y amarillo que tengo en la parte exterior del pie derecho.

La sanitaria le echa un vistazo.

Hago una mueca.

—Es que me he caído por las escaleras cuando he ido a por Myrtle. No me duele, es solo un esguince…

—¡Tendrías que haberte quedado fuera con ella! —Devon se pasa una mano por el pelo, otro signo de enfado. Ya me ha dicho eso unas cien veces desde que me ha visto.

La chica se gira hacia él y le pide que se aleje un poco. Él suspira y obedece.

Dejo de mirarlo y me llevo una mano al pecho, todavía no se me ha calmado el corazón, parece que me va a estallar.

Después de examinarme el tobillo, se pone de pie y me dice lo que ya sé: que está bien, que me ponga hielo y que no lo fuerce. Es muy amable, sobre todo, teniendo en cuenta que no la he dejado que me examinara hasta que hubiera hablado con mi mejor amiga. «Myrtle está bien», me repito una y otra vez. Antes de irse en la ambulancia, me ha dado una palmadita en la mejilla y me ha asegurado que solo se le había doblado la rodilla en el último escalón. Se me hace un nudo en el estómago. Es una mujer frágil. Puf. Y el gato de John ha saltado de los brazos de su dueño y se ha escapado en cuanto han salido por la puerta. Lo encontraremos. Lo encontraré aunque sea lo último que haga.

John se ha ido en la misma ambulancia que Myrtle. Tenía el rostro grisáceo y se sujetaba una máscara de oxígeno. «Bienvenido a tu nuevo barrio. Normalmente, no está en llamas».

Me llega un quejido desde el regazo y acaricio al *yorkie,* que se ha quedado conmigo.

—Shhh —digo con suavidad—. Ya está, peque. Tu mamá está bien.

—Al menos, déjame que sujete al perro —dice Devon, que se acerca desde donde caminaba sin parar de un lado al otro.

Parece que se ha calmado un poco, y la sanitaria asiente y le da permiso para acercarse y coger al animal tembloroso. Frunzo el ceño y pienso que la perra lo va a morder, pero lo observa y acurruca la nariz en el pliegue de su codo. Me rindo. No hay hembra que se le resista.

Me observa una vez más, como si buscara otras heridas, y se dirige a un grupo de bomberos que se reúnen al lado del edificio. Ignora la cinta amarilla que precinta el bloque. Se abre paso y empieza a hacer preguntas. A ellos no parece importarles. Debe de estar bien eso de ser famoso.

Pillo algunos trozos de la conversación. El fuego empezó en el sótano. Hay daños estructurales por todas partes. El jefe de bomberos está en camino para evaluar los daños. Sí, mandaremos a un equipo para que cubra las ventanas y las puertas con tablones de madera, y, así, no entren a robar. Una vez precintado el lugar, solo se puede pasar con una autorización. ¿Se han mojado mis cosas? Apesta a humo, sin lugar a duda. Por lo menos, ha dejado de llover y el aire es fresco.

Mierda.

Yo…

¿En qué estaba pensando?

Olvida eso.

Me ha besado.

Me toco los labios. Hacía meses que nadie lo hacía. Ha sido un beso duro y rápido, sin un ápice de dulzura. Sin lengua. Sin saliva. Estoy un poco decepcionada.

—¿Es tu novio? —me pregunta la sanitaria, que señala a Devon con la cabeza—. Está buenísimo y, madre mía, qué carácter. Es Devon Walsh, ¿verdad?

—Somos amigos.

Arquea una ceja.

—Ha intentado entrar al edificio para buscarte, han estado a punto de arrestarlo. Se ha cagado en todo el mundo —ríe.

Cierro los ojos, arrepentida.

—¿Están todos bien?

Me da una palmada en la mano, parece entender por qué pregunto.

—Están muy bien entrenados. Hemos vivido situaciones mucho peores. Estabas en la tercera planta, ¿verdad?

Asiento.

—Has salido antes de que entraran a buscarte, pero, incluso si lo hubieran hecho, los bomberos conocen su trabajo.

Eso no me consuela. Devon. Parpadeo rápidamente. Si hubiera conseguido entrar para ir a buscarme… Recuerdo la imagen de la planta baja y se me revuelve el estómago. Me cubro el rostro con las manos temblorosas.

La chica se aleja para recoger sus cosas y Devon se acerca. Se detiene delante de mí y se coloca bien a Pookie en el brazo. Parecería que la imagen de un hombre fuerte como él con un perro diminuto quedaría ridícula, pero no es el caso.

—Ya me encargo yo de ella. —Me pongo de pie y procuro no tambalearme.

Tensa la mandíbula y su rostro cambia.

Cojeo con ambos pies al acercarme a él; lo del tobillo no es para tanto, solo siento punzadas, pero él maldice entre dientes y se acerca para que no tenga que caminar. Me coge la mano para entrelazarla con la suya y la sujeta con una firmeza tranquilizadora. Conmigo agarrada de una mano, y con Pookie en la otra, me guía poco a poco hacia donde tiene aparcado el Hummer.

—¿No tendríamos que quedarnos a ver qué pasa? O, por lo menos, a buscar al gato. —Me siento frustrada al darme cuenta de que ni siquiera sé cómo se llama el animal—. ¿Puedes llevarme al hospital? Myrtle está sola y querrá que llame a su hija, que está en Nueva York, y a los del seguro…

—Son las dos de la madrugada. Ya aparecerá el gato, tu amiga está bien, y tú estás descalza y no te puedes mantener de pie, así que te voy a llevar a casa.

No tengo casa.

Abre el Hummer negro con la llave y la puerta del copiloto, y me hace un gesto para que entre.

Se me hincha el pecho.

—Pero Myrtle…

—Súbete de una vez al coche, Giselle, o no te gustará lo que tendré que hacer.

¿Besarme?

¿Empotrarme?

No tiene pinta. Solo lo haría enfadar.

—¿Qué hacías en mi casa tan tarde?

—Sube. Al. Coche.

—¡Vale! —Resoplo, me monto y me hundo en el asiento lujoso y negro. Huele a cuero caro y a hombre *sexy.*

Deja a Pookie en el suelo de la parte de atrás con un cuidado que me resulta sorprendente, corre hacia el maletero y empieza a mover cosas de un lado al otro. Vuelve rápidamente, y envuelve a la perrita con cuidado en una sudadera y la coloca para que no se deslice por el coche.

Ocupa el asiento del conductor y enciende el motor; espero que arranque, pero no lo hace. Agarra el volante de cuero negro con tanta fuerza que se le ponen los nudillos blancos.

Los nervios se apoderan de mí, me deshincho y mi expresión valiente desaparece.

—Devon, por favor, reconozco que no debería haber entrado, pero sé cómo funcionan los incendios. No había mucho humo en mi planta y contaba con la escalera de emergencia. Controlé si me mareaba y me di menos de un minuto…

—El fuego es impredecible, Giselle —me interrumpe con el ceño fruncido mientras mira con furia por el parabrisas. Ojalá me mirara a mí—. Y todo por un collar.

—El collar de mi abuela. Me recuerda a ella. —Doy una patada a la mochila, que está en el suelo, donde él la debe de haber puesto antes de que me sentara—. Por lo menos, he conseguido coger mi portátil con todo...

—Los portátiles se pueden remplazar fácilmente, pero tú podrías haber muerto. —Apoya la cabeza en el cabezal del asiento, se gira y me mira. Tiene los ojos de un color verde vivo y cargados de emociones reprimidas.

—Lo siento —digo al cabo de un rato, intentando que me mire—. Tienes razón. He reaccionado de manera instintiva. Ha ocurrido todo tan rápido que no he tenido tiempo de pensar... —Contengo la respiración cuando el miedo reprimido se abre camino hasta mi garganta. Es una sensación punzante y violenta que me recuerda el peligro de lo que he hecho. Parpadeo deprisa y aprieto los puños sobre el regazo.

Parece horrorizado.

—Giselle, joder..., no llores..., yo... —Se detiene—. Es que no me dejaban entrar y quería cargármelos a todos. —Aprieta el volante sin piedad.

Cuando entiendo cómo se debe de haber sentido, me arrepiento todavía más. Le he dado un susto de muerte. Él estaba allí, pero no podía hacer nada para salvarme y habría tenido que ser él quién hablara con mamá y Elena si me hubiera pasado algo. Las lágrimas me caen por las mejillas y me seco la cara a toda prisa.

—Ven aquí, nena. —Se inclina por encima de la guantera, me abraza y me acaricia la espalda con las manos. Siento la electricidad que desprenden nuestros cuerpos, la piel se me vuelve hipersensible. Por desgracia, soy la única que lo nota. Devon solo intenta ser amable conmigo.

Apoyo la frente sobre su pecho y absorbo su olor hipnotizante; huele como a mar y a sol.

—Pensaba que lo tenía todo bajo control. La situación dominada. Pero intentaste entrar en el edificio y, si te hubiera pasado algo, me habría querido morir. —Apoyo la mejilla sobre su corazón y oigo lo rápido que le late. Los deportistas de alto nivel tienen un ritmo cardiaco en reposo por debajo de los sesenta latidos por minuto, pero él está acelerado. Suspiro. Sigue enfadado y le estrecho la cintura con más fuerza.

No sé cuánto tiempo nos abrazamos, puede que un minuto, quizá cinco. El tiempo se deforma y él sube las manos hasta mi cuero cabelludo y me acaricia la cabeza por debajo del pelo. Me da un beso en la coronilla.

—Puedes soltarme. —«No lo hagas, por favor»—. Estoy empapada —susurro al darme cuenta de que se ha cambiado de ropa desde que lo vi en la discoteca. Ha pasado de llevar una camisa y vaqueros negros a unos pantalones de chándal ajustados, grises, y una camiseta blanca y húmeda, que se le pega al torso y le marca los pectorales. En la oscuridad del coche, Devon parece más grande y fuerte.

—Estás temblando.

Me suelta para poner la calefacción y suspiro al perder el consuelo de sus brazos. Me mira fijamente, me coge de la barbilla y me examina.

—Estoy bien, de verdad.

Se fija en mi camiseta.

—No llevo sujetador —digo, aunque es más que evidente—. Es lo primero que me quito al llegar a casa. Lo siguiente son las perlas.

Deja de mirarme los pezones erectos y sus ojos suben poco a poco hasta los míos. Vaya. Estoy muy dispersa como para contar los segundos, pero creo que nos miramos durante más de diez.

Sigo pensando en el beso enfadado que me ha dado, pero no me atrevo a sacar el tema. Lógicamente, ato cabos: el troglodita que lleva dentro ha reaccionado por miedo e ira o adrenalina, un cóctel embriagador de epinefrina que le ha ido de la médula al corriente sanguíneo. Ese es el Devon alfa en todo su esplendor, preparado para acabar con el mundo. Es probable que se sienta así cuando interceptan un pase que era para él. No tiene nada que ver con la atracción sexual.

—Habría entrado a buscarte todas las veces que hicieran falta.

Trago con dificultad.

—Lo harías por cualquiera.

Se aparta y se acomoda en el asiento.

—Ya. ¿A dónde quieres ir?

—Hay un Hilton a unas cuantas manzanas.

—No.

Lo miro. No ha tardado nada en contestar.

—¿Por qué no?

—Te vendrá bien tener compañía.

—Pues entonces, supongo que debería ir a casa de mi madre.

Me observa.

—¿Estás segura de que es lo que quieres?

Gruño.

—No, porque empezará a preguntarme cosas y se preocupará. Ya la llamaré mañana. Y con mi tía Clara tengo el mismo problema. —Me miro las piernas desnudas.

—Jack y Elena me dejaron una llave del piso cuando se marcharon, pero les están poniendo un suelo de madera nuevo, así que apestará a productos químicos… —Hago un gesto de asco.

—¿Y Topher?

—Ha alquilado un pisito en Daisy, pero no se lleva muy bien con el compañero. Imagino que tendré que pasar un par de días fuera de mi piso y no quiero molestarlo.

—¿Tienes más amigos?

Me muerdo el labio. No quiero explicarle lo pequeño que es mi círculo social. La mayoría de mis amigos vive en Memphis, donde estudié el grado y el máster, o se han mudado por trabajo al otro lado del país.

—Quédate conmigo hasta que se solucione todo.

Me quedo atónita.

—¿Quieres llevarme al picadero? —digo intentando quitarle hierro al asunto, porque, ¿me acaba de pedir que me quede en su casa?

—Veo que Elena te ha dicho cómo lo bautizó.

Me encojo de hombros. Devon le compró el apartamento a Jack, que lo tenía solo para llevar a sus novias, ya que vivía con él en otro piso. Jack y Elena se habían acostado en el ático cuando estaban borrachos y ella no sabía que era un jugador de fútbol americano famoso. Elena odiaba esa casa a más no poder, así que se encargó de que se lo vendieran a Devon una semana después de comprometerse.

Se detiene en la calle y coge una intersección.

—A buen hambre, no hay pan duro. Supongo que te llevará unos días encontrar otro piso. Además, yo casi ni me paso por el mío ahora que estoy de concentración.

—Suena bien. —Aterrador, pero, también, emocionante. Me mira un instante.

—Te parece buena idea quedarte en mi casa —afirma. No es una pregunta.

Me aliso los bordes deshilachados de los pantalones.

—Bueno, ahora que sabes lo de mi virginidad, creo que estoy en las mejores manos de Nashville. —Resoplo por la nariz—. Es gracioso. Como eres receptor abierto…

Farfulla algo entre dientes y observo las arrugas que se le marcan en el rostro. Me fijo en el perfil de su nariz, los reflejos dorados en su pelo oscuro, la curva perfecta de sus hombros anchos. Es evidente que está tenso. ¿Acaso esperaba que rechazara su oferta?

—No me has dicho qué hacías en mi casa en plena noche —insisto para intentar acabar con la tirantez que nos separa.

Gira hacia la izquierda con el coche.

—Fui a pedirte perdón por haberte gritado.

—¿A esas horas?

—No he dicho que fuera buena idea. Pasaba por allí con el coche y quería ver si tenías alguna luz encendida. De ser así, te habría llamado, pero he visto los camiones de bomberos. —Me mira de reojo.

—Pensaba que no sabías dónde vivía.

Se encoge de hombros con un aire informal.

—Elena me lo comentó una vez. Y te oí mencionar que vivías en la tercera planta.

Ah, ya lo entiendo. Sabía dónde vivo por pura coincidencia, no le interesa para nada.

Aprieto los puños cuando saco el siguiente tema:

—En cuanto a lo de la discoteca, me gustaría aclarar las cosas. En primer lugar, siento haberme puesto así contigo. Es a Jack a quien tengo que regañar, no a ti. En segundo lugar, quiero que sepas que no me estoy reservando para alguien especial. Si fuera el caso, me habría acostado con Preston en cuanto nos comprometimos, que, ahora que lo veo todo con claridad, fue el único

74

motivo por el que me pidió que me casara con él. —Suspiro lentamente y nos quedamos en silencio—. No pude hacerlo.

Frunce el ceño y pregunta:

—¿Por qué has dicho lo de ser frígida? ¿Es lo que te dijo ese imbécil?

El desagradable recuerdo vuelve a mi mente y, aunque intento deshacerme de él, persiste.

—Sí.

—Imbécil. —Me mira brevemente—. No merecía estar con una chica tan buena como tú. No dejes que sus palabras te afecten.

Miro por la ventana.

—Oye —dice—. ¿En qué piensas?

—¿Te gustan las historias largas?

—Claro.

Me muerdo el labio inferior y, sin darle muchas vueltas, le cuento la horrible verdad:

—Cuando tenía quince años, casi dieciséis, me fijé en un jugador de *lacrosse* de mi instituto. Era muy guapo y tenía unos ojos preciosos, me recordaba a lord Byron, ya sabes, con el pelo oscuro y esos morritos tan femeninos. Yo era un año menor, pero me adelantaron un curso, así que íbamos a la misma clase. —Suspiro—. Evidentemente, lo adoraba y, cada vez que me miraba, y madre mía cómo lo hacía, yo obedecía. Le hice el trabajo final, dejé que copiara mis apuntes de Química, le guardaba una silla en el comedor..., pero nunca me pidió que fuera su novia. El verano antes de empezar el último año, no hizo más que dorarme la píldora y me dijo que lo fuera a ver a los entrenamientos. Un día, cuando acabó de entrenar, me llevó detrás de las gradas, y yo fui, sabiendo que era donde iban los guais del insti a colocarse o a tener sexo. ¿Sabías que me eligieron como la más aburrida de la clase? En una de esas listas secretas, no en las que ponen en el anuario. —Se me quiebra la voz un poco, pero prosigo—: Bueno, pues me besó, fue mi primer beso de verdad, y, en cuestión de segundos, me dejó en ropa interior. Entonces, oí las risitas de sus amigos, que estaban escondidos, grabándolo todo con los móviles. Era el día de mi cumpleaños. —Siento que me arden las mejillas y agradezco que Devon mire hacia la carretera con un rostro serio—. Para cuando llegué a casa, mi padre ya estaba en coma. Ahora, con el tiempo, sé que no todos los tíos son como él, pero por eso me cuesta tanto acostarme con alguien.

—¿Cómo se llama el cabrón? ¿Dónde vive?

Aprieto los puños.

—Ya me encargué de él.

Me mira rápidamente.

—Muy bien.

Hemos llegado al Hotel Breton, su piso está en la última planta. Se encuentra cerca del estadio y es un edificio de estuco gris oscuro. El aparcacoches del turno de noche, un chico joven con uniforme negro, corre hacia el Hummer como si fuera el mejor día de su vida con una sonrisa de oreja a oreja.

Cojo a Pookie de la parte trasera y Devon me espera con la mirada agachada para que no pueda ver lo que piensa. Me coge de la mano, me acaricia el pulgar con el suyo cuando entramos y siento que las chispas que saltan entre nosotros me van a matar. El interior es de mármol y cristal, tiene una zona para sentarse alrededor de una fuente de cuatro niveles de granito negro texturizado que parece un monolito. Hay plantas exuberantes y flores de colores llamativos en varios jarrones grises con relieve, a ambos lados de una chimenea de más de seis metros. Una mujer mayor saluda a Devon con una mirada de admiración y se fija en sus hombros anchos desde la recepción. Juro que se lleva una mano al corazón cuando pasamos por delante de ella. Sí. Todo el mundo lo adora.

Se me acelera el corazón y no es por el incendio, sino por lo cerca que estoy de él. Camina por el vestíbulo como si fuera el dueño del hotel y yo le sigo el ritmo. Me guía por un pasillo escondido, me lleva hasta el ascensor que sube al ático y me dice el código para poder utilizarlo. Las puertas se abren y Devon tira de mí para que entre.

Mientras subimos hasta la última planta, siento que el aire está cargado.

Devon me suelta la mano.

—¿Les dijiste a los profesores que tú habías hecho los deberes del jugador de *lacrosse* para vengarte? —pregunta.

76

—Algo peor.

Nuestros brazos se rozan cuando me coge a Pookie de los brazos y arquea la ceja en la que tiene el *piercing*. Me muero de ganas de lamérsela.

—Confiesa tu retorcido plan, Giselle. ¿Qué le hiciste?

—Mis historias suelen ser bastante largas, Dev.

—Quiero oírlas.

Siento mariposas en el pecho e intento deshacerme de ellas. Es Devon, «mi amigo».

—Aquella noche, estuve en el hospital y, por un rato, me olvidé de Carlton, el chico.

—Carlton, ¿qué más?

Sonrío.

—El caso, mi padre falleció aquella noche. Comprobé si Carlton había colgado el vídeo, pero no. Pensé que, a lo mejor, se había enterado de lo de mi padre, porque es un pueblo pequeño, su padre era el alcalde y las noticias vuelan, así que creí que tal vez se sentía mal. No sé, quizá no quería publicarlo y solo pretendía chantajearme con algo. El insti empezaba al día siguiente, así que me daba mucho miedo que utilizara para algo el vídeo el primer día de clase. Lo que él no sabía era que, aunque soy una chica calladita, siempre tengo un plan.

—¿Planeaste tu venganza?

Asiento.

Sonríe y dice:

—Eres despiadada.

Entrecierro los ojos. «Si supieras lo que me he imaginado haciendo contigo».

—Yo trabajaba en la secretaría, limpiando y ordenando, así que tenía acceso a todo tipo de información. Podía conseguir documentos, exámenes que se dejaban en la fotocopiadora, contraseñas de los ordenadores de los profesores, aunque he de decir que no las usé nunca.

—Claro. Pero le habías hecho el trabajo final.

—Me equivoqué. Bueno, fui al colegio al día siguiente, sin que lo supiera mi madre. Yo estaba agotada, desconsolada y confundida, pero, sobre todo, enfadada. Me sentía furiosa. Con el mundo. —Se me acelera la respiración—. No era yo misma.

Me rodea con el brazo y me estrecha contra un lado de su cuerpo.

—Lamento lo de tu padre.

Asiento.

—No respondí cuando pasaron lista, porque no me iba a quedar, solo fui a la secretaría, abracé a la encargada, que era una viejita muy amable y se había enterado de lo de mi padre, y busqué la combinación de la taquilla de Carlton. Piensa que nos obligaban a dejar los móviles allí. Entonces, cuando todos estaban en clase, abrí la taquilla del chico y cogí su teléfono. Le dejé los libros de texto, porque los estudios son muy importantes. Aunque, tal como estaba, quería quemar todas sus posesiones.

—Eres una tía de armas tomar.

—¿Ya te he aburrido?

—Tú nunca lo haces.

—La gente tiene de todo en los móviles. Así que me fui a casa, porque recuerda que nunca había estado en el insti, y encontré dos vídeos en los que salía bebiendo y metiéndose rayas de coca en varias fiestas de los últimos años.

Me mira sorprendido.

—¿Cómo supiste la contraseña?

Me doy unos golpecitos con el dedo en la cabeza.

—Lo había visto desbloquear el móvil varias veces y, normalmente, no me olvido de lo que veo. Le mandé los vídeos a sus padres desde su propio teléfono. Fue muy fácil, porque tenía sus contactos ahí mismo. Si lo piensas, le hice un favor. A ese ritmo, se iba a acabar convirtiendo en un drogadicto. A la semana siguiente, sus padres lo ingresaron en un centro de desintoxicación, así que se perdió la mitad del último año. —Hago una pausa, noto que me mira con esos ojos tan verdes e intensos—. ¿Crees que me pasé?

—Ni de coña. Creo que… me he excitado un poco y todo.

Se me ruboriza el rostro. Lo veo en el reflejo del ascensor.

—Interesante.

Pasan unos segundos y me sobresalto cuando el tintineo del ascensor nos avisa de que hemos llegado.

Devon tira de mí cuando se abren las puertas y salimos al recibidor.

—¿Nadie más vio el vídeo?

—Supongo que solo sus amigos, pero lo habían visto en directo igualmente. Corrían rumores entre su grupito y me hacían comentarios maliciosos, me dolió, mucho, pero yo me centré en lo mío y en seguir adelante. De todos modos, después de la muerte de mi padre, estaba aturdida. —Pienso en el cúmulo de días desdibujados en los que tuve que lidiar con ello—. Si mi madre lo hubiera visto… No lo habría soportado. La habrían detenido por cargarse al chico.

—Entiendo. ¿Te vengaste de Preston?

Niego con la cabeza.

—¿Por qué no?

Me encojo de hombros, sopeso la cuestión y me pregunto lo mismo.

—No lo sé.

Llegamos a la puerta del ático y Devon la abre con una sonrisa de satisfacción.

—Bienvenida al picadero, nena.

Nos echamos a reír y entramos. Suelta a Pookie, que se retuerce, se dirige a un par de zapatillas de deporte que hay al lado de la puerta, se agacha y se hace pis.

Devon parpadea.

—Mierda.

—Solo es pis. Y lo hace cuando está nerviosa, que suele ser el noventa por ciento del tiempo.

—Qué bien.

—Siento tener que decírtelo, pero ahora vives con dos mujeres. —Lo miro con una sonrisa cegadora—. Espero que no se nos sincronicen los ciclos, o nos comeremos todo tu helado y nos pondremos a llorar por cualquier tontería.

Palidece.

—Es broma. Los perros pequeños solo están en celo entre tres y cuatro veces al año, los grandes, cada seis meses. Pero está esterilizada, así que no tienes de qué preocuparte. —Le doy una palmada en el brazo y cojo la zapatilla, pero él me detiene.

—Deja eso. Ven, quiero que te instales primero.

Lo sigo por el vestíbulo hacia la enorme sala de estar y contemplo la gran estancia sin paredes. Me fijo en los lujosos sofás de cuero gris, en los sillones de piel negros con patas cromadas, la pantalla gigante, los infinitos trofeos en las estanterías empotradas en la pared negra. El suelo es de tablas anchas de bambú. Hay cuadros de Devon por las paredes y una imagen suya inmensa en la que está en medio de un partido, recibiendo la pelota, con su equipación azul y amarilla y cara de concentración. Me fijo en una foto espontánea en la que sale sin casco, con el rostro sudado y una gran sonrisa al aceptar el premio al jugador mejor valorado. Vi ese partido. Fue el campeonato de la Conferencia Americana del año pasado.

A la derecha, hay un ventanal enorme en el que resplandecen las luces del centro de la ciudad, y a lo lejos se ve la orilla este del río Cumberland y el estadio Nissan.

Diría que todavía no se ha instalado del todo en el piso, porque hay unas cuantas cajas al lado de la pared. Mis zapatos de tacón destacan, ajenos, en una mesa baja rectangular de cemento. Tiene un estilo moderno y sencillo. ¿Le molestará que deje el portátil y las gafas por ahí tirados? Solo serán unos días…

Me enseña la casa rápidamente y calculo que debe de tener poco menos de cuatrocientos metros cuadrados en una sola planta. Lo sigo hasta la cocina ultramoderna con una isla grande de granito en el centro. La zona de los fogones está decorada con azulejos negros brillantes, como los de las estaciones de metro, que llegan hasta el techo. Los electrodomésticos son totalmente blancos. En el comedor para invitados, hay una mesa de roble claro escandinavo y sillas de terciopelo lujoso y respaldos altos. Una lámpara de araña de níquel resplandeciente cuelga del techo con relieve. Me acompaña por el amplio pasillo con molduras —todas blancas— en los zócalos y en el techo. Me dice que puedo quedarme en la mejor habitación de invitados y me enseña el cuarto de baño que da a un vestidor del tamaño del baño de mi piso. La cama es enorme, tiene un cabecero acolchado de lino color crema y, por los bordes del colchón, cuelga el edredón blanco, que combina con los toques de color que aportan los cojines afelpados azules y blancos. Hay un armario encalado de más de dos metros, un espejo elegante apoyado en la pared y dos mesitas de noche a juego. Parece un cuarto salido de una revista.

—Te has quedado boquiabierta —murmura.

Cierro la boca.

—Creo que tendrás que echarme a la fuerza cuando llegue el momento.

Se encoge de hombros y dice:

—Contraté a alguien para que lo decorara. Nunca había tenido un piso que fuera solo mío.

Cuando salimos de la habitación, abre la puerta de otro cuarto al otro lado del pasillo, pero no tiene muebles, está vacío por completo e impoluto. Hay otros dos más como ese. Todos cuentan con aseos dentro.

Señala hacia su habitación, al final del pasillo, pero no me ofrece echarle un vistazo y eso me decepciona, aunque no digo nada. Lo sigo hasta el cuarto de la lavadora, que tiene cocina propia, y Devon coge algo de ropa y me la da. Me dice que hay ropa interior de su prima en uno de los cajones del cuarto y que puede que haya más cosas, pero no sabe exactamente qué. Asiento sin darle importancia. Este sitio parece un hotel de lujo. Frunce el ceño, le preocupa que no tenga ropa suficiente y corre a su habitación. Vuelve con más, que deja en el cuarto de invitados, yo le sigo en silencio. Siento que me he quitado un gran peso de encima, y no sé si es por el hecho de tener un sitio donde dormir y que se muestre tan considerado conmigo, o porque le he contado lo que pasó hace tantos años y nos hemos reído del tema.

Volvemos a la cocina y me dice que me siente en la isla negra y blanca, en la esquina, mientras él coge una botella de agua de la nevera empotrada de acero inoxidable. Luego, me examina el tobillo. Me lo sube a uno de los taburetes, se agacha y me pasa las manos con cuidado por la piel. Siento un cosquilleo cálido en el cuerpo y me muerdo el labio. Hace meses que lo conozco, pero nunca me había tocado tanto. Cuando acaba, me baja el pie con suavidad y se aparta.

—Ponte una bolsa de hielo esta noche cuando te vayas a dormir. —Deja una en la encimera.

Suelto una carcajada.

—Parecemos personajes de una novela. Yo soy la damisela en apuros y tú eres el apuesto héroe. Es la segunda vez que pasa hoy.

—Mmm…

Me bebo un vaso de agua mientras él, que está apoyado en la nevera, me observa y aparta la vista cada cierto tiempo, igual que hace siempre que me mira sin hacerlo.

Fuera, la ciudad está tranquila; en la cocina, reina el silencio y parece que el tiempo se ha detenido. Solo estamos nosotros en el precioso ático.

¿Es raro que no nos hayamos dado cuenta de que estamos empapados por la lluvia?

Nos quedamos mirándonos y el calor que siento en mi interior es cada vez más abrasador. Me muero de ganas de tocarlo, y eso me deja aturdida. Voy a perder la cabeza. Él no me ve así.

Sus ojos verdes me miran con rapidez y se detienen sobre mi cuerpo.

Me da miedo moverme, estoy paralizada, como si él fuera el depredador y yo la deliciosa presa. Me fijo en cada detalle insoportable, en sus hombros anchos, en su cuello largo y bronceado cuando bebe agua, en los definidos músculos de sus antebrazos.

—Tenías razón —murmuro—. Me alegro de no tener que pasar la noche sola.

—Ah. —Se muerde el labio inferior y los dientes se le clavan en la piel carnosa.

—Gracias. —Me pongo bien las gafas—. No me quedaré mucho tiempo, solo hasta que arregle las cosas con el seguro.

—Sin problema.

Más silencio. Nos seguimos mirando.

«¿En qué piensa?».

—Tendría que darme una ducha —suelto.

Su mirada recorre lentamente mi cuerpo.

—Y yo.

Madre mía. Me agarro al borde del granito y lo imagino debajo del chorro de la ducha, con las gotas resbalándole por la piel…

No. Tengo que parar.

—¿Por qué me has besado?

Frunce el ceño y se yergue, como si lo hubiera pillado desprevenido.

—¿Y por qué no? Nos vemos mañana.

Y, sin más, se aleja por el pasillo hasta la última habitación y cierra la puerta.

 **Capítulo 6**

Devon

No consigo dormir, ni siquiera después de darme una ducha caliente y ver quince minutos de un capítulo de *The Office*. Normalmente, eso siempre funciona. Miro el móvil sin más, entrecierro los ojos al ver lo tarde que es y lanzo el teléfono a un lado. La concentración empieza en unas horas, y debería estar agotado, pero estoy acelerado y el corazón me va a mil por hora. Recuerdo el momento en el que pensé que Giselle seguía en el apartamento en llamas, exhalo con fuerza y me rasco la barba incipiente en la mandíbula. Perdí el control, iba a quitarme a los bomberos de encima para ir a buscarla. Quería regañarla. Quería cargarla sobre mis hombros, darle unos azotes en el culo y luego… follármela duro y rápido hasta que entrara en razón.

Veo el rostro de Jack. «Vigílala. Es virgen», me dijo hace unos meses en su fiesta de compromiso. Por aquel entonces, él observaba a Giselle con el ceño fruncido mientras hablaba con un grupo de jugadores inquietos. A los chicos les gusta charlar con ella… A ver, ¿por qué no? Es una chica lista, atractiva de una manera discreta y modesta, no tiene nada que ver con las chicas que persiguen deportistas famosos y hacen todo lo que ellos quieren. Giselle es un poco distante y reservada, como si ocultara otro lado de ella. La pobre no sabe que eso supone un reto para un macho alfa.

Pero, joder, ¿por qué Jack tuvo que contarme «eso»?

Le doy vueltas al tema, intentando desentrañar el asunto y me destapo de una patada.

«A lo mejor, pensó que debías saberlo», me dice una voz pícara.

83

Y aquí estoy, con ella en la habitación de al lado.

Un grito rompe el silencio y me levanto de la cama de un salto, corro hasta su cuarto y abro la puerta de par en par. Ya me temía que quizá tuviese pesadillas. Ha arriesgado su vida por un collar de perlas. Joder. Está como una cabra.

Pookie tiembla, de pie en la cama, con su cuerpecito de apenas tres kilos alerta mientras Giselle da vueltas de un lado al otro.

—¿Giselle? —murmuro para no asustarla mientras me siento en el colchón—. Nena, es una pesadilla.

Vuelve a gritar en sueños, sacude el edredón, se gira y le corre una lágrima por la cara.

Se acabó.

Después de quitarle el edredón de encima, la cojo por los hombros, la levanto y me la pongo contra el pecho. Hace que salga mi lado protector.

—Dev —lloriquea—. ¿Qué ha pasado?

—Era una pesadilla. Ven a dormir conmigo. —Tiene todo el sentido del mundo.

La levanto y ella se aferra a mí, me rodea los hombros con fuerza y apoya la cara contra mi pecho.

—Lo siento. Jopé, debes de estar ya harto de mí.

—Todavía no. —La cargo por el pasillo. Esto no tiene nada de malo. Nada en absoluto.

—No dejo de ver a Myrtle…, se cae por las escaleras y es mi culpa. Tiene mal las rodillas. —Se le acelera la respiración—. Tendría que haber salido con ella.

—Shhh, ahora estás conmigo. —Se preocupa por Myrtle cuando debería hacerlo por ella misma.

La dejo sobre mi cama poco a poco y aparto la mirada de sus piernas, largas y tonificadas, las curvas torneadas de su cadera, que asoman por debajo de una de mis viejas camisetas, y del pelo húmedo que le cae por los hombros. Ni hablar. Esto es solo para que pueda dormir. No es nada raro.

Cojo unos pantalones de pijama de franela, me los pongo para no estar en calzoncillos y me tumbo a su lado. La tapo con el edredón y yo me tumbo por encima.

—Acércate —le digo.

Se queda quieta medio segundo antes de hacerlo. Yo estoy tumbado boca arriba. Incluso con las sábanas, el edredón y los pocos centímetros que nos separan, siento el calor de su cuerpo. Huele a mi champú y al gel de mango y cítricos. Me imagino que me meto debajo de las sábanas con ella y le abro las piernas…

—Me sorprende lo… amable que eres —murmura.

Me deshago de las imágenes eróticas en mi mente.

—Claro.

Giro la cabeza hacia ella y la veo cómo contempla la claraboya que hay encima de la cama. Deja que entre más luz de la que pensé cuando decidí instalarla, pero las estrellas tienen algo que me llama la atención. Levanto el brazo y dibujo una línea de una a otra.

—¿Cres que hay vida allí arriba?

—Claro. ¿Y tú?

—«Hay que tener la mente abierta, pero no tanto como para que se te caiga el cerebro» —cito.

Se levanta, se apoya sobre el codo y me mira fijamente.

—¿Carl Sagan?

Sonrío con suficiencia al oír el atisbo de sorpresa en su rostro.

—No soy solo una cara bonita, Giselle. Me gusta leer, sobre todo cuando viajo.

Sopla para apartarse un mechón de pelo de la cara y se vuelve a tumbar.

—Devon Walsh, rompiendo los estereotipos con sus citas.

—Creo que no estamos solos en el universo. Solo somos una manchita, simples humanos que van por la vida ajenos a todo.

Suelta una carcajada con un deje de desconcierto.

—¿Qué? —le pregunto—. ¿No estás de acuerdo?

—Sí, claro que sí. Pero no todo el mundo cree en los alienígenas —dice suspirando—. «Para pequeñas criaturas como nosotros, la inmensidad es tolerable solo a través del amor». Esta también es de Sagan.

«¿A través del amor?», arqueo una ceja. No voy a usar esa cita ni de broma.

—Háblame de los universos alternativos que mencionaste. ¿En cuál estamos ahora?

—Me encanta que te interesen mis teorías. —Me da un beso rápido en el hombro.

No es un beso sensual, por el amor de Dios, pero un fuego me recorre el cuerpo de arriba abajo. «Joder, mantén el rostro inexpresivo, capullo, y dile a tu polla que se relaje».

Me aclaro la garganta y me alejo un poco.

—Venga, va. ¿Qué hacemos en este universo? Y más te vale no tomarme por un adolescente.

—No sé si te va a gustar... —se le apaga la voz.

—Si soy un insecto asqueroso o un demonio, seguro que no, pero, venga, échame una mano. Quiero una historia para dormirme.

Ríe entre dientes.

—¿Estás seguro? —Continúa—: Uy, un universo de demonios...

—Céntrate. Quiero el mejor de tus universos.

—Vale. Eres un alienígena lila de poco más de dos metros del Sector 4, la galaxia del Triángulo, a 2,7 millones de años luz de la Tierra...

—¿Existe de verdad? ¿Y por qué soy lila?

—Sí que existe y el lila es tu color favorito.

—¿Cómo lo sabes?

—Lo he imaginado. ¿Me equivoco?

—Diría que el lila y el azul. —Sonrío. No nos miramos, los dos observamos las estrellas—. ¿Mi yo alienígena tiene aspecto humano?

—Tienes un aspecto humanoide, sí, eres parecido a ti, tienes los hombros anchos, y el pelo, liso y negro. Tienes una cola prensil de un metro y poco con la punta puntiaguda, y la usas de látigo cuando peleas. Estás cubierto de escamas...

—¡Hostia puta!

—Pero son muy pequeñas y brillan cuando estás emocionado. Son suaves y cálidas.

—Suena muy remilgado. —Estoy embelesado, pendiente de cada detalle.

—No tienes nada de cursi. Eres muy fuerte. Eres un alienígena viril y masculino...

—Pero tengo cola —digo con una voz seca—. O sea, que el alienígena es un demonio.

Resopla y continúa:

—Como quieras. Se la quitaré, pero era para usarla con fines… placenteros.

Me da un tirón en la entrepierna.

—¿Qué tipo de fines?

—Ya nada. Como no la querías, no la tienes.

—Sigue, por favor.

—¡Si no me dejas! —Me hinca el dedo en el costado—. Vas por ahí en taparrabos, algo bastante raro, porque vives en un universo muy avanzado, y llevas guanteletes de metal y un colgante con una amatista alrededor del cuello. Era de alguien importante que falleció. Eres un mercenario al que han enviado a la Tierra con la misión de procurar una mujer para tu rey. Entonces me… o sea… encuentras a una chica en Los Ángeles. Es una científica de veintipico años con unos pechos enormes. Se llama Kate y tiene el pelo azul. —Hace una pausa—. ¿Estás seguro de que quieres que siga?

—Acabas de decir que la chica tiene pechos enormes. Estoy fascinado.

Suspira.

—Cuando lleváis veinte días de un viaje de regreso a tu planeta que dura un año, el sistema de camuflaje de la nave falla y te atacan los enemigos. Sueltas a la chica para evitar que la capturen y los dos peleáis contra tus enemigos. Cuando vencéis, nace entre vosotros una amistad incierta. Además, ella sabe arreglar los problemas del sistema de camuflaje. Le enseñas a hablar tu idioma, pero la obligas a dormir en una cámara antigravedad todos los días. Eres un alienígena bastante capullo. Prometiste que no le pondrías una mano encima, pero, una noche, caminas sonámbulo hasta la jaula donde estoy… donde está Kate, la sueltas y olvidas que juraste mantenerla pura…

—Giselle —digo con voz baja y grave. Se me llena la cabeza de imágenes—. ¿Se va a poner esto picante?

—De hecho, es mi relato. Lo estoy escribiendo.

Vaya.

—Es genial. Eres… —«*supersexy…*»— inteligente, y… también, creativa. —Hago una pausa y tomo aire—. A lo mejor, no deberíamos hablar de sexo.

—Me has preguntado, así que te he respondido —contesta bajando la voz—. Quiero perder la virginidad antes de cumplir los veinticuatro, Dev.

Me pilla desprevenido.

—¿Cuándo los cumples? —pregunto después de unos instantes, intentando no lanzarme sobre ella. «No le toques ni un pelo. No le toques ni un pelo. Jack te matará».

—El sábado. Vendrá Mike Millington.

—¿Quién es ese?

—El chico del que estaba enamorada cuando era adolescente, se acaba de divorciar. Seguro que está calvo y tiene barriga cervecera. —Suelta un suspiro largo—. Si es amable y hay química entre nosotros, puede que…

Inhalo bruscamente e intento encontrar algo que decirle, pero he perdido la cabeza y lo único que se me ocurre es: «Si tiene tantas ganas de perder la virginidad, qué tiene de malo el hombre con el que estás en la cama…».

Un gimoteo se acerca por la puerta abierta.

Pookie corre hacia el lado de Giselle y ella se levanta para cogerlo, regresa a la cama y se tumba hacia el otro lado, dándome la espalda con el perro bajo las sábanas.

—Buenas noches, Dev —murmura—. Gracias por dejarme dormir contigo. Solo será hoy. Eres el mejor.

Sí, ya. El mejor.

Balbuceo una respuesta, suspiro y me giro hacia la pared.

Capítulo 7

Devon

Cuando salgo de la habitación a las siete, me encuentro a Giselle sentada en un taburete delante de la isla, de espaldas a mí, con el portátil abierto y los auriculares puestos mientras teclea como una loca.

Se me hace raro que haya alguien en mis dominios. Normalmente, las chicas desaparecen antes de que amanezca, no porque sea un mal anfitrión, sino porque no sienten que tengan que quedarse. La mañana después de una noche de sexo sin ataduras no es muy bonita.

Mantiene el equilibrio como puede en el asiento, alarga el brazo para coger un bolígrafo y se le levanta la camiseta, que también es mía. Se debe de haber hecho un nudo en la parte delantera. Lleva los pantalones cortos deshilachados y le quedan ajustados, pero no lo suficiente como para cubrir la goma elástica de un tanga rosa. Observo el dibujo familiar que tiene en la parte baja de la espalda.

—¿Por qué llevas un tatuaje de media mariposa en los riñones? —pregunto al ponerme a su lado para no asustarla.

Se gira hacia mí, sonríe y se quita los auriculares.

—¡Buenos días por la mañana! Hoy vamos a por todas, ¿estás conmigo?

Hago un gesto de dolor.

—Joder, no me digas que eres una de esas.

Me rodea con los brazos y me abraza rápidamente, se levanta del taburete y se acerca bailando a los fogones.

—No suelo dormir mucho. Me he despertado a las seis y te he preparado el desayuno. Son magdalenas de plátano y frutos secos. He encontrado la caja para hacer la masa en la despensa y he pensado que te gustarían. —Mira los pantalones de chándal y la camiseta de deporte que llevo puestos.

Quinn, el hermano pequeño de acogida de Jack, es quien se encarga de comprarme la comida. Ni siquiera sabía que tenía preparado para magdalenas. Normalmente, tomo copos de avena y una barrita de proteínas, y salgo pitando.

—Había pensado en hacerte unos huevos cuando te despertaras. —Sonríe y siento que la tensión de anoche se disipa.

—Vale. ¿Con beicon?

Esboza una sonrisa y cojo la comida del frigorífico. Se la doy y empieza a romper huevos y a batirlos en un cuenco que ha cogido del armario.

—He hecho café.

—Eres una preciosidad —exclamo mientras me sirvo una taza, le doy un trago largo y observo, confundido, que se ruboriza. Me deshago de los recuerdos del Devon alienígena que la empotra en la nave espacial.

Después de dar unos tragos al café, la ayudo y pongo el beicon en la sartén y lo veo crepitar.

—No pienses que no me he dado cuenta de que no me has respondido a la pregunta sobre el tatuaje a medias. ¿Cuándo te lo hiciste? —Me muero de ganas de que hable y, joder, no sé, es que esta chica me fascina.

Añade crema agria, sal y pimienta a los huevos.

—Me lo hice cuando estaba en la universidad, al acabar primero. Me quedé en Memphis para las clases de verano y, bueno, era mi cumpleaños.

—El día de tu cumpleaños pasan cosas malas.

—No te haces una idea. —Suspira—. Bueno, me tomé una cerveza, iba contentilla y fuimos a un sitio de tatuajes. Mi amiga se iba a tatuar «E = mc²», pero yo decidí hacerme la mariposa, porque, para mí, representaba el cambio, la metamorfosis. —Ataca el cuenco con el batidor de varillas—. Así que el tatuaje... —Hace una pausa para dar un trago al café y, luego, deja la taza. Arruga la nariz—. No te lo puedo contar.

Me giro hacia ella y la apunto con las pinzas.

—Tienes que responder. Sabes que no puedes evitarlo.

—No quiero. —Se santigua.

Entrecierro los ojos y le digo:

—Giselle Riley, ni siquiera eres católica. ¿Qué pasó? ¿Te dolió mucho? —Por algún motivo, no creo que sea de las que chillan cuando algo les duele. En la discoteca, se cayó de rodillas y casi ni se quejó; bajó por una escalera poco fiable en plena tormenta sin pensárselo dos veces.

Le doy la vuelta al beicon y ella pone los huevos en la sartén caliente con un rostro inexpresivo.

—¿Te gustan muy hechos o crudos? A mí me gustan cruditos, pero, si quieres, los paso un poco más.

De ninguna manera, no se va a librar de esto tan fácilmente.

—Como los hagas me va bien. Dime… ¿por qué te tatuaste media mariposa en la parte baja de la espalda?

Me fulmina con la mirada.

—Eres terrible, ¿lo sabías?

—Si no me lo cuentas, me comeré todo el beicon.

—¡De acuerdo! Ese mismo año, en enero, estaba medio saliendo con un chico, no era nada serio. Le encantaba el fútbol americano. Una noche, fui a su casa a ver un partido del Campeonato Nacional entre Ohio y Georgia…

Me quedo helado y, cuando me doy cuenta, me giro hacia ella.

—Hostia. Ese fue mi mejor partido en mi último año de universidad. Pillé tres pases y ganamos gracias a mí. —Me pavoneo un poco y flexiono los brazos—. ¿Te gustó mi cuerpo musculoso, traviesilla?

Pone los ojos en blanco.

—Al chico con el que estaba le encantó. Me recitó tus estadísticas de memoria, aunque, bueno, también le ponía cachondo la Universidad Estatal de Ohio. Para mí, solo eras un jugador con una camiseta roja y blanca.

—El dorsal ochenta y nueve. Apúntatelo. Tienes que venir a verme jugar este año.

—Ya sé qué número llevas. —El rostro se le ruboriza de un tono rosa precioso.

—Entonces, lo que me estás diciendo es que me viste, te fijaste en mis tatuajes, te enamoraste de ellos y te hiciste uno a juego. —Me echo a reír cuando me lanza un trozo de beicon y lo pillo con la boca.

—Tus tatuajes me inspiraron un poco, de acuerdo, y se me quedaron grabados hasta que llegó mi cumpleaños en agosto.

Le preparo el plato, luego uno para mí y nos sentamos en la isla, uno delante del otro.

—¿Y por qué lo tienes a medias?

—Para que el tatuador me lo pudiera hacer donde quería, me tuve que bajar tanto los pantalones que me sentía incómoda. Entonces, mi amiga se fue durante unos minutos. —Se lleva el tenedor cargado de huevos a la boca y los mastica, yo frunzo el ceño.

—¿Qué pasó?

Se sube las gafas por la nariz y sus ojos de color azul grisáceo miran fijamente los míos.

—Dejó la pistola de tatuar, me agarró del culo y me lo apretó con tanta fuerza que vi las estrellas. Me inmovilizó los brazos e intentó mordérmelo. Yo me resistí, le di codazos, me caí de la camilla y salí corriendo. —Tuerce los labios—. Tienes cara de enfadado. Ya te había dicho que no quería contártelo.

—Memphis no está muy lejos, ¿no? ¿A unas tres horas, más o menos? —Me como una tira de beicon con tranquilidad y la mastico con fuerza. Primero, lo del tío de *lacrosse* del instituto, ¿y ahora, este capullo? Yo, Devon Walsh, juro no hacer daño nunca a Giselle Riley.

—Espero que te vengaras —digo entre dientes.

—Fui a la policía y lo denuncié. No quería que abusara de nadie más, sobre todo, porque la mayoría de sus clientes eran alumnos de la universidad. —Se pone de pie, lleva el plato al fregadero, lo enjuaga y lo mete en el lavavajillas. Pookie le suplica desde el suelo y ella le da un trozo de beicon—. Le cayeron seis meses de libertad condicional, pero perdió la licencia de tatuador en Tennessee. Alegó que había sido consentido. —Se muerde los labios—. Pero bueno, de eso ya hace mucho.

Intenta pasar por mi lado y le cojo la mano.

—Oye. No todos somos unos cabrones.

—Lo sé. —Suaviza la expresión cuando nos miramos—. Es solo que mis primeras experiencias han sido bastante malas.

—¿Te afectó mentalmente?

—Puede ser. Imagino que fue otro de los motivos por los que no salí con muchos chicos, pero no tendré que preocuparme por eso mucho más. Mike. —Pone el pulgar hacia arriba—. Lo he buscado en Instagram esta mañana. Conserva todo el pelo y tiene un buen físico. Que empiece el juego.

Y así, sin más, estoy listo para empezar a arrancar cabezas.

—Bueno, ya, ¿y qué me dices de estar con alguien a quién quieras, eh? ¿O de conocer a alguien antes de acostarte con él?

Parpadea.

—¿Pero mira quién fue a hablar? —Tenso el cuerpo.

—Es que quiero lo mejor para ti. Mereces… amor o lo que sea.

—Ah, ¿sí?

—Sí.

—Pues tú también.

Arrugo la cara e intento olvidarme de ese sentimiento. No dejo que nadie se me acerque tanto como para quererlo. Ya no.

—Tienes que conocer a un buen chico.

—Puede ser un chico malo… en la cama. —Se suelta de mi mano, va a la sala de estar, coge los zapatos de tacón y me deja preocupado. Tenemos que hablar en serio del tema de Mike.

Se detiene delante del espejo del pasillo para soltarse el pelo, se hace dos trenzas y se las ata con un trozo de cuerda que debe haber encontrado en el cajón de la cocina que tengo lleno de trastos. Se queda mirándose un par de segundos con cara de enfado.

—¿A dónde vas? —le pregunto cuando vuelve a la sala de estar, coge la mochila y guarda el portátil y el móvil. Una parte de mí no está preparada para que se vaya. Me ha gustado desayunar y hablar con ella—. Estás guapa con los pantalones cortos y los zapatos de tacón.

—Tengo que ir a ver a Myrtle, y, de momento, no tengo nada más que ponerme.

Camina hacia la puerta y la sigo. Se detiene y lanza una mirada a Pookie, que tiembla a sus pies, y, luego, mira los caros mocasines de piel italiana. Ya he tenido que llevar mis zapatillas de trescientos dólares al cuarto de la colada, y ni siquiera sé si las podré salvar, pero, ahora mismo, me importa muy poco.

Hace una mueca y dice:

—La he llevado a pasear hace un rato, pero está muy nerviosa y puede que se vuelva a hacer pis. Puedo sacarla un momento...

Le abro la puerta y le respondo:

—Ya lo hago yo. Ve a ver a tu amiga.

El móvil le suena al recibir un mensaje y me mira con cautela.

—Es Elena desde Hawái. Quiere saber cómo me van las clases. Supongo que ha madrugado o, a lo mejor, ni siquiera se ha acostado todavía. La llamaré luego para contarle lo del incendio.

Veo de inmediato que les va a parecer mala idea.

—No les digas que te vas a quedar en mi piso.

Asiente rápidamente.

—Le diré que estoy en casa de mi madre. Jack no tiene por qué enterarse. Me iré antes de que vuelvan.

—Vale. —Me meto las manos en los bolsillos y la acompaño hasta el ascensor, pulso el botón y le miro las piernas—. ¿Qué tal tienes el tobillo?

—Bien.

—¿Y las rodillas?

—También.

—¿Has tenido más pesadillas?

—No.

Suelto un suspiro y digo:

—Giselle, sobre el tema de Mike... —Ya, para empezar, me cae mal—. En lugar de precipitarte y tener un rollo con él, ¿por qué no me dejas que te busque un buen chico? Que no sea Aiden ni ningún jugador de fútbol americano, pero que tampoco sea uno de una aplicación del móvil.

La puerta del ascensor se abre y nos quedamos mirándonos.

Frunce el ceño.

—Ni Lawrence.

Ni de coña. Lawrence es un mujeriego de manual.

—Deja que lo intente, ¿vale? Tengo a alguien en mente. —Pienso.

Mira al suelo y me vuelve a mirar a mí. Veo una expresión rara en su rostro, parece decepción.

—Como quieras. Si encuentras a alguien, lo conoceré.

Me siento aliviado. Le ofrezco la llave del coche, la copia extra que tengo en el vestíbulo.

—Bueno, si vas a hacer el paseo de la vergüenza hasta el vestíbulo, por lo menos, llévate mi cochazo.

—¡Hemos dormido juntos porque tenía pesadillas!

—Ya, claro. El aparcacoches se llama Richard y la contraseña para que te lo deje es «Échame un poco de azúcar». Solo lo conduzco yo, pero, como Aiden siempre me suplica que se lo preste cuando viene, me he tenido que inventar una contraseña ridícula para burlarme de él y no hace más que intentar adivinarla y decírsela al aparcacoches.

Río y le lanzo las llaves. Las coge con los ojos como platos.

—¿Estás seguro?

La hago entrar en el ascensor y pulso el botón del vestíbulo del hotel.

—¿Sabes conducir un coche de marchas?

—Empecé a conducir tractores a los diez años.

Hago una mueca.

—No es exactamente lo mismo, pero confío en ti, nena. Devuélvemelo de una pieza y te diré por qué te besé.

Farfulla algo y la puerta del ascensor se cierra.

Después de sacar a Pookie a hacer pis otra vez, salgo del ático, me detengo en el puesto del aparcacoches y le pido que me traiga el Hummer. Añado el nombre de Giselle a la lista de gente que puede usar el ascensor, por si vuelve antes que yo y no se acuerda del código. Aquí se toman muy en serio la seguridad: es uno de los motivos por los que quise comprarle el piso a Jack.

Cuando estoy subiendo al coche, un hombre al otro lado de la calle me llama. Estoy acostumbrado a que la gente me vea por aquí y me pidan que les firme autógrafos, pero el tipo no parece un hincha corriente. Lleva la cabeza rapada, tatuajes, botas de seguridad; se acerca con una expresión de determinación y detiene el tráfico a su paso. Echo un vistazo al vehículo en el que estaba apoyado: una berlina con los cristales tintados.

—Señor Walsh —grita corriendo por el aparcamiento hacia una esquina del hotel.

Me han asaltado mujeres e hinchas demasiado apasionados que consiguen colarse en el campo después de los partidos, pero no me quedo a esperar a tipos raros que conducen coches oscuros. El hecho de vivir con mi padre me ha enseñado que tengo que estar a la defensiva, y eso, junto con la fama, me han convertido en un paranoico de cojones. ¿Cómo sabe dónde vivo? Porque no pasaba por aquí y me ha visto, me estaba esperando.

Echo el cerrojo del coche y conduzco hacia el lado opuesto, mirándolo por el retrovisor. Se ha quedado de pie, con las piernas separadas y los brazos en jarras. Da una patada al asfalto con las botas. No me cuesta relacionar a este tío con los hombres que buscaban a mi padre. Molesto, me detengo a un par de manzanas y lo llamo, pero no coge el teléfono.

Aparco tras las puertas de seguridad del estadio y corro hacia el gimnasio, donde pasamos las primeras horas de la concentración. Cuando acabemos de hacer ejercicio, mantendremos una reunión de equipo y veremos un vídeo. Luego, nos separaremos para trabajar las estrategias de ataque y defensa durante una hora, más o menos, en función de lo que hayamos hecho el día anterior. Después, tendremos el primer entrenamiento del día; a continuación, una preparación más mental que física, en la que repasaremos las jugadas y comentaremos lo que funciona y lo que no. A última hora de la tarde, se termina el descanso, nos ponemos las protecciones y hacemos un agotador y difícil segundo entrenamiento.

—¿Dónde coño estabas? —pregunta Aiden, que corre en una cinta—. A mí ya me han dado un masaje y he hecho entrenamiento de piernas.

Me subo a la cinta a su lado y la pongo en marcha.

—He llegado tarde, pero todavía puedo darte una buena paliza.

Se ríe tanto como puede mientras corre a toda velocidad.

Corro al mismo ritmo, pero subo la inclinación más que él.

Arquea una ceja. Que empiece la competición.

—¿Qué tal el combate? —pregunto con voz áspera al cabo de unos minutos.

—Fue una pasada. McGregor lo fulminó en dos asaltos.

96

Asiento.

—¿Qué era eso tan importante que tuviste que hacer?

Me veo cuidando de mi padre y ordenándole la casa.

—¿Fuiste a ver a la modelo esa? —Sube la inclinación de la cinta.

Niego con la cabeza.

—Ah, ya veo. Así que dejaste plantado a uno de tus amigos porque eres un capullo.

Le sonrío en el espejo y me hace una peineta. En este último año, Aiden y yo nos hemos hecho amigos, y me cae bien cuando no está incordiando a Jack, pero nadie sabe lo de mi padre.

—¿Vas a volver a quedar con ella? —pregunta entre jadeos y sube la velocidad de la máquina. Maldito novato de veintitrés años.

—Un caballero no habla de sus conquistas —respondo mientras pongo fin a la carrera. Además, no pasó nada con la chica con la que fui a la boda.

Me limpio la cara con una toalla y bebo agua antes de dirigirme a las pesas.

—¿Quieres que te ayude? —dice Aiden al bajarse de la cinta.

—Tú lo que quieres es ver si puedo hacer más repeticiones que tú. —Me tumbo en el banco y espero a que se prepare. Es muy competitivo, pero nos va bien a los dos.

—¿Doscientos kilos?

Estiro el cuello y me crujo los dedos.

—Que sean doscientos veinticinco.

Se echa a reír y me acerca las pesas.

—¡Es hora de meterse en harina!

Pongo cara de exasperación al oír la expresión rural tan típica del sur. Cuando consigo hacer diez repeticiones, me empiezan a temblar los brazos.

—Venga, cobarde, ¿te vas a rendir?

El sudor me moja la frente y aprieto los dedos con más fuerza dentro de los guantes.

—Te llevo años de ventaja. Puedo con esto.

Hago cinco más, pero los brazos me duelen.

Aiden se inclina hacia mí y me pregunta:

—¿Se te ha olvidado quién eres? Dime cómo te llamas.

—Soy Devon Walsh —digo entre dientes mientras levanto las pesas.

—El mismísimo Devon Walsh. Eres una amenaza constante, ya sea corriendo o interceptando el balón. Tu cuerpo es una máquina bien engrasada, eres el mejor receptor abierto de la Liga Nacional de Fútbol Americano. Los defensas del otro equipo lloran cuando te ven llegar. Pillas más tiros que la puta portería. Da igual que sean altos o bajos, o que vengan de lado. Nadie te puede seguir el ritmo, joder.

Gruño.

—Dime lo guapo que soy.

—Guapísimo. No estás a mi nivel, pero es que eso es imposible.

—No me ayudas —jadeo mientras lucho por hacer otra repetición.

—Es la número veinte, tío. ¿Te vas a rendir? Ayer, Hollis hizo cinco más. Como no la levantes, te juro que voy a salir con Giselle Riley por todos los sitios de Nashville. Y se enamorará de mí, porque, a ver, es imposible que no lo haga. —Me da un golpe en la pierna con la toalla—. Y puede que yo también me enamore de ella, porque estoy harto de las mujeres, tío, no puedo con tanta atención. Aunque ella no es como las demás. ¿Te fijaste en la faldita que llevaba? No podía dejar de pensar en ella cuando me acosté...

—Cierra el pico —digo. La barra me tiembla en las manos.

—¿Por qué? ¿Es que te la pone dura?

—No —grito.

Se acerca a mi cara y me dice en voz baja:

—¿Por qué te enfadas, eh? ¿Es que piensas que estoy ciego o qué? Soy un granjero de Alabama, pero no soy idiota.

—Te voy a matar —digo soltando una retahíla de palabrotas.

—Lo puedes intentar, pero ve con cuidado de no lesionarte el brazo bueno.

Le echo una mirada asesina, estoy furioso.

—Venga, abuelillo. Solo tienes que hacer tres más.

Trago saliva y descanso la barra sobre el pecho. Reúno fuerzas, aprieto los labios, la cojo con fuerza y hago tres repeticiones más. En cuanto la dejo en el soporte, me levanto de un salto, estoy a tope de adrenalina. Le apunto con un dedo a la cara.

—No uses a Giselle como motivación, tío. Eso no está bien.

Levanta las manos delante de mí.

—Joder, tío. ¿Entonces no te gusta? Porque, anoche, en el reservado, tenías una cara rara. Y fuiste a cenar con ella. ¿Era eso lo que me dijiste que tenías que hacer? ¿Te la tiraste…?

—¡Es mi amiga!

Se rasca el pelo y me observa con atención.

—¿De verdad? ¿Me lo juras?

—¡Sí!

—Vaya. —Empieza a dar vueltas alrededor de mí. Hay algo en su expresión, un cierto optimismo, que hace que se me tensen los hombros.

—¿Qué mosca te ha picado?

Se detiene y se frota la cara.

—Está bien, como quieras. No diré esas cosas de Giselle. Es tu amiga y no te gusta. Me alegro de que lo hayamos aclarado, porque me preguntaba, a ver, sé que siempre bromeo, pero esa chica tiene algo especial, ¿sabes?

Cierro los puños con fuerza, nervioso.

Él camina de un lado al otro y prosigue:

—Hace años que no tengo una cita de verdad con una chica que no quisiera estar conmigo por mi fama o mi dinero. Estoy harto de volver cada noche a un piso vacío y no tener a nadie con quien desahogarme. Es difícil confiar en la gente, sobre todo, después de lo que le pasó a Jack.

Su exnovia escribió un libro plagado de mentiras sobre él. Se convirtió en un superventas que casi acaba con su carrera. Aiden salió una noche con la chica y dijo que era un demonio.

—Giselle entiende nuestro estilo de vida. Sabe que somos gente normal, y le da igual que sea un deportista famoso. —Se pasa una mano por el cuello y se le empieza a ruborizar el rostro—. Es una chica interesante y me gusta su manera de pensar. Además… está buscando novio.

—Jack se pondrá como una moto. —Es lo único que se me ocurre mientras intento contener el impulso de estrangularlo.

Levanta la mano y dice:

—Pero, si lo hago bien y hablo con él, y le digo que Giselle es diferente y que no pretendo tomarle el pelo ni enfadarlo… Me portaré bien. La llevaré a cenar, la cortejaré como es debido, sin presión. Seré amable y le daré tiempo antes de usar mi encanto para seducirla. Si conectamos, que es más que evidente que lo haremos, puede que tenga la oportunidad de conseguir lo que tiene Jack. Una relación de verdad… —Se le apaga la voz y frunce el ceño—. Oye, Dev, ¿Estás bien?

He intentado mantener la ira que siento bajo control, pero lo de cortejarla y toda esa mierda ha acabado con mi paciencia, así que estallo y le doy un empujón. Él da un traspié y choca con la pared. Sus ojos azules, sorprendidos, me fulminan.

—¿De qué coño vas, tío? —grita. Unos cuantos compañeros se acercan corriendo y nos miran primero a uno, y luego, al otro.

—¿Va todo bien? —pregunta Hollis, que jadea porque estaba en una de las cintas de correr. Es el más fuerte de nosotros y se pone entre Aiden y yo. Es un defensa fornido con rastas, la piel de color marrón claro y unos puños como bolas de bolos.

Después de todo lo que ha pasado con mi padre, con Giselle, el incendio y los hombres horribles con los que me he encontrado…, ahora va este y me dice que le «gusta» mucho y que quiere algo serio con ella y hablar con Jack. ¿De qué coño va? No puedo…, no.

—No te acerques a ella.

—¿Qué coño te pasa? —El pecho de Aiden sube y baja rápidamente, y aprieta los puños con fuerza.

—¡Tu actitud es lo que me pasa!

Tensa la mandíbula y dice:

—¡Tío, no le voy a hacer daño!

—¡Eres un niñato, ¡no sabes cómo tratar a alguien como ella!

Sacude la cabeza y se pone rojo.

—Eres un gilipollas… ¿sabes qué? No te voy a romper la cara, aunque te lo merezcas. Pero te aseguro que la voy a volver a ver, así que más vale que te vayas acostumbrando. —Coge la toalla de encima de las pesas y sale del gimnasio hecho una furia.

Capítulo 8

Giselle

Eso de ir a unos grandes almacenes en un Maserati me parece desternillante. Aunque, la verdad es que estoy muy nerviosa. He buscado cuánto valía el coche mientras el aparcacoches me lo traía y me han entrado los sudores. Más de ciento cuarenta mil dólares, aunque, conociendo a Devon, seguro que este tiene muchas más pijadas que el modelo de internet. Una gota de sudor me cae por la espalda.

Agarro con fuerza el volante de cuero negro y, busco una plaza donde aparcar a Rojo a tres kilómetros por hora, y que no le rocen las puertas. Me imagino el rostro de Devon si le hiciera algo al coche. Un rostro serio y enfadado, como el que pondría Vureck si Kate hiciera un aterrizaje de emergencia en un planeta rocoso.

Alguien toca el claxon detrás de mí y miro por el retrovisor. Una mujer mayor en un Cadillac me hace una peineta.

Me voy a la parte de atrás del aparcamiento, donde casi no hay coches, aparco y, en cuanto entro a la tienda, saco la lista de los productos esenciales que tengo que comprar. Necesito un par de camisetas y vaqueros cortos baratos, ropa interior, unas chanclas, manzanas para picar, algo de maquillaje, productos de higiene y comida para Pookie. Y, sin duda, empapadores. Sumida en mis pensamientos, no me doy cuenta del hombre que está en la entrada hasta que me choco con él.

—Uy, perdona —digo con una sonrisa antes de apartarme hacia la derecha. Sin embargo, el hombre me pone una mano en el codo.

—¿Conoces a Devon Walsh?

Mi primer impulso es decir siempre la verdad, pero el instinto de supervivencia me hace mentir:

—No. —Aparto el brazo y el hombre levanta las manos en un gesto apaciguador.

Es mayor que yo, debe de tener unos cuarenta años y lleva el pelo marrón rapado. Me fijo en otros detalles: en su altura y peso, en la cicatriz de la mejilla derecha y en los tatuajes del cuello. Frunzo el ceño al ver la camiseta vieja y negra que lleva y que tiene un escudo con un león y unas letras desvaídas.

—Lo siento, señorita, pero sé que sí lo conoce. Es mi trabajo. Dígale a Devon Walsh que estamos buscando a su padre. Nos debe dinero.

Entrecierro los ojos y respondo:

—Me suenas mucho. —Señalo la camiseta y digo—: Es del instituto de Daisy. El mundo es un pañuelo.

Da un paso hacia atrás con una mirada de cautela.

—Mire, dígale a Devon…

—No, mira tú —suelto con un acento sureño que parece crecer a medida que me acerco a él. Pongo los brazos en jarras, envalentonada, puede que sea porque tiene que ver con Devon y, por él, mataría un dragón—. Asumo que me has seguido desde el ático y me parece horrible. ¿No tienes nada mejor que hacer? Por no hablar de tu mala educación al acercarte a una chica joven con esas pintas y esa actitud amenazante…

Parpadea.

—¡No puedo disimular los tatuajes y la cicatriz!

—Eso da igual, yo nunca olvido una cara y la tuya me suena. No sé quién eres, todavía, pero mi madre es Cynthia Riley y ella conoce a todo el mundo. —Se le saltan los ojos—. Exacto. Estoy segura de que sabes quién es y, cuando le diga que me has puesto una mano encima…

—¡Por favor, no se lo diga! ¡Solo quería llamar su atención! —dice alejándose y mirándome por encima del hombro mientras farfulla algo, y me parece oír: «Ni te acerques a ella».

Aprieto los labios y grito:

—Siniestro mensaje recibido. Ahora, lárgate de aquí y escóndete. Cynthia vendrá a por ti.

Lo observo hasta que se sube a una vieja furgoneta negra y sale de ahí escopeteado. Me siento aliviada cuando desaparece por el otro lado de la calle, pero, en cuanto entro a la tienda, la preocupación me abruma. ¿Qué pasa con el padre de Devon? Le escribo un mensaje, en el que le explico lo que ha pasado, y se lo mando. El móvil se me queda sin batería y se apaga, así que suelto un gruñido y añado un cargador del móvil a la lista de la compra.

—Como mínimo, va a tener que quedarse un día más para que podamos tener controlada la arritmia. —El médico me mira—. Además de la fibrilación auricular, hemos visto que sus niveles de glucosa y de hierro son bajos. Tiene la rodilla hinchada y resentida, y le hemos administrado cortisona para ir aliviando el dolor en los próximos días. Sin embargo —Mira con firmeza a la mujer tumbada en la cama—, le recomendamos que se ponga una prótesis en la rodilla. Tengo una lista de traumatólogos excelentes.

Myrtle se incorpora en la cama y responde:

—Tal como ya le he dicho a la chafardera de la enfermera, lo que yo necesito es mi cannabis. Hay estudios que demuestran que va bien para la arritmia.

El doctor arquea una ceja.

—Voy a fingir que no sé lo del cannabis. No conozco ese estudio.

—Pues gánese su sueldo y léaselo, y, así, me hace una receta —resopla—. Porque, ahora mismo, no tengo otra opción que buscarme la vida y conseguir los cigarrillos de manera clandestina. —Parece desconfiada y asustada. Mi instinto de protección se activa; hoy ya es la segunda vez.

El doctor es un hombre alto, de pelo blanco y gafas con montura de acero inoxidable, parece un médico aceptable para tratar a mi mejor amiga, pero va con prisas y ya está mirando hacia la puerta para pasar al siguiente paciente. Eso me molesta.

—¿Dónde estudió Medicina?

—En Vanderbilt.

Está claro que es de las mejores universidades, pero yo no me doblego.

—Qué bien. Mire, quizá deberíamos pensar mejor el tema del cannabis. La gente mayor es la que más se beneficia de la marihuana terapéutica —le digo sin importarme el hecho de que no he estudiado Medicina. Se trata de Myrtle, lleva disfrutando de su marihuana desde los años ochenta—. Fuma porque tiene migrañas y dolor de rodilla. —Principalmente—. ¿Qué directrices deberíamos seguir para que se la prescriban?

—Me ayuda a relajarme y mejora mi apetito —añade ella con un brillo esperanzador en los ojos.

—Por desgracia, la marihuana terapéutica no existe en Tennessee —dice sin más. No va a ceder, lo sé por su mirada severa. Exhalo.

Myrtle resopla y dice:

—Tendría que mudarme a Colorado.

—Te echaría muchísimo de menos —respondo con tristeza.

Cuando el médico se ha ido, alargo un brazo hacia ella y le doy una palmada en la mano. Me encantaría poder convencer al doctor, pero tengo la corazonada de que es imposible.

—Veo que vuelves a ser la mujer peleona de siempre. Supongo que debería haber imaginado que te recuperarías, aunque estoy molesta porque no me habías contado que tenías arritmia.

—Acércame un espejo. Tengo pelos de loca. —Se peina el cuero cabelludo con los dedos e intenta ponerse bien los incontrolables rizos marrones.

Cojo el espejo de su bolso y se lo paso.

Grita:

—¡Estoy horrible! Pásame el pintalabios ahora mismo. El señor Wilcox me dijo que vendría a comer conmigo. ¿Sabías que le dieron el alta anoche? Al parecer, está como un roble.

Cojo su pintalabios rosa de siempre y se lo pone.

—¿Has llamado a Patricia? —le pregunto.

Hace una mueca y parece preocupada de nuevo.

—Sí. Pero mi hija tiene los mellizos de cinco años, y está demasiado ocupada como para coger un avión desde Nueva York y venir a verme.

Aprieto los dientes, aunque escondo la cara para que no me vea. Si mi madre estuviera ingresada unos días en el hospital, me subiría al primer avión que encontrara con tal de ir a verla.

—¿Cuánto tiempo hace que tienes la arritmia? —pregunto en un tono despreocupado. Parece ser que, cuando la trajeron, empezó a fibrilar y tuvieron que darle una descarga eléctrica para que volviera a la normalidad.

Apoya la cabeza en la almohada.

—Años. Si me tomo la medicación, no me pasa nada, pero, a veces...

Un incendio puede mandarlo todo al traste.

—Cuando volvamos a casa, empezaremos a comer más sano. Se ha acabado la carne roja, y tendremos que hacer más ejercicio y beber menos...

Se pone de morros y me interrumpe:

—Siendo optimista, es posible que me queden veinte años de vida, y me niego a pasarlos como una carroza. Quiero disfrutarlos, Giselle, reírme hasta que me duela la barriga, subirme en las montañas rusas y conocer hombres con penes enormes...

—¡Hola, señoritas!

Echo un vistazo a John Wilcox. Mide un metro ochenta y tiene un cuerpo esbelto, el pelo un poco pobre y una sonrisa de oreja a oreja. Su aspecto es mucho mejor que anoche, así que me levanto rápidamente, le doy un fuerte abrazo y le chafo la bolsa del restaurante de *sushi*. Suelta una risita y me da unas palmadas en la espalda.

—Yo también me alegro de verte. Creo que anoche no nos presentamos como es debido. Menos mal que te diste cuenta tan pronto de que había humo. Él es Robert, mi hijo —dice mientras señala al chico que está detrás.

—Y has traído *sushi*.

John sonríe y levanta la bolsa del restaurante favorito de Myrtle.

—Me lo ha pedido y se lo he traído. Soy un enrollado. —Mira a su hijo y le pregunta—: ¿Lo has pillado?

El hijo niega con la cabeza y sonríe.

—Lo hemos pillado todos.

Me duele la cara de sonreír tanto. «Este hombre me gusta», le digo con los ojos a la mujer de la cama.

«¿Sí?», pregunta su cara.

Me inclino hacia ella y le susurro:

—Tiene las manos grandes.

—Solo llevo un minuto en la habitación y ya están con los secretitos —murmura John mientras deja la comida en la mesilla que hay en la esquina.

—Si no conseguimos que os preguntéis qué será lo siguiente que hagamos, es que no vale la pena —dice Myrtle.

Él le sonríe.

Siento la chispa entre ellos.

Robert parece un poco mayor que yo, lleva pantalones de traje y una americana de verano. Es bastante guapo y parece inteligente. Charlamos un momento y los pongo al corriente de la situación de Myrtle, aunque no menciono lo de la marihuana. John me dice que han pasado por el piso y han encontrado al gato, así que tacho eso de mi lista mental de cosas que tengo que hacer. Se sientan en unas sillas de respaldo recto que el hijo encuentra en el pasillo y se dividen la comida. Me ofrecen un poco, pero les digo que he desayunado mucho.

John dice que se quedará con su hijo hasta que encuentre piso y, entonces, me doy cuenta de que Myrtle no tendrá adónde ir en el momento en el que reciba el alta. Los trabajos de rehabilitación llevarán semanas cuando reabran el bloque. Cojo el móvil, que sigue cargando, y escribo unas cuantas notas:

Buscar información sobre arritmia.
Buscar piso para M.
Buscar piso para mí. No puedo quedarme con Devon mucho tiempo.
Llamar al seguro.
Llamar a Patricia. Venga ya, es tu madre.

Miro el reloj y pego un bote.

—Lo siento, chicos, pero tengo que marcharme —digo mientras recojo mis cosas y las meto en la mochila. Después de ir a los grandes almacenes, he venido aquí directamente y el tiempo se me ha pasado volando mientras esperaba a que pasara el doctor para hablar con él—. Tengo que dar una clase hoy. —Corro hacia Myrtle, le doy un beso en la sien y la abrazo una vez más—. Luego te llamo para que Pookie te oiga. A lo mejor, me paso esta noche, ¿vale?

—Solo si tienes tiempo —me advierte—. Tienes que estudiar y seguir escribiendo para mandarme los capítulos. Así, los leo en el móvil. Menos mal que lo tenía en el bolso.

—Yo puedo quedarme con ella esta noche —dice John cuando llego a la puerta. Me giro para mirarlo, y veo que él y Myrtle se comen con los ojos. Es, sin duda, una mirada de nivel cinco.

Se me escapa un suspiro. Puede que, al final, el incendio haya servido para algo bueno. No estaría nada mal que mi mejor amiga hubiera encontrado su chispa.

Voy de camino a la universidad en un coche que nunca me podría permitir y doy vueltas a lo que ha pasado esta mañana.

Devon ha visto mi tatuaje y, ahora, cree que ya sabía quién era antes de que nos conociéramos en persona. Estoy segura de que me lo va a recordar hasta la saciedad. Cuando salgo del coche, sonrío y cruzo el patio interior hacia la Facultad de Física, donde me turno con otros compañeros para impartir clases de verano a los estudiantes nuevos.

Me detengo antes de entrar y pienso en la maldición. «Este cumpleaños, este mes, saldrá bien», me digo. Lo peor ha sido lo del incendio, y ya ha pasado.

El destino se ríe.

—Entonces ¿lo de *Stranger Things* es más parecido a la realidad de lo que nosotros creemos? —pregunta Corey, un jugador de béisbol delgaducho que va por la segunda matrícula de la asignatura de Introducción a la Física.

Le fascinan los multiversos, igual que a mí. Ya casi hemos acabado la clase y estamos repasando los apuntes, pero solemos perdernos en temas que no forman parte del temario.

—A ver, no.

—Jolines —murmura.

—¿Quiere eso decir que es del todo imposible? Pues no. Es un misterio sin resolver y no tenemos la capacidad de probarlo.

Puede que, algún día, el acelerador de partículas del CERN nos encamine en la dirección correcta. —Me siento con las piernas cruzadas en el césped, a la sombra de un roble enorme. No nos hemos quedado en la clase, porque estos críos necesitan un respiro, además, hoy no hace tanto calor como ayer.

Addison, que estaba garabateando, se detiene. Me lo he estado currando este verano para que se entusiasme por algo.

—¿Por qué iban a estudiar los científicos la posibilidad de los multiversos si fuera algo inconcebible?

—No puedes descartar algo hasta que no lo has estudiado durante años. Por ejemplo, hace mucho tiempo, la gente veía que el Sol salía y se ponía, y que parecía dar vueltas alrededor de la Tierra. ¿Qué pensaban?

—¿Que el Sol daba vueltas alrededor de la Tierra? —La chica arruga la nariz.

—¡Exacto! —Le lanzo una piruleta amarilla, su favorita—. Tenemos que contemplar todas las posibilidades.

—Yo creo que lo del multiverso mola —dice Corey—. Me gusta la teoría que nos contaste la semana pasada. Me causó muchos dolores de cabeza, pero, oye, he aprendido algo. No tienes nada que ver con el otro profesor. Me paso sus clases durmiendo.

—Cuéntame lo que dijimos la semana pasada sobre la teoría de supercuerdas —digo mientras le enseño una piruleta.

Está sentado en el césped, con las piernas cruzadas, y se lleva una mano a la barbilla para pensar.

—No sé. Va sobre mecánica cuántica y la teoría de la relatividad, ¿no? En plan, es una teoría que intenta crear un marco matemático consistente que explique el universo.

Me siento tan orgullosa que voy a estallar. Le choco el puño.

—¡Bien hecho, Corey! Es un poco más complicado, pero no estamos en clase de Física Teórica.

—Es que tú lo explicas mucho mejor, señorita Riley. Eres la mejor profesora —dice con una sonrisa que me hace reír por lo bajini. Haría lo que fuera con tal de caerme bien.

Addison farfulla algo y levanta las manos.

—No me he enterado de nada de lo que acaba de decir. ¿Por qué es tan importante esta asignatura? —Suelta un largo suspiro—. Es evidente que no debería estudiar Ingeniería.

Corey le da un codazo.

—Relájate. Tenemos que aprobar la asignatura y, con ella, es mucho más fácil.

No quiero aguarle la fiesta a nadie, pero para estudiar Ingeniería hay que aprobar dos o tres asignaturas de física, así que me tumbo en el césped y estiro los brazos por encima de la cabeza.

—Estiraos, chicos. Dadme un segundo que piense en lo que me ha preguntado Addison.

¿Por qué es importante la física para una chica que preferiría dormir hasta la tarde en lugar de venir a clase? Sí, Addison admitió haberse saltado algunas el semestre pasado, también de esta asignatura, para que se le pasase la resaca. Ahora, sus padres la han obligado a asistir a los cursos de verano para recuperar el tiempo perdido.

Todos nos movemos un poco, nos enderezamos y nos deshacemos de las contracturas. Al cabo de unos segundos, me vuelvo a sentar y miro a Addison, quiero servirle de inspiración, no alejarla de lo que es mi pasión.

—¿Tienes coche? —le pregunto.

—Tengo un Toyota Prius nuevo.

—Ya veo. ¿Qué tipo de ingeniería quieres estudiar?

—Ingeniería Mecánica.

Perfecto. La señalo con el bolígrafo.

—Sin la física, tu precioso coche no existiría. Es la que determina el estilo, la velocidad, la aerodinámica, la eficacia del motor… Y tendrás que entender todos esos aspectos si quieres estudiar la carrera. La producción depende de tecnología basada en la física. Las fórmulas aplicadas explican el funcionamiento de las cosas: los coches, los móviles, este boli, incluso de los cuarks. La física nos explica el funcionamiento del universo, cómo empezó y por qué, y dónde estaremos en unos años. Es infinita. ¡Los secretos del universo os están esperando! —Muevo las manos señalando al cielo.

—Me he perdido en los cuarks. Es broma. Recuerdo que son partículas subatómicas. —Se ríe—. Te emocionas por cosas muy raras, señorita Riley.

—Solo tenéis que entender lo más básico e ir poco a poco. Yo os ayudaré. Si no entiendes los apuntes, me puedes llamar

—la tranquilizo. Nos hacen falta más mujeres en el mundo de las CTIM.

Corey sonríe.

—Yo sigo esperando a que me cuentes más sobre la teoría de supercuerdas.

Me pongo el libro de texto en el regazo e intento encontrar una manera de explicárselo que no sea demasiado científica. Creo que soy una buena profesora, pero, a veces, me dejo llevar y suelto términos que ni conocen ni les importan.

—Es un marco teórico que trata de explicar el universo con una teoría del todo, añadiendo dimensiones adicionales del espacio-tiempo y que define las partículas como diminutas cuerdas que vibran. —Cojo la rama gruesa que he encontrado cuando veníamos y se la enseño—. Nosotros solo vemos tres dimensiones: la anchura, la profundidad y la altura. Pero ¿qué pasa con las partículas de la rama que no podemos apreciar? Los teóricos piensan que hay unas dimensiones diminutas…

—¿Qué es la cuarta dimensión? —pregunta Corey, cambiando de tema—. Es el tiempo, ¿no? ¿Podemos viajar en el tiempo? Porque a mí me encantaría volver al pasado para comprar los números de lotería premiados.

Sonrío levemente. No tiene remedio.

—Einstein sí que la llamó «tiempo», pero es algo que solo los matemáticos pueden describir. —Sonrío para suavizar mis palabras—. Es un concepto fascinante, pero no hay pruebas que demuestren los viajes en el tiempo ni los multiversos—. En el futuro, a lo mejor…

Una voz seria proviene del edificio:

—Señorita Riley, su clase ha terminado por hoy. Me gustaría hablar con usted, por favor.

Miro hacia la facultad y lo veo de pie, en la entrada, mirándome fijamente. Me quito un poco de césped del pelo, muerta de miedo.

—Madre mía, parece muy enfadado —dice Corey entre dientes mientras recogemos nuestras cosas.

Varios de los alumnos se despiden de mí al irse y yo hago lo mismo, además de pedirles que miren los apuntes.

—Puedes irte, Corey —le digo al chico, que se había quedado rezagado y le lanzaba una mirada al doctor Blanton.

—¿Estás segura de que no quieres que te acompañe?

Claro, al doctor Blanton le encantaría.

—No, no es necesario.

Hace una mueca.

—Creo que no le gusta nuestra clase… ni tú. Siempre asoma la cabeza y nos fulmina con la mirada.

Sonrío y le doy una palmadita en el brazo.

—No te preocupes por mí. Estudia mucho esta semana y no pases tanto tiempo en la fraternidad.

—Me tomaré una birra a tu salud, señorita Riley.

—Ve con cuidado, por lo menos.

Asiente, ignora al doctor Blanton y se va.

Me acerco a los escalones de la entrada del edificio y al doctor Blanton. Soy consciente de que llevo vaqueros cortos, una camiseta y las chanclas que me he comprado. Debería haberme cambiado en el hospital y haberme puesto los vaqueros largos, pero no lo he hecho.

Frunce los labios, bien abrigado con su chaqueta de *tweed*. Yo tengo esa misma americana, pero de mujer.

—¿Ha decidido hacer la clase fuera? ¿Cree que eso favorece el aprendizaje?

—No todos los críos se desenvuelven bien en un aula, y mucho menos estos. Existen siete tipos diferentes de aprendizaje: el verbal, el visual, el auditivo, el físico…

Me interrumpe haciendo un gesto cortante con la mano.

—Ahórrese el discurso, he escuchado parte de su clase.

—No era una clase como tal; yo soy más de experiencias de aprendizaje.

Exhala, ya me ha escuchado decir eso antes.

—Independientemente de dónde la imparta, esta semana tenía que explicar la relatividad.

Asiento.

—Y lo he hecho. Pero hemos ido más allá, doctor Blanton. ¿No se supone que para eso estoy aquí? ¿Para expandir las mentes de los alumnos? ¿Para hacer que se lo cuestionen todo y fomentar su interés?

Me examina como si fuera un bicho a través de sus gafas de montura metálica. Se fija en mis piernas desnudas e inhalo. Debemos llevar pantalones de vestir o falda.

—Prefiero los métodos tradicionales. Los datos científicos y en una clase con techo. No puede hacerse amiga de los alumnos.

¡No lo hago! Aunque tampoco quiero verlos sufrir.

Él está acostumbrado a impartir clases más avanzadas a alumnos con altos coeficientes intelectuales y la capacidad de entender cualquier cosa que se les cuente.

—La mayoría odian la física. Suspendieron…

—Ya basta.

Me muerdo la lengua, pero subo dos escalones para quedar al mismo nivel que él, porque no me gusta que esté por encima.

—¿Algo más?

—Sí. El multiverso no es un tema legítimo de investigación científica. No los aliente.

Eso no es cierto y muchos físicos estarían de mi lado.

—Ha salido el tema porque los alumnos lo encuentran interesante y, así, les puedo hablar de la teoría de las cuerdas. No creo que haya nada de malo en que se emocionen por algo.

Me fulmina con la mirada.

—El mero hecho de mencionar la idea hace que la gente pierda la confianza en la ciencia. Es una noción filosófica.

—¿Está usted diciendo que algunos de los teóricos más importantes de nuestra generación están perdiendo el tiempo? Los físicos teóricos se lo cuestionan todo. Por eso estoy aquí.

Se quita las gafas y las limpia con un pañuelo. Es un anticuado. No le iría nada mal tener a una Myrtle en su vida.

—El diez por ciento de las candidatas al doctorado no llegan a acabar el programa. Señorita Riley, va a empezar usted su segundo año y no me convence su trabajo.

Se me cae el mundo a los pies, todos mis fracasos me acechan. Primero fue Preston ¿y, ahora, mi carrera profesional?

—La calidad de su trabajo disminuyó de manera drástica el pasado semestre. Ni se moleste en mandar una solicitud al CERN hasta que yo vea que ha mejorado significativamente.

Siento una punzada de decepción.

—Lo sé. He tenido algunos problemas personales este año...

—Por favor, no quiero excusas. —Tensa la mandíbula y me mira de arriba abajo—. Mujeres —dice entre dientes.

La ira se apodera de mí y se me ruboriza el rostro. Antes de que me dé tiempo a decirle al machista de mierda que se vaya a tomar por culo, me ordena:

—Póngase ropa decente, señorita Riley. Parece una alumna. —Y vuelve a entrar al edificio.

No se equivoca, sin embargo, aprieto los puños y suelto una retahíla de insultos en cuanto sé que no me va a oír. No soy capaz de dejar que pisoteen a Devon o a Myrtle, pero, cuando se trata de mí...

Capítulo 9

Devon

—Nada de indirectas de tío de fraternidad. Me quedaré sentado con vosotros los primeros quince minutos hasta que vea que está cómoda. ¿Te ha quedado claro? —le pregunto a Brandt Jacobs al día siguiente cuando me acerco hacia su Porsche plateado.

—A ver si lo entiendo —responde. Cierra la puerta del coche y se pone delante de mí, riendo—. Me has llamado para decirme que quieres presentarme a una chica, ¿y vas a vigilar que me porte bien? ¿Me estás tomando el pelo?

—Solo quiero que la conozcas. Eso es todo. Solo unas copas. Si te pide que te quedes a cenar, puedes hacer lo que quieras, pero tiene que ser ella la que te invite. Te doy media hora.

Esas son las normas que he acordado con Giselle cuando hemos desayunado juntos. Ella quería asegurarse de que yo estaría por ahí y fue ella quien sugirió que esperara hasta que se conocieran y charlaran un poco para invitarlo a cenar con nosotros.

Anoche, cuando llegué cansado y agotado a casa después de la concentración, ella estaba en su habitación. Vi que tenía la luz encendida, así que me debatí entre llamar o no a la puerta, aunque fuera solo para verle la cara, pero no lo hice. Cuanto menos la vea, mejor. Además, seguro que el tema del incendio le ha pasado factura y necesita descansar. Esta mañana, me la he encontrado en la cocina, toda alegre y, trabajando, así que le he mencionado a Brandt.

Él ríe y me da una palmada en la espalda que me devuelve a la realidad.

—Me alegro de verte, tío. Me encanta que siempre vayas al grano. Tenemos que quedar un día para hablar del contrato.

Seguro que podemos negociar para que los catorce millones al año se conviertan en dieciocho. Lo presiento. Mira Carter, le han ofrecido un aumento en los Panthers y tus estadísticas son mucho mejores.

—Dentro de poco. ¿Qué tal la casa nueva en Brentwood?

Me habla de su casa y de la piscina que va a construir mientras entramos al Milano's, un elegante restaurante italiano propiedad de Jack. Le hablo de la concentración y comentamos el partido de pretemporada que tenemos dentro de poco en Miami.

—Me sorprendió que no estuvieras saliendo con nadie —le digo.

—He terminado una relación hace poco. —Sus hombros se encogen dentro del traje gris y me mira con una expresión triste—. Al parecer, le gustaba más mi cuenta bancaria que yo.

—Lo siento.

—Ya. —Hace una mueca.

—A Giselle no le importa el dinero. Tiene un futuro brillante por delante. —En cuanto termine su mala racha, volverá a encontrar su camino.

—No sabía que te gustaba hacer de casamentero.

—Conque soy un casamentero, ¿eh?

Se echa a reír.

—Sí, y te agradezco que hayas pensado en mí. Me apetece conocer a una chica agradable.

—Genial —respondo mientras lo observo.

Es el típico chico estadounidense rubio con una mente apasionada y la tenacidad de un *bulldog*. Tiene treinta y pocos, es guapo y exitoso. Haría buena pareja con Giselle. Sin embargo, estoy nervioso y no puedo dejar de pensar que, a lo mejor, no ha sido buena idea emparejarlos, aunque ya no hay vuelta atrás. Tiene que salir bien. Ella se merece a un buen chico y le he ofrecido al mejor que conozco.

—¿Qué me dices de la chica?

—Ha roto su compromiso hace poco. Él es un cabrón.

Entramos al vestíbulo, Brandt observa a su alrededor y admira la decoración campestre y elegante, las lámparas de arañas rústicas de metal y las vigas de madera del techo. El sitio está a rebosar de empleados y clientes. Silba y comenta:

—Vaya, veo que Jack está ganando mucha pasta.

—Eres un buen agente.

El *maître* me ve, sonríe y señala con la cabeza hacia la parte trasera del lugar. Giro el cuello y la veo sentada en una mesa al lado de la barra, con la melena rubia suelta, las gafas apoyadas en la nariz y tecleando en el portátil. Se me crispan los labios. Le encanta escribir historias sobre alienígenas. O a lo mejor está estudiando. Es una dicotomía de contradicciones y, desde que la vi en el reservado, nunca sé cuál de las dos versiones de Giselle me va a tocar.

Nos dirigimos hacia ella, esquivando las mesas, y, cuanto más nos acercamos, más nervioso me pongo. Me doy golpecitos con la mano en la pierna.

—¿Es una amiga o familiar? ¿Qué tal está tu prima, por cierto?

—Giselle es una buena amiga mía. Es más lista que el hambre y tiene un corazón enorme. Selena está muy bien. La acabo de convertir en la gerente general de la discoteca.

—¿Está buena?

—¿Selena?

Se ríe.

—No, tío, ¿qué te pasa? Hablo de Giselle.

Como le haga una lista de todo… «Mi padre está hecho un desastre y no responde a mis llamadas, me acechan tíos raros y persiguen a Giselle en los grandes almacenes, mi compañero de equipo me ignora en la concentración y la cuñada de mi mejor amigo está pasando una temporada en mi casa, y yo me muero de ganas de lanzarme sobre ella, así que le he organizado una cita contigo». Definitivamente, creo que es mejor no contestar.

Me meto las manos en los bolsillos de los pantalones de vestir azul marino y recuerdo a Giselle haciendo el desayuno esta mañana, sonriendo cuando ha visto que me he comido casi todo el beicon que ha preparado. Llevaba el pelo recogido en un moño despeinado y no hacía más que subirse las gafas por la nariz.

—Sí está buena, sí.

Sigue mi mirada y me da un golpe con el hombro.

—¿Es esa?

—Sí.

—Menudo bombón.

Inhalo y se me forma un nudo en el estómago por los nervios.

—Es una chica formal, ¿estamos? No es una tía para un rollo de una noche.

—Si no te conociera, creería que quieres salir con ella.

—No. —Paso por su lado, rozándolo, llego a la mesa y me siento al lado de Giselle, Brandt lo hace delante de nosotros. Ella lo observa y se fija en su traje entallado, el corte de pelo caro y la sonrisa juvenil. Pestañea rápidamente y se ruboriza cuando le estrecha la mano.

«¿Qué te parece?», le preguntan mis ojos.

Asiente en mi dirección, sonríe y se pone bien la camisa azul entallada que le he dejado; ha anudado las puntas y ha desabrochado los botones del cuello, y se ha hecho una especie de blusa, en la que resplandece su piel pálida. Disimulo la sonrisa. Se ha comprado ropa en los grandes almacenes, pero se ha puesto la mía. Le he dicho que podía coger lo que quisiera de mi armario.

La observo con disimulo mientras hablan. Su perfil dibuja una suave curva y las pestañas, largas y espesas, le acarician los pómulos. Lleva maquillaje y se ha pintado los labios voluminosos de un color rosa oscuro. Al parecer, mis ojos traicioneros no pueden dejar de mirarla. Para ser sincero conmigo mismo, creo que ya hace bastante que me pasa, creo que desde la noche que la conocí en el centro cívico, hace meses, cuando representaron *Romeo y Julieta*.

Puede que fuera por el rostro de desesperación abrumadora con el que miraba a su hermana. Es algo que conozco muy bien, es la que pones cuando se mezcla el amor que sientes por alguien de tu familia con la perdida y el anhelo de enmendar un error cometido. Le hizo daño con todo lo de Preston y no veía un modo de arreglar las cosas. Vi a una chica que había dado una oportunidad a un hombre, había sacrificado la relación con su hermana y había renunciado a partes de ella misma, y, en ese momento, sufría las repercusiones y se preguntaba cómo había llegado ahí. Cada mirada suplicante que dirigía a su hermana era una demostración de lo mucho que deseaba arreglar las cosas. Para cuando acabó la noche del estreno, el compromiso más corto de la historia había terminado, y Giselle se retrajo todavía más y supongo que lloró sus penas a puertas cerradas mientras Jack y Elena se enamoraban cada vez más y organizaban una boda a toda prisa. Me he fijado en Giselle siempre que he hablado con ella desde entonces, pero me he contenido porque no quería hacer todavía más daño a una mujer frágil. Así que perdí el tiempo con conexiones puramente físicas que me mantenían satisfecho.

Dejo de pensar en eso, me relajo y los observo. Él da un trago al *whisky* y le habla de cuando estudió en Princeton, y luego, de su familia, que vive en Boston. Su padre es cardiocirujano; su madre, enfermera, y su hermana, abogada. Se mudó a Nashville hace unos años para llevar el Departamento de Deportes de una empresa que también representa a estrellas de la música *country*.

—Giselle está haciendo un doctorado en Física —comento.

—En Física Teórica —responde ella cuando le pregunta la especialidad.

—¿Como Sheldon de *The Big Bang Theory*? —bromea—. Pues, a diferencia de él, no parece que tengas problemas para socializar. —La mira con admiración y se detiene un instante en la «V» de su blusa.

Cambio de posición en la silla.

Ella sonríe y dice:

—Me encanta esa serie. Y sí, trabajo en el mismo campo. Me gustaría estudiar la materia oscura con aceleradores de partículas.

No puedo evitar aguzar el oído cuando lo menciona.

—¿Como el Gran Colisionador de Hadrones? Dicen que es el acelerador de partículas más grande del mundo. Está en Suiza, ¿no? —Me inclino hacia ella. Hoy huele a vainilla…, ¿es por el gel de ducha que se ha comprado o perfume? El deseo abrasador me empieza a trepar por la espalda. Mierda. No, de eso nada. Aprieto los puños por debajo de la mesa.

Se le iluminan los ojos y dice:

—Sí, en Ginebra. Lo llaman el LHC y está en un túnel debajo del CERN. Tiene veintisiete kilómetros de circunferencia y lo han creado para acelerar los iones a velocidades cercanas a la de la luz. Yo solo quiero tocarlo —dice con una expresión melancólica—. O puede que darle un beso.

Brandt sonríe.

—Yo hice un par de asignaturas de física. —Le cuenta que hace poco que ha viajado a Suiza y que hicieron una visita guiada por el CERN—. ¿Has ido alguna vez?

Juguetea con las manos y responde:

—No, este año envié una solicitud para una beca de investigación, pero me la denegaron. Quizá el año que viene.

«¿Cómo?».

¿Quiere irse a vivir a Europa? ¿Desde cuándo? ¿Cuánto duran las becas estas?

Sigo intentando lidiar con la idea de que se vaya de Nashville cuando Brandt se inclina por encima de la mesa y le enseña fotos de su casa en el móvil.

Me da un golpecito con el pie por debajo de la mesa, me mira a los ojos y señala con ellos su Rolex. Es verdad, ya han pasado mis quince minutos. Me levanto poco a poco y le digo a Giselle que voy al bar a tomarme una copa.

Ella asiente, vuelve a girarse hacia Brandt y oigo que el chico le pregunta dónde vive. Giselle le dice que su bloque de pisos se incendió y que está pasando unos días en el piso de una amistad que vive cerca de Vanderbilt. «Una amistad». Nunca seremos más que amigos.

Estoy sentado en la barra, de espaldas a ellos, con la mirada fija en el móvil hasta que pasan los treinta minutos. Justo cuando acaban, Brandt aparece a mi lado y se inclina hacia mí.

—Tío. Quiero volver a quedar con ella, sin duda. A solas. Es perfecta y tiene unas piernas larguísimas…

—¿Te ha invitado a cenar con nosotros?

Me da una palmada en la espalda.

—No ha tenido la oportunidad. De todos modos, hoy debo hacer una llamada de trabajo, tengo un nuevo *quarterback* de la Universidad del Sur de California.

Perfecto. No, un momento, no es perfecto. Tendría que quedarse.

—No me ha dado su número de teléfono. ¿Me lo pasas tú?

Siento un hormigueo en la piel.

—Si ella quiere, sí.

—Sí querrá —dice, confiado—. Hemos tenido una buena conversación. Yo ya me la estoy imaginando en bikini en mi piscina.

Tenso la mandíbula.

—Ya.

Se despide de Giselle con la mano y se marcha, yo vuelvo a la mesa y me siento en la silla que Brandt ha dejado libre.

—¿Qué te ha parecido? —pregunto mientras tamborileo con los dedos en la mesa hasta que me doy cuenta y me pongo la mano sobre el regazo. No sé por qué soy yo el que está nervioso si ha sido ella la que ha tenido la cita.

Tiene la carta del restaurante en las manos y la estudia con la frente arrugada.

—¿Eres más de pasta o de salmón? Ay, Dios, tienen hamburguesas de emú. Qué asco.

—Quiere que le dé tu número —digo fijándome en su reacción.

Ladea la cabeza y pregunta:

—¿Prefieres la guarnición de macarrones con queso y cangrejo o las espinacas a la crema? Podemos pedir las dos…

—Giselle, ¿quieres volver a quedar con él? —Tengo los hombros tensos y muevo el cuello en círculos.

Suspira y deja la carta.

—Jugaba a *lacrosse* en la universidad.

Se me había olvidado.

—Sí. Fue uno de los mejores de la Ivy League.

Le da un trago al refresco y dice con cautela:

—No es mi tipo.

—¡Pero si es perfecto! Y ha comentado varias veces que quiere echar raíces y formar una familia.

Limpia la condensación del vaso con el dedo.

—¡Bah!

La miro boquiabierto.

—¿Lo dices en serio? Es guapo y tiene un t-r-a-b-a-j-o. A tu madre le encantaría. ¿Qué es lo que no te gusta?

Sus ojos de color azul claro se fijan en mis antebrazos y, como me he remangado la camisa, los tatuajes quedan a la vista.

—Es demasiado formal y habla demasiado sobre *lacrosse*.

—Le gusta la física.

—¿Y qué? A ti también. Y sabes qué es el LHC y citas a Sagan. —Hace una pausa y le desaparece la arruga de la frente—. No había… chispa. Como con Myrtle y John.

—¿Chispa?

—La atracción física ni estaba ni se la esperaba. —Se lleva una mano a la barbilla—. Me aburriría. A mí me gusta… —me mira el pelo, los pendientes…— alguien que me mantenga alerta.

—Pobre Brandt. Creo que es la primera vez que alguien dice que es aburrido. —Ha sido un día largo y duro, pero sonrío, no estoy cansado y tampoco consigo sentirme mal por mi amigo—. Me apetece la pasta. La salsa boloñesa de este sitio está para chuparse los dedos.

Sonríe.

—Suena genial. Y le diré a Jack que quite el emú de la carta.

Mientras compartimos un suflé de chocolate de postre, saca el tema del hombre de los grandes almacenes.

—¿Tu padre está metido en líos?

La mera idea de contarle mi teoría sobre quién son esos hombres hace que se me ponga la piel de gallina. Decido responder con un:

—No estoy seguro.

—Cuéntame, ¿dónde creciste? —pregunta de manera discreta.

Hago una mueca.

—En Glitter City, en el Norte de California. Es un nombre curioso para una ciudad que parece un vertedero. Lo mejor que hice fue marcharme de allí.

—¿No has vuelto nunca? ¿No tienes amigos ni familiares?

—Qué va. —Dejo la cuchara en la mesa y me limpio la boca—. Mi madre nos abandonó y nunca volvió. —Hago una pausa y jugueteo con el vaso de agua. La familia de Giselle es más estadounidense que la tarta de manzana y su madre y su tía la adoran. Somos como el agua y el aceite: suave y duro, amargo y dulce—. Mi padre tenía un bar, pero empinaba el codo demasiado y eso acabó con él. Yo pasaba la gran parte del tiempo libre que tenía jugando al fútbol americano o cortando el césped y trabajando en el puesto de comida del autocine. —Suelto un largo suspiro—. No puedo evitar acordarme de mi infancia cuando veo un autocine.

No le cuento que nos cortaron la luz durante dos semanas y que tuve que apañármelas y pedir dinero prestado. Más tarde, encontré los recibos de un cajero de Las Vegas y me peleé con mi padre. Él me amenazó diciéndome que me echaría de casa y me entraron ganas de cargármelo. Precisamente, yo era lo único que tenía. Las mujeres lo dejaban, una detrás de otra, pero yo me quedé a su lado, recogiendo los pedazos y volviendo a juntarlos.

La distancia que nos separa está cargada de silencio y, cuando la miro, veo que se muerde los labios.

Me paso una mano por la nuca y digo:

—No crecí en un ambiente como el tuyo, con una familia y gente que se queda contigo, ¿sabes?

—Aun así, te has convertido en una persona increíble —responde con una expresión sincera y cargada de dulzura.

Algo se me remueve en el pecho, es una emoción casi imperceptible, pero me conmueve y me hace sentir algo. Respiro hondo. Hace mucho calor. Creo que no puedo respirar.

—¿Más increíble que Hemsworth?

—Bueno, a ver, es que él me ha comprado una casa en Suiza, pero que le den. Tú eres mejor.

Frunce el ceño, alarga un brazo y me pasa los dedos por el cuello. Pestañea con incredulidad al mirarse la mano y se la limpia con la servilleta.

—Tenías pintalabios rojo en el cuello. No sé cómo no me he dado cuenta antes.

Pongo los ojos en blanco.

—Una chica se me ha echado encima antes de venir cuando estaba con Lawrence. Siempre quiere que quedemos en el bar para hablar de negocios. —Al final, he decidido contratarlo. A este paso, puede que lo necesite, y no solo me hará de relaciones públicas, también investigará a la gente que le pida. Ahora lo está haciendo con mi padre.

Suspira.

123

—No te hace falta ni alentarlas, ¿verdad? Supongo que te ha dado su número de teléfono…

—La llave del hotel.

Se le hincha el pecho.

—Veo que era una tía con agallas. Debería tomar apuntes.

—Tú no necesitas estas estratagemas. Sé tú misma, Giselle. Eres inteligente y divertida y…

—Virgen.

Suspiro.

—No me refería a eso. No te hace falta coquetear. Solo tienes que encontrar al chico indicado…

—Clases de Introducción a la Seducción con Devon Walsh. ¿Enseñas también a hacer mamadas?

Intento no gruñir, pero el cuerpo se me tensa cuando imagino lo que acaba de decir: la veo de rodillas, mirándome desde abajo con esos ojos ingenuos y azules y los labios húmedos alrededor de…

—¿Quieres aprender? —Intenta no expresar ninguna emoción con el rostro, tío, mantén el rostro impasible.

Me examina con un gesto inescrutable. Me gusta esta chica. Se le escapa una sonrisa.

—Te estoy tomando el pelo. No hace falta que me enseñes, que para eso ya tengo los libros.

—¿Cuáles?

—Pues… he pedido un par por internet. Espero que no te importe que haya usado tu dirección. He comprado: *Las diez mejores posturas sexuales para disfrutar del sexo si eres mujer* y *Cómo hacer una mamada y no arrancársela en el intento*. Llegan mañana.

—Estás de coña.

—Claro que no —responde con un tono imperturbable y media sonrisa que casi podría considerarse una en toda regla.

—Un momento. ¿Lo dices en serio? Estoy perdidísimo.

—Olvídalo. Vámonos de aquí. Se me ha ocurrido algo perfecto para compensar nuestra semana de mierda. Te enseñaré cómo nos lo montamos las chicas del sur —dice y se levanta del asiento mientras pago la cuenta y dejo la propina.

Frunce los labios.

—Sin duda, tu Hummer nos irá bien. Me alegro de haber venido en Uber.

Me miro el reloj. Son las nueve.

—¿A dónde vamos? Tengo que estar en el gimnasio a las…

—Abuelo.

—Nos llevamos cuatro años —le recuerdo mientras nos dirigimos a la salida.

Sonríe.

—Vamos a por unas cervezas para el camino, ¿te parece? Solo un par. Tú conduces y yo bebo.

—¿Desea algo más, su majestad? —murmuro de camino al coche.

—Sí. ¿Tienes palos de golf viejos que no uses? Con uno nos basta. Si tienes alguno, podemos pasar a buscarlo, si no, nos apañaremos como podamos.

—Estoy intrigado. —Le abro la puerta del coche y la ayudo a subir. Cuando me doy cuenta, le estoy poniendo el cinturón y ella me observa. No puedo evitarlo. Mi cuerpo… es idiota y quiere estar cerca de ella.

Esboza una gran sonrisa que me corta la respiración.

—Va a ser la mejor noche de tu vida —murmura.

—¿De verdad? —La miro fijamente a los ojos. Nunca me había dado cuenta de que tienen motitas blancas. Son como un destello entre tanto azul.

Nos quedamos así unos instantes. Puede que un poco más.

—Diez segundos —dice en voz baja.

—¿Cómo dices?

—Nada.

Debería subirme al coche, pero aquí estoy, pasmado como un idiota.

—¿Voy a arrepentirme de esta aventura?

—Tal como diría Rodeo: «Cuando acabe contigo, potrilla, me pedirás un poco más».

Me echo a reír.

Una hora más tarde, después de pasar por casa a buscar cervezas y un palo de golf viejo, avanzamos entre baches por una carretera de gravilla en Daisy con la música de Sam Hunt a todo trapo. Tenemos las ventanillas bajadas y la brisa cálida

125

se apresura por el interior del vehículo, estamos cada uno en nuestro mundo. Se ha hecho dos trenzas y se ha puesto una camiseta verde ajustada que estaba de rebajas, porque no la habían vendido el Día de San Patricio. Pone: «Hoy es mi día de suerte» y no he podido evitar reír cuando ha salido pavoneándose con ella.

Aparco al lado de un granero rojo de dos plantas. Está todo a oscuras; los faros delanteros del coche iluminan las colinas ondeantes y la pradera a lo lejos.

Los dejo encendidos, cojo un par de linternas, le paso una y la sigo hacia el granero. Solo se oyen el canto de las cigarras, el croar de las ranas y el crujido de las hojas. Podría acostumbrarme a este silencio.

—¿Me has traído al culo del mundo para asesinarme?

—Así te entierro en el pastizal. Nunca encontrarán el cadáver. —Se ríe, se da media vuelta y, sin dejar de mirarme, entra en las profundidades del granero. Le da a un interruptor y una luz fluorescente resuena al encenderse. Emite un brillo tenue, pero es más que suficiente. El sitio es grande, espacioso y bastante limpio, hay heno apilado en una esquina y un tractor aparcado a un lado. Cuelgan algunas herramientas de las paredes.

—¿Es el granero de tu familia?

—Es mío. —Sonríe—. Elena se quedó con la bonita casa en el pueblo, y yo, con la granja.

—¿Cuánto vale el terreno? —Los inmuebles en Nashville son caros y Daisy está cerca.

—No lo venderé nunca. Aquí es donde crecí, monté a caballo y por donde perseguía a mi padre. Le gustaba trabajar en la granja, aunque fuera solo un pasatiempo. Teníamos dos emús, que acabaron muriendo de viejos. Mi abuelo sí que era un granjero en toda regla. Algún día, construiré una casa aquí y tendré diez hijos.

—Maldito Hemsworth. Estoy empezando a odiarlo a él y a su casa de las narices.

—No haces más que mencionarlo.

¿En serio? Da igual.

Me fijo en un círculo de flores descoloridas que cuelgan de una paca de heno.

—¿Tienes una corona de flores negras? ¿Vienes aquí a hacer rituales satánicos o qué?

Cuando me giro para mirarla, la veo de rodillas detrás de unas cajas, sujetando la linterna con el cuello, los ojos bizcos y enseñando los dientes.

—Es hora de morir —dice con un tono de voz grave—. ¡Prepárate para ser sacrificado!

Me estremezco.

—¡Jesús!

Rompe a reír, se seca los ojos, se levanta y se dirige a la corona de flores, me da una palmada en el hombro al pasar por mi lado.

—Si hubiera sabido que eras tan gallina, habría aprovechado para saltarte encima cada vez que sales de la habitación.

—Ándate con ojo. A ver si voy a ser yo quien te salte encima.

Se muerde el labio con una mirada divertida y toquetea las flores, que, evidentemente, están pintadas con espray.

—Nada de demonios satánicos. Esta triste corona de flores conmemoraba la debacle de mi vigésimo cumpleaños. —Se santigua—. Espero que la maldición se rompa pronto.

Me río, hechizado por su dramatismo. La estoy conociendo, capa a capa, descubriendo todo sobre ella y quiero más, quiero saber cada detalle sobre quién es.

—Tengo el presentimiento de que vas a contarme una de tus historias. Una fea corona de flores, un granero…

Se apoya en la pared de manera despreocupada.

—Es una historia de miedo. Puede que te asuste.

—Por favor, Giselle Riley, cuéntame qué pasó.

Sonríe con suficiencia y es más que evidente que me lo quiere contar.

—Pillín, ¿estás seguro?

Quiero saber hasta el último detalle.

—Sí.

—Tuve una cita con Bobby Ray Williams aquí, tres días antes de mi cumpleaños. Vino en su *quad*.

—Parece el argumento de una canción *country*.

—Lo había decidido, él era el indicado. Me gustaba, era amable, un chico bueno que no les hablaría de mí a sus amigos.

Su padre es el propietario de algunas tierras que lindaban con las nuestras, así que habíamos pasado muchos veranos juntos.

Siento una ola de celos e intento deshacerme de ella.

—Ajá.

—Esa noche, vino al granero y la cosa se puso caliente. Teníamos las luces apagadas y sonaba de fondo *Magic,* de Coldplay, y yo lo percibía en el ambiente. Ha llegado el momento, va a ocurrir. Él se había traído una manta y la habíamos puesto encima de unas pacas de heno. Íbamos ligeritos de ropa y todo marchaba bien, yo estaba convencida de que quería hacerlo y él hacía lo que podía, porque también era virgen. Pensó que me la había metido, pero no era el caso, la había metido entre mi culo y la manta, y se los estaba tirando…

Retrocedo.

—Dime que no es verdad.

Hace una mueca.

—Pues sí. Y, antes de que pudiera decirle que no había atinado, entró volando un búho, no tengo ni idea de cómo. Y fue directo a por Bobby Ray, lo arañó por todas partes, se le agarró a la espalda, parecía que no lo fuera a soltar nunca. El chico se quitó de encima de mí, se cayó de la paca y se dio un golpe en la cabeza con un rastrillo. Tuvimos suerte de que las púas estuvieran hacia abajo, pero perdió el conocimiento unos segundos, puede que fuera por la sangre. Cuando volvió en sí, empezó a vomitar y a gritar, y yo intentaba huir del búho. Al final, conseguí abrir la puerta y el animal se fue volando. Le dije al chico que tenía una contusión y pasamos diez minutos intentando que se pusiera los pantalones, ya te puedes imaginar el panorama, y, luego, nos montamos en el *quad.* De camino a su casa, como casi no veía nada, lo metí en un estanque.

Abro la boca.

—Te lo estás inventando.

—Por desgracia, no. Tuve que sacar a un tío de más de ochenta kilos de un estanque y ayudarlo a llegar hasta mi coche. No me preguntes por qué no lo cogimos en lugar del *quad,* porque no tengo ni idea. No podía pensar, y él todavía menos. Creí que llegaríamos antes a su casa si atajaba por el campo. Total, que, cuando casi habíamos llegado, un policía me dio el alto por exceso de velocidad. Resulta que Bobby Ray me había dado tal golpe al intentar sacarlo del agua que me sangraba la nariz, así que el poli, cuando vio la escena, llamó a una ambulancia. Nos pasamos la noche en urgencias.

Mira la corona de flores con tristeza.

—Ahora está casado y tiene un bebé, así que creo que acabó descubriendo dónde está la vagina. Lo más gracioso de todo esto, ahora me parece divertido, es que nunca le dije que no lo estaba haciendo bien, así que todavía se piensa que perdí la virginidad con él. —Suelta una risita—. Menuda cara tienes, Dev. Suéltalo.

No puedo evitar sonreír e intento responder, pero me muero de la risa.

—Es la peor… historia de un intento de polvo… que he oído. —Tomo aire y me rodeo el estómago con los brazos—. Sí que estás maldita, sí. Deberías comentarlo con un profesional.

Me hace una reverencia.

—Aquí me tienes para entretenerte cada año en mi cumpleaños. ¿Cuándo lo hiciste tú por primera vez?

—En el autocine, en un colchón que tenía en mi vieja furgoneta, con una chica tres años mayor que yo. Estaba cerrado, pero yo tenía una copia de las llaves.

—¿Fue una experiencia agradable? —pregunta con tono nostálgico.

Sinceramente, ni siquiera me acuerdo, solo que me corrí demasiado rápido, pero hubo una segunda ronda.

—La tuya lo será, Giselle. Con un chico al que le importes. No tengas prisa.

Mira la corona de flores unos segundos y mueve la mandíbula.

—Eso dices siempre. —Mueve la linterna de un lado al otro y se dirige a varias cajas, las abre y saca algunos platos.

—Cógela. —Señala una en la que ha dejado los platos, hago lo que me pide y la sigo hacia el exterior, luego, dejo la caja delante de un tocón cerca de la puerta.

Saca unas gafas de protección de la caja mientras tararea «Body Like A Back Road», que suena a todo volumen.

—Trae el palo de golf del coche. Esto se va a poner serio.

Obedezco y golpeo el aire con el palo cuando regreso hacia donde está Giselle. Me pregunto qué coño quiere hacer.

—Toma, sujétame la cerveza.

—Esas son las últimas palabras que dicen los paletos antes de despertar en el hospital. —Río, le cojo la bebida y ella se pone las gafas, coloca una taza blanca en el tocón y agarra el palo de golf.

—Aléjate —me dice. Cuando retrocedo unos pasos, Giselle arquea la espalda con una posición segura y coge el palo con firmeza.

—Esta se la dedico al capullo de mi tutor. Porque piensa que las mujeres somos peores que los hombres. —Mueve el palo de golf rápidamente y con decisión. «¡Crack!». La taza se rompe y los fragmentos salen volando.

Silbo y contemplo cómo caen los trozos de cristal.

—¡Joder!

Ella suelta un gruñido de satisfacción y coge un jarrón viejo, de color azul, que sitúa en el tocón.

—Esta va por Preston. Por ser un cabrón infiel —grita al golpearlo. La cerámica revienta y salta hacia el prado.

—¡Yija! —grito.

Se detiene para dar un trago a la cerveza y no puedo evitar comérmela con los ojos.

—¿Qué? —me pregunta entrelazando los dedos con el palo.

—Eres consciente de que pareces una granjera salida de una fantasía sexual, ¿verdad? Es de noche, hay un granero, hemos puesto música *country* y esos vaqueros que llevas me van a hacer perder la cabeza.

Se contonea y los flecos deshilachados de los vaqueros se mueven de un lado al otro.

—Los he lavado. Y me he comprado otros, pero estos son mis favoritos.

—Hacías deporte, ¿verdad? —pregunto al volver a coger su botellín. Observo cómo se prepara para golpear lo que parece ser una bandeja para dulces. Está segura de sí misma. Es eficiente. Elegante. *Sexy.*

—Jugué al voleibol. Incluso consideré pedir una beca para jugar en la universidad, pero sabía que afectaría a mis notas.

—Yo hice lo contrario, prioricé el fútbol. Nunca fui un buen estudiante y me pasaba todo el tiempo en los partidos.

Ladea la cabeza.

—¿Te arrepientes de no haber acabado los estudios?

—El fútbol siempre ha sido suficiente para mí… —Toco la gravilla con la punta del pie.

—¿Pero? —pregunta apoyándose en el palo.

Niego con la cabeza.

—No lo sé. Tengo la vida resuelta, pero me gustaría habérmelo tomado más en serio. Puede que me arrepienta un poco. —Me encojo de hombros—. Parece que toda la gente que conozco tiene estudios. Jack se graduó con matrícula y todo.

—¿Y a qué se debe esta inseguridad? —Ha bajado el palo de golf para centrarse solo en mí.

Sonrío y cambio de tema.

—No veo ningún diván por aquí, doctora Riley. Deja de analizarme tanto y dale ya al bote.

Me examina.

—Citas a Sagan y eres propietario de un negocio. Eres el receptor con las mejores estadísticas de la liga. ¿Acaso alguien te ha dicho que no eres inteligente? ¿Te han hecho sentirte inferior? Dime quién ha sido, que me lo cargo.

—Eres despiadada. —Sonrío.

—Cuando te hacen daño, sí.

Esbozo una mueca.

—Fue una mujer. Lo presiento. ¿Quién? —Tiene los labios fruncidos y una mano en la cadera; no me cabe ni la menor duda de que sería capaz de dar caza a mi ex—. Venga, dímelo. Yo te he contado lo de Bobby Ray, y tú has mencionado tu primera vez muy por encima. Me debes una historia. ¡Yo te he contado muchas cosas!

Abro la boca, la vuelvo a cerrar y camino de un lado al otro. Debería contárselo, es Giselle, me ha traído a un sitio especial y me gusta… Mierda, no. No quiero decir que me guste de ese modo. No puedo. Bajo ningún concepto. Me muerdo el labio inferior.

—¿Dev?

Alzo las manos.

—Se llamaba Hannah. La conocí en el primer semestre de primero de carrera en una fiesta de la fraternidad. Se hizo la difícil y yo iba detrás de ella todo el rato, la esperaba al final de las clases, le mandaba mensajes y todas esas cosas. Pensé que se me pasaría pronto la tontería, pero ella era diferente. —Se me escapa una larga exhalación—. Era inteligente y había empezado a estudiar Medicina, tenía dinero, venía de una familia con pasta. No era como las chicas en las que me solía fijar. No le iban mucho ni las fiestas ni el fútbol americano. Al final, logré convencerla de que saliera conmigo y nos acabamos enamorando. A ella le daba igual que yo viviera por y para el fútbol y a mí no me importaba que ella se pasase tanto tiempo estudiando en la biblioteca. Cuando estábamos juntos, conectábamos. Nuestro plan era que me ficharan en algún equipo, que ella siguiera estudiando y casarnos lo antes posible.

Suelto una carcajada resentida.

—Cortó conmigo en el último año y se fue con un tío de su clase. Un cerebrito con brazos delgaduchos que perdería una carrera contra un caracol. El tipo de chico que ella quería, aunque solo le hizo falta conocer a uno más inteligente que yo para darse cuenta de que yo no pintaba nada en su futuro. Se casaron en las vacaciones de primavera, yo cogí un avión a Cabo y pillé el peor pedo de mi vida. Me pasé toda la semana cubierto de tequila y bikinis. Desde entonces, no he vuelto a pensar en ella. Me dejó, igual que lo hace todo el mundo.

Me detengo, el pecho se me hincha. Joder, qué manera de desfogarme. Trago saliva e intento olvidarme del pasado. Muevo el cuello en círculos cuando nos quedamos en silencio. La miro a los ojos.

No tiene una mirada de compasión, sino de aceptación. Asiente.

—No estabas destinado a acabar con ella, Dev. Mereces mucho más. Te hizo un favor. Y tu chica ideal te está esperando en algún lugar. Y pondrá tu mundo patas arriba y tendréis muchos bebés que jugarán al fútbol. Y no tendrán los brazos delgaduchos. Te prometo que, donde quiera que esté Hannah, todavía piensa en ti. —Me mira con atención un buen rato—. Ya te digo que metió la pata.

—Me vas a dejar que rompa yo algo ¿o qué? Me muero de ganas.

—La última. —Se inclina, mueve el culo y coloca otra taza, esta con forma de pechos—. Va por Myrtle. Para que salga del hospital y su hija venga pronto a ver cómo está. —El palo rompe el cristal y lo manda volando hacia la noche oscura.

Nos echamos a reír y chocamos al cambiar de posición, me pongo en su sitio al lado del tocón. Me entrega el palo y noto su cuerpo contra el mío cuando me ayuda a ponerme bien las gafas de protección. Se aparta con una sonrisa de satisfacción y me prepara un jarrón feo.

—¿De dónde sacas estas cosas?

—Mi tía Clara las compra en los típicos mercadillos de segunda mano y las trae aquí. Scotty, su novio secreto, recoge los trocitos y hace mosaicos con ellos. —Me hinca un dedo en el brazo—. Pero no se lo digas a nadie. Es demasiado machito como para reconocer que hace cosas artísticas en secreto.

Asiento y golpeo el jarrón, que se desintegra y esparce por todas partes. El sonido es más agradable de lo que había imaginado.

—Qué gusto.

—Pero no has dicho para quién era.

Hago bocina con las manos y grito:

—¡Preston, eres un imbécil!

—Hazlo otra vez, pero por ti —dice con seriedad mientras coloca una taza de té.

La golpeo con fuerza y grito:

—¡Hannah, espero que seas feliz! ¡Yo soy famoso y rico!

Aparece un cuenco en el tocón. Giselle se aparta y lo golpeo.

—¡Compórtate como un adulto responsable, papá!

Coloca un tarro de galletas con forma de búho y nos echamos a reír.

—No he podido evitarlo —murmura—. El destino lo ha querido así.

—Esta va por ti, nena —digo. Golpeo el tarro y grito—: ¡Las maldiciones no existen!

Seguimos a un ritmo constante: ella va poniendo objetos de cristal al azar y yo los voy rompiendo. Cuando llevo ocho, no puedo evitar dar saltitos de alegría como si fuera a salir al campo, coger el balón y marcar un *touchdown*.

—Es adictivo —murmuro.

Grito lo que me apetece, ya sea que quiero conseguir el anillo de la Super Bowl o para cagarme en el tío que siguió a Giselle hasta los grandes almacenes, aunque, por lo que me ha contado, lo asustó al amenazarlo con contárselo a su madre.

Luego, viene otro, y otro más.

Estiro los hombros para relajar los músculos.

—¿Y ahora qué?

Coloca algo en el tocón.

Está envuelto en papel de seda morado y es más pequeño que la palma de mi mano.

—Tengo un regalo para ti —dice con el rostro ruborizado y los ojos brillantes.

—Ah, ¿sí? —Apoyo el palo de golf sobre la pared del granero y cojo el paquete, lo miro y siento una mezcla embriagadora de placer y adrenalina—. No me habían hecho un regalo sin que fuera una fecha especial desde…, bueno, nunca—. Aprieto el objeto en las manos.

Cambia el peso del cuerpo de un pie al otro.

—Bueno, es una tontería. Lo compré el día que fui a por ropa para Myrtle en una tiendecita del centro, al salir de la universidad… —Se queda en silencio mientras lo abro.

—Giselle, nena —digo y sostengo la mariposa de piedra esculpida en la palma de mi mano—. Es preciosa.

Da un paso hacia mí y la contempla. Es delicada, tiene las alas abiertas, la piedra es lisa y suave, y mide poco menos de tres centímetros de grosor.

—Vi que era morada y azul, y pensé en ti. La mujer me dijo que es un talismán de fuerza. Lo tienes que tener cerca y, cuando quieras centrarte, lo frotas. —Se aclara la garganta—. Lo puedes dejar en el escritorio y, cuando te hayas librado de mí, te acordarás de esta noche y no pensarás que soy un incordio.

Cierro el puño con la mariposa dentro y la acaricio con los dedos.

—La llevaré siempre conmigo en el bolsillo.

Se le acelera la respiración.

—No hace falta que…

—Y no eres un incordio.

—Dame tiempo.

Meto la mano en el bolsillo y estrecho la piedra.

—Creo que tu piso tardará semanas en ser de nuevo habitable. El sótano tenía daños estructurales. Estás a punto de empezar el primer semestre y lo último que te hace falta ahora es ponerte a buscar casa. Quédate en el mío el tiempo que quieras. Puedes ser mi compañera de piso de verdad.

¿Qué coño estoy diciendo?

Se lame los labios.

—Mi familia y nuestros amigos se van a pensar que estamos juntos o algo…

—Pues les decimos que no es cierto.

—Porque no lo es —dice suspirando.

—Pero… quédate.

«Quédate, quédate, quédate…». La palabra me rebota en la cabeza y me transporta a mi niñez, al momento en el que mi madre se marchó, y a todas las mujeres que vinieron detrás de ella, que se despidieron de mí y se largaron.

No soy un iluso. Una parte de mí sabe que, si sigo así, voy a acabar enamorándome de Giselle, que me desharé de mis inhibiciones y la devoraré poco a poco. Entonces, ella se dará cuenta de que no soy lo suficientemente bueno, tal como pasó con Hannah. Siento una comezón que hace que me pique todo el cuerpo y quiero librarme de ella.

—Aunque tenemos que poner normas.

Traga saliva y pregunta:

—Ah, ¿sí?

Aprieto los puños con fuerza a ambos lados de mi cuerpo. «Dilo, tienes que decirlo…».

—Voy a serte sincero. Me pareces… atractiva —suelto con voz ronca.

—Qué pesadilla —responde de manera seca, pero con un brillo en los ojos—. A Devon le parece mona la friki.

—Cierra el pico. Eres preciosa, ¿vale? Tienes un culo tremendo, los pechos pequeños… —bromeo—, pero perfectos y, cuando entras en un sitio, todos los tíos se fijan en ti. Te comen con los ojos, Giselle, incluso yo, pero tú ni siquiera te fijas.

—Uy, sí, ya me he dado cuenta.

Ignoro el comentario.

—Lo que quiero decir es que debemos dejar las manos quietecitas. Somos amigos y no quiero estropear nuestra amistad. Además, Jack...

—Como quieras, de todos modos, estoy convencida de que no seríamos compatibles en la cama.

Las manos se me contraen de forma espontánea. ¿Lo dice en serio? Respiro hondo. Mantén la calma.

—¿Eso crees? Te aseguro que follar conmigo sería lo mejor que podría pasarte este año...

—Pero como no me lo vas a demostrar... —Me da una palmada en el brazo y se detiene—. Uy, espera. ¿Puedo tocarte el brazo? —pregunta con una mueca.

Niego con la cabeza e intento sentirme exasperado, pero solo siento atracción al mirarla. Es muy mala idea pedirle que se quede en mi piso, pero...

—No hace falta que hiles tan fino, listilla.

—Vale. Entonces, ¿qué está prohibido? —Se acerca más a mí y me rodea el cuello con los brazos. El fuego me abrasa la piel y tengo que coger aire. ¿Qué hace?

—Giselle...

—A ver, el sexo está prohibidísimo —murmura—. Ya has establecido la ley, *sheriff,* pero ¿qué me dices de los besos? Porque ya lo hemos hecho. Me besaste la noche del incendio, y he de admitir que no fue espectacular. No lo podemos dar por válido. Además, me dijiste que, si te devolvía el coche intacto, me dirías por qué me besaste.

Huele de maravilla y trago para deshacerme del nudo que tengo en la garganta. Mis manos, por voluntad propia, se posan a ambos lados de su cara.

—Porque estaba enfadado y porque sentía... que tenía que hacerlo —admito—. ¿Tan malo fue?

—Es que fue la primera vez en cinco meses que me besaban, y no hubo ni un poquito de lengua. —Juega con un mechón de mi pelo y lo retuerce con el dedo—. Propongo que

136

nos demos uno como Dios manda y nos olvidemos del tema, después de todo, has dejado que una tía te coma el cuello hoy, así que no le das mucha importancia a los besos. Estoy segura de que no sentiremos nada, pero, cuando nos lo quitemos de encima, los dos sabremos a ciencia cierta que no hay chispa. Lo digo en serio, solo por probar. Quiero besar a Mike Millington en mi fiesta de cumpleaños y sería buena idea darte un beso para tener algo con lo que compararlo…

Siento una ira repentina.

—Quiero conocer a ese hijo de puta. Nadie se te puede acercar sin pasar mi prueba.

—Me encanta cuando te pones gruñón. ¿Qué tipo de prueba? —Me da un beso en la mejilla, justo donde acaba la comisura del labio. No es sensual ni una insinuación, sino una agradable provocación.

A pesar de eso, el cerebro se me para y, literalmente, me deja de funcionar.

Joder, joder, es una sensación tan agradable…

—¿Dev? —Me devuelve a la realidad, me mira fijamente a los ojos y los segundos pasan—. Nivel cinco —murmura.

Niego con la cabeza.

—¿Qué tipo de prueba, dices? —refunfuño intentando centrarme—. El test del capullo, barra cabrón, barra cuántas ganas tengo de matarlo. Va evolucionando a medida que hablamos.

—Ya veo. —Apoya la cabeza al lado de mi cuello y le rodeo la cintura con los brazos. Tiro de ella para que se acerque y le hago levantar el rostro. Bajo las luces del coche, parece una criatura etérea y el pelo rubio le brilla. Suspiro.

—De acuerdo, venga, vamos a quitarnos el beso de encima y a seguir con nuestras vidas —digo en un tono poco serio a pesar de que el corazón me late a toda prisa. Ya me estoy imaginando a qué sabrá su boca y el tacto suave de su piel, porque pienso recorrer su cuerpo con las manos, tocarle el rostro, el pelo, los brazos, los pechos. Puedo aguantar un beso, por el amor de Dios.

«¿Estás seguro?», pregunta una voz, que se desternilla en mi cabeza.

—Creo que tenías razón desde el principio. Es mejor que no nos toquemos, lo pillo. Esperaré a Mike. —Se libra de mis brazos y aparta la cara.

Estoy detrás de ella y, cuando se da media vuelta, nos chocamos.

—Giselle, lo haces para provocarme.

—No es cierto —responde con un destello en los ojos—. ¿Es que no lo pillas? He pensado en besarte más de lo que te imaginas, y no es…, ¡no es recíproco! Somos solo amigos, bueno, ni eso siquiera, porque nos conocemos por Jack y Elena, aunque, en mi cabeza… —Se queda callada—. ¿Qué haces? —Ahoga un grito cuando empiezo a juguetear con su pelo.

—Cuando te bese, quiero tocarte el pelo, así que tienes que deshacerte las trenzas.

Le quito la goma elástica de una y ella hace lo mismo con la otra.

—Ya has perdido tu oportunidad, no pienses que te voy a dejar que me beses ahora.

—Tienes razón; soy un capullo. Y no merezco besarte —murmuro. Ella lanza el coletero al suelo y yo hago lo mismo—. Pero es mejor que nos quitemos este… —momento tan *sexy*— experimento de encima. —Le rodeo la cintura con las manos.

Se peina el pelo con los dedos para deshacerse las trenzas y me fulmina con la mirada.

—Quizá te des cuenta, jugadorcillo de fútbol, de que un beso no es suficiente…

Le beso las comisuras de los labios y saboreo con suavidad (intento hacerlo poco a poco) y, luego, le muerdo el labio inferior. Le abro la boca y ahogo su grito en la mía antes de abalanzarme sobre sus labios. Encajamos a la perfección, como si estuviéramos hechos el uno para el otro, y ella inclina la cabeza sobre las palmas de mis manos, que se introducen por su melena y se posan sobre su cráneo. Le doy todo lo que se merece, lentamente y sin prisas, con tranquilidad. Le succiono los labios de manera perezosa hasta que gime y me araña la mandíbula, baja por los hombros, me clava las uñas por encima de la camiseta y me agarra con fuerza.

«Lo tengo todo controlado, todo, esto no me afecta lo más mínimo». Estoy bien… hasta que nuestras lenguas se encuentran y se enredan. El deseo se apodera de mí y el sentido común desaparece, y pasamos de un beso suave a uno salvaje en cuestión de milisegundos. Nuestros labios se vuelven uno, y se funden y pelean en uno de esos besos ardientes reservados a la gente que no se sacia solo con un poco y siempre quiere más.

—Giselle… —gruño.

La levanto y me rodea fuertemente la cintura con las piernas. Sin saber cómo, la tengo arrinconada contra el granero y nuestros labios toman todas las posiciones existentes sin despegarse. Nuestras lenguas bailan juntas y se baten en un duelo en el que gano todo lo que quiero. Recibo y recibo, y luego, doy y doy. Es el beso más largo de la historia; parece que nos estemos enrollando en el instituto, es el mejor beso y todo lo que he querido desde que entró en mi piso. No puedo pensar: ¿qué estoy haciendo? Cierra el pico, cerebro. Me agarra del culo y se restriega contra mí. Siento que voy a enloquecer cuando noto sus pezones contra mi torso. «No la toques o estarás perdido». Joder, huele a vainilla y a flores: es el olor vibrante y embriagador de las flores en un día de verano, esas que huelen tan bien que te dejan atontado y con ganas de volver a aspirar su aroma.

—Giselle. —Jadeo su nombre y empujo mi erección hacia su cuerpo. Tensa las piernas y gime y me anima a seguir succionándole el labio inferior y tirando de él. Le meto la mano por debajo de la camiseta y le acaricio los pechos, le pellizco el pezón erecto por encima del sujetador de encaje.

Algo cae desde arriba, que me araña el brazo, y me aparto con un gesto de dolor. Alzo la mirada y, luego, la dirijo al suelo.

—¿Pero qué…?

—La maldición. —Suspira y levanta la mirada—. Ha caído un trozo de madera de la ventana. Está podrido y hay que remplazarlo.

Vuelvo a mirarla. Tiene los ojos entrecerrados, la boca hinchada y el pecho jadeante. Yo estoy igual, como si hubiera recibido el latigazo de una banda elástica en la muñeca. Recobro el sentido, la suelto y me separo de ella.

El silencio de la noche es ensordecedor y pienso en alguna manera de explicarle que no quería que llegáramos tan lejos, que tenemos que parar un segundo para respirar y fingir que esto no ha pasado. Examina mi mirada y creo que lo ve, parece que sí, porque yergue la espalda y asiente con los labios apretados.

—Giselle… —Todavía no sé qué me va a salir por la boca, pero ella se me adelanta.

—Tu cara ya me lo ha dicho todo, Devon. Ha sido un beso horrible y no se puede repetir.

Cierro los ojos. No es cierto.

Pero…

No podemos hacerlo. Por Jack, pero, sobre todo, por mí, joder. No puedo aferrarme a chicas como Giselle. No quiero hacerlo.

—Sí.

Coge una taza, la deja bruscamente en el tocón y la rompe en pedazos.

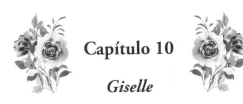

Capítulo 10

Giselle

—De pequeña, ya escribías un diario secreto. Siempre supe que retomarías la escritura, aunque no imaginé que lo harías con historias de alienígenas atractivos —dice mi tía Clara cuando entramos por la puerta del Cut'N'Curl. Lleva un vestido largo rojo y unas sandalias de tiras, y está a tope de energía.

Respiro el suave olor a amoníaco mezclado con el champú de frutas de la peluquería. Está a una manzana del centro de Daisy y todo el mundo viene aquí a cotillear y a que le arreglen el pelo. Yo también.

Le doy un beso en la mejilla y le ofrezco una bolsa con comida que le he traído. Soy incapaz de pasar por un Chick-fil-A y no comprarle algo.

—Tenían los nuevos macarrones con queso. He pensado que estarías muy ocupada para ir a por ellos, ya que mamá hoy está haciendo recados.

—Eres un sol —dice emocionada. Me arranca la bolsa de las manos, coge los macarrones y los levanta como si fueran el santo grial.

Sonrío, pero, cuando recuerdo lo que me ha dicho, la miro con frialdad.

—Topher le contó a mi madre lo de Rodeo y ahora te ha comentado lo de mi libro. Me lo voy a cargar.

—Chitón. Déjame que coma un poco antes si no me quieres ver de mala leche. —Se está sentando en la silla y apoya los pies en la mesa antes de llenarse la boca y quedar extasiada.

Suspiro, estresada. Estoy tensa y necesito distraerme con algo, sobre todo después de lo de esta mañana con Devon. Ha salido de su habitación sin mirarme a los ojos y refunfuñando

141

que había pasado una mala noche. Se ha comido las gachas de avena, se ha bebido el batido de proteínas y ha procurado esquivarme en la cocina —para variar—, pero, cómo no, se ha mostrado supercariñoso con Pookie, que se había meado en los mocasines. Le ha dicho: «No pasa nada, pequeñina, estás traumatizada». Luego, me ha gruñido un «nos vemos» por encima del hombro y se ha ido al estadio.

El trayecto del granero a casa en el coche fue un trago amargo. No dijo ni mu, a no ser que contemos el «¿te importa que suba la música?». La puso a todo trapo, yo me cogí las manos y miré por la ventana. Cuando nos besamos, puso una cara... dura como el granito, era el rostro de alguien que se arrepentía de lo que había hecho.

Cuando me quedé sola en el ático después de que él se marchara, me obligué a estudiar hasta que las páginas se volvieron borrosas y escribí un capítulo de la historia de Vureck y Kate. Era una escena maravillosa en la que se peleaban y Kate conseguía soltarle todo lo que yo no supe decirle a Devon. Le contaba lo frustrada que estaba porque Vureck se negaba a ver lo que tenía delante de sus ojos y seguía decidido a entregarla a su rey. Ella no quiere ser una chica del harén. Ella lo quiere a él.

Puf... Devon... El chico no quiere involucrarse con nadie y eso duele mucho, es algo agudo y visceral, y no entiendo por qué siento este abatimiento en el cuerpo, por qué se me extiende desde el centro del pecho.

De acuerdo, me besó como si se estuviera ahogando y yo fuera su oxígeno, pero fue una respuesta natural de alguien que había admitido sentirse atraído por mí. Su cerebro liberó dopamina y los niveles de serotonina subieron y produjeron oxitocina, la conocida como «hormona del amor». Lo más probable es que haga mucho que no se acuesta con nadie. Un hombre como él, bueno, está acostumbrado a hacerlo con asiduidad, y encima todas esas mujeres le besan el cuello... Aprieto los puños.

Aparte de todo eso, anoche vi lo atormentado que estaba cuando hablaba de su novia de la universidad. Me contó cosas sumamente personales, y, si dice que solo somos amigos, entonces eso es lo que seremos.

Quiero tenerlo en mi vida. No me abro con mucha gente, pero tengo una conexión muy bonita con él y me da miedo destruirla. Cuando venía en el coche, me he prometido a mí misma que lo escucharé cuando le haga falta, pero no podemos volver a besarnos. Él no tiene la culpa de que yo sienta algo raro por él, así que plasmaré mi frustración en la novela.

—Oye, granuja —le grito a Topher cuando lo veo apoyado en la máquina de Sun Drop, hojeando una revista y fingiendo que no me ha visto entrar. Estoy convencida de que ha venido en su descanso para comer. Nuestros ojos se encuentran en el espejo, se acerca a mí y me hace girar—. Tendría que estar enfadada contigo por ir cotilleando sobre mí —farfullo, aunque es difícil disgustarse con él después del fuerte beso que me planta en la cabeza.

Tiene veintitantos años, lleva el pelo largo y rubio, recogido en una coleta, y una camiseta de gatitos.

—No te mosquees —dice con un tono de broma—. Ya sabes que no puedo resistirme a la panda de chicas de Daisy cuando me preguntan. Son peores que la Inquisición española, además, no le he contado lo del libro a tu madre, solo a Clara. Cuando llegué, estaba leyendo *Apareado con una alienígena* y se me escapó lo de tu novela.

—Menudo sinvergüenza —respondo negando con la cabeza—. Pues no pienso dejar que lo leas nunca. Ese será tu castigo.

Se echa a reír.

—Ni se te ocurra. Piensa que a mí también me gusta escribir, así que puedo echarte una mano con las correcciones. —Pone una expresión seria—. He estado muy preocupado por ti desde el incendio. ¿Has visto esto? —Coge el móvil y reproduce un video de mala calidad de una chica bajando por una escalera de incendios—. Salió en las noticias del Canal 5 el día después del incendio. Alguien que pasaba por allí lo grabó. «Mujer anónima consigue escapar de un piso en llamas».

Cierro los ojos.

—No está mi madre, ¿verdad?

La tía Clara deja el cuenco de macarrones con queso casi terminado y se acerca a nosotros, siempre está lista para conspirar.

—Está en el Piggly Wiggly, luego tiene que ir al taller a cambiar los neumáticos y el aceite. —Abre los ojos de par en par mientras mira el vídeo—. ¿Se puede saber en qué estabas pensando, Giselle?

Mi madre sabe lo del incendio. La llamé al día siguiente, pero ignora que volví a por el collar de perlas y que estoy viviendo en el piso de Devon. Tampoco le he comentado lo del tipo de los grandes almacenes, porque Devon es una persona muy reservada y me pidió que no dijera nada.

—Y te quedas en casa de Devon —dice Topher.

Abro la boca de par en par y pregunto:

—¿Qué? ¿Cómo lo...?

Señala con la cabeza hacia la enorme ventana de la parte delantera de la peluquería.

—Para lo lista que eres, parece que se te olvida que yo lo veo todo. Debería empezar a trabajar en una línea telefónica de esas de videntes. —Levanta un dedo y continúa—: En primer lugar, has venido con su coche. —Levanta otro—. Y en segundo, y más importante, anoche pasó un Hummer a toda velocidad por el pueblo. Solo conozco un vehículo de esos y solo hay un receptor buenorro que lo conduce. —Aparece un tercer dedo—. Además, te vi en el asiento del copiloto. Llevabais las ventanillas bajadas y la música a tope, y tú te estabas bebiendo una cerveza.

Niego con la cabeza. Tuvimos que pasar por su nuevo piso de alquiler porque solo se puede entrar a Daisy por esa carretera.

—¡Jolines! Odio los pueblos pequeños. ¿Qué hacías despierto?

—Salí a pasear a Romeo. Había comido demasiado pepino y tenía que ir al baño.

Romeo es el cerdito mascota de Elena; Topher y mi madre se están alternando para cuidarlo mientras ella está en Hawái.

Suspiro.

—Mi coche sigue en el taller desde que le reventaron la ventanilla y Devon ha sido muy amable al dejarme el suyo.

Se le mueven los ojos de un lado al otro.

—Es su niñito mimado y pijísimo. ¿Dónde has dicho que te quedas tras el incendio?

No debería haberlo perdonado tan rápido.

—No lo he dicho.

—¿Giselle? —pregunta la tía Clara con el amago de una sonrisa en los labios—. ¿Estás viviendo en pecado con Devon?

Cambio de postura y me pongo bien las gafas.

—¿Giselle? —Topher mueve las cejas con picardía—. ¿Dónde pasas las noches?

Levanto las manos a modo de rendición.

—¡En el ático! Pero no hay nada entre nosotros. —Me cubro el rostro—. Dejad que se lo cuente yo a mamá.

—Ay, Señor, Cynthia no me preocupa. Jack se va a cabrear de lo lindo.

Me pongo tiesa al recordar la advertencia que hizo a los jugadores.

—Es cosa mía. Jack está preocupado por lo que pasó con Preston.

Topher hace una mueca.

—¿Qué pasa? —pregunto cuando noto un cambio en el ambiente.

Se muerde el labio y dice:

—Preston está saliendo con Shelia Wheeler. Los he visto un par de veces en la cervecería.

—Vaya. —Shelia hizo la obra de *Romeo y Julieta* conmigo. Es una chica preciosa.

Topher y la tía Clara se miran.

—¿Y qué pasa? —pregunto.

Ella se encoge de hombros.

—Su tía Birdie dice que van en serio. Viene cada semana a contarnos todos los detalles.

Siento un pinchazo, aunque, al mismo tiempo, me deja un poco indiferente.

—Bueno, ya sabemos cómo es, no le cuesta pasar página. Cambió a Elena por mí en cuestión de segundos. —Me dejo caer en la silla en la que estaba sentada la tía Clara y me miro en el espejo.

—¿Lo de siempre? —pregunta.

Hago una mueca. Vengo cada tres semanas los viernes para cortarme las puntas, algo tan predecible y aburrido como siempre.

Me miro fijamente en el espejo y le empiezo a dar vueltas a la cabeza.

—Nada de cortes hoy. Quiero algo diferente.

Arquea una ceja.

—¿Quieres que te haga una permanente con ondas grandes? Con mucho volumen…, qué buena idea.

Pongo los ojos en blanco.

—No quiero volver a los noventa.

Topher comenta:

—¿Por qué no te tiñes de rojo? Así, de un tono oscuro y misterioso, como la chica de *Los ángeles del diablo.*

—Elena lo lleva de ese color.

—Te puedo dar un poco de profundidad con unas mechas oscuras —dice la tía Clara, que me coge un mechón rubio y lo riza con el dedo. Está decepcionada porque no la he dejado hacerme la permanente.

Si voy a ser tan típica de hacerme un cambio de aspecto después de haber roto una relación, tendré que hacer que valga la pena. No puedo evitar sonreír de la emoción.

—¡No sé si podré! —responde la tía Clara cuando le cuento lo que quiero y le muestro unas cuantas fotos de Kate en Pinterest.

—Eres buenísima, la mejor estilista del pueblo…

—Porque solo estamos tu madre y yo —responde—. Tu cumpleaños es dentro de poco y…

La emoción me cierra la garganta, pensaba que tenía los sentimientos bajo control, pero es evidente que todavía no.

—Quiero ser diferente. —Una tía de armas tomar que sabe conducir una nave espacial—. Hazlo antes de que vuelva mi madre.

Suelta un suspiro largo.

—No cambies por nadie, solo por ti misma.

—No lo hago por nadie. Lo hago por mí. —Estoy convencida.

—¿Seguro?

Al cabo de un rato, mientras hablamos de mi novela y mi tía me aclara el pelo, Topher me acerca el móvil.

—Lleva cinco minutos sonando sin parar. Es un tal «Corey clase física». He pensado que, a lo mejor, era importante.

Me siento en la silla, me pongo una toalla en el pelo y lo llamo.

—¿Qué pasa? —pregunto.

Corey responde entre jadeos y en voz baja:

—Señorita Riley, siento molestarte, sé que estás muy liada estudiando.

Miro a mi alrededor en la peluquería.

—Eh, ya. No pasa nada. Acabo de terminar una investigación. —Sobre la novela romántica.

—La clase ha ido muy mal. Addison y yo... ¡Saluda, Addison!

Oigo su voz de fondo:

—¡Hola, señorita Riley!

—Hoy hemos tenido clase con un profe adjunto malo de cojo... narices, y no hemos entendido ni una palabra de lo que ha dicho. Se ha pasado una hora contando mierd... cosas sobre la relatividad y los agujeros negros, y nos ha pedido que le hagamos un resumen de lo que hemos aprendido y se lo mandemos esta noche. Podría copiar la página de la Wikipedia, pero ya sabes que quiero aprender de verdad. —Resopla—. El muy capullo ha arruinado una de las mejores cosas del espacio.

—Bueno, pero los agujeros negros siguen molando mucho —lo tranquilizo.

La tía Clara arquea una ceja.

—Ah, ¿sí?

La hago callar.

Corey vuelve a resoplar.

—Cuando le he dicho que, para mí, los agujeros negros eran la aspiradora del universo, el tío casi vuelca la mesa. Me ha contestado que son invisibles y que no succionan nada. —Exhala—. En *Zanthia,* los muestran como una espiral negra que se ve claramente ¡y destruye una flota entera! Me ha estropeado todas las pelis del espacio. Cuando lo haces tú, no me importa, pero él...

No puedo evitar fruncir el ceño, molesta por las palabras de mi compañero. ¿Por qué querría acabar con la imaginación de un crío cuando la analogía es bastante parecida? En realidad, no es una aspiradora, pero es un error común.

—Lo que quería decir es que los agujeros negros no succionan nada, que tienen una atracción gravitacional, como todos

147

los cuerpos, además de un horizonte de sucesos, y, en cuanto la materia pasa por ese punto, la atrae. Además, los horizontes de eventos parecen emitir una luz en el momento en el que la materia entra en sus límites, así que la palabra «invisible» no es del todo correcta. ¿Cómo se llamaba el profesor? —No suelo quedarme con los horarios de los demás, solo con el mío.

—¿Lo ves? —le pregunta a Addison—. Ese tío es un capullo. No sé cómo se llama, no nos lo ha dicho.

Cierro los ojos. ¿Por qué no ha intentado ser amable con los chicos?

—Volviendo al tema de la aspiradora y a la idea de que lo succiona todo…: ¿has visto alguna vez al Monstruo de las Galletas de *Barrio Sésamo?*

—Tengo una camiseta en la que sale y pone «Cómeme» —dice alegremente—. A las chicas les encanta.

—Ya me imagino. Pues los agujeros negros son como el Monstruo de las Galletas, que devora todo lo que se le acerca, lo mastica, lo escupe, se le caen algunas miguitas… Parte de la materia que se ve arrastrada es grande, pero, en cuanto llega al horizonte de eventos, las partículas salen volando en todas direcciones, algunas hacia el agujero negro, y otras, al exterior.

—Me gusta más mi versión. Es como una aspiradora enorme. Una espiral negra. Es un agujero espaciotemporal hacia otras dimensiones.

—No. Es un Monstruo de las Galletas invisible que emite luz cuando se le acerca algo.

Suspira.

—Es que ha empezado a soltar datos y me enfada el hecho de que no los haya explicado, como si creyera que entendemos lo que está diciendo. —Gruñe—. No debería haberte llamado. Seguro que estás ocupada…

—¿Dónde estás?

—En la biblioteca. Tengo un montón de libros delante y, si te digo la verdad, me muero de ganas de destrozarlos con los dientes. Qué mierda. Normalmente, solo uso los dientes para abrir los botellines de cerveza.

Me muerdo el labio para esconder la sonrisa cuando me los imagino malhumorados en la biblioteca.

—Los libros son caros y no tienen la culpa de nada. Respira hondo. Ahora voy. —El aprendizaje auditivo no es su fuerte. Tiene que verme en persona y puedo hacer algunos esquemas…

—¿De verdad vas a venir?

—Claro que sí. No puedo dejar que arruinen tu imagen de los agujeros negros.

Grita.

—¡Addison, te he dicho que vendría!

Oigo el gritito que suelta la chica de fondo y él se vuelve a poner al teléfono.

—Yo…, joder, señorita Riley…, muchas gracias, de verdad. Te prometo que este finde no beberé por ti, por si algún día te hace falta un riñón —dice.

Cuando cuelgo, cojo el bolso, saco varios billetes de veinte dólares y los dejo sobre la mesa de trabajo de mi tía.

Se le crispan los labios y dice:

—Odio tener que perderme de qué color te queda el pelo, pero tienes que salvar al pobre Corey.

Me peino rápidamente con un cepillo.

—¿Puedo acompañarte? —me pregunta Topher cuando me dirijo a la salida—. Quiero verte en acción y me encantaría montarme en Rojo.

—¿No tienes que ir a trabajar?

Sonríe con satisfacción.

—Esta tarde, la biblioteca está cerrada. Deja que sea tu compi de aventuras. No entiendo mucho de agujeros negros, pero lo buscaré en internet de camino. Podemos pasar a comprar galletas y usar mi calcetín de marioneta.

Me siento eufórica. Topher es el mejor amigo de Elena, y el hecho de que quiera pasar un rato conmigo me hace mucha ilusión. Sonrío tanto que me duele la cara y hago un gesto con la cabeza hacia el coche.

—Solo lo puedo conducir yo —digo mientras salimos de la peluquería.

Sonríe con cara de placer al pasar la mano por el elegante capó.

—Guau. Seguro que vas a ochenta por la interestatal con la de caballos que tiene esta bestia.

—A cien. Soy más rebelde de lo que imaginas.

—Déjame conducir. Devon no tiene por qué enterarse.

—No sabes la contraseña.

Ríe alegremente.

—Madre mía, ¿hay que introducir una para arrancarlo?

Abro el coche con la llave, me gusta el sonido que hace. Devon ha insistido en que lo coja todos los días.

—Qué va, pero tienes que decirle el título de una canción al aparcacoches para que te dé la llave. Ahora ya me conoce.

—¿Cuál es? Venga, dímelo —pregunta sentándose en el lado del copiloto—. La contraseña de Devon…déjame pensar… ¿Es *Closer,* de Nine Inch Nails? Seguro que no… ¿Es la de *Get ur freak on,* de Missy Elliot?

—Si quieres, puedes pasarte todo el camino hasta la universidad intentando adivinarlo, pero me llevaré sus secretos a la tumba.

Sonríe y salimos del aparcamiento, evitando los baches.

—No me digas. Qué interesante.

—Somos amigos —digo con tristeza, repitiendo mi mantra. Si lo recito una y otra vez, puede que se acabe haciendo realidad, por lo menos, por mi parte. Porque, para él, ya es así.

Topher inclina la cabeza hacia atrás y se ríe.

—Por favor, Giselle, no te ha quitado el ojo de encima desde que te conoció en el centro cívico, en el estreno de *Romeo y Julieta.* El día de la boda, no dejaba de mirarte. A mí me dio la sensación de que tenía sentimientos encontrados.

Me quedo en silencio, luego, le cuento que Devon se presentó en mi piso durante el incendio y que dormimos juntos la primera noche, porque tuve una pesadilla, y después, lo que pasó anoche en el granero. Dejo de mirarlo y le describo el mejor beso de mi vida.

Él toquetea la radio e intenta sintonizar una emisora.

—Fue a la boda con una chica —digo.

—¿Te cuento un secreto?

—Me sorprende que tengas uno y no me lo hayas dicho todavía —murmuro pensativa, mirándolo con una sonrisa traviesa.

Tamborilea con los dedos sobre sus vaqueros blancos de pitillo y gira los pies para volverse hacia mí.

—No lo había entendido hasta que me has comentado que insiste en que seáis amigos, pero... —Hace una pausa y se lleva un dedo a la barbilla.

—¿Qué? —gruño cuando lleva más de diez segundos callado.

—De camino a los coches para ir al banquete, oí que le preguntaba a Lawrence cuándo iba a presentarse su amiga, porque llegaba tarde.

—¿Lawrence la conocía? ¿A lo mejor los emparejó él?

Se encoge de hombros.

—Puede ser. Siempre prepara citas para algunos de los chicos, ya sea cuando hacen apariciones públicas, asisten a galas y cosas así.

—¿Quién te lo ha dicho?

—Quinn.

—Ah.

Quinn es el hermano de acogida de Jack y una fuente fiable. Se encarga de los pisos y coches de algunos de los jugadores.

—Bueno, el caso es que a mí no me pareció que le gustara la chica —añade Topher, que asiente con la cabeza como si hubiera quedado convencido—. Cuando no te dabas cuenta, te observaba como si fueras un anillo de campeón dorado y brillante. Me apuesto lo que quieras a que fue con esa chica para poner algo de tierra de por medio.

Frunzo el ceño y me incorporo a la interestatal con mucho cuidado, porque un camión enorme pasa a toda velocidad a nuestro lado. No me había parado a pensar por qué se había presentado en la boda con una chica a la que nadie conocía y que no tenía ningún tipo de relación con Jack o Elena. Aunque tampoco resulta tan raro llevar un acompañante a una boda, pero la de ellos fue una ceremonia muy íntima. Y no ha mencionado que esté saliendo con nadie, ahora bien, puede que no me lo quiera contar...

Puf. No me gusta lo que me viene a la mente y se lo comento a Topher. Él se queda callado un momento y me pregunta:

—Giselle, ¿tú cómo estás? No me dores la píldora.

Aprieto las manos sobre el volante y me deshago del nudo en la garganta.

151

—Puede que Preston me rompiera el corazón, pero yo traicioné la confianza de mi hermana. Me odio. —Ahí está. El verdadero motivo por el que he tenido un año de mierda.

La culpa me golpea con dureza al recordar lo que pasó. Hacía solo un par de semanas que había llegado al pueblo cuando Preston me pidió que fuera a su bufete de abogados para hablar de Elena. Estaba muy guapo y triste cuando soltó su habitual: «La quiero, pero ella me ignora».

En un abrir y cerrar de ojos, pasó de secarse las lágrimas detrás del escritorio a besarme justo cuando ella entró al despacho. Si me pongo a pensarlo, creo que Preston la oyó llegar y quería provocarla o hacerle daño, o algo así… pero, claro, Elena nunca reacciona igual que lo harían los demás. Así que, en lugar de enfadarse, nos deseó buena suerte y fingió que no había pasado nada. Y yo, que soy una pringada, dejé que se introdujera en mi vida con sus artimañas.

Topher suspira.

—Sé lo que es decepcionar a tus seres queridos, vaya que si lo sé; soy un hombre gay en un pueblo pequeño y mis padres ni siquiera me hablan. Tu hermana te perdonó, pero tú sigues castigándote por ello. Metiste la pata. Lo reconociste. Mereces ser feliz.

—Tú también, Topher.

Lo miro y veo que me observa con los ojos amusgados.

—Se te está secando el pelo. —Se pone las gafas de sol y continúa—: Sí, es un color tan potente que necesito las gafas de sol.

Capítulo 11

Devon

Huelo a especias con un toque de… ¿marihuana? El olor me abruma cuando llego al ático sobre las siete. Dejo las llaves en la mesa del recibidor y entro a la sala de estar. Hay una mujer mayor sentada en mi sillón favorito; tiene el rostro girado hacia el otro lado, las piernas estiradas y está roncando. A su lado, descansa un bastón de color rosa chillón. Estoy a punto de darme la vuelta y marcharme, porque creo que me he equivocado de planta, pero he pulsado el botón correcto en el ascensor y la llave ha entrado perfectamente. Además, el portátil de Giselle está en la mesa baja, o sea, que sí que es mi casa.

La mujer ronca, se ahueca el pelo y farfulla algo entre dientes antes de volver a quedarse dormida en el momento en el que la puerta se abre silenciosamente detrás de mí. Oigo el ruidito que hacen las uñas de Pookie sobre el suelo de madera. Sin girarme hacia la persona que acaba de entrar, y que espero que sea Giselle, murmuro:

—¿Por qué huele a fraternidad? —No hace falta que mencione a la desconocida, porque debe de ser Myrtle.

Oigo que se quita los zapatos con los pies detrás de mí y suelta un largo suspiro.

—La he recogido del hospital esta tarde, pero le ha dado un ataque de migraña antes de que siquiera llegáramos al aparcamiento. Fuma para paliar los síntomas. Su camello es un hombre mayor de Brentwood, un director de banco retirado. Es majísimo. Normalmente, le lleva la mercancía a casa.

—¿Ha venido a traérsela aquí? —Espero sentirme furioso, pero…

—Ha ido al hospital. Nadie sospecha de la gente mayor, y Myrtle tiene sus propias normas. Se comporta como una adolescente —comenta.

Se me relajan los hombros y no puedo evitar sonreír. No he pasado por alto el hecho de que Giselle siempre se siente atraída por personajes interesantes, ya sea una viejita que fuma marihuana o los emús.

Oigo otro ronquido proveniente de mi sillón.

—Me sorprende que no la hayas reconocido —murmura desde detrás de mí.

Siento que se me carga la piel de electricidad mientras espero que pase por mi lado. Una parte de mí quiere girarse hacia ella y mirarla, pero la otra, fingir que lo de anoche no ocurrió.

—Es que estaba demasiado preocupado por la chica que seguía en el maldito edificio en llamas —digo secamente. Todavía no lo he superado.

—Lamento lo de la maría —dice—. Me he puesto a escribir y ella se ha acercado con sigilo a la ventana y se ha encendido un porro. Voy a por ambientador.

Oigo que coge las llaves y se vuelve a poner los zapatos.

—Espera, Giselle, no te vayas… —Y menos cuando acabo de llegar.

Me giro hacia ella y las palabras se me quedan atravesadas en la garganta.

—Tienes…, ¡tienes el pelo azul!

Se yergue y me mira con frialdad.

—Es azul neón, para ser exactos. Aunque no está acabado. Mi tía se ha dejado unos mechones en la parte de atrás. Me ha dicho que íbamos a necesitar mucho tinte y que me lo tendría que reaplicar.

Niego con la cabeza e intento relacionar la imagen de la Giselle de esta mañana con la de la chica que tengo delante de mí. Me encantaba su pelo plateado y dorado, largo y grueso, que le llega hasta la mitad de la espalda.

—¿Por qué te lo has hecho? —Mis palabras suenan mal y me doy cuenta en cuanto veo un ápice de dolor en su rostro.

Se encoge de hombros y contesta:

—¡Tú siempre te tiñes el pelo!

—Ya, pero el tuyo… —Tomo aire. Estoy un poco obsesionado con su pelo. Recuerdo cuando le pasé las manos por los mechones y le agarré la cabeza la noche anterior—. ¿Cuánto tiempo dura?

—Unos cuarenta lavados —dice con un suspiro—. Bueno, solo le quedan treinta y cinco. He metido la cabeza bajo el grifo y me he pasado una hora frotando. Tengo los dedos como pasas y necesito crema hidratante para las manos. A lo mejor, consigo que se me vaya para el domingo. —Deja caer los hombros, pero sigue estando resplandeciente.

Sí, sin duda.

—El portero no me ha reconocido al ir a pasear a Pookie. Le he tenido que enseñar el carné de conducir. —Se pellizca el puente de la nariz—. Pero eso no es lo peor. Cuando he ido a la biblioteca a ayudar a unos alumnos, me he sentado con ellos y me han preguntado si podían ayudarme en algo. No se han dado cuenta de que era yo y que había ido a salvarlos de la catástrofe de los agujeros negros.

Sonrío.

—Ven aquí, nena.

Se cruza de brazos y dice:

—Ya no me llamas «preciosa». La última vez que lo hiciste fue la noche del Razor.

—Porque solo se lo digo a las chicas que no conozco.

—¿Y «nena»? —Pone los ojos en blanco.

—Te pega.

—Creo que debería ofenderme.

—¿Te he ofendido? —Bajo la mirada hasta su ajustada camiseta de color verde lima, que la nombra «La elfa más alta del mundo». Otra de la sección de rebajas de los grandes almacenes.

Arquea una ceja y me pregunta:

—¿Llamas «nena» a todas tus amigas?

Solo a ti.

—Claro. —La acerco a mí y escudriño sus ojos a la vez que intento contener el instinto de probar sus labios. No dejo que nuestros torsos se toquen («Mírame, lo estoy haciendo bien») y entrelazo nuestros dedos, pero no pasa nada, lo tengo todo bajo control.

—Estoy ridícula —refunfuña—. Solo soy otra de las miles de chicas que piensan que teñirse el pelo solucionará sus problemas.

—Shhh. No está tan mal. Hace que te resalten los ojos.

—No te gusta.

—No es eso, es solo que me ha pillado desprevenido —murmuro recorriendo con la mirada los mechones de pelo de color vivo que le caen sobre la camiseta—. Me recuerda al de Katy Perry en el videoclip de «California Gurls».

—Sí, pero el suyo era una peluca.

—A mí me gusta tu pelo de todos los colores cuando lo llevas suelto —digo con un tono de voz ronca—. Además, va a juego con mis tatuajes de las mariposas.

Veo que le cruza una expresión extraña por el rostro y nos miramos fijamente. No tengo ni idea de qué piensa, quizá algo del pelo, aunque yo no puedo dejar de darle vueltas a lo de anoche en el granero.

—Tengo que decirte una cosa.

—Nada de chistes sobre *Los pitufos*.

—Quería darte las gracias por lo de anoche, por llevarme a tu sitio especial. Me gustó mucho romper cosas.

Sonríe con timidez.

—No obstante, te debo una disculpa. No debería haberte besado. Y, esta mañana, me he comportado como un capullo…

—Yo fui la que te incitó, y no hace falta que estés de buen humor por las mañanas solo porque yo viva aquí. Te aseguro que no quiero incomodarte en tu propia casa. —Desenreda nuestras manos.

Frunzo el ceño.

—No lo haces. —He pasado todo el día pensando en que ella estaría aquí cuando llegara y eso me ha hecho sentir un amago de ternura en el pecho—. Lamento ser tan cascarrabias.

Me mira con los ojos entrecerrados y me pregunta:

—¿Tan horrible te pareció el beso?

—Diría que estuvo al nivel de… —Fue magnífico—. Bueno, dejémoslo en que…

—¿Nivel? Menuda ironía —dice riendo.

—¿Por qué?

Abre la boca, la vuelve a cerrar, niega con la cabeza y dice algo entre dientes sobre los niveles de miradas.

Me meto las manos en los bolsillos y ella me mira.

—Bueno. Ahora que hemos puesto unas normas y que no nos volveremos a besar, todo irá viento en popa.

—Claro.

Asiente y parece tomar una decisión.

—¿Quieres que haga galletas para librarnos de este olor?

—No te diré que no. —Nos giramos y me roza al pasar por mi lado de camino a la cocina. Evidentemente, la sigo, siempre lo hago. Tiene una fuerza gravitacional y yo soy peor que Pookie, que siempre va detrás de mí—. ¿Te ayudo?

Me aparta con la cadera y saca una sartén del armario.

—Puedes ir precalentando el horno a ciento setenta grados y sacar la masa de las galletas del congelador. Yo las cortaré y las colocaré en la bandeja. Qué bien me lo monto. ¿No has visto las cajas de *pizza* de la cena? —Me mira rápidamente—. ¿Has cenado? Te puedo preparar algo. ¿Te apetecen espaguetis? La salsa tiene que ser de bote, pero a Myrtle le gusta cuando se los hago.

—No, ya he cenado con Lawrence. —Pensé en mandarle un mensaje para preguntarle si quería que cenáramos fuera, pero no consigo deshacerme de la preocupación que siento por lo de mi padre. He ido a su casa a echarle un vistazo. Es evidente que había pasado por allí, porque el fregadero estaba lleno de platos, pero no lo encontré por ningún sitio. Me está evitando.

Me olvido del tema por un momento y me concentro en Giselle. Observo vagamente cómo se mueve por la cocina igual que si estuviera en su casa, cómo recoge las cajas de *pizza* y las mete en el cubo de la basura, y maldice entre dientes cuando se caen.

La aparto a un lado.

—Ya me encargo yo de eso. —Recojo las cajas, las doblo y las aplasto con las manos. («¿Ves lo fuerte que soy?»). Sin embargo, sale volando un trozo de peperoni y aterriza en mi camisa. Giselle rompe a reír, y, en el momento en el

157

que me giro para fingir que la fulmino con la mirada, se me enreda el pie con la caja, resbalo y me tengo que agarrar a la encimera.

—Oh, no, ¡las cajas de *pizza* están intentando asesinarte! —Se santigua—. Creo que te he pegado la maldición.

—Te juro que normalmente no soy tan torpe —admito con una sonrisa—. ¿Me has visto jugar al fútbol? Soy un *crack*.

—Sí, muchas veces.

Una mezcla de satisfacción y placer me recorren el cuerpo, y arqueo una ceja.

—Entonces, no fue solo el partido del Campeonato Nacional. ¿Qué pasó con el tío con el que lo viste?

—¿Estás celoso?

—No. —Me gustaría conocerlo para saber cómo era.

—Bah, no éramos compatibles, pero todavía recuerdo la sección que hicieron sobre ti en el descanso. Llevabas el pelo corto y sonreías con suficiencia mientras lucías palmito.

Tuve que hacerme el chulo para el programa. Todavía estaba intentando superar lo de Hannah.

—Ya sabía yo que te habían fascinado mis estadísticas. ¿Por qué nunca me has comentado que eres una de mis admiradoras? Te podría haber firmado un balón o incluso una camiseta.

Hace una bola con una servilleta y me la lanza, yo la pillo en el aire.

—¿Para qué querría yo esas cosas si dejas que me ponga tu ropa vieja de entrenar a modo de pijama?

Se me tensa el cuerpo cuando la imagino en la cama con la camisa arrugada sobre las caderas, de tal forma que se le ve un poco el tanga. Me entra calor y se me acelera el pulso.

—¿Y qué me dices de cuando nos conocimos? No me dijiste que sabías quién era.

Agacha la cabeza para evitarme y finge examinar el granito de la encimera. Se sube las gafas por la nariz.

—¿Giselle?

—¿Todavía no te has dado cuenta, Dev? —El rubor le empieza en el cuello y le sube hasta el rostro.

Me acerco un poco.

—Pues no. —«Contigo siento que estoy en terreno desconocido, nena».

Volvemos a quedarnos mirándonos fijamente y no puedo apartar la vista de sus ojos, tampoco dejar de catalogar las microexpresiones de su rostro, y me hechiza una peca pequeña con forma de corazón que tiene encima del labio, de esos labios dulces y carnosos, perfectos para...

Myrtle suelta un fuerte ronquido.

—¿Vas a obligarme a que use tu nombre? —Arruga la cara y me lanza otra servilleta.

—Eso de que las preguntas me provoquen un trastorno obsesivo-compulsivo no es infalible. No te lo puedo contar.

—Sigo esperando.

—¡Vale, vale! Te vi jugar por primera vez cuando iba a la universidad y me quedé prendada de ti, así que intenté hacerme un tatuaje parecido. Pero, cuando te conocí al cabo de unos años, no tuve valor para decirte que me quedé sin respiración la noche que te ficharon y que he visto casi todos tus partidos de la Liga Nacional de Fútbol Americano, incluso cuando jugabas en Jacksonville, y mira que no soporto el equipo. Entonces, te trajeron a Nashville, Elena empezó a salir con Jack, te vi en carne y hueso en el centro cívico, y no sabía qué decir, por eso, fingí que no te conocía. Ala, ¿estás contento?

—Contentísimo —murmuro.

Se echa a reír.

—¿De verdad?

—Es algo de ti que desconocía. Eres una chica inteligente a la que le gusta el fútbol y soy tu jugador favorito. ¿Qué más podría pedir?

—¿Unas galletas?

Río.

Estamos cerca y nuestros hombros se rozan mientras trabajamos en la encimera de cara al salón. Observo a Giselle y me fijo en cada detalle de su delicado rostro, en cómo se le ajusta la camiseta al pecho; ella posa su mirada en Myrtle. Se inclina hacia mí y susurra:

—Aparte de todo eso, eres muy guapo. Tienes unos ojos que parecen una selva tropical. Estás buenísimo y tienes la elegancia típica de los deportistas. Eres una pantera negra. Además, puede que te haya usado de inspiración para el héroe de mi novela…

—¿Te refieres a Vureck?

—¿Te acuerdas del nombre?

Sonrío con satisfacción y sigo su mirada hasta el sillón.

—Ahora lo pillo. Me estás haciendo la pelota porque Myrtle no tiene dónde quedarse, ¿verdad?

Se sienta en el taburete y se lleva una mano a la barbilla.

—Su piso estará listo mañana por la mañana. —Me mira fijamente—. ¿Te has enfadado?

Cojo una manzana de un verde brillante de las que ha comprado y la lanzo al aire. Nunca nadie había traído fruta fresca a mi cocina.

—Solo hay dos camas.

Asiente.

—Ella puede dormir en la mía, yo me iré al sofá. Ni te darás cuenta de que está aquí.

—No, ya dormiré yo ahí.

Me mira boquiabierta y dice:

—Ya has hecho suficiente por mí. No pienso dormir en tu cama, insisto en irme al sofá.

Imagino a Giselle en la cama conmigo e intento quitarme las imágenes de la cabeza.

—Está bien.

Frunce el ceño levemente.

—Me he mudado a tu casa con una perra nerviosa que se te mea en los zapatos caros, he traído a una invitada, he permitido que fume marihuana en tu piso y, sin darme cuenta, casi hago que te rompas una pierna. Tienes a una maníaca maldita en casa.

Sonrío y, antes de darme cuenta de lo que estoy haciendo, le doy un beso en la sien —algo muy normal entre amigos— y me alejo.

—No estés triste, yo estoy «a zu lado».

Me lanza una mirada asesina.

Me echo a reír y me dirijo hacia mi cuarto para cambiarme de ropa.

—Este «príncipe azul» se ha quedado muerto, Pitufina.

—¡Oye, has dicho que me ayudarías a hacer las galletas! —grita.

Vuelvo rápidamente a la cocina, saco el paquete de masa del congelador, enciendo el horno con un gesto pomposo y le sonrío con suficiencia. Y lo hago todo sin resbalarme.

—¿Hay helado para acompañarlas? El de pitufo me encanta.

Giselle suelta un breve suspiro y, de manera automática otra vez, vuelvo a estar delante de ella.

Se coge un mechón azul y lo fulmina con la mirada.

—Se suponía que el pelo me iba a ayudar a retomar el control de mi vida, pero…

De ningún modo, eso no lo puedo permitir, así que hago lo que querría haber hecho cuando he entrado y he visto su rostro nervioso. Le doy un abrazo y la balanceo de un lado al otro hasta que lanza un gritito y me pide que la suelte a la vez que agita los brazos.

La dejo en la cocina y me voy riendo a la habitación. Empiezo a tararear la canción *California Gurls,* de Katy Perry, y una servilleta me pasa volando por encima del hombro.

Sonrío como un loco. Tengo lo de ser solo amigos bajo control.

Sé que me estoy engañando a mí mismo, pero, por algún motivo, me da exactamente igual.

Capítulo 12

Giselle

—Ha faltado a la reunión con sus compañeros de esta mañana, señorita Riley —dice el doctor Blanton con un tono desagradable cuando se sienta en el escritorio de su despacho al día siguiente. Me mira el pelo con el ceño fruncido y hace una mueca de desagrado con los labios—. Hemos hablado del horario del próximo trimestre y comentado algunos temas para las tesis.

Me siento, aunque él no me lo ha ofrecido.

—Es sábado. Se me debe haber pasado el correo electrónico. Gracias por dejar que venga.

—Debería haberse unido a la reunión en línea, igual que el resto de sus compañeros.

—Lo siento. —No es cierto. Sinceramente, me parece muy desconsiderado por su parte que espere que estemos disponibles para una reunión por internet en verano, y más aún en fin de semana.

Me lanza una mirada amenazante y lo observo con el ceño fruncido.

—Escuche, doctor Blanton, se ha incendiado mi piso esta semana, he tenido que ayudar a una amiga y está todo un poco manga por hombro. —Cruzo las piernas y me arrepiento de no haberme comprado todavía algo de ropa más formal, porque llevo unos vaqueros de pitillo y una de las camisas de Devon con un nudo en la parte delantera. Aún no he tenido tiempo de comprarme pantalones de vestir ni blusas de seda.

Esta mañana, después de que Devon se fuera al estadio, John y yo hemos ayudado a Myrtle a instalarse en un piso medio amueblado y más modesto cerca de nuestro antiguo bloque. Cuando hemos acabado, nos han informado de que ya teníamos permiso para entrar en el edificio quemado, a excepción del sótano. He corrido hasta mi casa y he encontrado el collar de perlas debajo de la mesa baja; luego, he ido al piso de Myrtle para ayudarla a ponerlo un poco en orden y he decidido que, a finales de semana, volvería al mío y, así, podría recoger otras de mis pertenencias. Toda mi ropa olía a humo, pero espero que lo puedan arreglar en la tintorería.

El piso de Myrtle ha corrido peor suerte que el mío. No se ha quemado nada, pero estaba triste por el destrozo que ha sufrido la planta baja. Ha cogido sus diarios, libros y recuerdos especiales, y nos hemos dirigido a su nueva casa. Myrtle ha llorado un poco y ha soltado muchas palabrotas mientras refunfuñaba sobre el seguro y las reformas.

Pero, por ahora, parece que las cosas van progresando. Tengo un sitio en el que quedarme, y Myrtle también, y John se ha instalado en el mismo edificio que ella y se ha ofrecido a ir a ver cómo está cada día. «No me cuesta nada», me ha dicho con un brillo en los ojos. Ahora, tengo que ocuparme de mi vida profesional y, por eso, he decidido venir a ver al doctor Blanton.

El despacho se queda en silencio y me muevo en la silla, me toco el pelo y bajo las manos. Cierro los puños.

—Me gustaría solicitar un cambio de tutor —anuncio irguiendo la espalda y mirándolo fijamente a los ojos.

Tensa la mandíbula. Estoy segura de que supone un fuerte golpe a su ego. Es el director del Departamento de Física y lo elegí por eso.

—Estoy de acuerdo. Usted no encaja con la clase de alumnos a los que suelo orientar, sus notas son mediocres y tiene una actitud espantosamente laxa con los alumnos. Por no decir que su aspecto es de todo menos apropiado. Haré una solicitud ahora mismo para ver quién puede encargarse de usted. No estoy convencido de que tenga muchas posibilidades.

En ese momento… me pongo de pie. Menudo cabrón.

—No, no quiero que lo haga. Ya me encargaré yo y, así, me aseguraré de que tengamos los mismos propósitos y planes para mi futuro.

Cojo el maletín del portátil y me dirijo a la puerta, pero su voz me detiene.

—Señorita Riley, el único cometido que tenía este verano, además de dar clase, era hacer un trabajo. Tenía de fecha límite hasta ayer, pero no me lo envió.

Me doy media vuelta y lo miro.

—Lo entregué el jueves. —Justo cuando Devon se iba. Recuerdo que le di a «Enviar» entusiasmada con la idea de haber investigado la materia oscura con el Gran Colisionador de Hadrones.

Pone un montón de papeles sobre la mesa de mala manera.

—No, me mandó *El atractivo guerrero alienígena y su prisionera terrícola*.

Siento que todo empieza a dar vueltas a mi alrededor y se me seca la boca cuando mis ojos saltan a la novela y, luego, otra vez al rostro serio del tutor. Me agarro con fuerza al respaldo de la silla y respiro hondo.

—Ahora que lo ha leído en voz alta, creo que el título es poco imaginativo —le digo.

Se ruboriza.

—¡Señorita Riley! No es usted una estudiante seria. Se ha pasado el verano escribiendo ciencia ficción en lugar de ciencia de verdad. Esto… —Coge las hojas y las lanza a la basura—. Es un verdadero disparate.

—Es evidente que no ha llegado al capítulo en el que Vureck arregla el rayo láser gracias a mi conocimiento básico sobre mecánica cuántica, doctor Blanton, así que permítame disentir. No es solo un libro de ficción, es para la gente a la que le gusta un poco de ciencia en sus novelas románticas.

—¡Ah! —Señala hacia la basura—. ¿«Románticas», dice? ¿Así llama usted a esta sarta de tonterías? Es el mayor derroche de inteligencia estudiantil que he visto en mi carrera. Está usted desperdiciando la oportunidad de hacer un doctorado con esa bazofia. ¿Acaso piensa que le van a publicar esto en una editorial seria? —pregunta enfadado.

—¿Y usted qué sabe?

Se cruza de brazos.

—Sé leer, señorita Riley. Pensaba que su novela era su trabajo, así que empecé a leerla y hojeé el resto. Entonces, lo entendí todo: su falta de motivación, sus distracciones constantes y su horrible actitud. No tiene usted la capacidad de concentración necesaria como para formar parte de este prestigioso programa.

Al oír su crítica, se me cae el mundo a los pies. Una parte de mí está de acuerdo en que me falta motivación y otra recuerda todos los diarios que tenía siendo niña, los sueños que escribí entre corazones garabateados. Luego, pienso en las libretas más avanzadas de mi adolescencia, en las que combinaba mi amor por Einstein con mi interés por las novelas. Escribir impidió que perdiera la cabeza durante los años de instituto y universidad, empecé a describir encuentros románticos fortuitos entre dos científicos que me provocaban una risa tonta. ¿Y, ahora, este tío se atreve a echármelo en cara y decirme que es todo inútil? La novela me hizo sentir que no estaba sola. Me animaba a levantarme todas las mañanas y a ser mejor persona, a darle otra oportunidad a este doctorado, que ahora me parece imposible terminar.

Doy un paso hacia él, me apoyo en su escritorio y miro al hombre fijamente.

—Puede que sea usted físico, pero no es el público al que va dirigida mi novela. Es una historia que pretende empoderar tanto a las mujeres como a los hombres. Narra la trayectoria de una mujer que pasa de estar asustada a aprender a pilotar una nave y a ganarse el amor de un hombre difícil. Y la protagonista es más inteligente que usted, pero me estoy yendo por las ramas. Es una historia inspiradora. Es esperanzadora y curativa, además de entretenida. Es algo de lo que usted no tiene ni idea. —Pienso en algo que decirle para quitarle esa sonrisa de superioridad de la cara—. No puede encasillarme y decir que lo que escribo no es importante. Los escritores y los lectores tienen todo tipo de etnias, religiones, géneros, sexualidades, idiomas, contextos y, sobre todo, diferentes áreas de estudio. Si quiero escribir un libro, le aseguro que la científica que hay en mí tomará el mando, porque es ese lado el que necesita la ficción; deseo mezclar los dos intereses y crear algo maravilloso. Usted no lo entiende y esa es su opinión. Se rige por la cabeza. Yo no. Y me niego a permitir que me menosprecie por lo que escribo. —Me agacho, recojo los folios y me los pongo contra el cuerpo.

Se me hincha el pecho cuando intento recuperar el control de la situación. Tomo aire.

—He hecho el trabajo, pero he adjuntado el archivo equivocado. Se lo mandaré de inmediato.

Se queda mirándome boquiabierto y me dirijo hacia la puerta.

Es mejor que me marche antes de que me pueda decir que va a presentar una queja ante la comisión y que me va a poner de patitas en la calle.

Pelearía contra ese cabrón machista hasta el final.

Cruzo el pasillo y bajo por las escaleras. El cerebro me va a mil por hora y las manos me tiemblan por la adrenalina. Es la primera vez que le paro los pies a alguien que me quería pisotear y me ha encantado. Abro la puerta de par en par y corro hacia el sol del exterior.

Media hora más tarde, me doy cuenta de que me he pasado el sitio donde he aparcado y que he llegado a un centro comercial. Entro en una de las tiendas.

Intento dejar de pensar en el doctor Blanton y en todo lo demás, y recorro los pasillos. Una dependienta me pregunta qué busco y estoy a punto de decirle que una americana de *tweed* y unos pantalones de vestir, pero cierro la boca antes de preguntarle qué es lo que me quedaría bien con el pelo. La chica sonríe, coge ropa «para que contraste» y me la trae al probador. Es joven y moderna, y tiene mucho que decir sobre mi pelo.

—No es para tanto —me tranquiliza antes de señalar hacia una peluquería al otro lado de la calle.

Salgo del centro comercial con unos cuantos cientos de dólares menos en la cuenta y me dirijo al salón de belleza. Al entrar, me doy cuenta de que no tiene nada que ver con el Cut'N'Curl: es una peluquería de lujo. Me debato entre quedarme o marcharme, pero, en ese momento, se me acerca una peluquera joven y me pregunta qué necesito. Cuando me dice que le acaban de cancelar la cita que tenía, siento que es cosa del destino.

Me sienta delante del espejo y observo mi melena con rayas azules. Me río un buen rato cuando la chica me mira confundida. De verdad que llevo el pelo hecho un desastre.

Una persona no puede cambiar su esencia. No tengo una personalidad arrolladora escondida bajo mi actitud tímida ni una diosa sensual dentro de mi cuerpo larguirucho. El hecho de ser una chica aburrida, inteligente o virgen no me define. Soy como soy y, maldita sea, me gusto. Aunque, por un momento, me haya perdido a mí misma después de todo el drama con Preston.

Las palabras de Myrtle me acechan...

«Tienes que hacer aquello que te acelere el pulso. Cada segundo cuenta».

No pienso seguir preocupándome por lo que el doctor Blanton o mis compañeros piensen de mí y voy a dejar de intentar encajar con la imagen que los demás tienen de mi aspecto o de cómo debería ser. Quiero sacarme un doctorado, eso no va a cambiar nunca, pero llevo la escritura grabada en el alma.

La estilista me mira.

—¿Qué vamos a hacer?

Me siento un poco mal por el hecho de que mi tía Clara no esté aquí para arreglarme el pelo, pero me entenderá. Todo ocurre muy deprisa. Tengo la sensación de que pasaré algo por alto antes de que me dé cuenta y pueda apreciarlo. Siento una urgencia que me pone nerviosa cuando pienso lo que quiero, lo que hace cinco largos meses que deseo de verdad. La boca carnal de Devon, la manera que tiene de mirarme y de fingir que no lo hace.

Lo quiero a él, pero ese es un camino peligroso que podría arruinar nuestra amistad. Suspiro y me concentro. Poco a poco. Primero, vamos a solucionar lo del pelo.

Capítulo 13

Devon

Entro al Razor y examino los mensajes que me ha mandado Giselle hace una hora. No los he visto hasta que he acabado la última reunión, y, después de eso, me he ido al ático y me he duchado. Me he vestido a toda prisa y he venido tan rápido como he podido.

> Necesito tus servicios.

Eso ha sido lo primero que me ha dicho. Luego, me ha mandado muchos más mensajes cuando ha visto que no le respondía:

> Odio tener que pedírtelo.
> De verdad que sí.
> ¿Me estás ignorando porque te obligué a ver aquella peli?

Río en voz alta al leer ese último (hasta que veo los demás), porque pasamos una velada agradable. Después de comer unas cuantas galletas, Giselle puso una película francesa con subtítulos, que era angustiosa y absolutamente horrible, en la que el personaje principal lloraba cada cinco minutos. En las partes más vergonzosas, le lanzaba palomitas a Giselle y ella me las devolvía. Nos olvidamos por completo de la película e hicimos una guerra de palomitas en la sala de estar con Myrtle a mi lado hasta que vaciamos los cuencos, ella nos dijo que estábamos locos y se fue a la cama. A continuación, puse *Shark week* para mejorar mi reputación callejera —¿ves?, no me asustan estas pelis— y Giselle quedó fascinada de inmediato. Le gustan las cosas que dan miedo. Pasamos una hora sentados en el sofá, hablando de la anatomía de los tiburones (cuyo cuerpo es prácticamente todo cartílago). Ella me contó que, en realidad, tienen la piel cubierta de millones de pequeños dientecitos, conocidos como «dentículos dérmicos», que se curvan hacia el extremo posterior del animal, reducen la fricción con el agua y los hacen más rápidos. Cuando los tiburones crecen, pierden los dentículos y los reemplazan con otros nuevos y más grandes. Es asqueroso, pero me gusta escucharla. Es la persona más inteligente que conozco. Después, la ayudé a poner las sábanas en el sofá y le llevé un cojín. Y, luego, me acosté. Tal como sabía que debía hacer. ¡Lo tengo todo bajo control!

> Seguro que estás entrenando y no has visto los mensajes.
> Topher se ha adelantado (por algún motivo, cree que me tengo que animar) y me ha organizado una cita con alguien y hemos quedado en el Razor. NO ES UN CHICO DE INTERNET, así que cálmate, es de verdad. ¡Como Pinocho! Bueno, no me vendría nada mal tu experiencia para que vaya bien la cita. Si quieres, mandarme algunos trucos, soy toda oídos.

Tengo que ver al tío.

> Dato aleatorio: hoy hay lluvia de meteoritos, rocas enormes cruzarán la atmósfera a más de diecisiete mil kilómetros por hora.

Cuando entro en la discoteca con el paso airado, suena la canción *Genie in a Bottle*, de Christina Aguilera, hablo un segundo con el de seguridad y me abro camino entre el gentío del sábado por la noche. No es tarde, sobre las ocho, pero el local se está empezando a llenar. Le envío rápidamente un mensaje a Giselle.

> Ya he llegado. ¿Dónde estás?

Cuando veo que no me responde al momento y veo a Selena en la barra, me acerco a ella.

Ella me ve, sonríe, corta la conversación que está teniendo, se acerca a mí y me cuenta los problemas recientes con el aire acondicionado y con los nuevos empleados. Busco con los ojos a Giselle en la barra y en las mesas. Es la primera vez que desearía que hubiera un poco más de luz en la discoteca.

Selena me ofrece una cerveza y le doy un trago antes de mirar el móvil.

—¿Sabes algo de Garrett? —me pregunta apoyándose sobre la barra.

Hago una mueca.

—No. Oye, ¿han preguntado por mí unos tipos raros?

Frunce los labios y dice «no» con la cabeza.

—Si viene alguien, llámame.

—Tu amiga tiene un aspecto diferente —reflexiona Selena. Dejo de mirar el móvil de manera obsesiva, porque, evidentemente, no he recibido nada en el último minuto, y sigo el dedo de Selena hasta la pista de baile.

Veo a Giselle, absorta en el ritmo alegre de la canción, con la cabeza inclinada hacia atrás y sin las gafas. Imagino que ha cogido las lentillas de su piso. Tiene el pelo diferente, de un tono azul más claro y uniforme, y los mechones sedosos se balancean de un lado al otro mientras baila con los brazos en el aire, meneando el culo.

Se choca con una pareja, se separa y sigue bailando. No coordina los pies con lo que sea que hace con las manos.

—Baila fatal —suelta Selena.

—Creo que no le importa —respondo sonriendo.

—¿Qué hace, perseguir delfines?

Doy un trago a la cerveza.

—Qué va, está imitando a Uma Thurman en *Pulp Fiction*. —Cosa que me alegra más de lo que debería. Me encanta la película. Tomo nota mentalmente de que tengo que preguntarle si quiere que la veamos juntos.

¿Dónde está el chico con el que ha quedado?

Recorro con la mirada las personas que están a su lado, pero todos son grupos o parejas, y ella está sola.

Menea el trasero y un chico aparece por detrás. Se mueve al ritmo de la música y se acerca cada vez más. Giselle lo ve y se va al otro extremo de la pista de baile.

Suelto una carcajada y recobro la sobriedad cuando la veo de cerca y observo la ropa que lleva: una falda de tubo de color crema y una blusa sin mangas azul claro con los primeros botones desabrochados, de tal forma que se le ve la piel ruborizada y mojada de sudor. El collar de perlas descansa sobre su clavícula. Se me pone dura.

—Lleva ropa nueva —murmuro entre dientes. Durante una fracción de segundo, me siento triste porque no volverá a usar mi ropa.

Ocurre de nuevo: otro chico, este mucho más decidido, se le acerca y le pone una mano en la cadera. Ella se la aparta, lo fulmina con la mirada y se dirige a otro punto de la pista.

—Siempre te sorprenden las más calladitas —dice Aiden con voz grave cuando se sienta a mi lado. Mira fijamente a Giselle.

—Hola —digo asintiendo y levantando el botellín—. Me alegro de verte. —Lo digo en serio. Llevamos unos días evitándonos y tenemos que pasar página.

Aiden gruñe, le pide una cerveza a Selena y me mira. Su rostro, que de normal tiene una expresión alegre, está impasible por completo.

—Parece que se ha metido algo —comenta.

—Deja que se divierta.

Agacha los hombros.

—Tío, no me ha llamado, no tengo su número de teléfono y estás enfadado conmigo.

Me paso una mano por la cara.

—Me pasé.

Exhala.

—Perdiste los estribos, tío, y no entiendo por qué…, a no ser que sientas algo por ella y me lo estés ocultando. —Entrecierra los ojos—. ¿Es por eso?

Me tenso.

—Es evidente que la aprecio. ¿Me apetece que digas cosas ofensivas de ella delante de mí? Pues no. Como tampoco que salgas con ella. No es uno más de tus rollos —digo con un tono firme y uniforme. No pienso perder la compostura, esta vez no. Ni siquiera menciono el tema de Jack, porque ya sé lo que pasaría. Son amigos y enemigos.

Aiden deja el botellín en la barra y se levanta del taburete.

—Se le está acercando otro tío. Voy a ayudarla…

Antes de que termine la frase, ya estoy de pie y lo rozo al pasar por su lado de camino a donde está Giselle.

Oigo que se ríe a mis espaldas.

Giselle abre los ojos cuando la cojo de las caderas y hace una mueca con los labios antes de darse cuenta de que soy yo. Entonces, me rodea los hombros con los brazos y me abraza.

—¡Menos mal! No hacía falta que vinieras, pero me alegro de que estés aquí. Topher me ha liado a última hora —dice. Asumo que no ha mirado el móvil desde que ha salido a bailar.

—¿Dónde está el chico? —pregunto con un tono más grave de lo que pretendía, mirándola seriamente. La acerco a mí cuando empieza a sonar una canción más lenta. Nuestros cuerpos encajan, ella tiene la altura perfecta para mí. Me rodea el cuello con los brazos y siento que el aire de la discoteca se estanca, me cuesta respirar cuando su pelvis roza la mía.

Señala con la cabeza hacia arriba a la izquierda de la discoteca, al área donde están los sofás de cuero.

—Allí. No quería bailar, pero yo me moría de ganas. Me he peleado con mi tutor. —Sonríe—. Creo que el chico es perfecto. Me ha dicho que tengo el pelo del color del cielo en verano.

La agarro de la cadera con más fuerza.

—Me lo tienes que presentar.

Me mira con determinación y dice:

—Vale. Puedes ser mi compinche, tienes que venderme muy bien, fijarte en todos los detalles y darme una patadita si digo alguna burrada.

—Deja que le eche un vistazo —digo entre dientes, cegado por la ira que siento por este chico que le parece tan perfecto. Soy consciente de que no estoy siendo racional, pero, poco a poco, me estoy acercando a un gran precipicio y siento que una fuerza invisible tira de mí. «No te caigas».

Se da media vuelta y se le mece el trasero. Lleva unos zapatos de tacón de aguja y le hacen unas piernas que casi me impulsan a gruñir cuando la sigo hacia la parte trasera del local.

Llegamos a las escaleras que llevan a la entreplanta, una sección con una fila de bancos rojos en la pared y diferentes zonas con asientos.

—Greg, este es Devon Walsh, mi compañero de piso —dice rápidamente antes de sentarse al lado del chico.

Me siento delante de él. Le cuenta de qué nos conocemos, pero yo apenas la escucho, solo evalúo al chico. No habría hecho falta que me dijera que es su tipo, resulta más que obvio con ese aspecto de niño bueno: corte de pelo simple, gafas de intelectual y traje. Parece un tío inteligente, un ejecutivo de clase media alta, y no aparta la mirada de la gota de sudor que moja el cuello de Giselle y se abre camino hasta el interior de su blusa.

—Échate a un lado —me dice Aiden y aparto la mirada de la pareja.

—¡Aiden! —grita Giselle con una sonrisa en los labios—. Él es Greg Zimmerman, mi acompañante. —Los presenta aprisa. A los hombres les suele hacer ilusión conocer a dos jugadores de los Tigers, pero a él se la suda, porque ha pasado la mano al otro lado del sofá y juega con el pelo de Giselle.

Estoy convencido de que ha ido a una universidad pija, conduce un sedán de lujo y tiene un trabajo de oficina normal y corriente. Es poco probable que tenga un padre alcohólico con tendencias ludópatas.

—¿Qué coño es esto? —murmura Aiden mientras ellos hablan y Giselle se ríe por algo que le ha dicho—. ¿Quién es este capullo que intenta ligar con mi chica?

Le doy un golpe con la rodilla.

—A ella le gusta, así que sé amable.

Siento sus ojos asesinos sobre mí y me giro rápidamente para mirarlo.

—¿Qué?

—Me tendrías que haber dicho la verdad desde un principio —dice entre dientes—. Hay un código de amigos para estas situaciones, e incluso un imbécil como yo sabe cuándo retirarse.

—Ella quiere estar con alguien como él —gruño.

—¿Aiden también vive con vosotros? —le pregunta Greg a Giselle con una ceja arqueada mientras nos observa.

Aiden se sobresalta, sonríe con suficiencia y me mira con una expresión que pregunta: «¿Cuándo me ibas a contar ese detalle?».

Aparta su mirada de mí y responde a Greg:

—No. Somos amigos.

—¿A qué te dedicas, Greg? —pregunto sin más, interrumpiendo la conversación, y lo observo. El chico baja la mano y rodea los hombros de Giselle.

—Soy el presentador del tiempo de las noticias del Canal 5 —dice, antes de predecir el tiempo de los próximos dos días—. Parece que tendremos unos días despejados, porque el cielo está lleno de cúmulos. Son las nubes, esas esponjosas que parecen algodón de azúcar.

—Es fascinante —respondo con un entusiasmo fingido—. Continúa, por favor.

Se inclina hacia mí y aparta el brazo de los hombros de Giselle.

—El nombre proviene de la palabra latina *cumulo*, que significa 'montón' o 'pila'. Se presentan en hileras, en grupos o solos, y suelen aparecer en verano.

—No me digas —digo mientras apoyo los codos sobre la mesa y finjo un nuevo interés por el tiempo.

Greg sigue hablando y se le iluminan los ojos.

—Sin embargo, a los cúmulos les afecta la inestabilidad, la presión atmosférica y la temperatura. Se forman por los movimientos convectivos del aire, ya que este se calienta sobre la superficie de la tierra y empieza a ascender. Cuando el aire sube, la temperatura baja… —Nos suelta un sermón de, sin exagerar, cinco minutos durante los que mantengo la expresión de interés. No puedo evitar alegrarme cuando veo que la mirada de Giselle se desenfoca.

—Naturalmente, la mayoría de la gente no estudia las nubes. Soy consciente de que puede ser muy aburrido. —Mira a Aiden, que le echa el ojo a una chica que pasa al lado de nuestra mesa.

—Qué va —comento.

Giselle da un trago al agua y me mira con los ojos amusgados. Dice:

—A lo mejor, deberíamos cambiar de tema…

Greg la interrumpe:

—El tiempo es muy importante. Estoy seguro de que, como científica que eres, tú también lo sabes apreciar.

Arruga la frente.

—La ciencia es maravillosa. —Los hombros le suben y le bajan cuando emite un suspiro suave; es tan breve que creo que Greg no se da cuenta. No la comprende como yo. No puede ver más allá de la fachada guay de la chica con mil capas—. A veces, solo quiero divertirme.

Greg se queda pensando un momento y se debate en silencio, le sonríe y suaviza la mirada:

—Para mí, divertirse significa pintar nubes con acuarelas. Tengo unos cuantos cuadros en el piso. —Da un trago al *whisky*—. Si quieres, podemos pasarnos por allí luego y te los enseño. —Dice «luego» con una voz grave que me hace apretar los puños por debajo de la mesa—. A mi madre le encantaría conocerte —suelta el chico.

—¿Vives con tu madre? —pregunto con un tono que parece burlón y él responde a ello frunciendo el ceño.

—Está mayor y necesita que alguien la cuide. Es un piso muy grande —le dice a Giselle—. Seguro que te caería genial.

Joder, a Giselle le encanta la gente mayor.

—¿Te ha comentado Giselle que está escribiendo una novela romántica? —suelto.

Greg alza las cejas y parece que se le van a salir de la cara.

—Pues no.

—Sobre alienígenas —añado antes de dar un trago al agua—. Son morados, tienen escamas brillantes y colas prensiles.

—¡Se la he quitado! —grita ella.

—Vaya. —Observa a Giselle, que me mira con furia.

Me fijo en él e intento descifrar si le gusta o si piensa que no es algo digno de una científica, pero la verdad es que no muestra signos de nada.

—¿Crees que es una tontería? —le pregunta ella.

176

«Yo no, nena», tengo en la punta de la lengua. «Cuéntame más cosas. Cuéntamelo todo. Vuelve a ponerme en tu tablero de Pinterest (sí, tuve que buscar qué era eso). Sé la mujer que puede hacer todo lo que le apetezca, porque es inteligente y sensual de narices».

Greg se inclina hacia ella con los ojos entrecerrados.

—¿Me imagino que habrás usado datos científicos para explicar todos los detalles?

—Claro —responde.

Se muerde el labio y dice:

—Caray, qué *sexy*…

—¡Bueno! —anuncio dándole un empujón a Aiden para que se levante. Me pongo de pie, estiro los hombros e intento deshacerme de los nervios que me comen por dentro—. Vamos al reservado —les digo mientras muevo las manos en esa dirección—. Allí tendremos más privacidad, además de comida y bebidas gratis —le comento a Giselle cuando me mira extrañada—. Aquí no se oye nada con la música tan alta. —En realidad, no está tan alta en la entreplanta, pero qué más da.

—No le diría que no a algo de comida —dice Greg antes de vaciar la copa.

Giselle asiente y pasan por delante de nosotros por las escaleras.

Aiden me golpea con el hombro.

—¿Cuál es el plan? ¿Cómo vamos a alejar a este tío de Giselle? —dice molesto—. El tío pinta nubes, por el amor de Dios.

¿Es un tío aburrido? A mí me lo parece, pero…

«¿Qué piensa ella?».

«Aunque se enrolle hablando del tiempo y viva con su madre, a ella le gusta», me dice mi cabeza. Siento una presión en el pecho.

Me acerco al gorila que hay a la derecha de la barra para que los deje pasar a la zona que está separada por una cuerda de terciopelo, y yo me quedo fuera con Aiden.

—No tengo ningún plan —gruño.

Aiden parece obcecado.

—Vale, ya veo que me lo dejas todo a mí. Como quieras, ya me encargo yo.

—Espero que tu plan no incluya coquetear con Giselle. Eso ha quedado en el pasado.

Niega con la cabeza y me observa con cara de decepción.

—Ya me ha quedado claro que estás pillado. Te la cederé, porque te la has pedido o por el código de amigos, o lo que sea, pero voy a joderles la cita y no puedes hacer nada para impedírmelo.

Antes de que tenga tiempo de decir nada, sonríe con suficiencia, retrocede y baila hacia el medio de la pista, justo hasta el centro de un grupo de mujeres, que gritan y le tocan el pecho. Me mira y grita:

—La deseas y yo conseguiré que estés con ella. Es toda tuya.

Me echa una mirada que dice «lo tengo todo controlado», la misma que usa cuando ha visto la línea de defensa y tiene un plan para marcar.

«No es mía», le dicen mis ojos, pero no mi corazón.

El precipicio está cada vez más cerca y, con un par de tirones más, me caeré...

Capítulo 14

Devon

Una hora más tarde, entiendo perfectamente qué quería decir Aiden con lo de que «lo tenía todo controlado». Primero, los he acompañado, les he conseguido una mesa, desde la que se ve la pista, y me he encargado de que les tomaran nota de las bebidas. Les he dicho a los camareros que les trajeran lo que quisieran y han pedido varios entrantes. Me he sentado con ellos tanto tiempo como he podido (una media hora), pero, cuando Greg le ha puesto la mano sobre la rodilla a Giselle, me he levantado de un salto y he ido a ver cómo le iba a Selena.

En este momento, Greg está apoyado en una pared y lo rodean tres chicas —una rubia, una pelirroja y la morena bajita que estaba en la pista de baile— de las que solo salen con deportistas famosos.

Se ha acabado otro vaso de *whisky* y les está enseñando, un tanto confundido y ruborizado, un vídeo en el que sale dando el tiempo. La rubia le ha quitado la chaqueta, la pelirroja le está aflojando la corbata y la morena pestañea coquetamente.

Giselle baila sola en la pequeña pista elevada que hay en el centro de la sala. Busco a Aiden y lo encuentro en la parte trasera con cara de felicidad. Hay otros compañeros de equipo sentados en una mesa cerca de la pista, y veo que Hollis mira a Giselle, deja la bebida y se acerca a ella bailando. Maldita sea. Parece que a todos se les olvida la advertencia de Jack cuando entra una chica guapa en el reservado.

Aiden me sonríe con satisfacción y yo quiero romperle la cara. ¿Cómo puede ser que desaparezca solo treinta minutos y ya le haya echado el ojo otro de los compañeros de equipo?

No la puedo dejar sola, nunca.

Antes de darme cuenta, me planto a su lado y quito al chico de en medio.

—Me toca a mí —digo entre dientes. El chico se aparta con las manos en el aire.

Agarro a Giselle de la mano, la hago girar y la acerco a mi pecho. Cuando la observo y le aparto el pelo del rostro para ver qué es lo que piensa, parece frágil.

—Fui a bailar, pero aquellas chicas se le han echado encima —comenta con los ojos brillantes—. Me estaba hablando de las precipitaciones, casi inexistentes, en el Sáhara y, cuando me he dado cuenta… —Mira a Greg.

No entiende que es la mujer más preciosa del lugar, y estoy a punto de decírselo en el momento en el que oímos una risita desde el otro lado de la sala y vemos que una chica se inclina hacia él y le da un beso en la mejilla.

Me voy a cargar a Aiden.

—¿Estás molesta?

Me toca el cuello con la nariz y, cuando inhala, me olvido de lo que estaba pensando.

—¿Giselle? Habla conmigo.

No dice nada, apoya la cabeza sobre mi pecho y yo exhalo y tenso los brazos.

—Yo estoy enfadado por ti. Le daré una buena paliza —le digo.

—Los cúmulos son mucho mejores que las demás nubes… —La voz emocionada de Greg llega hasta nosotros.

A Giselle le empiezan a temblar los hombros y me enfado todavía más, pero me contengo, le acaricio la espalda con los dedos, descanso la mano en la cintura de la falda y acaricio la parte en la que la blusa se mete por dentro.

—Nena, dime, ¿qué puedo hacer para que te sientas mejor? —Le recorro la espalda, me detengo justo antes de llegar al culo y vuelvo a sus hombros. Su pelo me roza la mandíbula y su olor dulce y fuerte a vainilla me embriaga. Dios. Qué bien huele.

Su cuerpo se estremece y me parece que solloza.

—Nena, no llores, por favor… —Intento apartarme un poco y levantarle el rostro, y ella me lo permite a regañadientes—. No estás llorando —observo cuando nos dejamos de mover y veo el brillo en sus ojos.

Se echa a reír y vuelve a esconder la cara en mi camisa.

—Ay, no, qué va. Es horrible. Lo he intentado, pero, si lo llego a oír mencionar las nubes una vez más, le habría clavado un tenedor en la cara.

No puedo evitar sonreír.

—¿No quieres ir a conocer a su madre?

Suelta una risotada y responde:

—Ya tengo suficiente con la mía.

—¿Te ha ofendido?

—No me importa si es el precio que debo pagar para que bailes conmigo —comenta con una sonrisa, enreda las manos en mi pelo y empezamos a bailar otra vez, y yo ya no sé si es una canción rápida o lenta, pero no la quiero soltar.

—¿Has comido algo por lo menos? —pregunto al cabo de un instante.

Sonríe.

—Deberíamos habernos quedado en casa y haber pedido comida del Milano's.

—No, es la víspera de tu cumpleaños.

—Preferiría estar en el sofá viendo *Shark week*.

—Eres una bestia despiadada.

—Pero te gusta.

—Me encanta.

Se echa a reír y yo hago lo mismo. Cuando la miro y me fijo en la curva de sus labios rojos, en cómo me mira y me mantiene la mirada… tengo una sensación de urgencia que se me clava en el interior y se me agarra al pecho. Quiero estar con ella a solas, solos ella y yo…

—Venga, vámonos de aquí. —Le cojo la mano y me dirijo hacia la salida y ella me sigue.

Antes de salir, miro por encima del hombro para ver si Greg protesta, pero está besando a la rubia. Cierro el puño, cosa totalmente ridícula, porque a ella ni siquiera le gustaba, pero menudo gilipollas.

Giselle parece saber lo que pienso, porque tira de mí y me dice:

—Olvídalo, cavernícola.

Al cabo de un rato, estamos sentados a oscuras en el sofá, inmersos en los programas de tiburones y comiendo más galletas, que Giselle se ha empeñado en hacer.

Me pasa otra, recién salida del horno, y me limpia la boca mientras mastico.

—¿Qué? —digo a la vez que trago lo que tengo en la boca.

—Tenías chocolate —murmura.

Lleva el pelo recogido en un moño despeinado, se ha vuelto a poner las gafas, se ha cambiado la ropa y se ha puesto los pantalones cortos y una de mis camisetas viejas. Yo me he quitado los vaqueros y me he puesto unos pantalones de chándal y una camiseta de deporte. Se acerca más a mí y me vuelve a limpiar el labio.

—No se va.

—Da igual —digo inmóvil.

—No, deja que te lo limpie. —Se inclina hacia mí y me lame la comisura de la boca, y dice con un ronroneo de satisfacción—: Delicioso.

La agarro por la nuca antes de que se pueda apartar.

—¿Me acabas de chupar?

Se detiene y me mira avergonzada.

—Es que… tenía hambre.

Se me hincha el pecho. ¿Qué hago? Tendría que irme a la cama. Ahora mismo.

Se pone de pie y me dice:

—Me voy a dormir.

La cojo por la cintura y la vuelvo a sentar en el sofá.

—De eso nada. Estamos viendo la tele. —Es evidente que tengo dos personalidades.

Apoya la cabeza sobre mi hombro y se relaja en el sofá.

—Te advierto de que es probable que me quede frita. He tenido una semana muy dura.

—Siento lo de tu tutor. —Me contó los detalles de la reunión con el doctor Blanton.

—Lo único que ha conseguido es que lo tenga todavía más claro. Quiero sacarme el doctorado, quiero escribir y, algún día, iré al CERN.

—¿A cuánto queda Ginebra?

—Son 11 horas y 32 minutos en avión, 7399 kilómetros. Está demasiado lejos.

—¡Para! Vuelve para atrás —grita arrebatándome el mando a distancia.

—¿Qué pasa? —pregunto. Espero ver algo de miedo, pero me quedo helado cuando veo el programa que pone. Lo mira con atención y se inclina hacia la pantalla.

—Es una película francesa. Se titula *Mi noche en París*. Básicamente, va de una noche en la que los protagonistas se conocen en una cafetería y él la seduce para llevársela al hotel, donde hace realidad sus fantasías sexuales. Ahora viene la parte en la que le hace sexo oral. Es la mejor —dice con una expresión totalmente seria.

Contengo la respiración al ver las imágenes de la pareja en la cama del dormitorio oscuro.

—Vaya, que es porno.

Me da un golpe en la rodilla.

—Es arte. La fotografía es preciosa y emocionante. Las tomas en las que graban sus rostros y sus ojos son perfectas. Si te fijas, verás que todo es de tonos azules oscuros y grises, tanto la habitación del hotel como la ropa de cama. No hay música cursi ni ningún repartidor de *pizza* que no pinta nada y se les une. Solo están ellos dos.

—¿Cuántas veces la has visto?

—Las suficientes como para tener un francés casi fluido, *bébé*. Entonces, me doy cuenta.

—¿Quieres ver esto conmigo?

—¿Por qué no? Retrata a la perfección el uso de la sexualidad para conocernos a nosotros mismos.

—Es porno.

—No, lo digo en serio. El sexo que sale no tiene nada de malo.

—Yo no he dicho lo contrario —resoplo—. El sexo es genial. Asiente.

—Es lo que somos, sin importar el género o la preferencia. Los pájaros lo hacen, las abejas, incluso los eucariotas. Forma parte del universo. Es esencial. Todo es un tira y afloja, la gravedad, digamos, que nos atrae a algunas personas, pero no otras. Y, cuando sientes esa chispa… tiene que ser una pasada. Ellos la tienen.

Coge aire y observa que el hombre de pelo oscuro le quita una venda de los ojos a la mujer, se sube encima de ella y se cuela entre la «V» de sus piernas.

—La película es preciosa, sobre todo, si te fijas en la forma en la que él la mira, el ángulo de esa toma, como si se fuera a morir por no tenerla…, mira cómo cierra los puños con fuerza al lado de su cabeza por el placer que siente. Y, para él, poseerla es lo más importante y… yo… yo quiero eso. —Se ruboriza y se calla rápidamente—. ¿Me entiendes?

Vaya que si la entiendo. Y la sensación me está matando. Me coloco bien el paquete tan disimuladamente como puedo, aunque no se me hace difícil, porque tiene la mirada fija en la pantalla.

—Quieres decir que es una cuestión de sentimientos, de la profundidad de su conexión. El anhelo, la sensación de que tienes que poseer a alguien en ese mismo instante o morirás. —Eso es lo que yo no tengo en mis encuentros sexuales.

—Sí.

La mujer de la película llega al orgasmo (creo, no estoy seguro, porque no estoy mirando la pantalla, sino a Giselle). El corazón se me va a salir del pecho y me siento aturdido.

—Vale, quiero que la veamos juntos.

Es un error.

Dos minutos más tarde —sí, no me puedo contener—, no puedo respirar y apenas estoy mirando la película. Mis ojos saltan de la pantalla al rostro ruborizado de Giselle. El aire está tan cargado que la sala de estar parece un puto horno.

Me pone una mano sobre la pierna y la sube hasta el muslo.

—Fíjate en esta parte. Va a poner a la chica boca abajo… —se le va apagando la voz y me agarra con fuerza cuando el hombre se introduce en el interior de la chica y ella gime.

Giselle parpadea con rapidez, entreabre la boca y se queda sin aliento al mirarlos. Cierro los puños. Yo podría hacer que pusiera esa cara, que se corriera tantas veces que la película francesa le pareciera ridícula. Yo podría tirármela... ¿y, después, qué? ¿Sería solo su herramienta para perder la virginidad, como el tal Mike que irá a la comida de cumpleaños? Me cabreo. No quiero que me use antes de irse a otro país.

Siento un dolor agudo en el pecho. Mierda. Sinceramente, esta chica tiene algún poder raro sobre mí. Cada vez que se mueve, yo voy detrás. Cuando sonríe, yo la imito. Cada vez que me mira, le devuelvo la mirada. Me da un miedo de cojones y eso no me gusta. Hace que necesite una bolsa para respirar. La última vez que me importó una chica, acabé con el corazón hecho añicos.

Me levanto rápidamente del sofá y Giselle cae hacia atrás.

—Mañana madrugo. ¡Buenas noches! —digo mientras doy un traspiés por el salón. Maldigo al golpearme la rodilla con el reposapiés del sillón.

—¿Estás bien?

Levanto una mano por encima de la espalda.

—Perfectamente. Tengo que dormir. —Y darme una ducha fría.

Con la respiración entrecortada, me apoyo en la puerta y oigo que me llama.

—¿Sí? —digo desde el otro lado.

—Oye, he... he... No tendríamos que haberla visto. Ha sido culpa mía.

—No —respondo. Me giro y me siento como un idiota por hablarle a la puerta—. Ha estado muy bien... la fotografía. Los rostros..., las sábanas y almohadas, y esas cosas.

Se queda en silencio.

—Gracias por rescatarme del chico del tiempo.

Abro la puerta y la miro. Tiene los ojos azules bien abiertos y resplandecientes.

—No te preocupes.

Es tan...

Peligrosa.

—Buenas noches —dice con una sonrisa amable antes de volver al comedor, de donde proviene otro orgasmo.

—Buenas noches —murmullo y cierro la puerta.

Capítulo 15

Giselle

Al cabo de un rato, me voy a la habitación y me meto en la cama, me pongo los auriculares y me coloco el portátil sobre las piernas desnudas. Me he duchado y me he puesto una camiseta de tirantes de encaje azul y unos pantalones supercortos, he colocado bien los cojines y me he puesto a trabajar. Mi novela se muere de ganas de que la escriban. Lo más lógico sería que, después de la película que acabo de ver, estuviera inspirada para escribir las escenas de sexo más tórridas, pero, ahora mismo, estoy inmersa en la escena en la que Kate se cuela como una ninja en la cárcel donde tienen preso a Vureck después de que atacaran la nave. Esta no es solo una historia entre dos seres diametralmente opuestos, sino también la de cómo Kate se descubre a sí misma; una chica poderosa por méritos propios que, ahora, tiene que salvarlo a él. Su sueño de volver a la Tierra se ha desvanecido, lo único que le importa en este momento es recuperar a su hombre, bueno, alienígena.

Tecleo en el portátil a una media de noventa palabras por minuto mientras escucho la banda sonora de *Guardianes de la galaxia* a todo volumen por los cascos.

Me pica el tobillo y, distraída, me lo rasco con el pie, y echo a un lado el edredón sin dejar de escribir.

Kate usa el cuchillo fino que Vureck le regaló para forzar el candado de su jaula. Uno de los hombres lagarto se despierta del sedante que ella les ha puesto en la comida y se le echa encima. Siento un cosquilleo en la pierna y me deshago de él. La sensación se repite, esta vez, en mi muslo, así que resoplo y bajo la mirada, y… grito. Me arranco los cascos y se me cae el portátil al suelo cuando intento apartar con la mano lo que parecen ser un millón de arañas que hay mi cama. Un cuerpo marrón con ocho patas salta de encima de las sábanas y se mete entre ellas.

Devon abre la puerta de par en par. Tiene el pelo empapado, el cuerpo mojado y lleva una toalla blanca alrededor de la cintura. Entreabro la boca, ya ni me acuerdo del letal y escalofriante arácnido. Su torso es una obra de arte (madre mía, nunca había visto su pecho desnudo). Tiene el cuerpo un poco bronceado, liso y musculado, los pectorales claramente marcados y unos abdominales oblicuos definidos que se estrechan hasta la «V» del hueso de la cadera. Se me saltan los ojos con semejante escena. Nunca había visto antes unos abdominales así en un chico, solo por internet o en las películas. Una gotita de agua le resbala por el cuello hasta el centro del pecho, se abre camino entre el escaso pelo del torso y baja hasta el vello en la parte de arriba de la toalla. Es lo que Elena llama «el sendero exquisito» y estoy de acuerdo. Todo él lo es. No está demasiado fuerte como algunos futbolistas. Corre mucho, por lo que es todo músculo pétreo y fuerte, perfecto para durar más que los demás, correr más y hacerlo mejor...

—¡Giselle! ¿Qué pasa?

Tartamudeo.

—Estás... —«para comerte»— mojado —digo tragando saliva.

Entra en la habitación y la recorre sujetándose la maldita toalla de las narices con la mano. Me fijo en su culo y espalda. Madre mía, tiene la espalda superfuerte y, si pudiera pensar con claridad, sería capaz de nombrar cada uno de los músculos. ¡Céntrate, Giselle! Tiene los dorsales duros y tonificados, los romboides tensos y listos para pelear.

Noto una cosa peludita en el pie, vuelvo a gritar y hago aspavientos delante de la cara. La cama bota cuando salto al suelo —¿por qué he tardado tanto?—, aterrizo con un golpe seco y hago un gesto de dolor al apoyar el tobillo que todavía no se ha curado del todo. Estoy sin aliento, pero no sé si es por la molesta araña o por el hecho de que ver a Devon desnudo hace que me cueste más mantener la promesa de ser solo amigos.

Devon niega con la cabeza y retuerce los labios.

—¿Qué pasa? —me quejo.

—Es una araña diminuta —responde con la ceja alzada.

Me cruzo de brazos.

—¡Esa cosa enorme lleva un buen rato trepándome por la pierna! Se me ha lanzado encima. Ya has visto lo rápida que es, pasa de cero a cien en un instante. Y, ahora, está en mi cama, y vas a tener que encontrarla y matarla. Yo, mientras, me voy a acostar al sofá, porque no pienso dormir aquí con esa bestia suelta por ahí… —Me quedo callada y lo fulmino con la mirada cuando veo que suelta una carcajada. Niega con la cabeza y el pecho se le mueve cuando ríe.

—No sabía que ibas a perder la cabeza… por una cosita tan pequeña… —Se seca los ojos con la mano—. Giselle, nena, vas a acabar conmigo.

Cojo una almohada de la cama, me aseguro de que no tiene arañas (despejado) y me la acerco al pecho.

—¡Tenía pelo en las patas!

Echa la cabeza hacia atrás en un ataque de risa y le doy un golpe con la almohada.

Él ni se inmuta, se ríe todavía más y le golpeo de nuevo. Alarga una mano para pedirme que pare, pero, con un movimiento rápido coge, otra almohada y me da en el torso con ella.

—¿Has mirado que no tuviera arañas?

—No, y estoy segurísimo de que el bichito está justo ahí encima. —Pone los ojos como platos y me mira el pecho—. Giselle, no te muevas.

Tenía una araña trepándome por el cuerpo y ahora me dice que no me mueva. Parece que el tío no me conoce. Suelto un grito y me sacudo frenéticamente el torso con la mano. El corazón me va a mil por hora. Cuando no veo nada, miro a Devon y veo que sonríe con satisfacción.

—Te lo has tragado.

Aprieto los puños.

—Eres, eres… —Me lanzo hacia él y lo golpeo con la almohada.

Devon cae sobre la cama. Esperaba que se levantase, pero se queda tumbado y el sonido de sus carcajadas hace que se me curven los labios en una sonrisa. Me gusta verlo así, relajado y tranquilo y tan guapo. Lleva el pelo oscuro peinado hacia atrás, el *piercing* de la ceja le brilla bajo las luces de la habitación y se le ven las mariposas y las rosas de los brazos. Entonces, atisbo un monstruo marrón, que se sienta en una de las flores, justo por debajo de su hombro derecho.

Con un tono uniforme y calmado («madre mía, Devon, tienes una criatura letal encima»), me inclino hacia él y lo miro fijamente a los ojos.

—Devon, escúchame. Tienes la arañita diminuta en el brazo derecho.

En esos bíceps que me encantaría chupar cuando el monstruo haya desaparecido.

—Tiene el tamaño de una moneda de veinticinco centavos, muchos ojos, ocho, para ser exactos, repartidos en tres filas, y colmillos afilados. Creo que es una araña lobo. Son cazadoras muy ágiles y venenosas, y no dudan en morder cuando se las provoca, tal como hemos hecho nosotros. Los mordiscos son dolorosos y, a veces, te mandan al hospital. Conozco un caso en el que un hombre adulto y sano casi pierde el pie.

Se queda congelado y me examina el rostro.

—¿Lo dices en serio?

—Te lo juro.

La alegría desaparece por completo de su cara.

—Me estás tomando el pelo.

Niego despacio con la cabeza y me inclino hacia él.

—Ya sabes que no miento.

El pecho se le mueve como si fuera a levantarse, pero le hago un gesto con la mano para que se detenga.

—Ahora que la tienes tú no te hace tanta gracia, ¿verdad? —Sonrío con suficiencia.

Me mira con ira.

—Mátala.

Retrocedo.

—Me gusta tenerte así, a mi merced. Con la toalla puesta. ¿Qué pasa si nuestra amiga se pone sobre ella o se cuela por debajo? Eso sí que sería interesante. —Suelto una carcajada malvada.

Se le mueve la garganta.

—Venga, Giselle, bonita, preciosa mía, mata la puta araña.

—¡No puedo! Quería que lo hicieses tú, yo no quiero ni acercarme. —Hago una pausa—. Además, no me ha mordido y solo quiere vivir, y puede que tenga bebés…

Gruñe y mueve los ojos rápidamente hacia el lado derecho de su cuerpo, pero, desde el ángulo en el que está, no puede ver nada.

—O sea, que ahora eres una defensora de las arañas. Pero si hace cinco minutos me has pedido que la aplastara… ¿y cómo sabes que es hembra?

Doy un paso hacia él, me acerco y me inclino.

—Porque lleva a los bebés encima.

—¿Me estás diciendo que tengo encima una familia de arañas entera?

—Vaya… —agarro el teléfono de la mesilla de noche.

—Ahora no es momento de mirar Instagram —gruñe echándome una mirada asesina.

Le hago una foto tumbado en la cama. Es para más tarde. Y lo observo desde detrás del móvil.

—Como no te puedes mover, te importa que mueva un poco la toalla, es solo para ver…

—Tengo una araña venenosa encima. Y a sus bebés. Eso es mucho veneno. Y ha empezado la temporada de fútbol americano. Tengo que estar en forma. ¡Ahora mismo, la toalla me la suda, Giselle!

Suspiro.

—Por cierto, las arañas cuentan con un sentido del tacto muy desarrollado, por eso tienen las patas peludas, así que no te muevas, ¿vale?

—Giselle, ¿te estás quedando conmigo? No noto nada. ¿En serio tengo la araña encima?

—Shhh, déjame que busque información —murmuro haciendo una búsqueda rápida en internet—. Sí, así es. «Las arañas lobo llevan a las crías en el dorso del abdomen durante semanas, incluso cuando estas ya han nacido. Es la única araña que lo hace». O sea, que no la podemos matar, Devon. No importa que me haya atormentado, seguro que solo buscaba

191

comida para los peques y se ha perdido entre las sábanas. Tenemos que sacarla de aquí sin hacerle daño. Vete a saber cuántos bebés con colmillos debe tener. Seguro que cientos.

Se le dilatan las aletas de la nariz.

—Vale, tengo una idea. —Salgo corriendo de la habitación y Devon me suplica que vuelva.

—Ya no te hace tanta gracia, ¿eh? —grito desde la cocina.

Él me responde con un gruñido.

Cojo un cuenco del armario y busco por los cajones la espátula más grande que hay, una de madera de unos sesenta centímetros, que imagino que usa para la parrilla. Es perfecta.

—¿Cómo lo llevas? —pregunto al regresar al cuarto.

—He notado algo. ¿Se ha movido? —dice preocupado.

—No. Sigue ahí. Te lo has imaginado. —Me acerco poco a poco.

Se muerde el labio inferior cuando ve la espátula.

—¿Vas a golpearme con eso?

—Claro que no, la voy a meter en el cuenco.

Respira poco a poco y con firmeza.

—Échala hacia abajo, no hacia arriba. Como se me ponga en la cara…

—Confía en mí.

—¿Me estás pidiendo que confíe en la chica que ha gritado tanto que casi viene la policía? Sí, claro, qué buena idea.

—Creo que le caes bien a Cindy. Puede que se haya dormido.

Pone los ojos en blanco.

—¿Cómo que Cindy? Haz el favor de dejar de pensar tanto en la araña y quítamela de encima de una puta vez. Por favor.

—Me gusta cuando me pides las cosas por favor.

—Por favor, por favor, quítame a Cindy de encima —gruñe.

Me acerco poco a poco por los pies de la cama, perpendicular al cuerpo de Devon.

—Quiero algo a cambio.

—Lo que quieras —dice entre dientes.

—Quiero verte desnudo. Bueno, ahora no, porque no te puedes mover. Cuando te haya salvado.

Nuestros ojos se encuentran y nos miramos fijamente, las pupilas se le dilatan y hacen que sus ojos verde bosque parezcan casi negros. Cuando responde, su tono es grave:

—De acuerdo.

Me tranquilizo, cosa que me resulta fácil, ya que tendré un premio al final. Coloco la espátula a unos centímetros de Cindy, la empujo y la aparto con cuidado. Ella sale volando de su hombro y aterriza en el suelo. Cojo el cuenco de cristal y la atrapo.

—¡Lo he conseguido! —digo y miro a Devon con una sonrisa.

Se pone a mi lado en el suelo y miramos fijamente el cuenco.

—No es tan grande.

—No estoy de acuerdo.

Resopla y pregunta:

—¿Iba en serio lo del hombre que perdió un pie?

—Bueno… —murmuro y me levanto.

Él me imita y me mira con dureza.

—Era mentira.

Junto el dedo índice y el pulgar.

—Un poco solo. Cuando estoy en una situación peligrosa o si se trata de una broma, puedo mentir. En mi defensa, diré que tuvo que ir al hospital.

—O sea, que, en realidad, me la podría haber quitado de encima sin más.

—Puede que sí, pero no mentía con lo de los bebés. Sí que los tiene, y no sé cómo no se han caído por todas partes si tenemos en cuenta la paliza que acaba de recibir la pobre Cindy.

—Ahora te da pena la temible araña.

—Pero, pero… —Me echo a reír y me rodeo el cuerpo con los brazos—. ¡Estabas cagado! Te has quedado de piedra.

Me fulmina con la mirada y se agacha, y me pregunto cómo es posible que no se le haya caído la toalla en ningún momento. Supongo que es muy grande. Desplaza el borde del cuenco hasta que le toca una de las patas y la araña trepa por uno de los lados. Devon lo coge y el arácnido baja al fondo. Sale de la habitación, lo sigo y me fijo en los músculos de su espalda y en la curva que hace la toalla donde le empieza el culo…

—¿Me estás mirando el culo?

—Sí —respondo alegremente cuando abre la puerta del ático y se dirige al ascensor.

—¿Vas a sacarla prácticamente desnudo? —Siseo cuando entro con él.

—Sip. —Hace una pausa, me mira de arriba abajo, agacha la mirada y pulsa el botón del garaje—. Tampoco es que tú lleves mucha más ropa que yo.

Me cruzo de brazos para esconder los pezones, que se me marcan bajo la camiseta de tirantes.

—Es una misión importante. La ropa puede esperar. —Y tengo que ver cómo se libra de Cindy y su familia. Quiero que desaparezcan de aquí.

El ascensor se detiene, nos bajamos y bordeamos una de las columnas de cemento. Miro cómo Devon inclina el cuenco y la manera en la que Cindy baja poco a poco a un ritmo firme y se mete debajo de Rojo.

—¡No! —grito—. ¡En mi coche, no!

Devon sonríe con suficiencia.

—¿Cómo que «tu coche»?

Siento que se me ruborizan las mejillas.

—Te quiero, ya lo sabes. Rojo es increíble y te estaré eternamente agradecida. Todo el mundo me mira cuando voy por la autopista. No circulo demasiado rápido y siempre limpio lo que ensucio…

No puedo terminar la frase, porque Devon se pone rápidamente delante de mí y me coge por los hombros.

—¿Qué has dicho?

Me lamo los labios y hago memoria: lo mucho que le agradezco que me haya dejado el coche, cosa que me recuerda que hace días que el mío debe de estar listo para que lo recoja, pero no he tenido tiempo o puede que no haya querido pasarme. Devon sigue mirándome, y sé qué es lo que he dicho, sin lugar a duda, aunque no puedo evitar agachar la cabeza ni que me tiemblen las piernas. No sé por qué he dicho lo que he dicho. No debería haberlo hecho, porque no ha sido con la intención de que se lo tomara en serio, se me ha escapado, y él me mira con el ceño fruncido. Tengo que retroceder mentalmente e ir con mucho cuidado, ya que, si pone esa cara de duda y horror que dice «¿qué hago?» por un comentario tan insignificante y de broma, no quiero que sepa nunca lo que siento.

—Solo era una manera de darte las gracias por prestarme el coche —digo con suavidad.

Se le mueve la nuez de arriba abajo por la garganta al tragar saliva y afloja las manos de mis hombros hasta dejarlas caer a ambos lados del cuerpo. Me mira fijamente (uno, dos, tres, cuatro) y baja la mirada al suelo. No ha sido una mirada de nivel cinco, sino la de un hombre que quiere huir.

—¿Seguro que solo era eso?

—Sí —digo con una voz concisa y clara, evitando jadear por el dolor. Sí, dolor.

Me mira una última vez y se acerca al ascensor. Pasamos el trayecto en silencio, yo a un lado y él al otro, con el rostro serio, confundido y una expresión que, sin duda, es de tristeza. Y yo soy el motivo por el que está así después de lo bien que lo habíamos pasado con lo de Cindy. Mis palabras lo han irritado, lo han confundido y han puesto una barrera más entre nosotros, porque, sinceramente, él me desea. Sé que es así por cómo me mira, cómo me toca con suavidad, por cómo me besó y por cómo me ha cogido hoy en la discoteca. Es algo que va más allá de las hormonas, pero no quiere desearme y eso me sienta como un tiro.

Me gustaría tener más experiencia con los hombres, saber qué hacer para que lo que he dicho no le moleste. Lo peor de todo es que una parte de mí lo decía en serio, pero, cuando me doy cuenta, soy consciente de que no puedo. No puedo enamorarme de un hombre que solo quiere que seamos amigos; no puedo añadir eso a mi interminable lista de fracasos. Devon no tiene la capacidad emocional de sentir por mí lo mismo que yo. No, él guarda su lado emocional cerrado bajo llave en su castillo, tiene el puente levadizo subido y el perímetro está rodeado de guardias. La gente lo abandona. Él entregó su corazón a Hannah en una bandeja de plata y ella lo rechazó, le hizo daño cuando era joven y todavía tenía un poco de fe en el amor.

—¿Piensas dormir en el ascensor? —La voz de Devon interrumpe mis pensamientos. Niego con la cabeza, salgo del ascensor y lo sigo hasta el ático.

Se detiene en la cocina, de espaldas a mí, con una postura tensa y demacrada, como si tuviera una pelea interna. Supongo que es por mí. Es mi culpa.

—No hace falta que te desnudes por lo del trato —me limito a decir mientras cruzo los brazos. Estoy molesta y dolida.

Se da media vuelta con los puños apretados.

Mi mirada pregunta: «¿Qué pasa?».

Se acerca a mí con paso decidido, invade mi espacio y yo retrocedo, apoyo las manos en la pared para sujetarme. Agacha la cabeza y sus ojos verdes me examinan de arriba abajo, se detienen un momento en mi camiseta de tirantes y bajan hasta los dedos de mis pies. Myrtle me hizo la pedicura de un color rojo oscuro la noche que pasó aquí.

—El problema, Giselle, es que sí quiero hacerlo. Quiero estar encima de ti, dentro de ti. Quiero tenerte indefensa debajo de mi cuerpo, poseer cada centímetro de tu piel hasta que huelas a mí, hasta que no sepas dónde empieza tu cuerpo y donde acaba el mío. Me muero de ganas de ponerte las manos, mis putas manos... —Apoya con fuerza las manos sobre la pared a ambos lados de mi cuerpo y me atrapa—. Se mueren por perderse en tu pelo, por desnudarte y hacerte gritar mi nombre cuando te corras. Y, luego, volver a empezar desde el principio.

Parpadeo rápidamente.

—Dime qué sientes de verdad —jadeo.

Da un golpe ensordecedor y sobrecogedor en la pared con una mano, pero no me asusta, porque es Devon y sé que él nunca me haría daño. Con un tono grave y duro, y la voz rota, como si le doliera al hablar, dice:

—Esto es lo que siento. Te lo digo para que sepas la verdad. Para mí, follar solo es sexo, Giselle. Sin sentimientos ni nada de ese anhelo emocional de tu película. Soy así. ¿Es eso lo que quieres, pasar una noche con alguien a quien le darás igual al día siguiente? ¿Alguien que podría ser un chico de tu aplicación del móvil?

—No —digo con un tono cortante.

—Ah, ¿no? Porque conmigo sería así. Follaríamos, y, luego, me alejaría.

Siento una punzada en el corazón.

—¿Te alejarías de mí?

—Sí —gruñe. Me acaricia el cuello con la nariz y me muerde la oreja con suavidad. Su olor fuerte y embriagador me envuelve—. Tienes que tomar una decisión. ¿Quieres que follemos?

La palabra obscena, que sale de su boca y está dirigida a mí, me enciende igual que una cerilla prende la gasolina. Los temblores me empiezan en los pies y se abren camino por mi cuerpo hasta que soy incapaz de pensar con claridad.

Su torso roza el mío cuando me besa el cuello y me succiona la piel. Lo cojo de la cabeza, aparto su boca de mi cuello, me lo pongo delante y veo la verdad en sus ojos, que brillan con deseo y están repletos de promesas.

Le he hecho varios comentarios frívolos sobre acostarme con alguien solo para perder la virginidad, pero el hecho de que él esté ahí ahora hace que lo vea todo con claridad y que sea consciente de la realidad. No quiero acostarme con alguien solo porque sí. No soy así y nunca lo he sido, si no, ya no sería virgen. Podría haberme rendido ante las exigencias de Preston en cualquier momento, pero nunca lo hice, porque no era lo correcto y una minúscula parte de mí lo sabía. Pasé meses con él, intentando librarme de él, sin saber por qué y fingiendo que todo iba bien. Una parte de todo eso era la culpa que sentía por Elena, aunque el resto era por mí. Él no era el hombre indicado para mí, como tampoco el jugador de *lacrosse* del instituto ni el novio de la universidad.

¿Es Devon el indicado? Sí, por este momento y por cómo me mira con los ojos entrecerrados y por la necesidad visceral que siente. Parece todo perfecto… si quiero acabar con el corazón roto.

Mi cuerpo y mi mente se debaten. Lo deseo y la tensión entre nosotros es tan evidente que casi la puedo tocar con las manos. Si le digo que sí, le rodeo el cuello con los brazos y lo beso, acabaremos revolcándonos por el suelo en cuestión de segundos. Está listo para saltarme encima, lo contiene una fuerza mínima. Siento un deseo oscuro, bello y embriagador en la parte baja del cuerpo, es como un dolor que me arrastra.

Está justo delante, esperando a que le responda, con el pecho jadeante mientras se contiene totalmente inmóvil. Solo con que asienta un poco, me hará todas esas cosas maravillosas que ha dicho y dejaré de ser virgen (aunque me sentiré miserable mañana). Aun así, lo deseo y mi cuerpo me grita que vale la pena solo con tal de poder abrazarlo y besarlo, y sentir que es mío, aunque sea solo por una noche. Mis dedos anhelan enterrarse en su pelo oscuro, me muero por besarlo y perderme en él. Acerco el torso más al suyo y siento la cálida conexión que tira de mí como si fuera un imán.

«Follaríamos, y, luego, me alejaría».

Mi cuerpo me pide que le diga que sí. «Es el único hombre por el que te has sentido así, con el que has soñado, lo has convertido en el héroe de tu novela».

—No —consigo decir. Es la palabra que más me ha costado articular en mi vida.

Se le acelera la respiración y cierra los ojos. Respira con dificultad delante de mí.

Hago acopio de fuerza y fortaleza, lo aparto y me cuelo ágil por debajo de sus brazos. Necesito espacio. Cuando se trata de él, no tengo nada de autocontrol. Tengo que irme de aquí, del ático. Tengo que dar un paseo alrededor del bloque o llevarme el coche (no, Cindy y su familia están ahí), o ir de arriba abajo en el ascensor y fingir que estoy en una feria. Podría dormir allí, llevarme una almohada y una manta, el portátil y ponerme a escribir...

—Deja de pensar tanto. Vístete —me dice e interrumpe mis pensamientos.

—¿Qué? —le grito mientras camina decidido hacia su habitación—. Me voy al ascensor. ¿Para qué me querría vestir?

Se da media vuelta, tiene la mandíbula tensa y aprieta los puños con fuerza.

—Nos vamos del ático —responde—. Nos vemos en el pasillo en cinco minutos.

—¡Es tarde!

—Me da igual.

Bajo la mirada y veo que el... miembro... le asoma por la parte de arriba de la toalla. Se me queda la boca seca. Solo veo la punta, tiene forma de seta, y es gruesa y está dura… joder ¿podría envolverlo con la mano?

Me sigue la mirada con los ojos y se pone la mano encima de… eso.

—¡Diez minutos!

Cierra la puerta.

Capítulo 16

Giselle

«Finge que la discusión no ha pasado. Eso es», me digo mientras caminamos por una calle bastante silenciosa y nos dirigimos a una cafetería de la calle de enfrente del ático. Hay movimiento de gente, que sale y entra a los exclusivos bares, y se dispersa. Grupos de personas contentas, probablemente entonadas por el alcohol, y las miro con envidia. Me gustaría tener ese tipo de amistades, pero Myrtle no es de las que sale a los bares y… mierda, a la que más echo de menos es a mi hermana.

Devon me abre la puerta de la cafetería, paso a su lado y observo el lugar. Es un sitio coqueto, pero elegante, y está decorado al estilo de los años cincuenta con asientos rojos, azulejos blancos y negros, y fotografías de viejos actores en las paredes blancas. El lugar está a rebosar de gente que lleva todo tipo de ropa, dispuesta a comer después de salir de fiesta en el centro, y me pregunto cuánto tardarán en darnos una mesa (o cuánto tiempo más tendré que aguantar este silencio entre nosotros).

Lo miro por el rabillo del ojo mientras habla con el camarero en la puerta. Ha salido de su habitación en unos vaqueros y una camisa de manga larga del mismo verde que sus ojos. Pfff. Me ha mirado rápidamente, porque no me había movido de donde estaba, y se ha detenido en seco.

—¿Por qué no te has vestido? —Ha razonado conmigo cuando le he dicho que no iba a ningún sitio.

Me ha explicado que tenía hambre —a pesar de todas las galletas que nos hemos comido— y me ha dado una sudadera. He venido porque me gusta que quiera estar conmigo, me entusiasma, así que me he puesto las chanclas y lo he acompañado.

Creo que pretende deshacerse de la tensión que hay entre nosotros, pero no entiendo por qué quiere que lo acompañe. ¿No se supone que le iría mejor alejarse de mí? Hombres. Para que luego digan que las mujeres somos volátiles. Por favor. Meto las manos en los bolsillos de la sudadera, huelo su olor a través de la tela oscura y dejo que me embelese... No. Nada de eso. Céntrate. Me tienta el olor de los gofres, la mantequilla y el sirope, suspiro y miro a mi alrededor.

Puede que me vaya bien algo de comida. ¿No puedes follar? Prueba a comer un poco. Hala, ya he vuelto a pensar como un hombre. ¿Eso es lo que hacen cuando quieren reprimir sus deseos sexuales? Me imagino a Devon llenándose la boca a más no poder de tortitas, que tiene amontonadas en un plato delante de él.

—¿Por qué sonríes? —me pregunta cuando el camarero nos guía entre las mesas hasta una al fondo.

—Nada importante. —Me siento en el banco rojo y él lo hace delante de mí. Cojo la carta de detrás del dispensador de servilletas y me la pongo delante de la cara. Se asoma por encima de ella, le da un golpecito y la bajo—. ¿Qué? —pregunto bastante molesta.

Me examina y observa la sudadera. Una breve sonrisa le curva los labios.

—Cindy.

Me echo a reír. Nos hemos peleado, pero parece que ya haga mucho tiempo de eso. Ha sido sincero conmigo, me ha dejado elegir y ese tema ya está zanjado. Perfecto, pasemos página.

—Lo estará celebrando en algún lugar, comiéndose a otros insectos. Es un día de júbilo familiar.

Cojo el móvil y le enseño la foto que le he hecho cuando estaba tumbado en mi cama con la araña sobre el bíceps.

—Feliz cumpleaños, Giselle.

Se me corta la respiración.

—Ostras, no me había dado cuenta de que... vaya... ya es mi cumpleaños. —Ya lo era cuando hemos arrinconado a Cindy y la hemos llevado al garaje. Cuando le he dicho lo que le he dicho.

Me coloco bien el moño, que, después de nuestras travesuras, ha quedado hecho un desastre, así que me quito la goma, me la pongo en la muñeca y me paso los dedos por el cuero cabelludo. Devon me sigue mirando y yo, nerviosa, me subo las gafas por la nariz.

Me coge la mano encima de la mesa y me acaricia el pulgar con el suyo, absorto, como si no se diera cuenta de lo que hace.

—Giselle, he perdido la cabeza…

—¿Qué queréis tomar? —nos pregunta la camarera. Ambos pestañeamos y la miramos.

Me siento aliviada. No quiero que se disculpe por lo que siente ni que se preocupe por mí. Estoy bien. Perfectamente. Somos amigos y no podemos follar, bajo ningún concepto.

Pido una Coca-Cola, y Devon, agua.

Aunque lleve una gorra y una camiseta de manga larga que le cubre los tatuajes, la camarera rápidamente se da cuenta de quién es.

—Un momento, ¿eres Devon Walsh? —Sus ojos se precipitan hacia el pelo largo que le sale por debajo de la gorra, su voz se vuelve más femenina y se le estremece el cuerpo. Debe de tener mi edad y lleva una falda roja, una camiseta negra y una coleta. Es guapa.

Ni corta ni perezosa, la chica se sienta a su lado. Devon me mira con una expresión molesta y se encoge de hombros antes de firmarle un autógrafo en una servilleta. Se la ofrece. La chica insiste en hacerse una foto con él y yo muero de vergüenza por Devon, que intenta escapar de ella. La chica acerca la cabeza a la de él y hace un selfi con el móvil. A diferencia de Jack, que odia todo tipo de atención, él no es maleducado. No, tiene una elegante sutileza de la que ha hecho un arte después de tantos años de fama. Le toma por el codo y la ayuda a ponerse de pie con una sonrisa falsa en el rostro, y le pide que, por favor, no le comente a nadie que está ahí y le promete recompensarla con una propina más que generosa.

La chica se aleja con una sonrisa boba en la cara.

—Por lo menos, no te ha besado el cuello —digo.

—Algunas chicas son más fáciles de manejar.

—Mmm. —Bajo la mirada a la carta. Voy a pedirme un plato de cada con tal de no arrancarle los ojos a la dulce camarera.

—¿Estás celosa?

—Eres una superestrella —evito la pregunta y me encojo de hombros, contenta de haberme aguantado las ganas de decirle «claro que sí».

—Y tú eres una científica que está escribiendo una novela. Sí, eres una don nadie. —Sonríe y me lanza una servilleta, y todo parece haber vuelto a la normalidad.

Unos minutos después, los dos estamos devorando gofres con pollo hasta que aparta su plato. Hemos estado hablando sin parar a lo largo de toda la comida, él sobre su padre y cómo tuvo que cuidarse solo cuando era niño. También me ha contado cómo se convirtió en el mejor amigo de Jack durante la concentración del primer año de universidad.

—¿Cuál es el mejor regalo de cumpleaños que te han hecho en tu vida? —me pregunta.

—Pensarás que es una tontería.

—Pues claro que no.

Me limpio la boca con la servilleta, aparto el plato y apoyo la barbilla sobre las manos para acercarme más a él. Me empujo las gafas por la nariz.

—¿Qué pasa? —pregunto cuando veo el extraño gesto que hace.

Ríe entre dientes.

—Nada. Es que, cuando te concentras, te sale una arruga justo aquí… —Alarga la mano y me pasa el dedo por la frente.

Sonrío. Es evidente que me observa con atención.

—El mejor regalo fue el de mi decimoquinto cumpleaños, antes de que empezara todo el rollo de la maldición…

—Que no es real.

Le hago un gesto con la mano para que se calle.

—Deja de interrumpirme.

Sonríe.

—El caso, me encantaba leer y me había acabado casi todos los libros de la biblioteca del instituto. No hacía más que pedirle a mi madre algo para leer y mi tía Clara me sacó un par de libros subidos de tono de la biblioteca pública. Los leyó primero ella para comprobar las escenas de sexo, pero algunos no eran apropiados. —Me río al recordar el momento en el que la tía Clara me trajo las novelas románticas que solo tenían «un par de besos»—. Así que, el día de mi cumpleaños, mi madre me dio un montón de cartas de mi padre, eran copias de las que él le había enviado. —Suspiro brevemente y me imagino con corazones en los ojos—. Él estudió Medicina en el ejército y lo destinaron a la otra punta del mundo, por lo que pasaron nueve meses sin verse. Él le escribía una carta preciosa cada día. Me hizo mucha ilusión ver su caligrafía y me parecía sobrecogedor leer cómo le había abierto su corazón a mi madre. —La emoción me hace un nudo en la garganta y me deshago de él—. Pude revivir la manera en la que se conocieron un día de Halloween en una hoguera y quedaron prendados uno del otro inmediatamente; leí también sus riñas cuando él no estaba y ella salía con otros chicos, el dolor que sentía mi padre y, finalmente, cuando ella le dijo que no podía vivir sin él. —Suelto una carcajada—. No estaban todas, claro, faltaban las más picantes. Mi madre lo niega, pero, siempre que se lo digo de broma, se ruboriza. Pude entrever una historia de amor, de amor de verdad y… fue tan romántico y perfecto. Aunque, gracias a eso, tengo unos estándares muy altos. Mi padre falleció al año siguiente, así que las guardo como si fueran un tesoro. Las cogí cuando volví a por el collar de perlas. —Hago una pausa y lo miro con atención—. ¿Cuál es el tuyo?

—Llevo la mariposa que me regalaste en el bolsillo.

Siento una ola de placer.

—¿De verdad?

Me coge la mano.

—De verdad. Y tengo una cosa para ti.

Lo miro de arriba abajo y se echa a reír.

—No la tengo aquí. Te la daré pronto.

—¿Giselle? —pregunta una voz por detrás de Devon.

Una pareja se está sentando en la mesa y ladeo la cabeza para observarlos.

Él me suelta la mano cuando el chico se levanta del asiento y se acerca a nosotros.

—¡Robert! —digo al reconocerlo. Me pongo de pie de un salto—. ¿Cómo estás? ¿Qué tal está tu padre? ¿Va todo bien?

Me sonríe y veo el hoyuelo que se le forma en la mejilla derecha. Está cambiado desde la última vez que lo vi en el hospital con Myrtle y John. O puede que solo me lo parezca, porque el otro día estaba muy agobiada y no sabía qué hacía. Ese día, él llevaba unos pantalones de vestir y una chaqueta, pero, esta noche, viste unos vaqueros oscuros y una camisa azul remangada. Tiene el pelo castaño claro, despeinado, pero con buen gusto, y lleva gafas. Es más alto que yo y su cuerpo es esbelto.

—Mi padre está bien. He hablado con él antes. Me alegro de que hayan encontrado piso tan rápido.

—Yo tengo que llamar a Myrtle para ver cómo está.

Sonríe.

—Hemos cenado todos juntos —dice—. Ha conocido a mi hermana. —Señala con la cabeza hacia su mesa y saludo a la chica con la mano. Se parece a Robert, pero en versión femenina: alta, con el pelo más claro y una sonrisa amable.

Nos quedamos en silencio y me sobresalto al darme cuenta de que no los he presentado.

—Robert, él es Devon Walsh, un amigo. —Devon se levanta y, por su gesto de dolor, me parece que le estrecha la mano con demasiada fuerza. Al parecer, Robert no sabe que Devon es una estrella del fútbol, y yo no se lo digo.

Hablamos un minuto más sobre su padre y, luego, después de echarle un vistazo rápido a Devon, Robert me añade:

—Podemos ir a comer algún día. Me encantaría que habláramos más.

¿Me está pidiendo una cita o es por otra cosa…?

Miro rápidamente a Devon, que me observa con el rostro tenso. Escudriña mi cara y dirige su mirada hacia la ventana.

Claro, claro. Le da igual con quién quede o deje de quedar. Quiere que encuentre a alguien.

Le doy mi número de teléfono, y él, su tarjeta, que me guardo aprisa en el bolsillo. Tira de uno de los cordones de mi sudadera, sonríe y dice:

—Lo estoy deseando.

Me quedo de pie, viendo cómo se aleja e intentando descifrar si me siento atraída por él.

Robert se da media vuelta con una sonrisa chulesca —un momento, ¿cuándo se ha vuelto tan chulito?— y dice:

—Por cierto, ¡feliz cumpleaños!

Sonrío.

Él ríe.

—Nos lo ha dicho Myrtle. Me encanta tu pelo, por cierto. Es como el de Kate, ¿verdad?

Siento que me arden las mejillas. Vaya. «Ostras». ¿Myrtle le ha dejado leer los capítulos? Me la voy a cargar.

—Ah, gracias.

Me vuelvo a sentar y miro la mesa fijamente. Me quedo perpleja al pensar que he conocido a un chico, en quien ni siquiera me fijé, pero que él sí lo hizo, y me acaba de pedir una cita… creo.

Miro a Devon, que deja un montón de billetes sobre la mesa.

—Vámonos —suelta con una expresión que no sé interpretar.

Asiento y nos abrimos camino por la cafetería. Unos tíos borrachos me detienen, Devon se gira y se acerca a mí, abriéndose paso entre ellos con los hombros. Me mira en medio de todos (uno, dos, tres, cuatro, cinco, seis, siete, ocho, nueve, diez, once…). Madre mía, esto es un récord. Luego, me coge de la mano y entrelaza sus dedos con los míos.

—¿Estás conmigo? —dice con una voz suave. ¿Lo ha preguntado o lo ha afirmado?

Bueno, de todos modos…

—Sí. —«Estoy contigo».

Salimos por la puerta cogidos de la mano.

Capítulo 17

Devon

—¿Tienes mañana entrenamiento? —me pregunta de camino al ático.

—No, los domingos no. Es mi único día libre.

—Vale. No tengo sueño —anuncia.

—Ni yo —digo. La verdad es que no estoy listo para volver al piso, donde estaremos solos.

—Vamos a dar una vuelta en coche. Pero no en el de Cindy, tenemos que darle tiempo para irse.

—¿A dónde quieres ir?

—Te preocupa tu padre y hace días que no lo ves, así que podemos pasar por allí. Ver si está bien. O buscar pistas.

—¿Quieres ir a ver a mi padre el día de tu cumpleaños?

Inclina la barbilla hacia arriba.

—Sí.

—Vale, pues vamos. —No quería responder eso. ¿Qué pasa si ve de dónde vengo y cambia su opinión de mí? ¿Qué pasa si mi padre está en casa y borracho?

Me deshago de esos pensamientos cuando nos subimos en el Hummer y nos alejamos del centro para ir al barrio de mi padre. Giselle baja la ventanilla y el pelo se le mueve mientras canta «Hollaback Girl», de Gwen Stefani, con la radio y yo me echo a reír. No sé cómo lo consigue, pero todo lo que tiene que ver con ella me parece divertido. Confundido, me doy cuenta de que es una de mis mejores amigas. En cuestión de días, le he contado más sobre mí que a nadie, excepto a Jack.

Cantamos juntos el estribillo mientras marco el ritmo con los dedos en el volante. Al llegar delante de casa de mi padre, apago las luces del coche, salimos y nos encontramos en la puerta principal.

—¿Tienes llaves?

Nervioso, asiento y las saco del bolsillo. Respiro hondo y la miro antes de abrir la puerta.

—Tiene la casa… hecha un desastre.

Asiente y me mira con una expresión cauta.

Entramos, enciendo la luz, la que cambié la última vez que vine, y observamos el espacio abierto. No hay nadie en la sala de estar, pero es evidente que ha estado aquí desde la última vez que me pasé. La mesita baja está llena de envases de comida para llevar y, en una de las esquinas, hay una botella de vodka vacía. Giselle va a la cocina y yo me dirijo al dormitorio. Está vacío, la cama, deshecha, y hay ropa tirada por el suelo. El armario parece más vacío, como si se hubiera llevado algunas de sus cosas. Qué raro.

—Devon —grita Giselle desde la cocina. El miedo me sube por la espalda y corro hacia ella.

Tiene una hoja en la mano y me la ofrece.

—Es una carta para ti. Estaba en la encimera.

—Vaya. —Trago con dificultad y cojo el papel, me siento a la mesa y la leo.

Devon:

Hijo mío. ¿Recuerdas el día que marcaste tu primer *touchdown* en Jacksonville con el equipo local? ¿Te acuerdas de la primera chica que trajiste a casa, aquella que te gustaba tanto? ¿O cuando subiste al escenario para recoger el diploma del instituto? Sí. Sí que lo recuerdas. Yo no. No me acuerdo de ninguno de esos momentos. Ni siquiera sé si estuve allí el día que anotaste tu primer *touchdown*. Recuerdo algún partido, pero no sé qué equipación llevabas ni si miraste a las gradas para ver si estaba ahí.

Cierro los ojos y aprieto con fuerza los puños. Imágenes que no quiero recordar se me clavan como espinas. «No, papá, miré y no estabas. Y nunca traje a una chica a casa. Nunca».

Has hecho tanto por mí: me has dado dinero, una casa, un coche, un trabajo, y yo he intentado aferrarme a todo ello, pero la he cagado.

Lo he intentado, he intentado ir a Alcohólicos Anónimos, pero soy débil. Soy muy débil. Dotty se ha hartado de mí, y no la culpo. Se merece algo mejor. No puedo retener a las mujeres. Las has visto llegar e irse, y siempre tenías un rostro esperanzado. Joder, la esperanza es muy cruel.

He hecho algo malo. Me duele hasta escribir las palabras, pero no me atrevo a decírtelo a la cara. No puedo mirarte cuando sabes que debo mucho dinero a corredores de apuestas, y ni siquiera son de los legales.

La emoción me destroza y siento crecer la ira. Se me caen los hombros cuando Giselle se pone detrás de mí y me acaricia el cuello y los brazos. Me giro hacia ella y me apoyo en su cuerpo, se me hincha el pecho.

Me quedo en casa de unos amigos. Eres un buen hombre con un gran corazón, pero tienes que olvidarte de mí. Por favor, no dejes la carta para venir a buscarme. No quiero que me encuentres, así que, por favor, hazme caso cuando te digo que no lo intentes.

Me quedo sin aliento y un sentimiento de desolación sustituye a la ira. Me ha dejado. Joder, se ha ido. Yo le pagaría las deudas, le conseguiría un centro de rehabilitación si quisiera, pasaría más rato con él, lo solucionaría…

—Lo sé —susurra Giselle. Entonces, me doy cuenta de que lo he dicho en voz alta. Se inclina hacia mí, me pasa las manos por el pelo y me lo acaricia con delicadeza—. Lo quieres.

Te escribo esto sobrio. Me he levantado y me he prometido que lo haría antes de que me hiciera efecto la primera bebida. Quiero decirte las palabras indicadas para que sepas que estos años en Nashville, las veces que hemos hablado… Recuerdo esos momentos, pero, cuando cae la noche, lo único que me apetece es empinar el codo. Has hecho por mí mucho más de lo que ningún hijo debería hacer por su padre. Pero… no me des nada más. Porque lo empeñaré o me lo beberé. Quiero ser mejor persona, aunque una parte de mí no. Es una pelea constante.

Tú eres lo mejor de mí.

Perdóname por no haber sido el padre que merecías.

Te llamaré cuando me instale.

Te quiero,
Garrett

Giselle se pone delante de mí, me coge la carta de las manos y se pone de rodillas.

—¿La has leído? —le pregunto con un escozor en los ojos. Niega con la cabeza.

—Solo me ha hecho falta verte la cara.

Joder, no sé lo que piensa.

—Léela. —Quiero que lo sepa. En el huracán que es mi vida, de toda la gente que conozco, ella se ha convertido en una constante real, en una brisa tranquila que me calma.

Coge la carta, se pone de pie y la lee rápidamente, luego, la dobla con cuidado.

—Lamento que te haya dejado colgado. Imagino que ha tocado fondo y se siente culpable por las deudas de juego. Le debe de haber resultado muy difícil escribir esto —dice con suavidad—. Ojalá... ojalá tuviera más experiencia de la que echar mano para poder ayudarte, pero no es así. —Hace una pausa—. Hay grupos de apoyo para las familias de los adictos. Eres famoso, así que para ti no es una opción, pero hablar con alguien te puede venir bien.

Siento una presión en el pecho y me paso una mano por el pelo.

—El hecho de que estés aquí ya me ayuda. Siempre estoy solo cuando pasan estas cosas. He intentado dárselo todo. —Me levanto, me dirijo al fregadero y miro por la ventana. Paso un largo minuto agarrado al borde con fuerza. Cojo un vaso limpio, lo lleno de agua del frigorífico y me lo bebo de un trago—. No sé qué hacer.

—No pasa nada —murmura caminando hacia mí—. Puede que necesite este tiempo para decidir quién es y a dónde va.

Tomo aire.

—Una parte de mí quiere buscarlo para asegurarse de que está bien. —El miedo me crea un nudo en la garganta y trago para deshacerme de él. ¿Y si le ocurre algo, pero no tiene a na-

212

die que cuide de él? Me he pasado toda la vida siendo el adulto de los dos y, una vez más, lo sigo haciendo. No puedo cambiarlo; por mucho que me joda, no puedo chascar los dedos y lograr que sus adicciones desaparezcan.

—Sí, claro, puedes ir a buscarlo si es lo que quieres. Y yo te acompañaré y estaré contigo. Podemos ir de una punta a la otra del país para buscarlo.

Nuestros ojos se encuentran.

—¿Harías eso por mí?

—Claro. —Se queda en silencio y piensa—. Aunque quiero que sepas que no eres responsable de sus acciones. No puedes conseguir que cambie. Tiene que ser él. Él es quien toma las decisiones, y estas no te hacen menos maravilloso ni menos bueno ni peor persona. Eres una persona genial, Devon, eres magnífico, y lo veo en cada parte de ti cada vez que te miro. El hecho de verte sufrir de esta manera me parece muy injusto y estoy intentando con todas mis fuerzas ser imparcial y comprensiva con tu padre, pero… Estoy enfadada por ti, furiosa por todo el dolor que te ha causado a lo largo de tu vida, aunque no lo haya hecho a propósito. Te ha hecho daño… —Pestañea rápidamente y respira hondo, le tiembla el labio inferior—. Tú… tú has criado a tu padre y eso no es justo, y es horrible que toda la gente que se supone que debería cuidar de ti te haya abandonado. Pero, madre mía, mírate. Eres… el hombre más increíble que he conocido en toda mi vida. —Se le quiebra la voz.

Se me encoge el corazón y lo que siento es tan fuerte que tengo que recuperar el aliento. La miro a los ojos y veo que le brillan por las lágrimas. El anhelo que siento por ella crece en mi interior y pelea por salir y reclamarla, por escuchar sus latidos con la mano en su pecho, por estrecharla entre mis brazos tanto tiempo como ella me permita.

—¿De verdad piensas eso de mí?

—Claro, Devon. Eres la mejor persona de todos mis universos. —Me rodea con los brazos y me abraza con fuerza, con muchísima fuerza, y yo me aferro a ella.

Capítulo 18

Giselle

Me despierta la alarma del móvil. Aunque mis párpados no se quieren abrir, doy una manotazo hacia la mesa baja para apagar el despertador. Son las once. El sol que entra por las ventanas me obliga a entrecerrar los ojos y me recuerda que tengo que estar en casa de mi madre a la una para celebrar mi cumpleaños.

Volvimos al ático sobre las tres de la madrugada y nos quedamos hablando en el sofá con la televisión de fondo. Creo que la puso porque no quería mirarme a los ojos al contarme más cosas sobre su infancia. La cabeza me da vueltas cuando imagino a Devon persiguiendo a su madre, que se fue para tener otra vida. ¿Cómo afecta a un niño que su madre nunca regrese? Logró escapar de su padre al conseguir la beca para jugar al fútbol americano, pero, en cuanto consiguió ser alguien, volvió a su lado y lo trasladó a Jacksonville, y luego, a Nashville.

Ninguna familia es perfecta. La mía es como una montaña rusa, pero nos subimos a la atracción todos juntos y nos aferramos a los otros con fuerza.

Sin embargo, la de Devon…

Quedé destrozada al oír su voz ronca y suave, pero quise ser fuerte y escucharlo para que pudiera librarse de su carga. Devon esconde sus sentimientos cada vez que cree que se está abriendo demasiado a alguien y se retira al interior de su castillo, con los cañones apuntando al enemigo. No quiere encariñarse con nadie por lo que le pasó con su madre y por aquella vez en la que entregó su corazón a alguien, y yo lo entiendo. El amor duele cuando la otra persona se va, da igual el motivo. Incluso después de tantos años, sigo sintiendo una punzada en el corazón al pensar que es el aniversario de la muerte de mi padre.

Me sentía impotente mientras él hablaba, no sabía qué ofrecerle más allá de ser la mejor amiga posible en ese momento y escucharlo. Garrett es su padre, el único que tendrá. Y Devon, debajo de esa sonrisa arrogante y ese aspecto duro, es un hombre que quiere con una devoción infinita y eterna.

Sobre las cuatro, seguíamos despiertos y jugábamos a videojuegos. Dejamos a un lado el tema de su padre, me senté entre sus piernas estiradas y echamos unas cuantas partidas de *Madden NFL;* creo que me debí quedar dormida con la cabeza apoyada sobre su hombro.

Ahora, lo tengo detrás de mí: estamos tumbados en el sofá, él me rodea la cintura con un brazo y tiene el pecho contra mi espalda. Me ha pasado una de sus fuertes piernas por encima de la mía y respira lenta y profundamente con la cara escondida entre mi melena.

Durante una milésima de segundo, pienso en inventarme una excusa para no ir a la comida, pero prometí que iría, y mi madre, que habría champán.

Alargo el brazo e intento levantarme del sofá sin despertarlo, pero me coge de la cintura con fuerza y murmura algo.

Desliza los dedos hacia arriba, por dentro de la sudadera y por debajo de la camiseta de tirantes. Me pone la mano sobre el pecho y, con la pierna, me acerca a él y empieza a masajearme el pezón. La punta debe tener un millón de terminaciones nerviosas y, cada una de ellas, me manda una ráfaga de calor a la pelvis.

Me toquetea y me acaricia con el pulgar, y la sensación me embriaga. Suelta un gruñido, gime contra mi pelo y su barba me acaricia la nuca.

Desliza una mano debajo de mis pantalones y la mete en mis bragas.

Está dormido. Y yo estoy permitiendo esta situación.

—Nena… —murmura y me pasa un dedo por el clítoris perezosa y lentamente—. Oh, sí… me encanta.

Contengo un gemido cuando una sensación agradable me recorre el cuerpo. Intento contenerme, de verdad que sí, pero se me estremecen desde los dedos de los pies hasta el pelo por la combinación del roce de su barba en el cuello y el de sus dedos, que despiertan un ardiente y dulce deseo.

Se retrae detrás de mí y, por el cambio en su respiración, diría que se ha despertado. Cierro los ojos a toda prisa. De ninguna manera. No estoy despierta. Estoy dormida como un tronco.

Aparta la mano, y noto que se mueve y se levanta detrás de mí, supongo que para mirarme la cara y observarme. Me imagino su rostro, su mandíbula perfecta, su nariz, sus labios sensuales. Estoy segura de que tiene expresión de agobio, la que pone cuando me desea, pero no quiere hacerlo. Sí. Se va a pasar una mano por el pelo...

Oigo que susurra:

—¿Giselle?

Finjo que respiro hondo con los ojos cerrados.

Devon exhala y siento que se mueve detrás de mí con sigilo, pero no pasa por encima de mí tal como esperaba, sino que salta por el respaldo del sofá y aterriza con un golpe seco en el suelo de madera. Camina sin hacer ruido hacia la cocina, donde abre el frigorífico y coge algo, y, luego, siento que el eco de sus pasos se aleja cuando se dirige por el pasillo a su dormitorio, abre la puerta y la cierra de manera silenciosa.

Me levanto de un salto y corro a mi habitación. Son las once y media. Tengo una hora para ducharme, prepararme y conducir hasta Daisy.

Media hora más tarde, cuando me estoy secando el pelo, Devon llama a la puerta del lavabo.

—Hola —digo cuando abro la puerta una rendija.

Me examina los ojos y, luego, se fija en el batín de encaje azul que me llega por la mitad del muslo (debo dar las gracias a la *boutique* del centro). Me va a juego con el pelo y eso me pareció motivo suficiente como para comprarlo.

—Esto... te he hecho un café y te he puesto las magdalenas que quedaban. Sé que tienes que irte pronto.

—Gracias.

—Gracias por lo de anoche... esta madrugada —responde con una mirada vacilante.

—No hay de qué —digo mientras abro más la puerta con el pie.

Devon lleva unos pantalones de vestir de raya diplomática azul claritos, una chaqueta a juego y una camisa blanca que contrasta con su piel bronceada. Se ha puesto un cinturón blanco y azul de rayas y los mocasines marrones sin calcetines. A juzgar por lo bien que le queda el traje, creo que le ha costado más que un mes de mi alquiler, y no puedo evitar tragar saliva al ver cómo se le ciñe la ropa sobre los hombros. Se ha peinado hacia atrás y sus reflejos azules resplandecen. ¿Acaso he muerto y estoy en el paraíso de Devon? Está para comérselo. Sofisticado. *Sexy.* Me explota un ovario.

—¿A dónde vas? —pregunto intentando esconder la decepción de saber que no pasaré el día con él.

Se encoge de hombros, se coloca bien el pañuelo en el bolsillo y dice:

—Tengo que ir a ver a Lawrence.

Resoplo. ¿Tan arreglado?

—¿Cómo te has duchado, arreglado y hecho café tan deprisa?

Se queda en silencio.

—Llevaba ventaja. Me he levantado antes que tú. ¿No he sido el primero en despertarme?

—Mmm —susurro y se me acelera el corazón cuando tengo que contenerme para no decirle la verdad. Cojo el secador y se lo muestro—. El pelo me lleva un buen rato.

—¿Quieres ayuda antes de ver a Mike? ¿Trucos de última hora? —pregunta con un tono alegre a pesar de su expresión rígida.

—Ah, ya, Mike. Mi amor del insti. Qué emoción. —Me abanico el rostro con las manos, como queriendo decir que está buenísimo.

Se gira y se dirige al interior de mi habitación.

—Empecemos por lo que te vas a poner.

Se acerca a mi armario y empieza a apartar cosas en las perchas. No tengo casi nada, unas cuantas faldas, algunos vestidos, dos pares de vaqueros y unas pocas camisas.

Coge un vestido largo.

—Este.

Me echo a reír cuando veo los cachorros de *golden retriever*, que brincan por la tela de terciopelo mientras persiguen petirrojos. En el fondo, hay una preciosa escena pastoral con colinas y árboles altos.

—Eso es uno de los vestidos hawaianos de Myrtle. No me he acordado de dárselo. Es cinco tallas demasiado grande y parecería que llevo una cortina de ducha.

—Con chanclas —continúa como si no hubiera rechazado su propuesta—. Un maquillaje sencillito y nada de perfume.

—Es evidente que tu don para la ropa solo funciona con la moda masculina. Diremos que es culpa de la falta de sueño. —Paso por su lado, le quito el vestido de la mano, pero se me abre un poco el batín y veo que me mira el escote. Vuelvo a colgar la prenda donde estaba, saco dos vestidos nuevos y me los pongo delante—. ¿El rojo supersensual o el negro con la espalda al aire? —Los meneo de un lado al otro—. Tengo ropa interior a juego con los dos.

Devon suspira.

El vestido de color escarlata me llega por encima de la rodilla y tiene una abertura en la parte posterior, un escote *halter* muy revelador y encaje transparente y delicado en la espalda. El negro es más corto todavía, tiene una falda de estilo romántico, que se ciñe a la cintura, pero con vuelo en la parte de abajo. El cuerpo del vestido es ajustado, con el cuello redondo y la espalda abierta con tiras.

Señala hacia el de Myrtle con la barbilla.

—A todo el mundo le encantan los cachorritos. Tiene una hija, ¿no?

No recuerdo habérselo dicho.

—No quiero impresionar a la niña, sino al padre. —Cojo los zapatos de tiras negros con un tacón de aguja de siete centímetros—. Los dos combinan con los zapatos. ¿Cuál crees que hará que se atragante con el muslo de pollo?

Tensa la mandíbula y me mira unos segundos.

—El negro.

Sonrío, pero la sonrisa no me llega a los ojos. Quiero ponerme el vestido para él. Él es quien quiero que venga a mi comida de cumpleaños.

—Decidido entonces. Esperemos que le guste.

Se dirige a la puerta del dormitorio y, de espaldas a mí, dice:

—Le encantará.

—¿Estás celoso? —No puede pretender que no conozca a Mike después de haberme dejado tan claro qué somos.

Lo sigo por el pasillo. Devon no responde, pero sigue caminando hacia la entrada del ático y coge las llaves. Se detiene, se recompone y mueve el cuello en círculos.

Se gira hacia mí y nos miramos.

Todo lo que vivimos ayer —desde lo de la discoteca, pasando por Cindy, hasta el golpe que dio en la pared— me vuelve a la mente y me hierve por dentro como si fuera un caldero oscuro de emociones que cuecen a fuego lento y se revuelven. No quise pensar en aquello, pero, después de que me haya tocado en el sofá y de la sugerencia ridícula del vestido, ya no puedo evitarlo.

—Estás celoso y no lo puedes soportar —digo con la voz cargada de la dolorosa realidad. «Me desea», o puede que sea más que eso, y la chica feroz que llevo dentro ya no aguanta más. Está harta. Exige lo que quiere.

Respira hondo y me mira fijamente con esos ojos de color verde bosque mientras forcejea con la puerta detrás de él.

—Lo odio —grita—. Odio a Brandt y a Greg, y al cabrón de anoche que no sé ni quién era. Joder, Giselle. No te merecen, y yo tampoco, pero te deseo y no sé qué coño hacer. Estoy en una encrucijada y tengo que tomar un camino que me aleje o me acerque a ti. Tengo miedo de que me vayas a... no sé... hacer daño. —Respira hondo—. Me tengo que ir. —Y, sin más, sale por la puerta.

El aire de la habitación desaparece y me dejo caer en el sillón de la sala de estar. Ábrete a mí, Devon. Por favor.

Capítulo 19

Giselle

El sol brilla sin piedad cuando aparco el Maserati delante de casa de mi madre a la una en punto. Solo está su coche en la entrada y suspiro aliviada. Puede que la tía Clara estuviera ocupada. A lo mejor, Topher tenía otros planes. Quizá, al final, solo estemos las dos. Como me preocupa la dinámica que hay entre Devon y yo, solo me apetece sentarme, comer y volver a casa para esperarlo. Cuando estoy a punto de salir del coche, me empieza a sonar el móvil, me llama un número desconocido. Pienso que puede ser uno de mis alumnos, así que respondo rápidamente. La semana que viene son los exámenes finales y tal vez necesitan que los ayude.

—¿Hola?

—¿Giselle Riley?

—Sí. —No reconozco la voz, pero habla con un tono brusco y cálido a la vez.

La persona al otro lado de la línea ríe.

—Perdona que te llame un domingo. Es que es el día que hago tareas administrativas y he pensado que no te importaría, sobre todo porque me escribiste un correo electrónico con «Urgente» en el asunto. Soy la doctora Susan Benson.

Agarro el móvil con fuerza. Le mandé un correo después de la tutoría desastrosa que tuve con el doctor Blanton. La doctora Susan Benson se graduó a los diecinueve años en el Instituto Tecnológico de Massachussets, hizo un doctorado en Harvard, pasó una temporada en Suiza y, luego, volvió a Estados Unidos y se instaló en Nashville. Cuando entré en el programa, ella se estaba tomando un año sabático, si no, la habría elegido de tutora.

—¡Gracias por llamar! —digo intentando mantener la emoción a un nivel decente—. Su investigación sobre el efecto de la memoria de giro es revolucionaria. Lo he leído unas cien veces. Imagino que el hecho de formar parte de ese estudio debe de haber sido una pasada.

—Ah, sí. Bueno, he leído el trabajo que me has mandado sobre el Gran Colisionador de Hadrones. Está muy bien. Y veo que estás impartiendo clase este verano.

—Mis métodos son poco convencionales…

—No solo se aprende en las aulas. El lunes a las diez de la mañana tengo un hueco. ¿Puedes venir?

Siento mariposas en el estómago, respondo con un «sí» rotundo y me lo apunto en el calendario del móvil inmediatamente. Por lo menos, parece prometedora. ¡Voy a tener un buen cumpleaños!

Cuando cuelgo, me miro el pelo en el retrovisor. Me pongo las lentillas, me recojo el pelo en un moño bajo despeinado, me aplico un poco de sombra de ojos oscura en los párpados y me pongo mucha máscara de pestañas. Llevo los labios pintados de color rojo y me añado un poco de brillo.

Mi madre me recibe en el porche de su casa colonial de dos plantas vestida con sus mejores galas: lleva una falda azul claro y una americana, y tiene el pelo rubio recogido en un peinado parecido al mío.

—Giselle Riley, tienes el pelo…

—¡Precioso! —la interrumpe la tía Clara, que acaba de salir por la puerta y gira a mi alrededor—. Ni siquiera se nota que me dejé algunos mechones por teñir.

Admito con vergüenza que fui a que me lo arreglaran mientras ella me lo toca y hace un ruidito de satisfacción. Me pregunto dónde ha dejado el coche.

—Puedo soportarlo —dice mi madre—. Tienes que mostrar tu lado salvaje.

Me sorprendo y le pregunto:

—¿Has estado bebiendo champán?

Entrecierra los ojos cuando ve el coche que he traído.

—¿Por qué has venido en el coche de Devon?

Tenso los hombros.

—El mío está en el taller.

—¿Todavía? Pero si solo le rompieron una ventana. Llevas un vestido muy corto, querida. —Para mi sorpresa, se encoge de hombros y sonríe. ¿Ha conseguido mi madre manipularme por teléfono para que me ponga un vestido sensual?

—Acabemos con esto. ¿Dónde está Mike? —pregunto y las dejo atrás al entrar en la casa. Como no veo a nadie en la sala de estar, me dirijo al comedor, pero la mesa no está puesta y no hay comida. ¿Qué…?

Arrugo la frente, voy a la cocina y observo las encimeras, limpias como patenas.

—Mamá, ¿no has preparado nada de comer?

—No te enfades, Giselle —dice suavemente antes de entrelazar su brazo con el mío.

—¿Qué has hecho? —pregunto exhalando.

Examino la habitación y me fijo un momento en lo que hay al otro lado de la ventana, pero no puedo evitar bufar cuando veo una carpa enorme en su gran jardín. La gente anda de un lado para el otro, una banda se prepara en un pequeño escenario y los camareros, vestidos con ropa elegante, disponen la mesa de la comida. Hay hasta una fuente de champán. Me quedo perpleja.

Bordeo el jardín con los ojos y observo las guirnaldas de luces, las mesas con manteles y la infinidad de ramos rosas por todas partes.

—Han aparcado todos al otro lado de la calle, donde Wilma —dice alegremente—. En el camino de acceso privado con árboles que tiene al lado de casa. Somos unos ciento y pico. Como no te has casado, he pensado que te podría organizar lo segundo mejor.

—¡Sorpresa! —añade mi tía.

—Yo ya les dije que te lo contaran —dice Topher, que aparece por el pasillo con unos pantalones chinos, una camisa perfectamente planchada y unas Converse de color verde lima.

—No lo veréis venir cuando os mate —mascullo, moviendo las manos delante de los tres.

—Entonces, a mí también tendrás que ponerme matarratas en el té —dice una voz femenina detrás de mí.

Me giro y veo a Elena, corro hacia ella riendo y le doy un buen achuchón. Está preciosa, lleva una falda de tubo negra, una blusa blanca y zapatos de tacón, y tiene el pelo pelirrojo peinado con unas ondas que le caen por la espalda. Jack se acerca por detrás de ella y se apoya en el quicio de la puerta mientras la mira con unos ojos intensos y cargados de pasión.

Le doy un apretón a Elena en el brazo.

—Madre mía, ¿habéis vuelto antes? ¡No me habías dicho nada!

—El plan siempre había sido volver hoy. —Me agarra las manos—. Además, Jack no ha tocado el agua ni con el pie. No sabe nadar.

Jack la rodea con los brazos y se la acerca al pecho.

—De todos modos, teníamos mejores cosas que hacer.

Mamá y la tía Clara se van hacia la ventana y hablan con alguien al otro lado, así que aprovecho la oportunidad para decir lo que quiero antes de que empiece la fiesta. Me inclino hacia la pareja.

—Por cierto, tu maridito le ha prohibido a los del equipo que coqueteen conmigo y le ha dicho a Devon que soy virgen.

Elena abre la boca y lanza una mirada asesina a su marido.

—¡Eso era un secreto!

—Y tú se lo has dicho a él —la acuso—. Parece ser que nadie es capaz de guardarlos.

Jack hace una mueca, alarga los brazos y mira a su mujer sin un ápice de remordimiento en los ojos.

—Amor, confío en que mi mejor amigo cuidará de ella. Ya conoces a los tíos con los que nos juntamos.

Elena suspira y le dice que ya lo hablarán después, y le da un beso.

Doy golpecitos con el pie en el suelo y añado:

—Pues que sepas que estoy viviendo con él. —Toma esa.

Jack pone los ojos como platos y empieza a decir algo, pero lo interrumpo:

—Jack Hawke, te quiero, pero no te metas en mis asuntos. Devon me importa mucho. Estuvo conmigo la noche en la que se incendió el piso y bajé por la escalera de emergencia…

—¿Cómo dices? —grita mi madre. Se ha acercado con sigilo—. ¡Pensaba que habías salido con Myrtle! —Se lleva una mano al pecho—. ¿Estás viviendo en pecado con Devon?

—No estamos pecando lo que me gustaría —comento entre dientes.

Mi tía suelta una risita nerviosa y se le mueve la pluma del pelo.

—Pensaba que, a estas alturas, ya os lo habríais montado —dice mientras ríe.

—¿No lo habéis hecho todavía? —pregunta Topher—. Pensaba que lo de Greg haría que se lanzara.

Mamá les golpea el brazo a ambos con un movimiento.

—¡Es virgen! ¿Es que no os habéis enterado?

—Tiene orejas biónicas —me dice Elena con una sonrisa torcida—. Pareces nueva, hermanita. —Hace una pausa—. ¿Y cuándo pensabas decirme que estás escribiendo una novela romántica?

Balbuceo al intentar encontrar una respuesta, pero la banda hace un redoble de tambores. Mi madre y Elena me flanquean, con Jack y Topher detrás, me arrastran hasta la puerta que da al jardín.

—Es la señal —se queja mi madre, que me observa de arriba abajo—. Hazte la sorprendida.

Clavo los tacones en el suelo.

—Dejad que me arregle el maquillaje antes…

—Déjate de tonterías. La panda de chicas de Daisy te va a encontrar a tu hombre ideal, querida —dice mi tía Clara, guiñándome el ojo—. Tu madre ha invitado a todos los solteros disponibles en un radio de unos ochenta kilómetros. Si lo de Mike no sale bien, tenemos otras opciones. Las hijas del tío Farly también han venido de caza. Sinceramente, son monas, pero un poco frescas. Tienes que elegir antes de que lo hagan ellas. Le dije a Cynthia que no las invitara.

—Son de la familia —responde mi madre—. No tenía otra opción. Además, nadie es tan guapa como mi niña —añade—. Ay, acabo de ver a Jude, tu amor de la guardería. Lo busqué por internet. No es muy guapo, pero está soltero. Venga, querida. —Abre la puerta y, a regañadientes, bajo los escalones a su lado.

Me guían hasta el interior de la carpa, hacia una masa de gente que me felicita y que se alegra de verme mientras me da palmaditas en la espalda. Hay muchos familiares, también está el pastor y algunos de los amigos de la iglesia de mi madre, unos cuantos miembros del reparto de *Romeo y Julieta* y muchísimos hombres. No conozco a la mayoría. Uno de ellos, un hombre que debe rondar los cincuenta y es el propietario del Piggly Wiggly, no deja de guiñarme el ojo.

—¿Qué hace el señor Pig aquí, mamá?

—Se llama Lance White, querida. Es viudo. Su esposa falleció en un accidente de coche hace unos años, que Dios la acoja en su gloria. Tiene un buen nivel económico. Creció en Daisy, es miembro del comité escolar, presidente del Rotary Club y está buscando pareja —me responde entre dientes mientras estrecha la mano de otro primo lejano por parte de mi padre.

—Le gusta que lo aten —me susurra al oído mi tía—. Siguiente.

Pongo unos ojos como platos que preguntan «¿cómo lo sabes?».

Niega con la cabeza y responde:

—Estas cosas se comentan en la peluquería.

Mi madre me mira rápidamente y dice:

—Puede que le venga bien un hombre sumiso.

No, me temo que no. Necesito un macho alfa.

Unos minutos más tarde, después de encontrarme con dos chicos solteros con los que fui al instituto, pero que no me hicieron ni caso, lo tengo todo bajo control. Asiento, sonrío, pregunto cómo están, digo que tengo sed y desaparezco para ir a por una copa de champán o para picar algo de comida. Cuando me estoy acabando la segunda y me empiezo a sentir más tranquila, aunque un poco mareada, mi madre, la tía Clara y Elena me llevan al fondo de la carpa, donde se reúne un grupo de gente. La banda ha empezado a tocar la canción «Summer Of '69», de Bryan Adams.

Mi madre señala con la cabeza hacia un hombre alto y corpulento que me da la espalda. Me pone bien el vestido y me peina el pelo.

—Es Mike. Ya sabes lo que tienes que hacer.

Inhalo.

—Mamá, por si no te has dado cuenta todavía, no tengo ni idea de esto.

La tía Clara me agarra del brazo y me lleva hacia el grupito. Elena me coge por el otro lado.

—A mí también me gustaba —dice Elena con ojos soñadores—. Era lanzador en el equipo de béisbol, tiene unos ojazos marrones…

—¿En qué momento te has puesto del lado de estas? —le pregunto—. Traicionada por mi propia hermana.

Se sonroja.

—Se me ha pegado. Además, quiero que tú también seas feliz.

Miro a Mike por detrás y observo sus pantalones de vestir grises y ajustados, su camisa azul metida por dentro, y sus pies grandes con mocasines. Va bien vestido. Sigue teniendo el pelo de un tono castaño oscuro precioso y lo lleva despeinado con ondas rebeldes, que se aparta constantemente del rostro.

—Tú prima Cami ya se ha lanzado y tiene una buena delantera. Más vale que vayas a por él —dice Topher.

Cami es un bellezón pelirrojo, de unos treinta y pico, y está soltera. Lleva un vestido de tubo verde que le acentúa sus curvas exuberantes. Es mayor que Elena y yo, vive a una hora de Daisy, pero pasamos los veranos juntas en la granja.

—¿Te acuerdas del sapo? —pregunta Elena en voz baja, mirando a Cami con odio.

Vaya que si me acuerdo. Cuando yo tenía diez años, Cami me retó a meterme un sapo en las bragas. Y, cuando lo hice, se empezó a meter conmigo y a decirme que me saldrían verrugas en el «chirri» (es la palabra que usó ella, no yo).

—Lo de los sapos y las verrugas es un mito, pero tienen glándulas tóxicas y me podría haber envenenado —digo—. Tiene suerte de que no le rompiera la nariz y le diera una buena lección de anatomía.

—Es más mala que un gato mojado en una lavadora con un lanzallamas —añade la tía Clara—. Cuando tenía quince años, robó una botella de *whisky* Pappy van Winkle a mi madre, ni más ni menos que del caro, de veintitrés años, para llevárselo a una fiesta con unos críos y me intentó echar la culpa. Ahora, valdría dos mil dólares, pero lo desperdició con unos adolescentes. —Escupe y añade—. Menuda blasfemia.

—¡Nadie puede tocar el *whisky* de la abuela, salvo Elena y yo! Lo heredamos —exclamo. El champán me ha empezado a subir.

—Chitón —dice mi madre—. Tú tampoco deberías beberlo. Tu abuela solo lo coleccionaba.

Todos la miramos. A la abuela le encantaba el *whisky*. Bebía un poco todas las tardes en el porche trasero con Elena y conmigo a sus pies, mientras nos contaba historias de la gente de Daisy y no dejaba títere con cabeza.

Echo un vistazo a Cami. Está riendo con Mike y no le quita los ojos de encima.

—Alguien tiene que bajarle un poco los humos.

—¡Así me gusta! —dice mi madre antes de arrastrarme hacia el chico, ponerse entre Cami y él, decir «discúlpame, querida», y apartar su mano del brazo del hombre para poner la suya como si fuera una garra.

Me entra la risa, pero la disimulo cuando me coloca delante de Cami.

—Ay, perdona, llevo zapatos nuevos —digo para disculparme por haberla pisado con los tacones. Ha sido un accidente. De verdad.

Cami retrocede, me fulmina con la mirada y me examina con los ojos amusgados. Sé que me va a soltar un comentario sarcástico en… tres, dos, uno…

—¿Te ha salido alguna verruga, Giselle?

—¿Como la que tienes en la nariz? —digo con una sonrisa amable.

Ríe con frivolidad.

—No pasa nada, primita. Esfuérzate mucho. Ya tiene mi número de teléfono.

Es evidente que sabe qué trama mi madre.

—Qué pelo más mono. Estás muchísimo más guapa así —me dice con una sonrisa igual de falsa que la mía—. Tú vas a tu rollo, ¿verdad? Eso no es malo, claro que no. No estoy de acuerdo con lo que dicen los demás, yo sí creo que eres atractiva… a tu manera. —Mueve las manos hacia el gentío—. He de decir que tu madre sabe cómo dar una buena fiesta. Imagino que Elena ha traído a los jugadores de fútbol americano y a los chicos guapos. Tú sola no podrías. ¿No te prometiste con uno de los descartes de tu hermana?

El comentario hace que mire a mi alrededor. Aiden y Hollis están hablando delante de una mesa, tienen las cabezas agachadas y devoran tiras de pollo y gambas. Aiden levanta la vista, me lanza un beso y yo sonrío. Señala hacia el otro lado de la carpa y articula algo con los labios, pero me encojo de hombros porque no lo entiendo. Hace señales con los dedos. Levanta el índice recto hacia arriba, dobla el pulgar y un dedo de la otra mano, y lo pone al lado. ¿Una «D»? Luego, cierra una mano como si fuera un pico… como ¿el comecocos? ¿Quiere hablar? ¿Qué? Niego con la cabeza. Suspira y pone los ojos en blanco.

—Sigues siendo un poco rarita, ¿no? —pregunta Cami cuando me vuelvo a girar hacia ella.

—Sí. Soy genial.

—No, eres rara. —Observa a la gente que nos rodea y se queda mirando fijamente a alguien que está a mis espaldas y su expresión se vuelve avariciosa. «Madre del amor hermoso, yo me pido a este», dicen sus ojos.

—Cuando tengas un momento, páganos a mí y a Elena el *whisky* que robaste.

Se echa a reír, pero la sonrisa se apaga y sigue mirando a su objetivo.

—Ya te gustaría, primita. Me está mirando un tío que está cañón.

Se pone un mechón de pelo pelirrojo por detrás de la espalda y saca pecho.

Siento un cosquilleo en la piel y solo hay una persona que me haga sentir así. Me pongo tensa y busco entre el gentío para encontrar…

—Ella también se acuerda de ti —dice la voz de mi madre desde mi lado. Me detengo y la miro—. No sabes lo inteligente que es, está haciendo un doctorado en la Vanderbilt…

—Giselle —mi madre me llama con firmeza y me pone bruscamente delante de Mike—. Él es Mike. Creo que hace años que no os veis.

El niño ya no existe y, en su lugar, hay un hombre tremendamente guapo con la cara más delgada, pero dura y esculpida. Lleva el pelo castaño oscuro, peinado hacia atrás y me mira por encima de una copa de champán.

Me doy cuenta de que mi madre se lleva a Cami, que se aleja a regañadientes, y la conduce a la mesa de la comida. Él sonríe y veo sus dentadura perfecta y reluciente.

—Giselle, eres toda una mujer. La última vez que te vi llevabas aparato, gafas y un flequillo horrible.

—Tú me lo cortaste el día que me engañaste para atarme a un árbol con unas esposas. La última vez que te vi, había una chica que salía por la ventana de tu habitación y bajaba por el mismo árbol. —Señalo el olmo que hay entre su casa y la de mi madre—. Estaba muy enfadada y no hacía más que gritar, así que la seguiste, le diste un beso y volvió a tu habitación.

Se echa a reír.

Asiento.

—Siento lo de tus padres.

—Tu madre me ha ayudado muchísimo. Siempre me trae comida y viene a jugar con mi hija. No hace más que hablar de ti y de las ganas que tiene de tener nietos.

Lleva la camisa remangada y tiene los antebrazos musculados y con poco vello oscuro. La camisa se le ajusta a los músculos del torso y, por lo menos, mide un metro ochenta y cinco. Su postura es natural, relajada, y rezuma confianza en sí mismo. Lo recuerdo en el instituto, con su chaqueta deportiva y, rodeado de chicas, y una sonrisa encantadora mientras intentaba deshacerse de ellas sin prestar demasiada atención a ninguna en concreto. Maldita sea. Mi madre tiene buen ojo. Es muy atractivo.

—No la animes o conseguirá casarnos para Navidad. A no ser que Cami se le adelante, claro. —Sonrío.

Inclina la cabeza hacia atrás y suelta una carcajada fuerte y grave.

—No tengo intención de casarme.

—¿Has tenido un divorcio difícil?

Su sonrisa desaparece.

—Ha sido el peor error de mi vida. Justo después de que naciera nuestra hija, Leigh, mi esposa, nos dejó tirados. Dijo que echaba de menos estar soltera. De eso ya hace tres años.

—Me cuenta que se mudó desde Nueva Orleans cuando fallecieron sus padres porque quiso empezar desde cero. Hablamos de lo que estoy estudiando en la universidad y de su trabajo como director y ayudante del entrenador de baloncesto en el instituto. Coge el móvil y me enseña unas cuantas fotos de su hija, que tiene el pelo oscuro, y de su nuevo gatito. La niña es adorable, tiene hoyuelos y una gran sonrisa.

—Se parece a ti —digo melancólicamente.

—¿Quieres tener hijos?

Asiento.

—Lo quiero todo: una carrera profesional de éxito, niños y una casa en el campo. ¿Tú quieres tener más?

—Quiero a Caroline y no me imagino mi vida sin ella, pero no quiero más hijos.

Un camarero pasa por nuestro lado con bebidas y cojo dos, una para mí y otra para él, y dejo nuestras copas vacías en la misma bandeja. Acepta la copa con una sonrisa y lanza una mirada por encima de mi hombro antes de mirarme otra vez a la cara.

—Dime, ¿quién es el tío ese enorme que me mira mal?

Me quedo helada y me pone una mano sobre el hombro.

—No, no te gires. Lo tienes detrás, lleva un traje azul y tiene el pelo oscuro con reflejos azules, lleva pendientes de brillantes y, por su constitución, diría que levanta unos cien kilos.

—Es Devon Walsh —respondo. Las mariposas en mi estómago revolotean como locas cuando recuerdo las últimas palabras que me ha dicho.

—Pensaba que tu ex era abogado…, un momento. ¿El famoso Devon Walsh?

—El mismo. —Doy un trago a la bebida y siento una sensación abrasadora que me sube desde los dedos de los pies hasta el rostro.

—¿Y hay algo entre vosotros? —Me mira con cautela y su voz tiene un ápice de decepción.

Exhalo y pienso en las últimas semanas.

—Sí. Puede. No lo sé. Estamos viviendo juntos.

Pone los ojos como platos.

—¿Estáis saliendo? Joder. ¿Y tú madre qué quiere, que me maten?

—No estamos juntos.

Le pongo al día sobre lo del incendio y mi nuevo compañero de piso y, cuando me doy cuenta, le estoy contando que vi a Devon por primera vez en la televisión cuando iba a la universidad y que Jack y Elena me lo presentaron, lo de la araña Cindy, y luego, la conversación que hemos tenido hace un rato. Miro fijamente la copa. He bebido demasiado.

—No me puedo creer que te acabe de soltar todo ese rollo.

—Tranquila, somos viejos amigos. Desahógate. —Mike mira de manera discreta detrás de mí—. ¿Y dices que te ha dado su Maserati?

—Me lo ha dejado. ¿Por qué todo el mundo me pregunta lo mismo? Es solo un coche. —Bueno, vale, uno muy caro.

Ríe y contempla la escena a mi espalda.

—Le acaba de pedir a Cami que desaparezca de su vista. Se me da muy bien leer los labios, igual que a todos los profesores.

—Deberías quedar con ella.

Se sonroja y me parece adorable.

—Solo quiere una cosa.

—Y no es precisamente una boda en Navidad.

—¿Y tú sí? —me pregunta.

—No tengo prisa. Solo quiero… —Estar con el hombre que me vuelve loca. Y lo que venga después de eso.

—¿A Devon?

—¿Tan evidente es? —Dejo caer los hombros.

Me mira con esa sonrisa aniñada que me derretía el corazón.

—He mencionado su nombre y tus ojos se han convertido en corazones.

Pongo cara de exasperación.

—No te burles de mí.

Me tira de un mechón de pelo y otros me caen alrededor de la cara.

—Me sigue mirando —dice con suavidad. Coge mi bebida y la deja junto a la suya en la mesa que tenemos al lado. Me agarra la mano y me guía hasta el área designada como pista de baile. Pasamos por el lado de donde creo que está Devon, basándome puramente en lo rápido que me late el corazón y en el sudor que me corre por la espalda. Dentro de la carpa, hay varios ventiladores cada pocos pasos, pero no me ayudan a enfriarme.

—¿Qué planeas? —susurro cuando Mike me rodea la cintura con los brazos y me hace girar mientras bailamos al ritmo de *I want to know what love is,* de Foreigner.

Agacha la cabeza y me mira con unos ojos resplandecientes.

—Me encanta el fútbol americano y no puedo dejar pasar la oportunidad de meterme con el mismísimo Devon Walsh.

—Eso no tiene sentido. —Le paso las manos por el cuello y bailamos entre las demás parejas.

—Es que no he dicho que sea fan de los Tigers. He pasado la última década en Luisiana. El año pasado, tu chico le pegó una paliza a los Saints. Desde el principio, sabíamos que íbamos a perder. Devon es despiadado. Nadie lo puede parar. Así que esta es mi venganza.

—Los hombres competitivos me parecen fascinantes.

—Y tú eres una mujer guapísima —dice con una voz grave agarrándome con más fuerza—. Mírame y sonríe, le va a explotar la cabeza. Y tu madre está embelesada, de verdad, tiene la mano sobre el corazón y no nos quita la vista de encima. Tu hermana está haciéndonos fotos de manera discreta con el móvil y creo que ya imagina el montaje que le enseñará a nuestros hijos. Clara me está midiendo mentalmente para ver mi talla de esmoquin para la boda. Cami nos echa miraditas a mí y a Devon, parece furiosa y no hace más que beber. —Se echa a reír—. Sin duda, tendré que quedar con ella.

Yo también río.

Me mira con una sonrisa.

—Tu madre me ha estado preparando para conocerte desde que se presentó en mi casa con un pollo y unas empanadillas, y me dijo que te había enseñado a hacerlas. Leigh no cocinaba nunca. Jamás dejó atrás la fase de chica de hermandad. —Una expresión de tristeza le cruza la cara y le estrecho el brazo.

—No te dejes engañar por mi madre. Casi no sé ni freír un huevo.

—Si te soy sincero, la fiesta y sus estrategias son lo más divertido que me ha pasado desde que regresé. Me paso la mayoría del tiempo intentando descubrir quién ha hecho la pintada del baño de los chicos o dónde ha dejado mi hija el unicornio de peluche. —Se le marcan los hoyuelos.

—Me siento mal por las mujeres de Daisy. Todas intentarán trepar hasta tu ventana.

—Qué va. Ahora vivo en un primero. —Su expresión se vuelve seria y me mira fijamente—. Devon está mal de la cabeza si te deja escapar, Giselle. —Me tira del pelo otra vez y me cae por las sienes.

—Me estás deshaciendo el peinado —le regaño con una sonrisa.

Mike mira por encima de mi hombro.

—Última hora: está que se sube por las paredes, parece un gato montés.

—Es lo que siempre le digo.

—Una pantera.

—¡Exacto!

Sonríe, me inclina en sus brazos y me agarro a él con fuerza.

—No le gusta que te toque el pelo y creo que solo me quedan unos minutos de tu compañía —dice con júbilo—. Pero no permitas que me pegue. Ahora, soy un pilar importante de la comunidad y tengo que mantener mi reputación, aunque vamos a ser la comidilla del pueblo. Cuando comience el curso, solo se hablará de nosotros y Devon. Me muero de ganas de llamar a mis amigos de Luisiana y contarles que lo he hecho enfadar… —La voz se le va apagando—. Ya casi ha acabado la canción. Te digo esto de todo corazón: si decides que Devon no es para ti, llámame. No soy un tío muy convencional, pero me encantaría conocerte más.

La semana pasada me habría interesado la propuesta.

—Necesito un amigo —le respondo con franqueza. Desliza la mano hacia la parte baja de mi espalda y me estrecha contra su cuerpo.

—Yo soy un buen amigo. No lo olvides. —Mete la otra mano por mi pelo.

—Pero qué… ¿qué haces?

Mike agacha la cabeza y nuestros labios quedan a pocos centímetros.

—Confía en mí. Cierra los ojos y déjate llevar.

Me doy cuenta de lo que quiere hacer y lo miro a los ojos sorprendida.

—No, Mike, no…

—La señorita ha dicho que no —dice una voz grave desde detrás de Mike a la vez que una mano se posa sobre su hombro. Devon lo aparta de mi lado y, con una expresión seria y un tono mordaz, añade—: Eres un poco sobón, tío. Eso no mola. Desaparece ahora que puedes.

Qué troglodita. Aunque he de admitir que no me molesta.

Se me reseca la garganta cuando Devon me pone detrás de él sin dejar de prestar toda su atención a Mike, que rebusca en el bolsillo mientras murmura algo como «no puedo dejar pasar esta oportunidad».

Los ojos castaños de Mike brillan cuando recorre a Devon con la mirada.

—Tenía el diario lleno de corazoncitos con mi nombre. —Me mira con cara de arrepentimiento y añade—: Me lo dijo tu madre.

—No me sorprende —respondo.

—Solo somos amigos —comenta Mike con picardía—. Igual que vosotros. Aunque yo la conozco desde antes.

—Como la vuelvas a tocar, te partiré la cara —gruñe Devon.

—No tienes ni idea de lo interesante que suena todo esto, pero, desafortunadamente, soy profesor. Antes de irme… —Mike levanta el móvil y, en un movimiento que me recuerda lo elegante que era jugando al béisbol, da un paso hacia nosotros y pone la cara al lado de la de Devon—. Necesito pruebas. —Me pide que sonría y esbozo una mueca mientras hace un selfi de los tres. A continuación, se gira y retrocede, y se guarda el móvil en el bolsillo—. Un Maserati —dice con una sonrisa antes de alejarse y dirigirse directamente a por Cami.

Devon gira el cuerpo hacia mí y me mira con una expresión de indignación, está tenso y le cuesta contener el enfado.

—¿Le has dejado que toque mi coche?

Todo esto es demasiado, el champán, las pullitas maliciosas de Cami, el plan de Mike y los celos obvios de Devon. Me echo a reír.

—Lo ha dicho de broma.

—¿Querías que te metiese mano?

Levanto la barbilla y lo miro con ojos desafiantes.

—Creo que ya he dejado claro quién quiero que lo haga.

Pasan los segundos y el aire que nos rodea se vuelve cada vez más denso.

—Tengo que ir a saludar a la gente —digo y me doy media vuelta, pero Devon me agarra la mano, me gira hacia él y me inmoviliza con una mirada hipnotizante.

Entreabre los labios.

—Giselle. —Tira de mí y me abraza, me rodea la cintura con los brazos e inclina la cabeza hacia mi oreja—. Tengo que hablar contigo, pero no puedo hacerlo aquí con todo el mundo, con tu madre observando. —Me acaricia el cuello con la nariz y me pasa un dedo por la espalda del vestido, lo introduce por debajo del encaje y siento un cosquilleo en el estómago. Baja las manos, me agarra de las caderas, noto su erección cuando presiona el cuerpo contra el mío y me besa con pasión el cuello. Siento un fogonazo de deseo en mi interior y me derrito contra su cuerpo. Me rasca el cuello con la barba y jadeo.

Gruñe.

—Joder, me da igual que estemos aquí. Te deseo, Giselle. Quiero tenerte entre mis brazos, en mi cama. Y… no desapareceré.

Se me agranda el corazón.

—Vaya.

Me examina el rostro.

—Me muero de ganas de sacarte de esta fiesta ahora mismo. Pídeme que no lo haga.

—¿Para follar? —El calor me recorre el cuerpo.

Los labios se le curvan en una sonrisa y me pasa un mechón de pelo por detrás de la oreja.

—Te lo aseguro, nena. Haz lo que tengas que hacer con los invitados, pero, luego…

Me pongo bien el vestido y el pelo; a pesar de que me tiemblan las piernas, hago acopio de fuerza, me doy media vuelta y me voy. Paso por el lado de mi madre, mi tía Clara y Elena, que me miran boquiabiertas, busco la mirada de Jack y, aunque sus ojos echan chispas, le sonrío y no me detengo.

Choco con el señor Pig, o sea, Lance, le sonrío de oreja a oreja, le estrecho la mano y le doy las gracias por haber venido.

—Mi madre te adora —le digo—. Deberías llamarla. Es un poco dominante, pero a algunos hombres les gusta eso.

Se le iluminan los ojos, mira a mi madre y se dirige hacia ella.

—Un asunto menos —mascullo entre dientes antes de sonreír y saludar con la mano a Myrtle y John, que acaban de llegar.

Capítulo 20

Devon

—Tendrías que haberme llamado —dice Jack cuando nos sentamos en una de las mesas de la carpa.

—No quería molestarte en tu luna de miel —respondo mientras miro a Giselle, que revolotea de un lado al otro de la fiesta, saludando y charlando con la gente. En algún momento, ha entrado en casa y se ha recogido el pelo, y tiene un aspecto desenfadado, como siempre, aunque yo sé qué es lo que se esconde debajo: una mujer de sangre caliente con una boca exuberante y piernas largas…

—¿Me estás escuchando? —pregunta Jack en un tono seco, haciéndome volver a la conversación—. ¿Qué piensas hacer con lo de tu padre?

—Lawrence está investigando a los corredores de apuestas locales para ver a quién le debe dinero —respondo.

He tenido una breve reunión con Lawrence antes de venir a la fiesta, aunque una parte de mí seguía pensando en Giselle. No puedo seguir intentando detener esto, lo que hay entre nosotros. Llevo días tratando de mantenerla alejada de mí, ignorando la voz en mi cabeza que la desea. Pero quiero que sea mía. El hecho de que estuviera conmigo en casa de mi padre fue lo que me empujó a decidirme: su aceptación y amabilidad, sus palabras hicieron que se me encogiera el corazón.

«Eres la mejor persona de todos mis universos».

¿Cada cuánto tiempo encuentras a alguien así?

La veo al lado de la comida, hablando con Myrtle. Está preciosa en su sensual vestido negro, con las perlas, que le cuelgan del cuello, y esos zapatos de tacón que gritan «fóllame». Me la imagino totalmente desnuda, con las piernas abiertas…

239

Jack suelta un sonido de desaprobación y vuelvo a centrarme en él.

Me observa con una expresión seria.

—Mira, acabemos con esto. No me gusta que hayas acogido a Giselle en tu piso. Tienes que echarla.

De ningún modo.

—No hace falta que lo diga, ¿verdad? —añade.

—¿A qué te refieres? —espeto enfadado a la vez que Giselle deja un trozo de pastel de cumpleaños en la mesa y se dirige hacia la casa.

La mayoría de los invitados ya se han ido, y no puedo dejar de mover la pierna con nerviosismo por debajo de la mesa. ¿Cuánto falta para que nos podamos ir?

—A que no puedes salir con ella.

Vuelvo a centrarme en él.

—Ahora entiendo por qué Giselle se enfadó cuando se enteró de lo que me habías contado. No mola eso de que tus amigos te digan lo que puedes o no hacer. —Suelto un gruñido—. De algún modo, todo esto culpa tuya. Cuando me contaste su secreto, no pude dejar de pensar en ella.

—¿Qué te dijo? —pregunta Aiden desde el otro lado de la mesa con una gamba en la boca.

—Nada —respondemos Jack y yo a la vez.

—Yo solo quiero cuidar de mi familia. Lo son todo para mí, incluso la loca de su madre. —Jack mira a Elena y su expresión se vuelve más suave, pero la cambia de nuevo cuando se centra otra vez en mí—. Los dos sabemos que no eres de relaciones. ¿Cómo se llamaba la última chica con la que estuviste saliendo?

Molesto, frunzo el ceño y respondo:

—Mariah.

Asiente y se llena la boca de pastel.

—Cierto. ¿Cuánto duró la relación?

Me rasco la barba.

—Un mes. Nos fuimos por caminos separados. Ahora está saliendo con Michael. Está loco por ella.

—Solo Devon Walsh es capaz de salir con esas cazade-portistas, romper con ellas de forma amistosa y emparejarlas con otro jugador —reflexiona Aiden con un tono de admiración.

—¿Con quién estuviste antes de ella? —pregunta Jack con un brillo serio en los ojos mientras deja el tenedor en la mesa.

Bebo agua y lo observo.

—Sé por dónde vas.

—No lo recuerdas —responde Jack—. Lo que quiero que entiendas es que Giselle no va a ser otra chica más. No es de esas. Es de relaciones serias.

—Se llamaba Kandi. Y la anterior, Lori. Las dos se fueron con una gran sonrisa. —No soy un capullo. Recuerdo sus nombres, aunque no así los sentimientos tiernos o románticos que sentí cuando estuvimos juntos.

Me hace un gesto de desestimación con la mano.

—Pero siempre acaban desapareciendo de tu vida y pasando página. Y Giselle no lo va a hacer, porque es parte de mi vida, es la hermana que nunca tuve y tendrías que verla sí o sí.

—No te metas —respondo levantándome. No me va a decir nada que no me haya planteado ya estos últimos días, pero hay algo que ha cambiado y me niego a seguir conteniéndome. Estoy en una encrucijada y voy a tomar el camino que me lleva directamente hacia ella.

Jack se recuesta en la silla y me observa con una sonrisa enigmática.

—La has dejado conducir tu bien más preciado. El otro día, le diste un buen empujón a Aiden y no te importaría darme una paliza. Yo soy el que te lanza el balón.

Aiden lo interrumpe.

—Seré yo quien te lo lance el año que viene, Dev.

—Ni en sueños, novato —le responde a Aiden—. Pero yo soy la persona a la que llamas «hermano» —continúa mirándome—. No sé qué coño te pasa.

—No te pases —gruño—. Tú también saliste con muchas antes de Elena, así que no hables de mi vida privada. —Me doy golpecitos en la pierna con la mano. Estoy confundido y no sé exactamente qué me enfada más de lo que me ha dicho, el hecho de que me estoy cargando la dinámica del equipo o que paso de una mujer a otra y que haya incluido a Giselle en esa categoría. Ella es diferente.

—Calmaos, vejestorios —dice Aiden—. Es una fiesta.

Jack se recuesta en la silla y cruza una pierna. Me observa con un resplandor en los ojos.

—Giselle está superando lo de su ex. Está en un momento vulnerable. ¿Recuerdas lo que sufriste después de lo de Hannah?

Inhalo bruscamente.

Asiente.

—Veo que sí. Estabas perdido. No sabías ni distinguir tu mano derecha de la izquierda. Estabas hecho polvo. No le hagas daño a ella.

No lo haría nunca.

Ve algo en mi rostro que hace que pase de una postura relajada y se ponga de pie delante de mí. Es más alto que yo, pero yo estoy más fuerte y soy peor. Cuando íbamos a la universidad, nos peleábamos por las chicas, por los partidos… y, al cabo de unos minutos, nos echábamos a reír. Éramos dos machos alfas que intentaban deshacerse de la frustración. Hace ya tiempo de eso, pero todavía recuerdo cuáles eran sus puntos débiles.

Y llevo una semana de mierda.

Me mira confundido.

—Tío, no serías capaz de pegarme…

—Yo no estaría tan seguro —digo apretando los puños.

—Ándate con ojo, Jack —comenta Aiden—. Es muy rápido.

Jack resopla.

—Es imposible hablar contigo hoy, pero deja que te diga una cosa. Si la tocas, más te vale que vayas en serio. Y, si le rompes el corazón, te partiré la cara.

Lo que él no sabía era que sería ella la que me lo rompería a mí.

Capítulo 21

Giselle

En el momento en el que todo el mundo se ha ido, ya son las seis. Me marcho con Devon y siento un cosquilleo en el cuerpo cuando camina a mi lado con mi mano en la suya. Siento que mi madre nos mira cuando él abre la puerta del copiloto y me ayuda a entrar; luego, él sube a su asiento y arranca el coche. Mi madre me ha pillado en el lavabo y me ha pedido que le jurara que no me acostaría con él. Le he dado una palmadita en la espalda y la he dejado allí plantada.

Topher y Quinn se han ofrecido a llevarse el Hummer y me muero de ganas de estar a solas con Devon.

No hemos hablado desde lo de Mike. Cada vez que me giraba, lo encontraba observándome con esos ojos verdes ardientes y prometedores. Era evidente lo que sentía y eso me ha llenado de ilusión.

Me quito las horquillas del pelo y me deshago el peinado con las manos. Devon me mira.

—Los ojos en la carretera —digo mientras tumbo el asiento al máximo y saco los pies por la ventana del copiloto, con los zapatos de tacón al viento. En mi móvil suena *Black velvet*, de Alannah Myles.

Agarra con fuerza el volante y toma una salida por un camino de tierra que me resulta familiar. Oigo cómo las piedrecitas golpean el coche y hacen ruido, pero él no parece darse cuenta.

—¿Vamos al granero? —le pregunto—. ¿Llevas palos de golf en el coche?

—No, tengo otro plan —dice con una voz grave y oscura, y me recorre un atisbo de deseo por la espalda.

Se me acelera el corazón y trago saliva.

Conduce con movimientos precisos, cambia de marcha y pisa los pedales con una elegancia atlética, yo cierro los ojos y comienzo a cantar «What Kind of Woman is This?», de Buddy Guy.

—Acelera —murmuro. Me fijo en sus hombros y en la mariposa que asoma por su muñeca.

Cambia la mano de posición al hacerlo y yo suelto un gritito mientras disfruto del trayecto y del *blues*.

—Necesito tocarte —dice. Me acaricia el muslo y suelta un gruñido cuando me subo el vestido hasta la cadera y ve mi ropa interior de encaje negro.

—¿Has superado lo de Preston? —Su mano se tensa sobre mi muslo.

—Sí —espeto—. Lo suyo ni siquiera merecía una venganza.

—¿Y Mike?

—Con un poco de suerte, se estará tirando a Cami ahora mismo.

—¿Estás celosa?

—Ni un poquito —canturreo.

Ronronea con satisfacción.

—Estás conmigo, Giselle.

—Sí —jadeo.

Llegamos a un camino recto, sin coches y con muchos árboles a ambos lados del camino. Reduce la velocidad, alarga un brazo para agarrarme por la nuca y nuestros labios se funden en un beso. Inclina la cabeza para besarme con firmeza y su olor es fuerte y embriagador. Su aroma despierta mis sentidos cuando me besa sin parar para dejar claro que soy suya. Con cada movimiento de su lengua, siento una ola de placer en el cuerpo.

—¿Falta mucho?

—Unos ocho kilómetros —murmuro cuando me tira del labio inferior con los dientes.

El coche vira hacia la derecha. Se ayuda de la rodilla para conducir.

Endereza el volante y me pregunta:

—¿Tienes miedo?

—No. —Le beso la mandíbula y le mordisqueo la barba—. Pero, a treinta kilómetros por hora, tardaremos quince minutos en llegar y no sé si puedo esperar tanto...

—Cualquier hombre que pueda conducir de forma segura mientras besa a una chica guapa simplemente no está dando al beso la atención que se merece.

—Esa cita es de Einstein. Voy a tener un miniorgasmo. —Lo beso y entrelazo la lengua con la suya, y le introduzco la mano por el pelo.

—Solo intento seguirte el ritmo. Túmbate sobre mi regazo y, así, puedo ver el camino.

Después de maniobrar por debajo de sus brazos, apoyo la espalda en su puerta y abro las piernas para que pueda acceder al cambio de marchas. El espacio es muy angosto y no resulta fácil (al pobre coche ya le cuesta con el peso de su propia carrocería). Tengo su torso contra mi costado derecho, empiezo a desabrocharle los botones y le meto la mano por la camisa para tocarle su cálida piel. Me mira mordiéndose el labio y, con la mano que le queda libre, me acaricia el cuello, baja por la clavícula y se dirige a mis piernas, donde juguetea con la goma de las bragas, provocándome.

—¿Pasan muchos coches por esta carretera?

—Vamos al granero —digo mientras le saco la camisa del interior de los pantalones por la parte de delante—. Acelera.

—Bésame —me ordena.

Lo cojo de la mandíbula y fundo mis labios con los suyos. Siento un ardor que me consume en el momento en el que nos perdemos en el otro. Su beso es posesivo y duro, pero, luego, se vuelve dulce, lento y lánguido. Me lame todos los rincones de la boca, el paladar y la parte de abajo, y me muerde con suavidad.

—Eres preciosa.

Me estremezco y aprieto las piernas cuando me suelta para girar hacia el camino que lleva al granero. Acelera hacia el lateral de la construcción y yo vuelvo a mi asiento. Aparca y, antes de que me dé cuenta, ya ha apagado el motor, se ha bajado del coche y me está abriendo la puerta. Me coge en brazos con una mirada ardiente de deseo y se gira hacia el granero.

—Sobre el capó —digo mirando el coche.

En dos segundos, me suelta delante del vehículo, se quita la chaqueta con rapidez y la pone sobre la carrocería. Con un movimiento veloz, me sube al capó y se coloca entre mis piernas, me coge la cara y me da un beso brusco, duro y profundo. Sus hábiles dedos encuentran el dobladillo de mi vestido y desaparecen por detrás de mí. Me observa con fuego en los ojos y suelta un gruñido gutural.

—Giselle, eres… —Me acaricia las mejillas con los dedos, que bajan por el centro de mi sujetador negro hasta mi cintura—… perfecta.

Me desabrocha el sujetador, lo lanza por encima de su cabeza y me chupa el pezón. Me rodea un pecho con la mano y me lo succiona antes de hacer lo mismo con el otro. Le meto las manos por el pelo y le acaricio los mechones con los dedos, arqueando el torso hacia el suyo. Le tiro de la camisa y él se la desabrocha y se la arranca rápidamente, sin despegar los labios de los míos. Me pasa los pulgares por los pechos sensibilizados y me pellizca los pezones erectos. Jadeo y siento que el deseo me recorre el cuerpo.

Baja la boca por mi cuello y el roce de su barba incipiente se mezcla con el placer. Sus labios carnales y exigentes siguen sobre los míos cuando me baja las bragas con una mano. No sé qué hace con ellas. No sé dónde está nada más allá de sus labios, sus manos y su lengua.

Se pone de cuclillas, me baja hacia el borde del capó, me abre las piernas y me besa justo «ahí»; no puedo evitar gimotear cuando la lujuria se apodera de mí.

—Devon…

Me consume y me acaricia el clítoris con la lengua como si fuera un chocolate negro y delicioso, y él, un catador experto.

—Tengo todo lo que sé de ti, todos tus secretos…, justo aquí…, en la punta de la lengua —dice con voz ronca, mirándome a los ojos. La intensidad de su mirada es suficiente como para que me estremezca y tenga un pequeño orgasmo. Pero no me basta, me dejo llevar y clavo los tacones en el parachoques. Su expresión se derrite cuando me introduce un dedo poco a poco y con cuidado.

—¿Te lo ha comido alguien antes?

—No.

—Soy el primero —ronronea—. Voy a escribir mi nombre. Devon… —Más movimientos deliciosos con la lengua—.

246

Kennedy… es un nombre largo… —Me succiona el centro y me mordisquea—… Walsh. —Hace una pausa para inhalarme. Juguetea con el vello de mi entrepierna y pone la palma de la mano encima—. Quiero hacértelo poco a poco para saborear cada rincón de tu cuerpo, sin prisas, hasta que tengas un orgasmo muy fuerte y largo. —Me introduce ligeramente los dedos una y otra vez, provocándome, y yo quiero más.

Pierdo toda percepción del tiempo, de cuánto tiempo pasa, de la brisa que corre entre los árboles, de lo duro que está el coche y lo suave que es su chaqueta cuando el placer se vuelve más agudo y me abruma; me arrastra. Grito su nombre y siento que un tsunami me baja por la espalda hasta la entrepierna. Tenso el cuerpo alrededor del suyo y lo muevo con la oleada de placer.

—¿Me deseas tanto como yo a ti? —Me mira fijamente a los ojos y el corazón me da un vuelco. Parece una pregunta profunda, cargada de significado y con un matiz importante.

Le respondo comiéndolo a besos, desabrochándole el cinturón, el botón y la cremallera de los pantalones. No entiendo por qué sigue vestido. Le bajo los pantalones y los calzoncillos con dedos temblorosos, y su erección, larga, gruesa y dura, aparece de un brinco. Tiene una gotita de líquido en el glande rosado y se la limpio con el dedo, insegura de si esto va a salir bien. Se supone que sí, que nos han diseñado para esto, pero…

—Dímelo. —Me coge la mano para detenerme y parece que su autocontrol vacila cuando pestañea rápidamente.

—Sí, sí, sí. Claro que te deseo. Más de lo que he deseado nunca a alguien o algo. Por favor. —Nuestras miradas se encuentran—. Hazme tuya.

—Mía —jadea y un temblor le recorre el cuerpo cuando me coge la cara—. Giselle… joder… —gruñe cuando lo agarro de las caderas y recorro con la mirada la topografía de su miembro. No puedo evitar comérmelo con los ojos: su pelo desaliñado, los músculos tensos de su abdomen, su pene con forma de seta y las venas marcadas.

—No tengo condones —dice con un tono áspero.

—Tomo anticonceptivos. Asumo que te hacen exámenes a menudo en el equipo.

—Sí. ¿Y eso? ¿Cómo es que los tomas?

—Siempre he tenido las reglas muy irregulares y dolorosas… —Me callo. No quiero contarle mi ciclo menstrual ahora mismo.

—Nunca lo he hecho sin condón, pero contigo me da igual, haré lo que tú quieras. —Suelta una carcajada—. La de tonterías que me haces decir. —Me acaricia el cuello con los labios y le sujeto la cabeza ahí—. Podemos esperar —dice con torpeza—. Podemos ir al ático y hacerlo en mi cama.

Le rodeo la cadera con las piernas y lo acerco a mí.

—Solo la punta.

—Como en el instituto, ¿eh?

Una sonrisa me curva los labios.

—He fantaseado mucho con el momento en el que el chico me la mete, al principio, con la sensación dolorosa, pero placentera. Bueno, eso creo. La tienes muy grande.

—Entrará.

—No me importaría hacer un vídeo.

—No vamos a hacer un vídeo porno.

—Es que —le cojo los hombros con fuerza— me gustaría ver cómo entra.

—Estás loca.

—Un poco. Me viene de familia.

—No sé qué es esto entre nosotros —dice—. Ni dónde acabará el vídeo.

A pesar de sus evidentes dudas, yo estoy convencida y lo quiero todo, lo bueno y lo malo. Él me ha dicho que no me dejaría plantada y lo creo.

—Ya lo descubriremos juntos. —Le paso la lengua por el pezón y se estremece.

—Acércate —murmura ajustándome las piernas y doblándome las rodillas de tal manera que estoy medio sentada con las manos apoyadas en el capó del coche. Tira de la chaqueta hacia él. Da un paso hacia atrás y me observa con la respiración acelerada y los ojos dilatados y entrecerrados. Me siento *sexy* y preciosa, vulnerable y preparada para él.

—Fíjate, nena.

Retrocede, se pone delante de mi centro y me introduce la punta, luego, se detiene, pone la boca sobre la mía y me besa.

Agacho la cabeza para observar el espacio que nos separa. Se le contraen los músculos del abdomen al mover las caderas poco a poco hacia delante y hacia atrás. Mi cuerpo reacciona de un modo primitivo y se tensa alrededor de él. Me estremezco y lo miro y veo su expresión de concentración. Se mueve con cuidado, a un ritmo constante y seguro, sin ser demasiado brusco. Tiene la piel húmeda por el sudor que le moja el cuello y le cae por el vello del pecho. El sol se está poniendo a lo lejos y el cielo que se ve entre los árboles es de un color rosa anaranjado.

—Quiero más —susurro.

—Todavía no, preciosa.

Me acaricia el clítoris con el pulgar al mismo ritmo que mueve las caderas. Me mira y nuestros ojos se encuentran. Veo un brillo resplandeciente en las profundidades de sus ojos verdes y entiendo que, debajo del deseo, hay nervios y la esperanza de que esto sea lo que siempre había deseado. Ay, Devon. Eres tan guapo.

—Nena…

La expresión de cariño me vuelve loca. La tensión va en aumento hasta que explota. Se me corta la respiración y siento una explosión de fuegos artificiales, como un caleidoscopio de colores. Llego al éxtasis y mi cuerpo se estremece derrotado y gimo. Él recoge mis palabras con los labios y me embiste hasta el fondo. El dolor me pega un bocado a la vez que retumban palabras suaves y de aliento en su pecho. No puedo mantener el cuerpo en la posición en la que estoy, así que me dejo caer sobre el coche y los brazos me pesan demasiado.

Me agarra de las caderas para colocarse bien, se mueve hasta llegar al fondo y respira con dificultad.

—Joder, Giselle, lo tienes tan apretado. ¿Estás bien?

—Sí, por favor, no pares, Devon.

La chaqueta resbala hasta el borde del coche y cae al suelo cuando me embiste, y siento el frío metálico debajo de mi cuerpo cuando me posee. Entrelazamos las manos cuando se inclina hacia mí y me besa.

Arqueo mi cuerpo hacia el suyo, con las piernas alrededor de sus caderas, y recibo con la pelvis cada golpe largo y perfecto. Acelera el ritmo y dice mi nombre, me pasa una pierna por encima de su hombro, me agarra de las caderas y encuentra un nuevo ángulo. Suelta un grito en la noche oscura, se desfoga en mi interior y su liberación es cálida y pegajosa.

Apoya los codos a ambos lados de mi cara y me mira fijamente. Le acaricio la espalda con las manos y recorro la línea que le crean los músculos definidos, la columna vertebral.

—Devon… —No sé qué le voy a decir. «Gracias por ser así. Por ser tan bueno. Posesivo. Inseguro». Quiero celebrar incluso la parte de él que lo ha alejado de mí. Está un poco dolido por el pasado, pero, de no ser así, puede que esto nunca hubiera pasado. «Es el destino». Me trago esas palabras. Todavía es demasiado pronto para eso.

—Dime. —Sus manos juegan con mi pelo.

Al final, me limito a decir:

—Pues sí que ha entrado.

—¿Te ha gustado? —Noto en su voz que sonríe.

Le doy un golpecito en el brazo.

—Solo la punta —bromea y sus preciosos labios se curvan en una sonrisa.

Le gruño de broma, pero solo consigo que se ría todavía más y siento su dulce aliento en la boca cuando me besa. Suspiro contra sus labios. Quiero capturar para siempre este día, este lugar y este momento.

Capítulo 22

Devon

La alarma me suena a las seis y me giro en la cama para volverme hacia Giselle, pero no está. Me siento decepcionado, pero, al oír el sonido del agua a lo lejos, asumo que está en la ducha. Miro el móvil, veo que no tengo llamadas perdidas, me vuelvo a apoyar sobre la almohada y pienso en mi padre. Espero que esté bien. Al poco rato, mi mente empieza a pensar en lo que pasó anoche con Giselle y recuerdo cachitos de diferentes momentos. Nunca había estado con una virgen y una sonrisa involuntaria me cruza el rostro y río contra la almohada. Dios mío, me comporto como un panoli cuando algo tiene que ver con ella… No sé, joder…, pero solo pensar que he sido el primer y único hombre con el que ha compartido su cuerpo… es una sensación arrebatadora.

Hicimos el trayecto hasta casa con la música a todo volumen y sin soltarnos las manos. Nos enrollamos en el ascensor, nos besamos por el pasillo hasta la puerta y reímos mientras intentaba meter la llave en la cerradura. Me envolvió con su cuerpo y la llevé a la ducha, donde nos lavé a los dos, luego, la tumbé en mi cama y dejé que tomara las riendas. Ella me observó como si fuera el experimento científico más fascinante que había visto en su vida. Río mirando hacia el tragaluz. No nos acostamos hasta la una de la madrugada.

Por un momento, me viene la imagen de Jack a la cabeza y me deshago de ella. No le haré daño. Cada fibra de mi cuerpo se rebela al pensar en ello.

«¿Entonces, qué pretendes?».

Me quedo mirando al techo, donde brilla la luz de la mañana. No tengo ni idea. Actúo por instinto y me dejo llevar.

Ella no me ha prometido nada y yo a ella tampoco. Puede que solo quiera explorar su sexualidad conmigo; quizá lo nuestro no dure.

Más tarde, salgo de la ducha con una toalla alrededor de la cintura y me dirijo al vestidor, muerto de nervios por vestirme y hablar con Giselle antes de marcharme. Es muy grande, del tamaño de una habitación, y tengo colocados los trajes a un lado; los vaqueros y las camisas informales, en otro, y la ropa para ir al gimnasio, doblada en unos organizadores en la parte de atrás. Los mocasines, las zapatillas de deporte y el sinfín de zapatos están perfectamente ordenados en cajas, pero no puedo verlos, porque la luz no se enciende cuando le doy al interruptor varias veces. La bombilla se debe de haber fundido. Oigo un sonido, como el de unas uñas sobre una pizarra, que proviene de la parte más oscura de la habitación, donde tengo las camisas de sastre. Puede que esté en estado de alerta excesiva después de lo que pasó con Cindy, pero el sonido me hace dudar y me imagino una araña gigante con crías lista para saltarme encima. No me dan miedo los bichos —no mucho—, pero no quiero tener una plaga en casa. Le pediré a Quinn que llame a un exterminador.

Siento un ligero cosquilleo en los pies y retrocedo. Un haz de luz me ilumina la cara y me hace pestañear; luego, la luz baja e ilumina a un monstruo con cabeza puntiaguda, una amplia boca y dientes sangrientos y afilados. El monstruo gruñe, yo grito y retrocedo dando un bote.

Giselle se echa a reír, se quita la máscara de tiburón y se tira al suelo. Se le cae la linterna de las manos.

—Dev, madre mía, qué cara… me muero…

—¿Has quitado la bombilla? —pregunto incrédulo.

—Mientras te duchabas. —Se ríe y me lanza la máscara del tiburón, la pillo al vuelo y la sujeto despectivamente con el dedo. Es feísima, así que la tiro al suelo detrás de mí. Ya la quemaré luego.

—¿De dónde la has sacado?

Se muerde el labio.

—La pedí por internet la primera vez que vimos *Shark week* juntos. Tengo Amazon Prime. —Suelta otra carcajada—. Ya te dije que te pillaría. —Entrecierra los ojos. —¿Por qué sonríes?

—Es que me estoy imaginando las arañas de mentira que te pondré por la cama, en el portátil y el cajón de las bragas.

Se pone boca arriba en el suelo, empieza a juguetear con el dobladillo de mi camiseta que lleva puesta y me mira con inocencia.

—Adelante, a ver de qué eres capaz.

En un abrir y cerrar de ojos, estoy encima de ella, haciéndole cosquillas mientras grita e intenta librarse de mí, pero no tiene escapatoria. Se retuerce y gira debajo de mi cuerpo cuando le meto las manos por debajo de la camiseta y le muevo los dedos por las costillas. Me suplica gritando que pare y me promete que no me volverá a asustar nunca más, y yo me río, apoyo el rostro sobre su cuello e inhalo su olor dulce y tan característico. Es mía. Solo mía. La tengo aquí, en mis brazos, conmigo. Siento una punzada de miedo, que se cuela en mi interior y hace que se me acelere el corazón. Me libro de ella.

Me he quedado quieto y Giselle me levanta la barbilla.

—Sea lo que sea lo que estás pensando, no me gusta.

Cierro los ojos un instante y pregunto:

—En uno de tus universos, en el futuro, ¿qué hago? ¿Dónde estás tú?

El tiempo se detiene y nos quedamos mirándonos.

Traga con dificultad.

—Jack te ha hecho un pase de locos, has corrido setenta yardas y has marcado un *touchdown* que os ha dado la victoria. Ya llevas un anillo de campeón de la Super Bowl en el dedo y eres feliz. Tu padre está sobrio. Tu novia está loca por ti. Viaja contigo siempre que puede. Ella ya sabía que ganarías. Es una chica especial, poco convencional, distinta a toda la gente que conoces y, antes de cada partido, la buscas con la mirada en las gradas, la ves y le mandas un beso con los dedos. Es la señal que tenéis para decirle que es la elegida.

Se me acelera el corazón.

—¿Cómo es ella?

—Inteligente. Tiene un trabajo serio, pero nada de eso existiría si tú no estuvieras ahí.

Apoyo la frente sobre la suya.

—¿Qué pasa si somos demasiado diferentes?

—No lo sois, por lo menos, no en el interior, que es lo importante. La vida no decide de quién te enamoras, el amor no tiene reglas. Tu chica es divertida y siempre te preguntas qué es lo siguiente que hará. Ella saca tu lado más tierno y nadie te hace reír como ella. Un día, le tomas la mano y le pides que se case contigo. Formas un hogar con ella, una pequeña familia salvaje de niños, que juegan al fútbol americano en el jardín, y de niñas, que se convierten en mujeres inteligentes. Te cuesta creer la buena suerte que has tenido. Los proteges a todos con tu vida. Cuando tu hija mayor sale con un chico por primera vez, los sigues al cine hasta que ella te planta cara y, entonces, retrocedes y esperas que escoja a un buen hombre, igual que tú. Tu esposa te besa cuando llegas a casa y hacéis otro bebé esa misma noche. Tenéis cinco hijos en total. Puede que más.

El mundo me da vueltas y tengo que respirar hondo, porque el aire se me ha congelado en el pecho.

—Siempre había pensado que no tendría hijos.

—Es mi universo.

—¿Y tú dónde estás?

Parpadea rápidamente y me acaricia la espalda con los dedos.

—Dímelo tú.

Tomo aire.

—Eres feliz. Has terminado el doctorado. Eres famosa por tus investigaciones y tus libros. Viajas por todo el mundo y das conferencias en las que hablas con los autores sobre incorporar la ciencia en las novelas. Vas al CERN y les das unas cuantas lecciones sobre la materia oscura.

Se le curvan los labios.

—Qué maravilla.

Le beso los labios con dulzura.

—Es mi universo.

—¿Tengo novio?

Asiento.

—Es un tipo travieso con una carrera de perfil alto. Te enamoraste de él hace años, cuando él todavía no te conocía. Nunca ha conocido a nadie como tú y está trabajando en su pasado. Intenta ir poco a poco y mantener las distancias, pero, en cuanto ve que eres inteligente, talentosa y una belleza, no puede dejarte nunca más. Le da miedo no estar nunca a tu altura, pero te entrega su corazón y se la juega.

—¿Tengo hijos? —me pregunta.

—Cinco. Puede que más. Él te construye la casa de tus sueños, justo al lado del granero, de estilo *craftsman* con un gran porche delantero y mecedoras. Tu madre cocina para toda la familia los domingos. Tu marido pasa el tiempo libre jugando con las pequeñas Giselles mientras tú escribes en el despacho. Por la noche, te lleva en brazos a la cama y te trata como a una diosa.

Siento una presión en el pecho y los nervios me inundan.

«¿A dónde vamos a parar con todo esto?».

Agacho la cabeza y le acaricio el cuello con los labios. Mi voz se ha vuelto grave y sigo el recorrido por sus hombros. Le levanto la camiseta y le acaricio los pechos.

—¿Te duele?

Me responde con un gemido y yo me aferro a su pezón erecto con los labios y se lo succiono antes de seguir bajando por el estómago.

—Tengo que ir al estadio pronto, pero, si quieres que probemos la postura de la vaquera inversa que mencionaste…

—¿Me puedo poner la máscara de tiburón? —pregunta, alarga un brazo en el vestidor y la coge para meterse conmigo.

Yo la aparto de malos modos, levanto a Giselle, la cojo en brazos, salgo hacia la habitación y la poso en la cama. Se me corta la respiración cuando la observo: tiene el pelo despeinado, los labios de color rubí y los ojos cargados de deseo.

—Nena, si quieres ser un tiburón, por mí no te cortes. No te estaré mirando a la cara.

Me tira una almohada y me lanzo sobre ella, la inmovilizo con el peso de mi cuerpo y le doy un beso.

—¿Por qué no te pones mejor un sombrero de vaquera?

—¿Tienes uno? —pregunta con un brillo en los ojos que me hace reír.

—Todo el mundo en Nashville lo tiene. No me lo he puesto nunca. Está en el armario, en la estantería de arriba del todo a la izquierda. Voy a buscarlo, bueno, ¡si consigo ver algo sin la bombilla! —digo cuando me levanto. Dejo caer la toalla y me alejo.

—Bonito culo —dice.

—Lo sé.

Cuando regreso, contoneándome con el sombrero de vaquero y una erección comparable con la de anoche, Giselle se pone de pie en la cama y empieza a brincar. Me lo quita y se lo pone ella.

«Joder».

Me cuesta creer que sea solo mía.

«Por ahora», me recuerda una oscura voz. «¿Cuánto tardará en marcharse?».

—He creado un monstruo.

—¡Yija! Estoy lista para cabalgar. Prepárate, pequeño poni —grita moviendo los brazos como si me quisiera echar el lazo.

—De pequeño, nada —me quejo y la estrecho entre mis brazos.

—¿Te parece bien que traiga algo para cenar sobre las siete? —le pregunto más tarde cuando salimos juntos del Breton.

Ella va a la universidad, y yo, al estadio. Los aparcacoches aparecen con los dos vehículos y me deleito cuando, al mirar el rojo, a Giselle le sube un rubor por el cuello hasta las mejillas. Vuelve a llevar el pelo recogido en dos trenzas, y yo juego con ellas y me las enredo en el dedo, muriéndome de ganas de deshacérselas y pasarle los dedos por la melena. Lleva unos pantalones de vestir y una blusa de seda. Tiene un aspecto elegante y está para comérsela. Seguro que hoy soy un inútil en el entrenamiento. Agarro su mano y sigo su mirada hasta el capó del coche, me inclino hacia ella y le susurro:

—He bajado a limpiarlo mientras trabajabas en el ordenador. Se ha abollado un poco, pero no te preocupes. Quinn lo llevará pronto al taller.

—Tu chaqueta. Si quieres, la llevo a la tintorería.

La tiré a la basura por la mañana, pero ella la recogió, la abrazó y me dijo que se la quería quedar.

—Qué rara eres, nena. Puedo comprarme una nueva.

—Es un recuerdo. La pondré en una caja de recuerdos con una miniatura del Maserati rojo.

—¿En una caja de recuerdos?

—Es para guardar objetos importantes. ¿No tienes una con los trofeos típicos del instituto?

No. Mi padre no hacía esas cosas. Lo que tengo está guardado lejos.

Sonrío.

—Me he quedado con tus bragas. Aunque no conseguí encontrar el sujetador. Estaba muy oscuro y me daba miedo que me atacara un búho.

—Pobre Bobby Ray. Quise presentártelo ayer, pero no me pareció el momento adecuado.

—Vaya, no quieres que conozca al tipo que casi consigue lo que yo he alcanzado. —Le doy un beso en los labios y ella suspira y me rodea los hombros con los brazos—. Me muero de ganas de verte luego.

—Y yo —murmura.

—¿Señor Walsh? —pregunta una voz áspera a mi derecha. Me giro y pongo a Giselle detrás de mí.

—¿Qué? —gruño.

No es el hombre que vino la última vez, pero su apariencia coincide con la descripción del tío de los grandes almacenes, y sé perfectamente qué quiere. Arrastra los pies y lo miro con los ojos amusgados, el cuerpo tenso y listo para placarlo como mueva un solo músculo.

Levanta las manos y nos mira al uno, y después, al otro.

—No quiero faltarle al respeto, señor. Yo solo hago mi trabajo.

—¡Eres de los malos! —grita Giselle, que pasa por delante de mí para encararlo—. Y no pienses que no recuerdo quién eres, Harold Pittman. Trabajabas en el taller mecánico de la calle principal. Me costó un poco reconocerte, porque tienes un aspecto diferente, pero, al final, lo conseguí.

El hombre exhala.

—Perdí el trabajo, señorita Riley. Y mi primo me consiguió este. No es el mejor empleo del mundo, pero me sirve para llevar comida a casa.

—¿Y qué eres, entonces, un sicario? ¡Pero si estuve en el equipo de voleibol con tu sobrina! —Se cruza de brazos.

Pero qué cojones...

—¿Averiguaste al final quién era? —pregunto con el ceño fruncido.

Ella asiente.

Harold levanta las manos y dice:

—Juro que yo solo soy el mensajero.

—Sí, el de los corredores de apuestas que acosan a mujeres y se acercan a un hombre inocente solo porque es el hijo de Garrett —farfulla Giselle—. Eso es despreciable.

El hombre palidece y me mira con ojos suplicantes.

—Por favor. Yo solo busco a Garrett. Le debe cincuenta mil dólares a mi jefe, y, si no los cobra, seré yo quien tenga problemas. —Se le desploman los hombros—. Sinceramente, no me gusta abordarlo, señor. Preferiría estar haciendo cualquier otra cosa.

El portero nos ha visto y se acerca, pero levanto un dedo para indicarle que se puede quedar, pero que no interfiera.

—Os prometo que no os haré daño a ninguno de los dos —continúa Harold—, pero es que es una gran suma de dinero...

—¡Antes me cambiabas el aceite del coche y los neumáticos, Harold! Con tus habilidades, podrías conseguir empleo en muchos sitios. ¿Quieres que se te recuerde así, como una especie de sicario?

Harold parece horrorizado.

—No lo soy, señorita Riley. Tiene que entenderme.

Aunque la situación me parece fascinante, tiro de Giselle hasta que vuelve a estar detrás de mí.

—Deja de buscar a mi padre. Se ha mudado. —Cojo una tarjeta de la cartera y se la pongo en la mano—. Este es mi hombre. Llámalo y él solucionará el asunto del dinero hoy mismo. No pienso pagar nada más, ¿queda claro?

Se pasa la tarjeta por los dedos con una expresión de alivio evidente.

—Gracias.

Se da media vuelta para irse y le digo:

—Tengo amigos influyentes. Los políticos y los policías me adoran. Como vuelva a verte la cara, tendremos problemas.

Asiente rápidamente sin dejar de mirar a Giselle.

—Espero no tener que verlos nunca más. Por favor, no se lo cuente a Cynthia.

—¡Llámala, Harold! No tienes por qué ser un asesino, seguro que te consigue un trabajo de verdad.

El rostro del hombre se vuelve pálido y, preocupado, echa un último vistazo a Giselle por encima del hombro antes de cruzar la calle hacia su vehículo y salir pitando de allí.

—Giselle, ese hombre te tiene miedo —observo aliviado, como si me hubieran quitado un peso de encima.

Me da igual lo mala que sea mi relación con mi padre, quiero hacerme cargo de su deuda. Lucha cada día contra su adicción y puede que se esté encontrando a él mismo dondequiera que esté. Le mando rápidamente un mensaje a Lawrence para que sepa que lo llamarán.

Giselle entrelaza los dedos con los míos.

—No me puedo creer que Harold haya caído tan bajo. Era un tío majísimo.

Me guardo el móvil en el bolsillo y la miro.

—Estás como una cabra.

—Soy una mujer sureña.

Se me curva el labio.

—Eres una bestia.

—Ya te enseñaré esta noche lo salvaje que soy. Me interesa mucho el BDSM… creo. Pero nada de mordazas ni cruces de san Andrés, aunque, a lo mejor, unos azotes…

Gruño y le planto un beso en los labios.

—¿Cómo puede ser que los hombres te hayan dejado escapar?

—El destino —se limita a responder, observándome—. ¿Estás bien?

«Si estás a mi lado, sí».

—En realidad, me quedo más tranquilo ahora que he pagado las deudas. Ve a por la nueva tutora. Traeré cena del Milano's. Mándame un mensaje con lo que quieras que te pida.

Abro la puerta de Rojo, ella se sube y cierro la puerta. Baja la ventanilla y, cuando estoy de camino al Hummer, me grita:

—Hoy echan el episodio ocho de *Shark week* y es sobre un ejemplar de más de cinco metros que vive en las aguas de la isla de Guadalupe…

Corro hacia ella y la callo con un beso.

—No.

Se echa a reír y me voy hacia el coche cuando ella se aleja. Me quedo allí hasta que desaparece entre el tráfico.

—Su coche, señor Walsh —me interrumpe el aparcacoches, que me sujeta la puerta para que entre.

Me sobresalto y lo miro. Ya. Creo que me he quedado embobado.

El corazón se me acelera en el pecho. Ya la echo de menos.

Capítulo 23

Giselle

—¿Giselle, me estás escuchando? —pregunta la doctora Benson, que me hace regresar mentalmente a la silla de delante de su escritorio. ¿De qué estaba hablando? Ah, ya, de sus investigaciones en el CERN—. Pareces distraída.

Y lo estoy. No hago más que pensar en Devon. En él y en su boca, sus manos y su risa. Mi mente se llena de recuerdos: de cuando he dormido entre sus brazos, debajo de las estrellas, y cuando se ha introducido en mi interior esta mañana… Estoy embelesada, como si volara por encima del arco iris en un unicornio de verdad. En otras palabras, estoy enamorada.

—Me enrollo un poco, pero me ha encantado hablar contigo. Me alegro de ser tu tutora —continúa y mueve los papeles que tiene delante, copias de mis notas y trabajos.

—Gracias por aceptarme —digo con un alivio evidente.

—De nada. —Me observa, asiente y apunta algo en el portátil. Es una mujer atractiva con el pelo corto de un color rubio rojizo, lleva unas gafas estilosas, amarillas, y tiene un cuerpo esbelto. Viste una chaqueta y unos pantalones elegantes de color topo, igual que los míos, que parecen de calidad. Según su biografía, tiene treinta y cinco años. ¿Dentro de diez años seré como ella?

—No hace falta que le mandes un correo al doctor Blanton ahora mismo, ya se lo contaré luego —dice con un toque de malicia que hace que me tenga que morder el labio para evitar sonreír. Me apostaría lo que fuera a que ella también ha tenido sus desacuerdos con él—. Las mujeres científicas nos tenemos que apoyar —añade con solemnidad.

—Y ayudarnos a ponernos bien las coronas —murmuro.

—O a arreglar los aceleradores de partículas.

Nos echamos a reír.

Se pone en pie, la imito y le estrecho la mano. Me fijo en un marco de fotos que tiene en el escritorio, en el que sale con dos niños en el regazo. Deben de tener unos tres años y son igualitos. Observo sus rostros.

—¿Tiene mellizos?

—Son mis sobrinos. Los hijos de mi hermano. Son unos gamberretes. Las Navidades pasadas, uno de ellos me quitó el móvil y se lo escondió en el pañal. No lo encontramos hasta que no se hizo caca. «Susu, caca móvil», me dijo, y no fui capaz de enfadarme, y mira que me tuve que poner un traje de protección para recuperar el teléfono. —Una expresión de melancolía le cruza la cara—. Me encantan los niños, pero me impone mucho criarlos sola.

—Vaya. —El comentario hace que sienta curiosidad. No lleva anillos. Seguro que tiene algo por ahí, pero no la conozco lo suficiente como para preguntarle…

—¿Asumo que está soltera?

Ladea la cabeza y hago una mueca.

—Perdón, soy una cotilla. Es que crecí en el salón de belleza de mi madre, en Daisy, y lo más normal es interrogar a todas las mujeres que pasan por allí. «¿Con quién sales? ¿Tiene trabajo? ¿Y casa? ¿Cuándo me lo presentarás?». —Me echo a reír—. Ayer, mi madre dio una fiesta por mi cumpleaños e invitó a más de cincuenta solteros.

—Bah, no pasa nada por preguntar. Seremos amigas.

—Me encantaría. —He notado una cierta camaradería con ella en cuanto he entrado.

—He tenido varias relaciones, pero ninguna ha durado —continúa—, normalmente, no tengo tiempo para dedicarlo a mi vida sentimental. Mi amor verdadero siempre será la física.

Compartimos un momento de complicidad, somos dos mujeres que hemos trabajado duro para llegar donde estamos y tenemos propósitos y aspiraciones que, a veces, no dejan tiempo para una relación.

—La gente dice que las mujeres lo podemos tener todo, un trabajo y una familia, y me parece genial, pero no es para mí —comenta—. Hay muchísimas que consiguen compaginarlo y las felicito. Mi madre pasó toda mi infancia trabajando en una fábrica, luego, llegaba a casa, hacía la cena y nos leía cuentos para dormir. No sé cómo lo conseguía. —Se queda sin aliento—. Ha fallecido hace poco. Me gustaría haberle preguntado qué fue lo que la motivó a seguir adelante todos esos años.

—Te acompaño en el sentimiento.

—Gracias.

Coge el marco de fotos y le sonríe, pero su expresión es de desolación.

—Mis sobrinos me dan la dosis de ternura que necesito.

Nos despedimos y, cuando me dirijo a la puerta, me llama y me giro hacia ella.

—Sobre lo de Suiza. Tengo contactos en el CERN, varios compañeros que colaboran en algunos estudios. Estuve a punto de unirme a ellos hace un tiempo, pero vine a Nashville para cuidar de mi madre y, cuando me quise dar cuenta, ya era tarde.

—Vaya.

—El doctor Blanton no aprobó tu solicitud, pero creo que no le da la importancia suficiente a la física teórica. Es, bueno, bastante... anticuado. —Se aclara la garganta y se pone bien la chaqueta—. No quiero que te hagas ilusiones con la beca, porque, ahora mismo, no hay ninguna disponible en el CERN. Sin embargo, la semana pasada, llamé a unos amigos para comentarles tu proyecto en cuanto acabé de leerlo. Y estaban bastante receptivos e impresionados.

—Ostras —digo con voz entrecortada.

Sonríe.

—Tenemos un nuevo curso por delante, y, ahora que soy tu tutora, verás que el año mejora.

Siento un escalofrío de emoción. Parece que queda mucho para el curso siguiente, pero, entre la novela, las clases y Devon, el tiempo pasará volando.

—Muchas gracias por recomendarme, me encantaría ir al CERN —respondo, luego, me quedo en silencio y digo sin pensar—: Doctora Benson, debería venir a casa de mi madre a comer el domingo. Intentará emparejarla con cualquier hombre que tenga trabajo, pero vale la pena con tal de poder comer en su casa.

Se sorprende y sonríe.

—Me encantaría.

Mi burbuja de felicidad es cada vez más grande. Paso por la biblioteca para dar una sesión rápida de repaso a mis alumnos y ellos me sorprenden con una magdalena gigante con glaseado rosa. Nos apiñamos alrededor de ella en una sala cerrada y nos la comemos mientras me hacen preguntas sobre el examen final que tienen en pocos días. Después, Quinn viene a mi piso y acabamos de recoger todas mis cosas. Me dice que las llevará a un trastero que está cerca de Daisy. Tras comprar algo de comida para llevar, paso por el bloque de Myrtle y John a recogerla y la llevo a una consulta de seguimiento con su traumatólogo. Después de que John y yo le aseguramos que la ayudaríamos con la recuperación, accede a hacerse la operación de rodilla en otoño.

«Te traigo el regalo», dice el mensaje de Devon cuando llego al ático. Añade un emoticono de un corazón y suelto un gritito de emoción.

«¿Qué es? Dame una pista. ¿Es tu cuerpo?», finalmente, elimino la última parte y le doy a «Enviar». Lo que quiero de él no es su cuerpo. Bueno, a ver, es cierto que es el tío más guapo que conozco, pero eso no es lo que me hace sentir plena. Es el cuidado con el que me hizo perder la virginidad, cómo nos reímos por las tonterías más grandes, el universo que describió en el armario.

> Es algo que cerrará un círculo. Lo planeé el primer día que estuviste en mi cocina.
>
> ¿Es algo para cocinar?
>
> No sabes cocinar.
>
> ¿Libros sobre sexo?
>
> No necesitas libros, ya me tienes a mí para eso. Espero que no lleves una máscara cuando llegue a casa o pagarás las consecuencias.

Un escalofrío de placer me recorre la piel.

Me gustan tus «consecuencias».

Me echo a reír y corro por el piso para buscar algo con lo que sorprenderlo también.

No es gran cosa, solo me he puesto un bikini rojo que me compré en los grandes almacenes (¡y estaba rebajado!). La sedosa parte de arriba apenas me cubre los pechos y la de abajo es diminuta. Vale, debería haber cogido una talla más, pero ¿qué más da? Me las apaño con lo que tengo.

Reproduzco música de Def Leppard, atenúo las luces y me coloco delante de la cortina de la ventana, al fondo de la sala de estar. Se me acelera el corazón al oír la llave en la cerradura.

Escucho el ruido de los pies en el recibidor cuando entra y me lo imagino quitándose los zapatos y dejando las llaves en la mesa de la entrada con la cena en la otra mano. Me llama y enciende las luces de la sala de estar.

Se ha cambiado la ropa desde esta mañana y ha reemplazado los pantalones de chándal y la camiseta por unos vaqueros y una camisa ajustada negra, que le resalta el fuerte torso. Se queda inmóvil, ojiplático y una sonrisa le curva los labios. Me observa con los ojos amusgados y se me endurecen los pezones, y siento una palpitación entre las piernas.

—Nena, estás… —Se pasa una mano por la boca—. Creo que deberías ponerte algo.

—¿Por qué? —Me acerco contoneándome con mi cuerpo larguirucho.

—Porque tenemos compañía.

—Hostia puta, Giselle —dice Aiden, que aparece por detrás de Devon con una sonrisa de oreja a oreja.

Una chica bajita —que debe de tener mi edad, con el pelo rosa de punta y una chupa de cuero— emerge por el otro lado de Devon. Se le ruboriza el rostro, me mira de arriba abajo y, luego, fija la mirada en el techo.

Abro la boca y la vuelvo a cerrar, y me escondo de rodillas detrás del sofá.

Oigo que Devon dice:

—Deshazte de esos pensamientos y las imágenes que tienes en la cabeza ahora mismo.

Miro por el borde del sofá. Se ha puesto detrás de Aiden y le está tapando los ojos, pero intenta librarse de él.

—Voy a quitarme el…bikini que me estaba probando —digo antes de salir corriendo por el pasillo hacia la habitación de Devon.

—¡Le falta tela para ser un bikini! —grita Aiden por detrás de mí.

—Cállate, Alabama —gruñe Devon—. Íbamos a ir a nadar.

—¡Pero si no tienes piscina!

—¡La voy a construir! —responde Devon.

Cierro la puerta y me lanzo a la cama de Devon, muerta de la vergüenza. Él abre la puerta un poco y me mira desde el otro lado.

—Nena, ¿estás bien?

No puedo ni mirarlo.

—¿Me has regalado un cuarteto?

—No, no me gusta compartir.

—Menos mal. No juzgo a los que les guste eso, pero tú eres solo para mí.

Ríe, entra por la puerta y se acerca a mí. Me recorre con la mirada, luego, examina la habitación, y ve que he deshecho algunas de sus cajas y he apartado algunos de sus recuerdos del instituto y del equipo de fútbol de la universidad.

—¿Has estado ocupada? —Se sienta en la cama.

—He estado buscando cosas para hacerte la caja de los recuerdos. He encontrado la foto del equipo de fútbol del último año del instituto y el programa de cuando ganaste el campeonato estatal —murmuro—. ¿A qué han venido?

—Danika es mi tatuadora. Está aquí para acabar tu tatuaje. Sorpresa. —Rompe a reír—. Me he encontrado a Aiden en el vestíbulo del hotel y ha dicho que quería venir. Lo siento mucho.

—¿Va a arreglarme el tatuaje? —Me siento menos avergonzada. Lo más probable es que haya visto a mucha gente casi desnuda. En cuanto a Aiden…, seguro que ha sido testigo de cosas peores.

—Me gusta el bikini —murmura. Se tumba a mi lado y me acaricia la clavícula con los nudillos.

Apoyo la cara en su pecho.

—Pfff. Es demasiado pequeño. Quería darte una sorpresa.

Ríe.

—Corres muy deprisa.

—Así que un tatuaje, ¿eh?

Juguetea con mi pelo.

—Sí. Imaginé que no querrías pisar nunca más un estudio de tatuajes, así que la he hecho venir a ella. Mi chica tiene que acabar su sello de facilona.

Me levanto y lo fulmino con la mirada.

—No me gusta ese término.

—Vale —bromea acariciándome la mejilla—. Es un tatuaje en la parte baja de la espalda, e insisto en que lleves vaqueros de tiro bajo y camisetas cortas para que te lo pueda ver todas las mañanas mientras estás con el portátil.

Nunca le había dicho que no volvería a pisar un estudio de tatuajes, pero se lo imaginaba. Siento una oleada de emoción inesperada.

—Es un detalle muy bonito.

—Y tengo otra cosa. —Se mueve, alarga una mano hacia el bolsillo y saca una cajita de terciopelo—. No te lo pude dar ayer. Era mi intención, pero nos distrajimos con otras cosas —dice con una sonrisa pícara.

Apoyo la espalda en la almohada, abro la caja y los dedos me tiemblan cuando saco las dos horquillas negras, cada una con una mariposa de color azul regio. En el ala de una, pone «sigue», y en la otra, «luchando». Paso el dedo por las letras doradas.

Me observa el rostro.

—Las he encontrado en una joyería del centro. No quería regalarte un collar, porque siempre llevas las perlas. No usas pendientes y... —Se queda en silencio, baja la mirada y, mientras habla, una expresión de duda le cruza el rostro. Me da la sensación de que no hace regalos a menudo—. Bueno, he visto estas horquillas y me he acordado de la noche del reservado, cuando te quitaste las que llevabas y las dejaste en la mesa.

Les he pedido que grabaran esas palabras para que te acuerdes siempre de que puedes hacer lo que te propongas.

—¿Cómo lo haces? —pregunto, presa de la emoción y con una lágrima que se resbala por la mejilla.

Me la seca con la mano.

—¿A qué te refieres, nena?

—¿Cómo lo haces para conseguir que me imagine despertándome a tu lado todas las mañanas? —Para hacer que esté perdidamente enamorada hasta tal punto que mi alma es suya, que nuestros corazones laten acompasados.

Coge aire y me da un beso largo y fuerte. Hay un ápice de desesperación en la manera en la que se aferra a mí, en las palabras que no me dice.

Nos separamos con la respiración acelerada.

—Giselle... —Se queda callado un momento y veo el miedo en sus ojos. Le pongo un dedo sobre los labios.

Puedo esperar. Él siente lo mismo por mí, pero no lo sabe todavía.

Quince minutos después, ya se me ha pasado la vergüenza y llevo una camiseta verde de Buddy de *Elf* —que estaba rebajada— y unos pantalones cortos. Me tumbo boca abajo en un trasto plegable que ha traído Danika con su máquina de tatuar.

Se inclina sobre mí con unos guantes y una mascarilla, y la máquina empieza a zumbar mientras el picoteo de las agujas me hace cosquillas por la espalda. Le he enseñado las horquillas y los colores azul y turquesa, y va a retocar el otro lado de mi viejo tatuaje para que, cuando haga la otra ala, queden iguales.

Aiden come pan de ajo de nuestra cena reclinado en uno de los sillones. Devon ha intentado que se marchara sin mucho entusiasmo, pero yo le he dicho que se podía quedar.

—¿Qué es lo que intentabas decirme en la fiesta? —le pregunto a Aiden cuando Devon va a por agua y Danika se toma un descanso.

Levanto las manos y repito los gestos que me hizo.

Sonríe con suficiencia y forma los signos con los dedos.

—Esto es una «D», listilla, de «Devon». —Cierra una mano de manera que los cuatro dedos golpean el pulgar—. Esto significa «hablar». Vaya, que tenemos que hablar de Devon.

Miro a Devon, que responde una llamada y se va al pasillo para tener privacidad.

—¿Sobre qué?

—Joder. El otro día me dio un buen empujón. Por ti.

Entrecierro los ojos.

—¿Te lo ganaste?

Pone los ojos en blanco.

—Dije algunas cosas, pero fui sincero cuando le comenté que quería salir contigo, aunque bueno, ese barco ya ha zarpado. Estás con él.

Sonrío y digo:

—Tu plan malévolo para hacer enfadar a Jack ha fracasado.

Se ruboriza.

—No era por eso. Bueno, nunca lo había visto así. Está acostumbrado a tener chicas a su alrededor, pero nunca se molesta ni se pone celoso. Así que tú y yo solo somos amigos, olvídate de todo lo que te dije cuando coqueteaba. Y no te enamores de mí, ¿vale?

Danika se echa a reír y él la fulmina con la mirada.

—Las mujeres me adoran, tatuadora. Todas sueñan conmigo.

Apoyo la cara sobre la camilla e intento no reír.

—Ay, Aiden. Eres como un cachorrito travieso al que quiero abrazar.

Danika coge la máquina y dice:

—Perro ladrador, poco mordedor.

Aiden resopla y nos mira con cara de odio.

—No me tomáis en serio. Pero puedo demostrar que soy adictivo. Dame una hora, Danika, ¿estás ocupada después de esto?

La miro por encima del hombro. Lo examina con la mirada y se fija en su espalda. Se encoge de hombros.

—Bueno. ¿Si te lanzo una pelota, me la traerás?

La fulmina con la mirada.

—Te vas a tragar tus propias palabras.

—Vale, a ver qué sabes hacer, *quarterback* —responde ella.

—Devon, este niño se está intentando ligar a tu tatuadora —grito riendo.

—De niño, nada —dice Aiden desde detrás de un colín—. Danika va a ver mi mejor versión.

—¿Y te basta con una hora?

Me apunta con la comida y dice:

—Eres una celestina horrible, y eso que yo te ayudé con lo de Greg.

—O sea que fuiste tú, ¿eh? Tú hiciste que las chicas lo rodearan.

—Para que vieras cómo era, Giselle. Ver la forma en la que se comporta un hombre cuando hay otras mujeres es esencial, aunque sea solo la primera cita. Devon no se fija en nadie que no seas tú —comenta—. Desde hace tiempo, aunque tardé en darme cuenta. —Sonríe con satisfacción—. Te he visto en ropa interior y se lo recordaré toda la vida.

Hago una mueca con los labios.

—Ay, pequeñín, ¿quieres una caricia en la cabeza?

Me enseña los dientes y sonrío.

Devon vuelve a la sala de estar y se sienta a mi lado, me coge la mano y entrelazamos los dedos. Mira a Aiden con una expresión que dice «es mía».

Siento una sensación agradable en todo el cuerpo. Si se le acercara otra… Me estalla el cerebro solo de imaginarlo y se me frunce el ceño. Le estrecho la mano con fuerza y él, como si fuera capaz de leerme la mente, se acerca y me da un beso lento.

—Soy tuyo —me susurra al oído.

Unos minutos después, Devon y Aiden ayudan a Danika a recoger, y yo me miro el tatuaje en el espejo del pasillo. Tengo una mariposa preciosa y azul con los bordes de las alas en negro y espirales de tinta del mismo color a ambos lados. Danika me pone vaselina en el tatuaje y me lo cubre mientras me explica cómo me lo debo cuidar: me tengo que quitar el vendaje cuando pasen veinticuatro horas, luego, lavarlo con jabón antibacteriano, secármelo con cuidado y ponerme un ungüento, pero ya no me lo tengo que volver a cubrir.

Aiden y la chica se van, y Devon los acompaña a la puerta mientras echo un vistazo a la comida de la cocina.

—Oye, ¿quién te ha llamado antes? —le pregunto cuando vuelve.

Se apoya en la encimera.

—Mi padre.

Pongo los ojos como platos.

—¿Y qué te ha dicho?

Se mete las manos en los bolsillos y responde:

—Poca cosa. Que está bien. —Hace una pausa—. Parecía sobrio. —Veo una expresión optimista en su rostro que hace que me duela el corazón.

—¿Te ha dicho dónde está?

Niega con la cabeza.

—No, solo que está con unos amigos, que quería asegurarse de que leí su carta y que no quiere que me preocupe por él. Le he dicho que he pagado sus deudas.

—¿Quieres volver a llamarlo? —Debe de haber sido difícil hablar con él cuando había gente.

—No, me ha dicho que se tenía que marchar. Le he dicho que cuente conmigo si quiere… ir a rehabilitación. —Se pasa una mano por el pelo y continúa—: Y me ha respondido que lo pensará. Nunca ha ido a un centro de desintoxicación y creo que le iría muy bien hacer terapia y estar en un sitio tranquilo donde pensar. Ahora, es su turno —murmura con un tono de aceptación agotado—. Siempre será mi padre, pero no puedo seguir dándole dinero.

—Pase lo que pase, yo estaré contigo.

Me mira fijamente y examina mi rostro.

—Te creo.

—¿Tienes hambre? —Señalo hacia la comida de la encimera—. Si quieres, puedo recalentar la pasta. Aiden se ha comido el pan.

Me recorre de arriba abajo con los ojos.

—Lo que me apetece ahora no es comer.

—Ni a mí —murmuro dando un paso hacia él. Empiezo a jugar con las puntas de su pelo y me las paso entre los dedos—. Anoche no podía dormir, por eso me escondí en el armario y, hoy, no he comido casi nada. Hay estudios que demuestran que cuando la gente siente —las primeras e intensas fases del amor romántico— euforia, el cuerpo se olvida de las necesidades básicas y pide dosis de dopamina más altas, como la cocaína, que no lo digo por experiencia, pero…

Me da un beso tan largo y lento que me corta la respiración.

—Podemos hablar de eso después. —Me quita la camiseta por encima de la cabeza, me desabrocha el botón de los pantalones con cuidado para no hacerme daño en el tatuaje y me los baja. Veo el fuego en sus ojos cuando observa mi ropa interior. Doy una vueltecita y se ríe.

—¿Te he dicho que estabas para comerte cuando he llegado? Me ha costado controlarme con esos dos aquí.

Le pongo una mano sobre el torso.

—Dame un segundo. —Corro hacia la habitación, cojo una cosa y regreso de inmediato. Él baja la mirada y arquea una ceja—. ¿Te apetece que usemos lubricante de piña? —pregunto.

Le subo la camisa por el pecho y se la paso por encima de la cabeza.

—Estás muy bien dotado y, esta mañana, la vaquera inversa que llevo dentro se lo ha currado mucho. Myrtle me regaló el lubricante para mi cumple.

—¿Y qué pasa si no me gusta la piña? —murmura mientras le desabrocho los pantalones y se los bajo. Los aparta de una patada.

—También tengo de fresa y de cereza. Aunque tampoco es que te lo vayas a comer.

—Tendré que probarte con los tres. ¿No hay de beicon?

—¡Qué asco!

Suelta una carcajada y da saltitos mientras se quita los calcetines.

—Voy a enseñarte lo que puedo hacer con el lubricante. Tú has llevado la voz cantante esta mañana, pero, ahora, me toca a mí.

—Vale —digo antes de bajarle los calzoncillos negros. Es un guerrero magnífico.

Doy un paso atrás y corro hacia su habitación. Miro por encima de mi hombro y le digo:

—He puesto el espejo de mi habitación en la tuya. Para lo que planeo, quiero verte la cara.

272

Me persigue y suelto un gritito cuando me atrapa, me coge en brazos y me deja a los pies de la cama. Me pongo en pie de un bote, me coloco delante de él y hago que se siente.

—Déjame que tome las riendas una vez más y, luego, podrás hacer lo que quieras.

—Espera a que vaya a por el azotador.

—Calla. —Coloco el espejo para asegurarme de que veo ese cuerpo de escándalo.

—¿Sabes lo que haces? —pregunta con astucia cuando me arrodillo delante de él.

—Todo lo que sé lo he aprendido de los libros, jugador de fútbol. Prepárate para que te estalle la cabeza… y la polla.

Las pestañas le acarician sus mejillas ruborizadas cuando me introduzco la punta en la boca y le succiono la erección, dura como una piedra.

—Es como una piruleta deliciosa y muy larga —murmuro contra su piel.

—Me gusta que digas guarradas —comenta con la voz áspera, introduciéndome las manos por el pelo.

Nuestras miradas se encuentran en el espejo y observo las ondas de su torso mientras él respira honro. Me meto el glande en la boca y Devon gruñe. Lo chupo con la lengua hasta que está empapado y lo meto varios centímetros en la boca, pongo la lengua plana y le rozo el pene con el paladar —es un truco que leí— para que parezca que me toca la garganta. Lo miro a los ojos y vuelve a gruñir. Exhala, me aparta poco a poco, se pone de pie y me hace levantarme.

—No he acabado —digo de morros.

—Quiero correrme dentro de ti.

El deseo me vuelve débil cuando me besa. Me agarra por las caderas con fuerza y, al girarme para ponerme delante del espejo, siento su erección contra mi cuerpo. En un abrir y cerrar de ojos, me ha quitado el sujetador y las bragas. Se pone detrás de mí, se agacha y me besa los hombros y la parte posterior del muslo.

—Eres mía. —Me succiona la corva—. Mía. —Introduce un dedo en mi interior—. Solo mía.

Apoyo el cuerpo lánguido contra él.

Me acaricia los pezones erectos y sensibles con los pulgares, y pone la boca en mi cuello.

—Cada parte de ti.

—Devon —gimo. La sensación de estar juntos, la intimidad que hemos creado tan deprisa y en tan poco tiempo, pero que, sin duda, está ahí y el amor que siento por él hace que me invadan oleadas de placer por todo el cuerpo.

—Mira lo preciosa que estás —dice con una voz áspera, señalando mi cara en el espejo. Nos miramos fijamente en el reflejo y él se aferra a mi cuerpo, me coge de la cintura con el antebrazo y me agarra como si no me fuera a soltar nunca—. Eres mía, peleona.

Capítulo 24

Devon

—Soy tuya —repite Giselle. Le inclino la cabeza para besarla. Nunca me cansaré de su sabor.

—Devon, ¿he perdido la cabeza? Contigo… esto… me gusta tanto. ¿Siempre es así? —gimotea y la pongo de pie, la llevo al borde de la cama y la pongo a cuatro patas delante del espejo.

Un largo suspiro se me escapa del pecho y le acaricio la curvatura de la espalda, evitando la zona del tatuaje, y, luego, le agarro el culo. No respondo, me limito a mirarla y ella me observa y se le ruborizan las mejillas. Tiene el pelo despeinado y las horquillas se le están a punto de caer. Se las quito y las dejo en la mesilla de noche.

Su pecho se hincha cuando ve que me pongo lubricante en la erección y le separo las piernas con cuidado, la saboreo y gruño mientras la lamo. Ya no me ando con sutilezas, soy un hombre, y solo quiero que se corra y que le guste tanto que se enamore de mí y no pueda pensar en nadie más.

—Dev… —grita retorciéndose mientras le introduzco los dedos. Está empapada. Pongo una mano sobre su cadera, me introduzco en su interior hasta el fondo y dejo que se acostumbre al ángulo y al tamaño.

—Así, poco a poco —gruño, aunque sé perfectamente que, en los próximos minutos, lo que he dicho será una mentira. No me canso de Giselle, no puedo pensar, no puedo…

—Por favor… —me suplica con los hombros apoyados y el culo en pompa.

—Giselle… —digo entre dientes cuando se pone rígida a mi alrededor y pierdo el control.

Tomo velocidad y se lo hago salvajemente. Le golpeo el culo con la pelvis a la vez que le masajeo el clítoris con el dedo. El corazón se me acelera cuando el ambiente se vuelve más intenso, más fuerte. Yo solo soy consciente de sus jadeos de placer, del gesto de su boca cuando toma bocanadas de aire, de la música que suena en la sala de estar y del sonido que hacen nuestros cuerpos al chocar.

—He estado pensando en ti todo el día, nena. He perdido cinco pases en el entrenamiento. El entrenador me ha echado la bronca, pero me ha dado igual. Me gusta tenerte así y quiero hacer que me supliques, que llores cuando no puedas tenerme. ¿Te gusta cómo suena eso?

—Sí...

La acaricio con el dedo.

—Voy a ser lo primero en lo que pienses, el último hombre con el que te acuestes. —No consigo detener la ráfaga de palabras sin sentido—. Te deseo... —La embisto—. Me gustan todas tus teorías... —Otra vez—... y tengo una para ti. Estás coladita por mí. —La vuelvo a embestir.

—Sí —gime.

Le chupo el sudor del hombro.

—Querré esto cada vez que te vea entrar en la habitación, cada vez que digas mi nombre, y estaré aquí, listo para ti. Me importa una mierda que seamos diferentes, pase lo que pase, me la suda mientras estés a mi lado. Te quiero tener siempre arrodillada y lista para mí, y yo haré lo mismo por ti, nena. Solo tienes que decirme cómo hacer que esto funcione...

Grita mi nombre, se tensa a mi alrededor y se contrae con un espasmo, mueve las caderas con brusquedad y me corro, y el anhelo que siento por ella me baja por la espalda. Sigo embistiéndola, aguantando y exprimiendo hasta la última gota de placer que me envuelve por completo mientras ella se mueve contra mí. El sexo con ella es diferente que con las demás y la emoción que siento se me aferra al pecho.

Me tumbo encima de ella temblando, con la respiración acelerada y una sensación de incertidumbre y miedo. Salgo de su interior, le beso la piel alrededor del tatuaje y cojo una toalla para limpiarla mientras ella descansa sin fuerza en la cama.

Canturreo en voz baja y la subo hacia la parte alta de la cama. La coloco sobre mi pecho y la abrazo. Le toco el pelo e intento recobrar la respiración.

—¿Estás bien?

Asiente y me mira, y me observa el rostro con atención. Abre la boca, la vuelve a cerrar y se lame los labios.

Sí. Eso.

Le doy un beso tierno y suave, con el corazón acelerado, e intento tranquilizarme, aunque tengo la cabeza hecha un lío. Es tan confiada, abierta, generosa.

—Ha sido… —el mejor polvo de mi vida— intenso.

Apoya la cabeza sobre mi pecho y descansamos en esa postura. Le acaricio los hombros distraídamente. Los pensamientos sobre cómo hacer que funcione la relación me invaden la mente. Ella no es igual que las demás. No es de las chicas a las que puedo dejar escapar. Me ha empujado por el precipicio y estoy tirado abajo, en las rocas, esperando a que acabe conmigo.

Por favor…

No te vayas…

Los días pasan volando mientras el equipo se prepara para el partido de pretemporada en Miami. Giselle y yo nos quedamos despiertos hasta tarde hablando, viendo la televisión o jugando a videojuegos. Me suplica que veamos *Shark week* y el jueves cedo, y ella se ríe en las escenas en las que yo me muero del asco. Le digo que es una científica inhumana, y ella, que soy un deportista cobardica.

El viernes, cogió la edición ilustrada del *Kamasutra* y me mostró la posición del loto, en la que el hombre se sienta con las piernas cruzadas y la mujer se pone encima y le rodea la cintura con las piernas, y me preguntó si podía hacerlo.

—Estoy empezando a pensar que me estás usando por mi flexibilidad y aguante —bromeé. Ella se echó a reír, me dio un beso y me olvidé de todo.

Por la noche, nos metemos en la cama y hablamos bajo las estrellas. Ni siquiera estamos cansados cuando nos levantamos y desayunamos juntos. Luego, ella me acompaña a la puerta con su ropa de deporte. Quiere retomar el hábito de salir a correr antes de que empiece el semestre.

Se pasa el resto del tiempo escribiendo y, cuando llego a casa, agotado después de pasar el día entrenando, la miro y siento una oleada de euforia. Estoy en una nube. Hay una voz muy molesta en el fondo de mi cabeza que me grita que voy demasiado deprisa, que la voy a cagar y haré que se marche, pero la ignoro.

Vuelo con el equipo a Miami un viernes para el partido de pretemporada del sábado y ganamos veintiocho a veintisiete. Es un partido muy igualado, pero la ofensiva de nuestro equipo lleva la batuta. Jack tiene que descansar el brazo, así que Aiden consigue ser el centro de atención por un día, y no hace más que recordárselo a Jack en el vuelo de regreso a casa. Cuando aterrizamos en Nashville, más tarde esa misma noche, Giselle me espera en el garaje al lado del Maserati. Charla con Elena mientras Jack y yo nos colgamos las bolsas de viaje del hombro y nos dirigimos hacia ellas.

—Giselle parece feliz —dice mirándome—. Y tú también. ¿Cómo va lo vuestro?

—Bien.

—Oye, hace años que somos amigos… —Se le apaga la voz. Me coge del brazo con una expresión de indecisión.

—¿Qué?

Me observa.

—Hacía mucho que no te veía tan feliz.

—¿Cuál es la pega?

—Que está viviendo contigo. Y eso hará que las cosas se pongan feas cuando rompáis, ¿no crees?

—¿Quién ha dicho que quiera romper con ella?

—Venga, tío. Eres así.

Me tiene hasta los cojones con el tema.

—Lo nuestro no es algo pasajero —respondo de mala manera.

Nos detenemos debajo de una farola del garaje. Observa mi rostro serio y mis hombros tensos.

—Vale, vale. Puede que me equivoque. Ojalá que sí.

278

Antes de que me dé tiempo a responder, Giselle corre hacia mí, suelto la bolsa y la abrazo cuando me salta encima. Giramos con mis manos en su culo.

—Joder, nena, te he echado de menos. Casi no he podido ni dormir. —Lleva unos vaqueros de cintura baja y una de mis camisas—. Estás muy guapa.

—Te vi por la tele. Dos *touchdowns* —dice alegremente con los ojos brillantes.

Estamos en nuestro mundo, pero siento el calor de las miradas de Jack y Elena y la confusión que irradia de ellos cuando nos observan desde el coche de Jack. ¿Qué más da que no entiendan lo nuestro? Yo sí lo hago, y Giselle también.

—He terminado la novela —me susurra al oído. Me echo a reír y giramos una vez más—. Y vi a Cindy en el garaje cuando fui a revisar cómo había quedado el capó del coche. Quinn lo arregló en un día. Cindy quiere saber si puedes cuidar de sus crías algún día. Le he dicho que te encantaría.

—¿Me has echado de menos?

—Muchísimo. Invité a Myrtle y a John, pedimos *sushi* y vimos una peli francesa cuando acabó el partido.

—Espero que no fuera una de esas que te gustan con la dirección de fotografía tan particular.

Sonríe.

—No. —Su rostro se vuelve serio—. No podía dormir sin ti.

La sigo teniendo en brazos, con sus piernas alrededor de la cintura, y no quiero soltarla.

—Vente conmigo la próxima vez. Te compraré un billete de primera clase y te lanzaré un beso a las gradas.

Asiente bastante distraída.

—Bueno. Tengo que contarte algo.

—Ah, ¿sí? —La dejo en el suelo, y Jack y Elena acaban de guardar su bolsa en el coche y se acercan.

—¿Te acuerdas de Robert, el chico que me dio su tarjeta en la cafetería?

—Sí. El hijo de John. Quería ir a comer contigo. ¿Habéis quedado? —pregunto con el ceño fruncido.

Con la mano me hace un gesto para quitarle importancia.

—No, le dije que estaba saliendo contigo, pero resulta que él solo quería quedar para hablar de mi libro. Es agente literario. Myrtle le había dado una copia de la novela.

Arqueo una ceja.

—¿Entonces no le interesabas tú?

Se ruboriza.

—Puede que un poco, pero también quería hablar de negocios. —Se le iluminan los ojos—. Va a mandarla a un par de editoriales para ver si la quieren publicar. ¿No te parece increíble?

Elena se acerca y dice orgullosa:

—Yo le he dicho que tengo contactos en alguna, pero quiere hacerlo ella sola.

—Qué bien —asegura Jack.

La observo. Veo su expresión dulce y la felicidad que irradia.

—Vas a triunfar, nena. Te mereces lo mejor.

—Y que lo digas —murmura Jack mientras me mira.

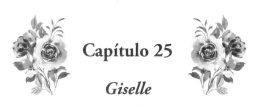

Capítulo 25

Giselle

—Padre celestial, este domingo, te agradecemos la comida que tenemos delante de nosotros y que han preparado unas manos que trabajan para ti. Por favor, bendice esta comida y haz que nutra nuestros cuerpos. Gracias por reunir aquí a mi familia. Haz que encuentren en sus corazones ganas de visitarme más a menudo. El amor de una madre no tiene fin, conoce las palabras que los hijos no pueden decir y los apoya en las buenas y en las malas, incluso sabiendo que, a veces, se desviarán del camino. Las madres son los pilares de las futuras generaciones, lo que me hace pensar en mi hija Elena y en Jack, su marido. Hazla fértil y dales bebés con los que poblar el mundo. Señor, necesito nietos para que llenen los vacíos en mi vida.

Elena y yo levantamos los ojos y nos miramos de una punta a la otra de la mesa, y me paso la mano por la barriga como si estuviera embarazada. Ella pone cara de exasperación y Topher finge tener tos para esconder una carcajada. La tía Clara coge un trozo de pan y lo muerde y, cuando ve que la estamos mirando, finge que mece un bebé en los brazos.

Mi madre sigue con la cabeza agachada y continúa:

—Señor, presta especial atención a mi pequeña Giselle, que ha conseguido un agente literario a pesar de que me gasté miles de dólares para que estudiara en la universidad y se convirtiera en científica. Ahora, escribe novelas de amor sobre alienígenas. Querido Padre, estoy segura de que no tiene escenas de amor extramatrimonial. Ella nunca haría algo así. Por favor, Padre, ayúdala a terminar el doctorado. He invertido demasiado dinero como para haberme jubilado y mudado a Boca Ratón, y no me gustaría pensar que ha sido dinero desperdiciado.

Uf. Voy a terminar los estudios y tengo muchas becas que me ayudan con los gastos. Todavía está molesta. ¡Y nunca se mudaría a Boca Ratón! Estaría demasiado lejos de nosotras.

Elena articula la palabra «sexo» y forma un círculo con una mano e introduce el índice con la otra. La tía Clara, que ya ha leído mi novela y sabe que sí hay escenas de sexo, se atraganta con el té y se va a la cocina.

Mi madre recibió la noticia de mi novela con una cara seria y un poco decepcionada, pero no pudo decir nada porque mi hermana diseña lencería, hasta ahora, que ha decidido hacer una oración pasivo-agresiva, como siempre. Me sorprendió y alegró mucho que Robert me llamara el viernes. A estas alturas, jamás habría soñado con buscar un agente literario, pero, después de que Myrtle me animase tanto estos últimos meses, he descubierto que quiero que el resto del mundo conozca la historia de Vureck y Kate.

—Gracias, Padre, por nuestros invitados de hoy, la doctora Benson y Devon.

Devon me aprieta la rodilla con fuerza. Esta mañana estaba nervioso cuando nos preparábamos para venir. Tiene la cabeza gacha y los ojos cerrados, y siento la tentación de inclinarme hacia él y darle un beso. En lugar de eso, me acerco a su cuello e inhalo su olor. Él me mira con un ojo y pone una expresión que dice «compórtate». Ha reconocido que nunca había ido a comer con la familia de ninguna de sus novias anteriores.

—Te pido que la doctora Benson pueda encontrar consuelo ahora que su madre no está. Guíala y ayúdala a hacerse camino en este mundo. Deja que la guiemos en él y que podamos encontrarle un buen marido.

Miro a Susan, que ha insistido en que la llamemos por el nombre de pila, pero a mi madre le gusta que sea doctora. Tiene los ojos cerrados y una expresión triste. Lo siento, Susan.

—Para Devon, Señor, te pedimos que lo ayudes, junto a Jack, con la temporada de fútbol. Nunca he visto a un equipo que necesite tanto ganar una Super Bowl. Han quedado segundos los dos últimos años y les resulta un poco vergonzoso. Ayúdalos a ser rápidos y veloces, y a vencer a sus rivales con la vehemencia de tus ángeles poderosos.

A Jack, que sigue con los ojos cerrados, se le crispa el labio, y Elena finge que me lanza un balón de fútbol, y yo, que lo intercepto. Topher finge hacer un *touchdown*. Devon nos mira con un ojo abierto y nos dice «no» con la cabeza. Le robo un beso, solo un pico, y él intenta apartarme haciendo el menor ruido posible. Dirige la mirada rápidamente hacia mi madre y sus ojos me dicen «como no te comportes, te vas a enterar», así que paro y me muerdo los labios para que no se me escape una carcajada. No puedo evitarlo. Estoy loquita por él.

—Señor, acompaña a Devon y a Giselle. Perdónalos por vivir juntos antes del matrimonio. Ella me ha asegurado que no tienen relaciones. Conoces su corazón y el de Devon también. Ayúdalos mientras se conocen. Dales paciencia y gentileza. Devon las necesitará. Y también perseverancia para que no se deje tentar por ella.

Fulmino a mi madre con la mirada. Se ha pasado. Elena se mueve de delante hacia atrás en la silla y se pone una mano en la barriga para evitar reír. Le hago una peineta y ella me saca la lengua.

—Haz que se mantenga casta y pura hasta el matrimonio.

Devon me quita la mano de la rodilla («eso sí que te ha afectado, ¿eh?»), se la cojo y se la vuelvo a poner donde estaba justo en el preciso momento en que la alubia que me ha lanzado mi hermana me da en la mejilla. Cojo un panecillo y se lo lanzo a la cabeza, donde rebota antes de caer al suelo justo cuando la tía Clara entra de puntillas y se sienta otra vez.

—Por último, Padre, bendice a mi hermana.

Mi tía levanta las manos y hace un gesto que dice «adelante».

—Está enamorada de un hombre mucho más joven que ella y le da miedo decírnoslo, aunque todo el pueblo sabe que él se cuela por su puerta de atrás cada noche.

Se refiere literalmente a la puerta de atrás de la casa de mi tía, no a lo otro.

—Rezo porque vea la luz y haga de Scotty un hombre decente, que, por cierto, no está aquí, porque no lo ha invitado. Amén.

—Amén —dice Elena con una sonrisa—. Qué oración más bonita, mamá.

—Y que lo digas —mascullo.

—Lo sé —responde mi madre con dulzura—. Ahora, pasad el pollo frito para que se sirvan.

—Qué ramo más bonito —comento mientras le paso el cesto del pan a Devon—. No eres mucho de rosas rojas.

—No quería que se desperdiciaran —responde mientras se echa judías verdes de la fuente—. Envié todas las flores de la fiesta a la residencia asistida, así que han sido muy útiles.

La tía Clara suelta una risita nerviosa:

—Se las trajo Lance ayer. Vino a cortejarla —dice alargando la palabras con picardía.

Parece que he envalentonado demasiado al señor Pig.

—Qué mono —comento. Imagino a mi madre con él. No, no puedo.

—Le ha pedido salir —añade Clara—. Ella le ha dicho que no, y él, que volverá con más flores. ¡Me muero de ganas!

—Le dije que no salgo con nadie y que no quiero volver a verlo en mi puerta —responde mi madre con delicadeza.

Elena sonríe.

—Va a ser difícil evitarlo, porque es el propietario del Piggly Wiggly. ¿No pasas por allí todos los días? ¿Sigues teniendo las esposas rosas en tu habitación? —me pregunta Elena.

—En el primer cajón de la cómoda —respondo con una sonrisa petulante—. Y creo que hay algo de cuerda en el garaje, de cuando la usamos para los tomates. A Lance le gusta que lo aten, mamá.

—Cómete el pollo —dice sin siquiera pestañear—. Tenemos invitados.

—Gracias por invitarme —interrumpe Susan con una sonrisa amable. Por un momento, me pregunto si no me equivoqué al hacerlo, pero me dio la sensación de que le vendría bien animarse un poco. Además, si vamos a ser amigas, no está de más que sepa que tengo una familia de locos—. Hacía mucho que no comía buena comida casera —comenta.

—Te hace falta un hombre para el que cocinar, querida. ¿Cuántos años tienes? —le pregunta mi madre.

—Treinta y cinco —responde con vacilación.

—Todavía eres bastante joven —afirma mi madre, que le hace un gesto con la mano—. Ahora tienen todo eso de la fecundación *in vitro.* Son bebés milagro. Tamara Wilkes usó unas pastillas para la fertilidad y tuvo trillizos. Incluso aunque no pudiéramos encontrarte marido… ay, no… Mike sería perfecto. Deja que lo llame ahora mismo…

—No, mamá —digo firmemente—. Vamos a disfrutar de la comida.

Suspira, se recuesta en su silla en la cabecera de la mesa, inclina la cabeza hacia Susan y la estudia con atención.

—También hay bancos de esperma si no te gustan los hombres. Topher es gay.

—¿Yo? —Se echa a reír—. Sin duda.

Mi madre hace un gesto y nos señala a todos.

—Nosotros te ayudaríamos. Me encantaría cuidar de tus trillizos.

Susan palidece.

Le paso la fuente con el pollo.

—De postre, tenemos tarta de chocolate. Te prepararé un poco para que te la lleves.

Al cabo de un rato, mientras Elena y yo limpiamos la cocina, mi madre se sienta con Devon y Susan, y les hace un millón de preguntas a los recién llegados. Él consigue ponerse de pie poco a poco y escapar a la cocina.

—¿Estás bien? —le pregunto dándole un plato seco para que lo coloque en el armario.

Me mira con una expresión de agobio y niega con la cabeza.

—Me da miedo esa mujer. Le he hablado de mi padre antes de darme cuenta de lo que estaba pasando. Es como si me lo hubiera extirpado del interior. Ahora dice que quiere conocerlo.

Le doy una palmadita.

—Lo añadirá a la lista de gente por la que rezar. Es muy larga.

Hace una mueca y responde:

—No me importan las oraciones…, le has dicho que no nos acostábamos, pero lo sabe, Giselle. Lo sabe.

Sonrío.

—Pero no quiere pensar en ello. Técnicamente, me preguntó si tenía mi propia habitación en tu piso y le dije que sí, y me fui corriendo antes de que me preguntara algo en concreto.

Me rodea la cintura con los brazos por detrás y me susurra al oído:

—No tiene ni idea de lo traviesa que eres.

Me apoyo en su pecho y le digo:

—¡Shhh! No lo sabe nadie.

Susan asoma la cabeza y dice:

—Siento interrumpir, pero me tengo que ir ya. ¿Me acompañas a la puerta, Giselle? Quiero hablar contigo.

Devon me suelta, cojo el táper con los dos trozos de tarta —la pobre mujer se merece un premio— y me dirijo hacia ella mientras se despide de mi madre. Me detengo con Susan en el recibidor.

—Enhorabuena por lo del agente literario. Eres una persona con mucho talento. No sabía que escribías, pero me parece algo maravilloso y emocionante.

Me sonrojo.

—Gracias. Me alegro de contar con tu apoyo.

—Espero que no interfiera en tus estudios. —Me examina la cara.

—He tenido un semestre muy duro y el verano tampoco es que haya ido mucho mejor, pero estoy preparada para el nuevo semestre.

Me sonríe.

—Perfecto. Eso era lo que quería oír. El viernes hablé con un compañero y me dijo que hay una plaza disponible en el CERN.

Ahogo un grito.

—¿Ya?

—Sí. No te lo había comentado todavía, pero me ha mandado un mensaje mientras comíamos ¡y me he emocionado! Quiere que hablemos esta noche. Seguro que me dice que vayas para allí.

Le empiezo a dar vueltas a la cabeza y no me entero de nada más de lo que dice mientras la acompaño a la puerta.

Me siento en el porche y me pongo las manos sobre el regazo. Parece como si sus palabras sonasen desde muy lejos y aguzo el oído, pero el clamor en mi cabeza no me deja oír.

—Mándale tu expediente y una copia de la solicitud que rellenaste para el doctor Blanton. Se ha leído tu trabajo y, tal como era de esperar, está impresionado, aunque quiero asegurarme de que es lo que quieres…

—Claro. —Siento una presión desagradable en el pecho. Me paso una mano por la zona.

Me doy cuenta de que se sienta a mi lado.

—Empieza el 6 de septiembre, así que tendrías que ir haciéndote el pasaporte si no lo tienes…

—Ese día es el primer partido que Devon juega en casa —la interrumpo—. Jugamos contra los Cowboys.

Me mira confundida.

—¿El jugador de fútbol te supone un problema?

No es solo un jugador de fútbol. Lo es todo para mí.

Sigue hablando:

—Podemos convalidar tu investigación por créditos de clase. Normalmente, las prácticas duran un año o un poco más si es un estudio largo. Algunos de los alumnos consiguen el doctorado solo con sus investigaciones, es una oportunidad increíble. ¿Giselle, estás bien?

Asiento, pero me va a estallar la cabeza y siento un zumbido en la parte de delante. Trago con dificultad.

Puedo estar en Ginebra, Suiza, dentro de veintiún días.

—Sí, estoy bien, un poco sorprendida…, no me lo esperaba.

Sonríe y me da una palmadita en las manos.

—Claro. Todavía no tengo luz verde, pero estoy segura de que me la dará esta noche cuando hable con él y le diga que te apuntas. Te mandaré un mensaje con lo que me cuente y podemos quedar un día en mi despacho y acabar de cerrar todos los detalles. ¿Te parece bien?

Me imagino a Devon en el campo con su equipación amarilla y azul, buscándome en las gradas, pero yo no estoy. Siento que el miedo me invade.

—¿Giselle, estás segura de que quieres esto? Ya le han cancelado una vez y no quiero decepcionarlo.

Claro, ella es su compañera de trabajo, y, además, su amiga, y se ha esforzado mucho para conseguirme esta oportunidad.

—¿Lo tuyo con Devon va en serio? Me ha parecido que tu madre decía que no llevabais mucho tiempo juntos, pero…

—Su voz se apaga a la espera de mi respuesta.

¿Que si va en serio?

Él no me ha dicho nada, pero no hace falta, mi corazonada se encarga de ello, y sé que marcharme en este momento no sería bueno. Empiezo a sentir náuseas.

—No lo sé —acabo respondiendo.

Ella asiente y comenta:

—Yo pasé por una situación parecida en Harvard. —Sonríe con tristeza—. Él se fue al Instituto de Tecnología de California, y yo, al CERN. Dejarlo fue una de las cosas más difíciles que he hecho en mi vida.

—¿La relación a distancia no funcionó?

Niega con la cabeza.

—Lo intentamos, pero teníamos mucho trabajo y nos fuimos distanciando. Ahora, él está casado y tiene hijos. —Suelta una risa triste—. Ella también es física y, el año pasado, me los encontré en una conferencia. Eso sí que fue una situación rara. Casi no consigo llegar a la habitación antes de echarme a llorar.

Se me rompe el corazón.

—Qué triste. ¿Todavía sientes algo por él? —Hablar con ella me viene bien, me da tiempo para aclarar mis pensamientos confusos.

Una sonrisa triste le cruza el rostro.

—A veces pienso que cometí un error, ¿sabes?, pero, si estuviésemos destinados a estar juntos, él… no se habría casado con ella y, de algún modo u otro, habría acabado conmigo. Sé que parece una tontería que crea en el destino.

—No lo es —le digo, y le cuento que Jack y Elena se conocieron por equivocación en una cita a ciegas y que él acabó siendo su Romeo en la obra de teatro—. Hay un mito chino muy antiguo que dice que, si dos personas están destinadas a estar juntas, da igual el tiempo que tarden en encontrarse, sus caminos se seguirán cruzando una y otra vez. Creen que hay un hilo rojo invisible que conecta a las parejas que están predestinadas. Se puede enredar tanto como quieras, pero nunca se romperá.

Suspira.

—Ay, qué romántico suena. Pues, entonces, imagino que él no era mi hilo rojo. —Hace una pausa—. ¿El hilo que os conecta a Devon y a ti se rompería si fueras al CERN?

—No lo sé —susurro con una sensación de fatalidad.

Me mira insegura. Asiente, se despide de mí y se marcha. Observo que se aleja con el coche y tengo la garganta seca.

Devon sale por la puerta.

—Ey, hacía un rato que no te veía. ¿Todo bien?

Me sobresalta. Suspiro cuando entrelaza los dedos con los míos. Una sensación de inquietud me abruma con fuerza y crueldad. No puedo dejarlo, ¿verdad?

—¿Le ha parecido mal lo de la novela?

—No, no, para nada —consigo responder—. No se parece en nada al doctor Blanton.

—Me alegro —dice con una sonrisa—. Entonces, ¿por qué parece que alguien hubiera pisado a Cindy y a todas sus crías?

La inquietud me revuelve el estómago.

—Dev… yo…

—¿Qué pasa, nena?

Me trago las palabras que me asoman por la garganta. No las puedo decir.

—Quiero irme a casa. —Es la verdad.

Se pone de pie y me da un abrazo, me acaricia la espalda con las manos y me aferro a él.

—Yo también —murmura antes de darme un beso en el cuello.

Me arqueo contra su cuerpo, necesito sentir que lo nuestro es real.

Se me está empezando a romper el corazón. Mi cuerpo ya lo echa de menos, imagino las noches sin él, sin que ponga su pierna por encima de la mía y sin su brazo en mi cintura mientras descansamos bajo las estrellas.

Podemos hacer esto juntos. Por supuesto que sí.

Solo se lo tengo que contar.

Capítulo 26

Giselle

Se lo iba a contar de camino a casa. De verdad que sí, no hacía más que repetir las palabras en la cabeza una y otra vez: «Devon, mi sueño de ir al CERN se va a hacer realidad. ¿Me esperarás?».

Preston nunca le prestó mucha atención al tema del CERN o puede que no pensara que acabaría yendo o, lo que es todavía más probable, seguro que planeaba tirarse a otras mientras yo no estaba.

He cometido muchos errores absurdos durante los últimos dieciocho meses: elegí a un tutor pésimo y escogí a Preston en lugar de a mi hermana. No puedo volver a equivocarme en algo tan importante para mi futuro. Tengo que ser sensata y elegir lo más importante sin involucrar mis sentimientos. No sé dónde acabará esta relación con Devon. ¿Cómo lo voy a saber? Él nunca me dice nada y es muy pronto para preguntarle.

«Lo sabes perfectamente, aunque no te lo diga», me recuerda una voz.

Se lo tengo que contar.

Pero no lo hago y, al llegar a la puerta del hotel, la desesperación trepa a mi alrededor como una vid espinosa. Siento que se me está partiendo el pecho en dos cuando entramos al vestíbulo y subimos al ascensor, y mis inseguridades salen a la superficie y quedan expuestas claramente en mi mente. Tengo dudas sobre nuestro estado como pareja a largo plazo, recelos sobre sus problemas de abandono y me preocupa que sea un hombre viril al que se le insinúan mujeres preciosas cada día. Persiguen a Devon, le dan besos y llaves de hotel que él no pide. Si no estoy aquí un día o una noche, puede que él ceda. Y eso haría que nuestro hilo rojo fuera irreparable.

«Para, Giselle. Déjalo ya».

No se lo cuento mientras busca una película. Tampoco cuando se cambia los pantalones de vestir y se pone unos de pijama de cuadros y camina por el piso sin camiseta. Ni mientras pone galletas precocinadas en el horno y me observa confundido. Una hora después, el móvil me suena al recibir un mensaje y corro al lavabo del pasillo para leerlo.

Es oficial. Te han aceptado.

Me agarro con los dedos a la pila y tomo aire. Esto es real, está pasando, lo veo en las palabras de Susan. Me mojo el rostro con agua fría y me apoyo sobre el lavabo cuando las emociones que siento, y a las que no sé cómo llamar, se mezclan en un cóctel tóxico de miedo y terror que me marea. El hecho de ver que se cumple uno de mis sueños no debería hacerme tan infeliz. No tiene sentido. «Es porque no se lo has contado. Díselo y lo entenderá, y te abrazará y dirá que todo va a salir bien». Es mentira.

Cuando salgo del lavabo, está tumbado en uno de los sillones de piel. Se le oscurecen los ojos y dice con una voz grave:

—Estás desnuda.

—Lo sé. —Me acerco caminando a él con unas piernas que parecen bastante inestables, me agacho y le acaricio la tienda de campaña que tiene en los pantalones.

Él arquea el cuerpo y suelta un gemido largo y gutural. Le bajo la ropa interior y me lo introduzco en la boca con unas ansias y ferocidad desesperadas. Le lamo el glande, le acaricio la piel con la lengua y lo masturbo con una devoción febril. Él se introduce en mi interior con cuidado, enreda las manos en mi pelo y lo agarra con fuerza. Yo agradezco el dolor agudo, que me excita todavía más y hace que mi sexo se humedezca y se prepare.

—Giselle, nena, estás rara…, no sé qué te pasa…

Tira de mí hasta que me subo encima de él, y, cuando me examina los ojos, siento que se me llenan de lágrimas y se me

292

hace un nudo en la garganta. Cierro los párpados y lo beso con pasión antes de que me pueda preguntar, de que insista en que le cuente qué me destroza por dentro. Nuestras bocas chocan una y otra vez, y descubren nuevos ángulos. Es un beso más duro que los demás y mi boca busca la suya, la succiona y tira de ella hasta que consigo sentir su esencia. El deseo se apodera de mí desde la parte más alta de la cabeza hasta las plantas de los pies, Devon me levanta y le rodeo la cadera con las piernas.

—No dejes de besarme. Nunca —digo con los labios sobre su boca—. Te deseo tanto que me duele el cuerpo. No puedo pensar en nada más que en ti. Siempre quiero más, nunca me canso de ti —añado con un tono desgarrado e irregular sin dejar de besarle las mejillas, la nariz, las comisuras de los labios—. Por favor, te lo suplico, hazme el amor…

El aire en la habitación se vuelve denso. Me agarra el culo y me lo pellizca con tanta fuerza que me saldrán moratones. Sus ojos reflejan lo mismo que los míos y reconocen mi anhelo. Jadea e intenta hablar, tiene una pregunta en la punta de la lengua, pero siente mi deseo y me besa con una claridad excitante; se alimenta de la intensidad de mis emociones y me arrincona contra la pared. Su erección no espera y se introduce dentro de mí con una fuerte embestida que me llena por completo y hasta el fondo antes de retroceder y volver a hacerlo con un ritmo furioso. Lo agarro de los hombros, él me posee con violencia y me hace suya. Hace que me pierda en su dura dominación. Grito con fuerza, con las manos en su pelo, sin dejar de besarlo, sin soltarlo, suplicándole que me haga suya para siempre, aunque me vaya a ir. Cuando me corro, el cuerpo se me tensa alrededor del suyo. Me caen lágrimas por las mejillas y él me las limpia con los labios, las lame con la lengua y acabamos en el suelo. Se vuelve a introducir en mi interior. Me lo hace con avidez y lujuria, me mira fijamente a los ojos y las dudas que veía en ellos han desaparecido y un anhelo frenético de arreglar lo que sea que va mal las ha reemplazado. Me embiste, arremete contra mí y me usa hasta que me vuelvo a correr y grito su nombre, pero él quiere más. Me da media vuelta, me pone de rodillas, me saborea y gruñe mientras me manosea el culo. Gimo cuando se vuelve a introducir en mi interior y me empuja fuerte y salvajemente, sin cuidado. Me lo hace sin piedad y sin miramientos, es evidente que desea llegar al éxtasis. Gemimos y gruñimos, nuestros cuerpos chocan y se me humedecen las piernas. Él se corre y gime sin dejar de embestirme, y siento su vertido en mi interior, pero sigo queriendo más.

«Toma mi corazón, Devon. Cógelo, aunque no estés en el mismo punto que yo todavía. Úsalo, tómalo y cuídalo, y espérame, espérame siempre».

Devon está a mi lado en la cama y me estrecha con los brazos, como si supiera que estoy hecha un lío. No puedo dormir. «No se lo puedo contar».

Me muevo con tanto cuidado como puedo, me aparto y me quito su brazo de encima, me levanto de la cama, cojo el móvil de la mesilla de noche y me dirijo de puntillas hacia la cocina mientras marco el número.

—¿Giselle? —dice mi hermana con una voz soñolienta—. Cariño… es medianoche.

Me alejo todavía más y pongo toda la distancia posible entre mí y el hombre al que quiero.

—Elena… —Las lágrimas me empiezan a brotar y me las seco con la mano—. Va a ocurrir algo terrible —digo, sofocada por la emoción.

Siento ruido al otro lado de la línea y me la imagino sentándose y levantándose de la cama.

—¿A qué te refieres?

Niego con la cabeza, como si ella pudiera verme, y me aferro al teléfono.

—Susan…, la doctora Benson… Me han concedido la beca, pero no consigo contárselo a Devon.

—Ay, cielo.

Apoyo una mano en la ventana de la sala de estar y miro las luces de la noche de Nashville.

—Me iré y él romperá conmigo. Todo el mundo lo abandona, Elena. Su padre lo acaba de dejar. Su madre lo hizo cuando era un crío. Hannah… Yo… Ella lo dejó por otro.

¿Qué hago? —Una nueva ola de remordimientos me recorre el cuerpo y me dejo caer al suelo—. ¿Estoy haciendo lo correcto? ¿Acepto la beca?

Mi hermana se queda en silencio al otro lado y oigo su respiración. La imagino pensando.

—¿Cuánto tiempo hace que quieres ir al CERN?

—Desde que tenía diez años… —Se me quiebra la voz.

—¿Y cuánto hace que sales con Devon?

Yergo la espalda.

—Eso no es justo, parece que haga más tiempo, es como si lleváramos toda la vida juntos. Hace meses que lo conozco.

—Es una cuestión de una relación de semanas frente a un sueño de hace años, amor, ¿no crees que la respuesta es obvia? —Suena segura y quiero tirar el móvil al suelo para ver si así entra en razón.

—No, no lo es. —Lloro—. Estoy enamorada de él, Elena, tanto que no lo olvidaré nunca, pero él sí que me olvidará. Lo hará. Pasará página, igual que ha hecho siempre. Seguirá con su vida como si yo no hubiera existido nunca.

—Shhh, tranquila, no pasa nada —me consuela—. Preston te hizo daño hace solo unos meses, y puede que estés yendo demasiado deprisa con Devon y no te des cuenta de qué sientes de verdad…

—No, esto no es como lo de Preston —respondo rechinando los dientes y arrepintiéndome una vez más de haber dañado la relación tan especial que tenía con mi hermana—. Elena, por favor, perdóname por haber pensado que lo deseaba, de verdad. No sabía lo que hacía, dejé que su vórtice me absorbiera, pero no lo quería, no era como esto…

—Shhh, Giselle, por favor… —Oigo que se le acelera la respiración—. Eso está perdonado. Eres tú la que no lo haces. Nos manipuló a las dos, te usó para hacerme daño y, cuando vio que no funcionaba, se aprovechó de ti, pero eso no fue culpa tuya…

—Estropeé nuestra relación. —Lloro—. Y te eché muchísimo de menos durante esos meses. No podía concentrarme y eso repercutió en todo: mis notas, mi vida. —Me vengo abajo y me tumbo en el suelo con la mirada fija en el techo.

—Pero eso ya lo hemos solucionado, peque, está arreglado —murmura—. No puedo vivir sin ti, ¿vale?, ni tú sin mí, y él intentó romper nuestra relación, pero no pudo. Eres mi amiga, mi polo opuesto, mi confidente y mi hermana pequeña, que nunca se cansa de dar y dar. Cariño, tendría que haber ido yo a hablar contigo para arreglar las cosas en cuanto Preston se metió en nuestras vidas. Eres parte de la tela que teje mi vida, Giselle, y, ahora, nuestra colcha es más fuerte. Tienes que entenderlo. Perdónate y lo verás todo más claro, abre tu corazón y las decisiones importantes te resultarán más sencillas.

Aprieto la mano que tengo libre al oír sus palabras y me froto los ojos, vencida por la idea, librándome, por fin, de la sensación de arrepentimiento que me ha acechado como una nube de tormenta. Tomé una mala decisión y pagué el precio, pero soy humana y me equivoco, y mi hermana, también.

—Te quiero —susurro—. Larga vida a la panda de chicas de Daisy.

—Eso —responde.

Se me escapa un soplido incoherente por la garganta.

—Te he llamado para pedirte consejo y hemos acabado hablando de nosotras.

Oigo la sonrisa en su voz.

—Ya hace meses que estamos bien, pero tenías que descubrir quién eres y qué quieres. Tienes unas opciones maravillosas: dar clases, investigar, escribir novelas… Tienes a Devon.

—No quiero volver a equivocarme. —Siento un pánico repentino. ¿Y si lo elijo a él y me rompe el corazón? Me dijo que no me dejaría, pero ¿qué quiere decir eso exactamente?

—Habla con él. Ponle las cartas sobre la mesa.

—Ojalá hubiéramos tenido más tiempo para estar juntos. —Estoy confundida y tengo una sensación de vacío en el pecho—. Sospecha algo… —Cierro los párpados y recuerdo la manera en la que me miraba cuando me ha llevado hasta la cama, como si intentara leerme el alma—. Le da miedo preguntar, porque sabe que no puedo no decirle la verdad.

Hablamos durante un rato más, luego cuelgo, me quedo sentada delante de la ventana y busco las respuestas en el horizonte de la ciudad. El CERN está a 7399 kilómetros.

Recobro la compostura cuando se asoman los primeros rayos de luz a pesar de que estoy cansada y destrozada y de que me duele el pecho. Regreso de puntillas al lado de Devon y le recorro el rostro con la mirada, igual que si estuviese hipnotizada. Me fijo en su frente ancha, los pómulos marcados, los antebrazos definidos con las mariposas. Me voy a alejar de él y, aunque intente convencerme de que nuestro hilo no se romperá, mi corazón conoce la verdad.

Pon las cartas sobre la mesa.

Lo haré. Lo voy a hacer, pero hoy no. Me cuelo entre sus brazos y apoyo la mejilla sobre su pecho, escucho los latidos regulares de su corazón y me quedo dormida entre sus brazos.

Capítulo 27

Devon

—Los números han alcanzado un nuevo máximo esta semana. Hemos obtenido un diez por ciento de beneficios, imagino que porque ha empezado el semestre en las universidades locales —me dice Selena el martes mientras mueve papeles por el escritorio de su despacho.

—Mmm, ya. —Frunzo el ceño y miro la hoja de cálculo que me ha dado. Deambulo por la pequeña habitación—. Necesitas un despacho más grande —le digo con un tono distraído.

«Giselle».

Me froto la frente y me bajo la mano hasta la mandíbula. Se muestra inestable: tan pronto me busca con sus manos avaras como se esconde detrás del portátil y casi ni me presta atención cuando hablo. Esta mañana, he hecho el desayuno para los dos y ni siquiera se ha quejado cuando me he comido casi todo el beicon.

—¿Me has conseguido las entradas para la previa del partido del sábado? —pregunta Selena.

—Mmm, sí.

—¿Y los asientos que quería?

—En la línea de mediocampo con Elena y Giselle.

—¿Y acceso a los vestuarios para que pueda ver tus golpes y moratones?

—Claro, lo que quieras.

—¿Y puedo llevarme a diez amigos?

—Claro.

—Y qué me dices del hijo de puta de Evan. Ese al que conocí por internet que me acosó. ¿Puede venir él también?

299

—Como quieras.

—No me digas. Es fascinante. ¿Y puedes conseguir regalos para el tío que vende costillas y le pone las patatas fritas encima? ¿Y bebidas gratis?

—Vale.

Se hace el silencio y me doy cuenta de que Selena juguetea con el bolígrafo mientras cojo el móvil para ver si Giselle me ha mandado algún mensaje. Le he dicho que llegaría tarde a cenar, pero no me ha respondido. Tenía una reunión con Robert para hablar sobre una editorial, pero ya hace rato de eso. Comentó que quería ir a la tienda de manualidades para hacer unas cajas de recuerdos y que llevaría a Myrtle al médico, pero debería tener el móvil…

—¿Y a ti qué te pasa? —me pregunta riendo. Interrumpe mis pensamientos y se acerca a mí—. Te acabo de decir que este mes vas a ganar un pastizal y actúas como si fuera calderilla. Estoy convencida de que si te preguntara ahora mismo si me pones un coche de empresa para venir al trabajo desde mi casa, que está a menos de dos kilómetros, me dirías que sí. Quiero un Pontiac Trans Am blanco con una línea azul en el capó. Sé que es un poco de paleto, pero es el que quiero.

—No me parece de paleto. Suena bien. Giselle… hay algo que no va bien entre nosotros. —Me paso una mano por el pelo y siento que la inquietud me abruma cuando me dejo caer en la silla.

Por fuera, todo parece que marcha bien, consumimos al otro en dosis embriagadoras y no nos cansamos de besarnos, tocarnos o follar. A lo mejor, no debería preocuparme, puede que me haya afectado la oración de su madre y lo que dijo de que Giselle debía llegar casta al matrimonio cuando sé que eso no va a ser posible gracias a mí. Voy a tope con Giselle, quiero estar con ella y hay muchas más cosas que me comen por dentro, como las ansias por hacer de lo nuestro algo serio (un momento, no. Es una locura, es demasiado pronto). Me estoy adelantando, me estoy dejando llevar por el sexo magnífico y la intensidad que siente mi corazón, que quiere aferrarse al suyo para unirnos, besarla todos los días, que me necesite como el aire que respira. Mis pensamientos toman otro camino y siento miedo cuando recuerdo el domingo. ¿Fue por algo que le dijo la doctora Benson?

Pero ¿por qué no querría contármelo?

Me acaricio las mariposas del brazo con los dedos. ¿Ya se ha cansado de mí? Recuerdo algunas de las cosas reveladoras que le dije mientras lo hacíamos. ¿Soy demasiado intenso? ¿Le pido demasiado?

—Tío, estás loco por ella —murmura Selena cuando levanto el rostro para encontrarme con su mirada dulce.

Se me mueven los hombros al soltar un largo suspiro, me inclino hacia delante y... respiro.

—Sí. Estoy cagado de cojones.

Me suena el móvil y forcejeo para sacármelo del bolsillo y volver a tenerlo en las manos y ver si es ella. Es Aiden. Exhalo.

Tío, te he visto llegar. ¿Dónde estás? Hay una tía que pregunta por ti.
Ya voy.

Me levanto y me siento aliviado.

—Acaba de llegar Giselle. Me tengo que ir —le digo a Selena, que asiente y me sigue.

—Guay. Quiero conocerla mejor, porque tengo la impresión de que va a quedarse en tu vida.

Eso espero.

—¿Sabes si le gustan los Trans Am?

—Se ha apoderado del Maserati, así que imagino que sí —digo más animado cuando siento que la tensión disminuye a medida que me acerco a Giselle.

Caminamos por el pasillo, salimos al local y busco su pelo azul en la barra, pero no lo veo, solo a Aiden en una punta. Me acerco a él y camino entre los clientes con paso decidido. Mi nena, mi chica, mi científica dulce y *sexy*. Le voy a dar un beso de película.

—¿Dónde está? —le pregunto a Aiden, que se gira sobre el taburete para mirarme con un botellín de agua en la mano.

Señala con la cabeza hacia la chica que tiene al lado.

—Aquí. —Mueve las cejas con picardía y continúa—: Dice que hablasteis de casaros. Ha venido a saludar. No la he reconocido, pero, cuando me ha dicho que estudió en la Universidad Estatal de Ohio…

—Eres un capullo, Alabama —dice Selena por detrás de mí.

Me doy cuenta de que le da un golpe a Aiden en el brazo, él exclama y suelta una palabrota y dice algo como «¿qué le pasa a esta? No sabía que era para tanto».

La chica se da media vuelta en el taburete y se me detiene el corazón al reencontrarme con esos ojos de color avellana escondidos tras las pestañas densas, el rostro redondo y el pelo negro y lacio.

—¿Hannah? —Me cuesta creer a mis ojos—. ¿Qué haces aquí?

Se levanta con un movimiento elegante y veo que sigue siendo una chica bajita y con curvas. Lleva un vestido negro y unos zapatos de tacón en los diminutos pies. Tiene el pelo más corto y ya no le cae por la espalda, ahora, le llega por los hombros.

Se me ruboriza el rostro.

—Te habría llamado, pero no tengo tu número. Te he mandado un mensaje por Instagram, pero no estoy segura de que los mires. —Hace una mueca—. No debería haberlo hecho, supongo que es un poco presuntuoso, pero… —Sus palabras se van apagando.

Tiene una voz delicada y expresiva que me devuelve al pasado, al momento en el que no me perdía ni un detalle de lo que decía. La veo en mi habitación de la residencia de estudiantes, diciéndome que lo nuestro se ha acabado. «He conocido a otro. Tú tienes el fútbol americano, yo la medicina. Me conoce mejor que tú. Es el amor de mi vida. Lo siento muchísimo…».

Se fue y nunca miró hacia atrás. Pasé un año con problemas para respirar, buscando siempre su rostro entre la multitud, preguntándome si era feliz, si pensaba en nosotros, si, en algún momento, me había llegado a querer.

—Porque estás casada —responde Selena, que se pone a mi lado con los brazos cruzados y fulmina a la chica con la mirada—. Cortaste con mi primo, te casaste con otro tío y lo dejaste mentalmente destrozado. No te creas que se me ha olvidado.

Aiden suelta un grito ahogado.

—No jodas, ¿una chica te dio calabazas? —Frunce el ceño y mira a Hannah, y luego, a mí—. No, no os veo. No pegáis en absoluto. Tal como diría Giselle, «no hay chispa».

Hannah suspira sin dejar de mirarme, como si buscara algo.

—Es cierto. Ha pasado mucho tiempo, siete años para ser exactos. He venido a pasar unos días con unos amigos y leí en algún sitio que esta discoteca era tuya. Pensé que podría pasar a verte. Estás muy cambiado. —Baja la mirada al suelo, luego, me mira fijamente a los ojos.

Quiere decir que estoy muy cambiado por el pelo y los pendientes.

—Ahora, vivo en Cleveland y he abierto una consulta de dermatología con unos compañeros.

—Enhorabuena —respondo sin saber por qué me cuenta tantos detalles de su vida.

El primer año después de que rompiera conmigo, la catalogué como una de las personas que me habían abandonado y nunca he intentado encontrarla ni saber más de ella. Sufrí mucho tiempo por lo que me hizo, no lo niego, pero ese tema ya está dado por perdido, cerrado y finiquitado. Cuando alguien me hace tanto daño como ella, cuando alguien me destroza y me deja con cicatrices que se infectan, lo elimino de mi vida.

Selena se le acerca más.

—Bueno, Devon es famoso y rico. Ya sé que a ti te la suda el fútbol americano, pero es el mejor receptor del país. —Hace una pausa—. Tiene una novia más joven, más guapa y, además, es física. —Suelta una risa burlona y añade—: No trabaja petando granos.

—Selena, relájate —murmuro—. Solo ha venido a saludar, ¿verdad? —Miro a Hannah.

—En realidad, esperaba que pudieras cenar conmigo —me pregunta con un tono optimista.

Aiden pone los ojos como platos y supongo que sigue intentando entender que una chica rompiera conmigo. Pobrecito. A él todavía no le han roto nunca el corazón.

Hannah me coge de la mano y me observa con una mirada dulce y seductora, y yo se lo permito, porque estoy confundido, pero siento curiosidad por ver adónde va a parar esto.

—He venido a pasar el fin de semana —dice con una insinuación evidente en su tono.

Quiere dejar salir su lado salvaje mientras el marido está en casa.

¿He pensado alguna vez que se presentaría aquí? Puede.

¿He pensado que sentiría esta desconexión hacia ella a pesar del dolor de la traición? No.

No siento nada…, solo… me arrepiento de haber dejado que mis cicatrices me hayan hecho contenerme con Giselle.

Giselle no me dejará. Ella es de verdad.

—Lo siento —respondo arrastrando las palabras y soltándome de su mano para poner algo de distancia entre los dos—. No me parece buena idea ir a cenar contigo cuando tengo a una chica preciosa que me espera en casa. —Me meto las manos en los bolsillos de los pantalones—. Me ha gustado verte. Disfruta de la visita y dile a tu marido… —Levanto un dedo—. ¿Cómo se llamaba?

—Edward.

—Eso. Salúdalo de mi parte. —Me doy media vuelta para irme, pero me giro hacia ella un momento—. La casa invita a bebidas, aperitivos o lo que te apetezca. —Me despido con la mano y me voy.

Por el espejo de detrás de la barra, veo que Selena le choca el puño a Aiden, que sigue confundido. Hannah frunce el ceño.

Ella no significa nada para mí.

No hay chispa.

Ni siquiera una diminuta.

Mi corazón pertenece a una persona concreta.

Entro en el ático y llamo a Giselle. No me responde, así que busco por todo el piso, pero no hay nadie. En la sala de estar, me agacho para mirar una caja de cristal que contiene fotos mías del instituto, pegadas a un papel cursi con motivos de fútbol. Al lado, hay una portería en la que pone mi nombre con pegatinas doradas. Sonrío y veo otra con recuerdos del partido del Campeonato Nacional, el que vio Giselle cuando todavía no sabía de su existencia. En esta, cuelgan de unos lacitos algunas fotos antiguas que tengo con Jack y Lawrence. En la cocina, veo una caja de recuerdos sin terminar. Tiene un corazón rosa, en el que ha escrito nuestros nombres a mano, y contiene una foto nuestra en la boda de Elena, una araña de plástico, un colgante con forma de tiburón plateado, una foto de Rojo y mariposas azules en la esquina.

Sonrío como un lunático.

—Nena, me haces tan feliz…

Me cambio de ropa y me pongo unos pantalones de chándal y una camiseta, y le mando otro mensaje, pero oigo que el móvil suena al lado de su portátil. Vaya. Lo cojo y, sin querer, toco la barra espaciadora con el brazo y aparece su correo electrónico. El primer mensaje tiene como asunto «Envío urgente de pasaporte». Frunzo el ceño y tengo un mal presentimiento. ¿Para qué lo necesita?

A lo mejor…, de ninguna manera. Giselle no se iría a ningún lado sin decírmelo antes.

Sin embargo, la duda se cuela en mi interior, se aprovecha de mi encuentro con Hannah y me confunde.

Es cierto que Giselle ha estado rara.

El miedo me forma un nudo en el estómago, que se afianza como si fuera de cemento. El corazón me late a mil por hora. Me aparto del portátil y alzo las manos. Oigo los latidos de mi corazón como si fueran el eco de un redoble de tambores. La sangre me corre rápidamente por las venas.

Joder… no, no puede ser…

La inquietud se apodera de mí, me inclino hacia el portátil, cojo aire y lo vuelvo a tocar. Solo para asegurarme, porque estoy convencido de que no es cierto, no puede ser cierto. El miedo empieza a amontonarse hasta convertirse en un rascacielos en mi mente. Bajo por la pantalla, veo un correo de la doctora Benson y leo las primeras palabras…

—¿Qué haces? —pregunta Giselle, que entra por el vestíbulo. Tiene el rostro ruborizado por el esfuerzo, y el pelo, recogido en una coleta. Lleva las mallas de correr y una camiseta de deporte azul sin mangas. En la mano, tiene unos sobres—. He salido a correr un momento y he aprovechado para coger las cartas. —Respira con dificultad y me observa con atención cuando bajo la tapa del portátil.

—¿Ya ha llegado?

Niega con la cabeza y pregunta:

—¿A qué te refieres?

—Al pasaporte —digo mientras señalo hacia los sobres con la cabeza—. He visto el mensaje en tu correo electrónico.

—No. —Traga con dificultad y pestañea rápidamente—. Todavía no. Devon…

—Déjalo. —Suelto una risa estridente y levanto las manos para que se aleje cuando se acerca hacia mí y me intenta tocar—. No me toques. Pediste el pasaporte el lunes. Hace días que estás rara. Te vas al CERN. Sí, he visto el correo. ¿Cuándo me lo pensabas contar? —Levanto la voz, que resuena por toda la casa.

Giselle se rodea el cuerpo con los brazos.

—¡Joder! —Me voy de la cocina para alejarme de ella y acabo en la sala de estar, deambulando mientras me tiro del pelo y me lo pongo de punta. Me quedo quieto y la miro—. ¿Cuándo te vas y cuánto tiempo?

—Me voy en dieciséis días. —Contesta rápidamente antes de coger aire—. Estaré allí un año… o puede que más. —Los ojos azules se le llenan de lágrimas.

—¿Más de un año? —Me pellizco el puente de la nariz.

Se le hincha el pecho y asiente despacio con una expresión de terror.

—Es probable. No…, no sabía cómo contártelo. —Se tapa los ojos con las manos y, luego, se los destapa—. Te lo he querido contar muchas veces, pero no he sido capaz.

«No ha sido capaz».

Es una decisión importante que nos concierne a los dos.

Es un punto de inflexión en nuestra relación.

Son días, semanas, meses, años en los que no la tendré entre mis brazos.

Nuestras miradas se encuentran y las ventanas de nuestras almas se aferran a la del otro.

—Te quiero, Giselle. Te quiero, joder. Pero tú… —Aprieto las manos con fuerza y niego con la cabeza. Le brillan los ojos y una lágrima le moja las mejillas.

—Yo también te quiero —susurra.

No es cierto. No me quiere.

No le importo una mierda, solo soy un breve incidente, inútil e imprevisto, en su camino a Suiza.

¿Acaso no he pasado por esto ya las suficientes veces como para entenderlo?

Vienen. Y, luego, se van.

Es la misma mierda de siempre.

—Vendré a pasar unos días aquí en Navidad y un par de semanas en verano —dice con un hilo de voz.

Suelto una carcajada.

—Yo tengo un partido en Los Ángeles. Feliz Navidad.

Se encoge.

—Podemos mantener una relación a distancia, Dev. Podemos ir mandándonos mensajes y turnarnos para ir a ver al otro, y, cuando regrese, será como si no me hubiera ido nunca… —Se queda sin aliento y frunce la cara, el miedo le brilla en los ojos. Ella misma es consciente de que lo que acaba de decir es mentira.

Es una cuestión de años. Años.

Está acabando conmigo, poco a poco, paso a paso.

—No sigas —susurro con un tono tirante—. No puedes detener el tiempo de nuestra relación y esperar que las cosas vuelvan a la normalidad cuando decidas volver.

Sin acabar de creérmelo todavía, me dejo caer en el sofá con los hombros desplomados, intentando abordar mis emociones y contenerlas. Cada vez que nos hemos besado, que hemos hecho el amor en estos últimos cinco días, me ha estado mintiendo. Era perfectamente consciente de que lo nuestro se iba a acabar. Aprieto los dientes. Y yo que estaba preocupado porque estaba rara y me preguntaba si era por mi culpa.

Qué gracia.

Menuda tomadura de pelo.

¿Habría intentado convencerla de que se quedara si me lo hubiera dicho antes? Tristemente, me doy cuenta de que sí. La habría intentado convencer y le habría suplicado, claro que sí, porque soy un avaricioso y siempre quiero más de ella, la necesito tanto que parezco patético. Sin embargo...

«Ir al CERN es su sueño», me dice una voz irritante. «Ya lo sabías».

Ella quiere ir y yo... no puedo hacerle esto.

Me dirijo hacia la cocina.

—¿Qué es lo que más quieres en este mundo, Giselle? —Solo necesito que me diga que ir al CERN es su sueño y, así, a lo mejor, podré sobrellevar todo esto.

El aire se vuelve tan denso que casi no puedo respirar.

—Ya he metido la pata antes, quiero tomar la decisión correcta... —Su voz se apaga.

—¿Qué quieres?

Pestañea rápidamente.

—No lo sé.

Sí que lo sabe. Y no soy yo, pero no se ve con el corazón de decírmelo.

Se frota los ojos.

—Lo eres todo para mí. Nunca he sentido esto por nadie más. Desde el momento en el que te vi en la tele, siempre he querido conocerte, descubrir quién eras. Eres una parte de mí y, de algún modo, en este mundo de locos, el destino nos ha unido. Estamos conectados y eso me está... matando. —Oigo la desesperación, el dolor y la tristeza en su voz.

Cierro los ojos y exhalo lentamente para intentar recobrar el control. Se me hunden los hombros y me siento en un taburete. Me limito a respirar, a tomar aire y soltarlo poco a poco y en silencio. Le ordeno a mi corazón que aminore la velocidad. Poco a poco, una calma desoladora se abre paso en mi interior, se adhiere a mi cuerpo y me da la fuerza necesaria para recoger metódicamente mis sentimientos y esconderlos. Tengo que decir lo correcto. La tengo que tratar como lo haría un buen chico. Ya me lameré las heridas luego.

—Giselle —digo y me encojo al oír el dolor en mi voz, el anhelo que siento por ella intenta escaparse por mi garganta en carne viva—. Lo que tenemos es increíble. —«Eres lo mejor que me ha pasado»—. Nos hemos divertido.

Empieza a llorar y tengo que armarme de valor para seguir, me agarro con fuerza al borde de la encimera con la misión de que me haga de ancla.

—Y, ahora, te han dado la oportunidad de ir al CERN. —Siento que se me va a partir el pecho. Todavía no. Espera hasta que se haya ido—. Ojalá me lo hubieras contado. Ojalá hubieras confiado en mí y me hubieras dejado formar parte de esto. —Respiro hondo y me tiembla el aliento—. Me habría asustado, sí, pero es tu sueño… —No consigo acabar.

—Lo siento.

—Yo… —Estaré devastado, hecho añicos, inconsolable—… estaré bien. No te preocupes por mí. Solo quiero que seas feliz.

Llora en silencio y se le derrumban los hombros.

—No, Devon. Estás rompiendo conmigo.

Siento un dolor agonizante y jadeo.

—Sí. Tienes que irte al CERN sin nada que te ate aquí. Sinceramente, no puedo soportar pensar que, quizá, no te vea en una semana, o un mes, y mucho menos en años. No quería pasar ni una noche sin ti cuando me fui, Giselle. No es justo para ninguno de los dos y alargar la situación me mataría. —Exhalo—. Por eso no tendríamos que haber empezado a salir. Ya me lo veía venir, joder, a la legua, y, aun así, me lancé de cabeza al precipicio.

—Devon…

—Vete y disfruta, es la oportunidad de empezar de cero que tanto deseabas. Vete y sé la chica estupenda, inteligente y preciosa de la que me he enamorado —consigo decir.

Busco más palabras positivas de las que sé que necesita antes de irse y empezar una nueva vida. Pero no se me ocurre nada que pueda decir sin llorar. De todos modos, no queda nada por decir. Quiero correr, pegarle a algo. Quiero… joder, no lo sé. Esconderme y esperar ser capaz mañana de levantarme de la cama.

Llora en silencio demasiado lejos de mí, pero cada una de sus lágrimas es un clavo en mi corazón.

«Se está yendo de verdad».

—Te quiero, Devon. Desde hace tiempo. Lo supe la noche del garaje y Cindy. Las palabras se me escaparon, pero eran ciertas.

Ah, ¿sí? A veces, querer a alguien no es suficiente.

Siento un dolor en el pecho cuando pienso en la distancia que nos separará.

No estará conmigo. No la podré besar. No me reiré con ella.

Su llanto me rompe el corazón, y me deshago de la ira y me quedo solo con el tormento del duelo. Gruño, me paso una mano por la cara y la miro.

—Nena, acércate.

Ella me obedece, me pongo de pie, tiro de ella hacia mí y le rodeo el cuerpo con los brazos, poco a poco y con cuidado. Le doy un beso en la coronilla e inhalo su perfume de vainilla mientras le paso mi mejilla por el pelo. Debería haberle dicho lo que sentía hace días, aunque eso no habría cambiado nada. Esto es lo que siempre ha querido.

Me deshago de mi dolor y del instinto que me pide que la haga cambiar de opinión. «No sería justo». Le digo lo que sé que debo.

—Yo me enamoré de ti la noche del granero. Fue el mejor beso de mi vida —digo con un tono irregular—. Sentía la chispa cada vez que te miraba y se me hacía imposible mantenerme alejado. Eres lo que no sabía que necesitaba. Eres perfecta, ¿lo sabes?

Y ya no eres mía.

Algún día, encontrará a alguien mejor. Puede que sea un chico del CERN. La imagen me corta como un cuchillo e intento deshacerme de ella.

—Todo saldrá bien. Estarás bien —murmuro con ansias de calmarla mientras le acaricio la espalda con los dedos—. Vas a ir y los vas a machacar. Tendrás que llevarte las horquillas que te regalé.

Me coge de la camisa y dice con una voz temblorosa y cara de angustia:

—No tengo derecho a pedirte que me esperes, lo sé, pero, para mí, no existe nadie más. ¿Podemos intentarlo?

La miro y escucho el eco de la miseria y el dolor que nos rodean.

¿Puedo conformarme con una parte de ella cuando la quiero tener a ella entera, cuando sé que los días que pase sin ella no harán más que causarme dolor?

No.

Le pongo las manos a ambos lados de la cara y la beso con suavidad. Sabe a sal y a arrepentimiento, y me aparto de ella, respiro hondo y nos separamos. Sus ojos azules miran mis ojos verdes.

Adiós, nena.

Capítulo 28

Giselle

—Querida, son las once. Te está sonando el móvil. Tienes que levantarte —la voz de Myrtle se introduce en mi estado de ensoñación.

—Estoy despierta —digo y hago una mueca, porque tengo la garganta dolorida de tanto llorar estos últimos tres días. Llevo despierta desde las cinco de la mañana. Casi no he podido pegar ojo. Apoyo los pies en el suelo y me siento en su sofá, que ha sido mi cama desde que me fui el viernes de casa de Devon. Toqueteo las sábanas que me ha preparado y acaricio con los dedos el material blanco, que me recuerda a la cama de Devon, a su edredón acolchado, y, cuando me doy cuenta, me he perdido en los recuerdos de él. Tomo aire en el momento en el que la emoción me vuelve a abrumar, cierro los párpados, me dejo caer otra vez y me cubro los ojos con las manos.

Siento una fuerte ola de arrepentimiento y no me quiero mover. Me giro, me pongo de cara al respaldo del sofá y me tapo con el edredón hasta los hombros.

—Giselle, ¿tienes clase? —Oigo el ruido que hace al acercarse de la cocina y sentarse en un sillón de flores que tengo al lado.

—He convalidado las clases con la beca —respondo sombríamente.

—Tu madre ha vuelto a llamar. Le he dicho que estás bien.

—Gracias.

—¿Quieres que vayamos de compras? —pregunta en un tono amable.

—¿Para qué?

—Te vas a Suiza. Hará frío, sobre todo cuando llegue el otoño. Tendrás que comprarte jerséis calentitos, un chubasquero, ropa interior térmica y puede que bufandas y guantes. Todavía no has ido a buscar la ropa a la tintorería. —Suspira.

—Bueno. Vale. Si quieres… —Dibujo círculos con el dedo sobre el estampado de flores del sofá.

—¿Has mirado ya los vuelos?

—Luego compro los billetes. —Parpadeo para deshacerme de las lágrimas.

—Eso es lo que dijiste ayer.

—Ah, ¿sí? —No me acuerdo.

No recuerdo gran parte de las últimas setenta y dos horas. En mi cabeza, solo veo las imágenes de cuando me fui de casa de Devon después de coger el portátil y un par de cosas más. Él me dijo que usara su coche hasta que me fuera, pero le dije que no podía, que pediría un Uber para ir a casa de Myrtle. Cuando llegué al piso de mi amiga, me desahogué con ella, me acurruqué en el sofá e intenté olvidarme del mundo. Me perdí la previa del partido de Devon. Ignoré un mensaje de Elena en el que me preguntaba dónde estaba. Ayer no fui a comer a casa de mi madre, estaba demasiado cansada como para tener que recomponerme y enfrentarme a ellos.

—Tienes que ducharte. A Pookie le está empezando a molestar el olor. Yo no tengo quejas.

Suelto una risa y me paso la mano por el pelo enmarañado.

—Ahora voy, dame un minuto.

Pasa una hora. Y otra. Myrtle viene y va, me ofrece comida.

—No, gracias —respondo y me retraigo, tengo el cuerpo desamparado; el corazón, roto y los músculos y el cerebro, agotadísimos.

«¿Qué es lo que más quieres en este mundo?».

¿Por qué no me puede esperar? Aprieto las manos y doy un puñetazo a un cojín. Tiene razón, no es justo que le pida que me espere, que se comprometa a tener una relación a larga distancia cuando llevamos tan poco tiempo juntos. «Cuando lo sabes, lo sabes», pero casi no lo veía. Es cierto que mis padres sacaron la suya adelante, pero eran tiempos diferentes y mi padre solo se fue durante meses, no años.

Cada vez iríamos dejando pasar más tiempo entre una llamada y la siguiente, él por el fútbol y yo por la investigación.

Volvería a casa por Navidad y tendríamos que hacer malabares para quedar. Sí, es cierto que nos veríamos en verano, pero ¿cómo voy a comparar un corto periodo con él a estar juntos de verdad? Lo eché de menos cuando se fue a Miami y lo vi en televisión sin siquiera pestañear para no perderme su cara. ¿Qué me hace pensar que podría soportar un año así? Por favor.

Me pongo boca arriba y observo el ventilador de techo. Devon me ha dejado y él pasará página, y supongo que yo acabaré haciendo lo mismo. Algún día. ¿Quizá nuestros hilos nos acabarían juntando con el paso de los años? Puede ser. El destino es caprichoso. Es cierto que estos se aferran al corazón de tu amor verdadero, pero, con el paso del tiempo y la distancia, la gente acaba eligiendo a otras personas a las que amar.

—¡Giselle! ¿Cómo has dejado que llegue a este punto? —grita Myrtle saliendo del lavabo y entrando en la sala de estar.

—¿Qué pasa? —grito, me destapo y me incorporo tan rápido que me mareo. Se me revuelve el estómago y me entran náuseas. Puede que sea mejor que coma algo. Myrtle me ha traído comida tres veces hoy, pero yo solo la he esparcido por el plato. Noto un dolor agudo en la cabeza, hago una mueca y me agarro al borde del sofá. De acuerdo, de acuerdo, tres días sumida en la miseria son suficientes. Tengo que ponerme las pilas.

Se señala las raíces del pelo y dice:

—¡Canas!

Amusgo los ojos y me acerco a ella en una de las camisetas de Devon. No se la podía devolver, así que me la guardé en la mochila. Me rompe el corazón habérmela llevado limpia. Echo de menos su olor. Madre mía. Y sus ojos. Su sonrisa pícara.

—Estás estupenda, como siempre. —Le muestro una sonrisa demacrada y le ahueco el pelo.

Chasquea la lengua y dice:

—Deberías haberme dicho que parezco una vieja. Entre el incendio y las obras, no he tenido tiempo de ir a teñirme. Ay, señor, ¡encima John es más joven que yo! Necesito todos los trucos, o se cansará del sexo y se fijará de verdad en mi aspecto.

¿Puedes llevarme a la peluquería de tu madre? ¿Crees que me hará un hueco?

—Estoy segura de que mamá y la tía Clara te encontrarán un hueco. Los lunes no suele haber nadie. —Suspiro—. Sé lo que estás haciendo, ¿eh?, intentando que me levante y haga cosas.

Se encoge de hombros.

—No tiene nada de malo.

Trago y asiento.

—Vale. Deja que me duche y que me tome un paracetamol. Llama a mi madre y pregúntale cómo tiene el día. Pediré un Uber y podemos recoger mi coche del taller y, luego, ir a la peluquería.

—Perfecto —dice con una voz victoriosa—. Qué buena idea has tenido.

—Sí, ya. —Camino con dificultad hacia el cuarto de baño.

Dos horas más tarde, aparco mi Camry blanco delante de la peluquería. Lo único bueno que me ha pasado hoy es que, al ir a pagar las reparaciones de mi coche, he visto que Harold estaba de cajero. Me ha mirado ojiplático y me ha suplicado que no le comente a mi madre nada de nuestros últimos encuentros. Parece ser que, en cuanto se pagó la deuda de Garrett, dejó su segundo trabajo.

Me duele la cabeza, incluso después de haberme tomado la pastilla, así que busco en el bolso para ver si llevo alguna más. Sin embargo, lo único que encuentro son los anticonceptivos.

—¿Qué pasa? —pregunta Myrtle con una mano en el tirador de la puerta—. Te has quedado pálida.

Saco las pastillas del bolso y se las enseño y sus ojos se agrandan. Me lamo los labios y digo:

—Me tomé la última píldora activa el domingo pasado, eso quiere decir que tres días después me tendría que haber bajado la regla, o sea, el miércoles. Normalmente, no me tomo los placebos… así que… —Se me detiene el cerebro un momento y vuelve a funcionarme cuando empiezo a contar—. Tengo un retraso de cinco días.

—Ay, madre —dice en un tono sereno para mi sorpresa—. ¿Eso es normal? Yo ya no sé cómo funcionan los anticonceptivos de ahora.

—No, no lo es. Siempre soy muy puntual... —La voz se me va apagando. Dejo las pastillas y cojo el teléfono de la guantera para buscar información sobre la pastilla mientras doy golpecitos nerviosos con los dedos.

—¿Estás embarazada?

La fulmino con la mirada.

—Me las he tomado todas.

—Ya, pero lo has estado haciendo unas mil veces todos los días, ¿no?

Se me tensa el cuerpo al recordarlo. Continúo leyendo.

—Tiene un esperma tan potente que le ha ganado la guerra a tus pastillas.

Se me revuelve el estómago. Levanto el móvil.

—Aquí pone que el estrés y los cambios en la dieta y en el entrenamiento pueden hacer que no me baje la regla. Debe de ser eso. Porque me define a la perfección. Estoy estresada. Hacía días que no salía a correr y, luego, empecé a tope. Llevo desde el domingo sin comer de verdad y lo último que tomé fue pollo frito y pan de maíz.

—¿Tienes náuseas?

—Por el dolor.

Nos quedamos mirándonos fijamente.

—¿Esa es la excusa que vas a poner? ¿Y te vas a fiar del artículo sin más?

Siento mariposas en el estómago.

—Venga, vamos —digo para dejar el tema. Cojo la comida de mi tía Clara y salgo del coche. La cabeza me da vueltas y, por algún motivo que desconozco, siento remordimientos. Y si...

Entramos en la peluquería y, tal como me imaginaba, vemos que solo están mi madre, mi tía Clara y Elena.

—¡Pobrecita mía, tienes un aspecto horrible! —grita mi madre. Me da un abrazo y me toca las mejillas con ambas manos—. Mi pequeñina. —Me escudriña el rostro como si fuera un halcón—. Tienes que comer. Ya verás que te sentará bien.

—Agacha los hombros—. El Devon ese te ha roto el corazón y, ahora, me vas a abandonar y te vas a marchar a Suiza.

Me apoyo sobre ella y contengo las lágrimas. Parece que es lo único que hago últimamente.

—Te echaré muchísimo de menos. —Apoyo la cabeza sobre su hombro e inhalo su olor mentolado y dulce.

Me da unas palmaditas en la espalda.

—Venga, anda, todo saldrá bien. Ya hemos planeado un viaje de chicas para ir a verte por Acción de Gracias. Nos alojaremos en un hotel pijo e iremos a comer por ahí.

Cierro los ojos con fuerza. Yo quiero el pavo con guarnición de mi madre, su decoración otoñal, la vajilla buena y las servilletas con ardillas que comen bellotas. Quiero que la tía Clara coma pan a escondidas durante la oración pasivo-agresiva. Y que Elena y Jack se besen cuando creen que nadie los mira.

—Gracias por la comida —dice mi tía Clara, que coge la bolsa, pero no la abre, solo se limita a ponerme morritos y a darme un abrazo—. Echaré de menos tu cara.

—Siento haber tardado tanto en venir. Necesitaba algo de tiempo para recuperarme. —No me he recuperado ni lo más mínimo.

Elena es la siguiente en abrazarme.

—Cuando salgamos de aquí, iremos a mi casa a tomarnos un *whisky* y, así, podemos hablar, ¿te parece bien?

—Giselle ya no puede beber —responde Myrtle alegremente, ahuecándose el pelo delante de uno de los espejos—. Madre mía, qué guapa estoy. Creo que, al final, no voy a necesitar ningún retoque. —Se queda callada y todas la miramos—. ¿Qué? Puede que esté embarazada.

Estalla el caos. Mi madre grita, la tía Clara se deja caer en una silla y Elena se tapa la boca. Intento explicarles que no es cierto entre todas las voces, pero nadie me escucha.

—Pero si es virgen… —dice mi madre, que me mira ojiplática—. Que alguien me traiga las sales aromáticas…

—Nunca las has usado —responde Elena y continúa—: madre mía, vas a tener el primer nieto. Qué fresca, hermanita…

—Tiene náuseas y un retraso… —dice Myrtle.

—Ojalá sea una niña y tenga los ojos de Devon… —comenta mi tía mientras se come las patatas fritas.

—¡Parad! —grito con las manos temblorosas. Le echo una mirada asesina a Myrtle—. No estoy embarazada. Mira lo que has hecho.

Se encoge de hombros y se le mueve el vestido.

—Puede que sí o puede que no, ¿pero, no te da que pensar?

—¿En qué? —pregunto.

—En el futuro —responde con una mirada amable.

—¿Estás embarazada? —Topher suelta un grito ahogado y me doy cuenta de que debe haber llegado en medio del caos—. ¿Vas a dejar que la niña me llame «tito Tophie»? ¿Por fa?

—Dios, estáis todos fatal —digo con un acento muy marcado—. No estoy embarazada.

—No metas al Señor en esto. —Mi madre coge el bolso y se dirige a la puerta—. Voy al Piggly Wiggly a por una prueba de embarazo. Esperadme aquí. Elena, trae el *whisky*, puede que necesite un trago.

—¡Saluda a Lance! —grita la tía Clara cuando mi madre se gira para marcharse.

—¡Coge uno de detección temprana, mamá! —grita Elena.

Mi madre le dice que sí y cierra la puerta.

—Ni se te ocurra entrar —le digo a mi madre cuando, veinte minutos más tarde, me sigue hasta el pequeño cuarto de baño de la peluquería.

Me pasa la bolsa y me enseña las cinco pruebas.

—Claro que sí. Venga, haz pis en todas.

Cojo la bolsa, echo a mi madre y le cierro la puerta en la cara. Saco la primera caja rosa y leo el eslogan: «Resultados fiables hasta seis días antes de la ausencia del periodo».

Pues sí que detecta rápido la gonadotropina en la orina. A pesar de la información aleatoria que he recopilado sobre las pruebas de embarazo a lo largo de los años, me doy cuenta de que no tengo ni idea de cómo funcionan. Me siento en la tapa del lavabo, abro la caja y saco el palo y leo las instrucciones.

Quitar la tapa y dejar al descubierto la parte absorbente, tomar una muestra del pis en mitad de la micción —qué agradable—, ponerlo en una superficie plana y esperar seis minutos. En caso de embarazo, aparece una línea debajo de la de control. Parece fácil.

Me tiembla la mano.

Un atisbo de dulce esperanza florece y se afianza en mi corazón, y me estremezco cuando me imagino con el bebé de Devon. ¿Estoy loca por querer esto? Puedo tenerlo, acabar el doctorado y ser una escritora de ciencia ficción por la noche, y profesora, durante el día. Puedo tener más niños, no me importa, dádmelos todos. Los veo correteando por nuestra gran casa y mi despacho está en el granero, que lo hemos renovado con pintura blanca, vigas transversales rústicas y lámparas de estilo industrial.

«¿Qué es lo que más quieres en este mundo?».

A ti, Devon. Siempre te he querido a ti.

Madre mía, he metido la pata, pero bien.

Me he aferrado a la idea del CERN, porque ha sido una parte de mí durante muchísimo tiempo, pero un poco de esa desesperación por ir tenía que ver con los errores que había cometido con Elena y Preston. El CERN era un salvavidas para escapar y empezar de nuevo, pero, ahora... Los sueños pueden evolucionar, y los propósitos, reajustarse. Quiero una familia. Quiero amor.

Einstein dijo muchas cosas muy importantes y, en su despacho en Princeton, tenía colgada su cita favorita: «No todo lo que se puede contar cuenta, y no todo lo que cuenta puede ser contado».

La ciencia es muy importante para mí, es el núcleo de mi personalidad, pero el amor, la felicidad y esas cosas intangibles, pero tan bonitas y difíciles de retener, son las que «cuentan» de verdad. La física solo es la guinda del pastel. No puedo vivir sin Devon, sabiendo que está en algún lugar del mundo y que yo estoy a miles de kilómetros de él. ¿De qué me serviría ir al CERN si me diera totalmente igual y no hiciera más que extrañarlo todo el tiempo?

Me sobresalta un golpe en la puerta.

—¡Llevas media hora ahí dentro! —dice mi madre—. ¿No puedes hacer pis? Voy a por un Sun Drop.

Se aleja y oigo su voz desde el salón. Seguro que ya están organizándome una fiesta para el bebé. Niego con la cabeza y miro la varita de pis mágico.

—Gracias, palito —susurro—. Estoy convencida de que me habría dado cuenta antes de irme, pero me has ayudado mucho. Espero que Devon… —Se me quiebra la voz. ¿Y si no vuelve a abrirme su corazón? O, peor todavía, ¿y si estoy embarazada y él…?

«No pienses en eso».

Será mejor que acabe ya con esto. Me pongo manos a la obra, uso dos pruebas, una detrás de la otra, las dejo en la encimera del lavabo y espero.

Me cuesta respirar mientras observo cómo pasan los minutos en el móvil. Me agarro al borde de la pila con fuerza y respiro. Los nervios son cada vez mayores. Esto es lo que quiero, es lo que quiero, esto y a Devon.

Seis minutos después, lo limpio todo y tiro la caja y las instrucciones a la basura. Apoyo la cabeza en la puerta un minuto, intento contener mis emociones y me paso una mano por la cara mientras me peleo con el torrente de sentimientos.

Camino por el pasillo hacia la peluquería cabizbaja, hecha un lío. Tengo que darme otra ducha; una no ha sido suficiente. Debo maquillarme y ponerme algo decente que no sea esta camiseta que llevo días sin quitarme. Tengo que ver a Devon. Las imágenes del viernes por la noche me llenan la cabeza: su enfado, su decepción, cuando me dijo que me quería.

—¿Por qué lloras? —pregunta mi madre, que corre a mi encuentro.

Myrtle dice desde uno de los sillones para los clientes:

—Tienen un bollo en el horno. Lo sabía.

La puerta se abre y entra él.

El amor de mi vida. Justo ahí.

Tiene los ojos como platos y una expresión de…

—Nena, no llores —dice con una voz grave y ronca.

Mi cuerpo reacciona y corro hacia él a la vez que él se acerca rápidamente a mí. Los hombros le tiemblan cuando se detiene delante de mí y me lanzo a sus brazos.

—Le he llamado yo —comenta Elena con una mueca mientras hace gestos al resto de los presentes para que nos dejen solos. Se van poco a poco, a regañadientes, pero se van.

Él está aquí. De verdad.

El corazón me va a estallar. Apoyo la cara sobre su pecho y exhalo. Devon lleva las manos a mi cabeza y me masajea el cuero cabelludo, abriéndose paso entre mi melena con los dedos. Me roza la oreja con los labios y lo estrecho todavía más entre mis brazos. ¿Cómo he conseguido engañarme a mí misma durante tres días? Lo elegiría a él una y otra vez.

—No estoy embarazada —digo con tristeza.

—Mmm, vale. —Su voz suena demasiado tranquila y no puedo mirarlo a los ojos cuando lo suelto y me deja en el suelo. Me balancea con cuidado.

—Quería estarlo —digo con una voz sofocada por la emoción al admitir la verdad a la vez que intento deshacerme de la decepción—. Ya había pensado cómo sería la habitación del bebé, tendría un móvil para desarrollar su cerebro y juguetes de estimulación sensorial, y unas mariposas pintadas en la pared.

—Qué bonito —responde con voz ronca.

Lo miro y veo los detalles en los que no había reparado antes. Lleva los pantalones de jugar al fútbol, una camiseta blanca transpirable y tiene el pelo… Sonrío un poco. Lo lleva hecho un desastre, despeinado en todas las direcciones. Me mira serio, con la cabeza agachada, pensativo e indeciso. Parece afligido y tiene la cara más delgada. ¿Es posible? Han pasado tres días. Le acaricio el rostro con los dedos, siguiendo los detalles.

—¿Te habías asustado mucho?

Exhala lentamente y se le vacía el pecho.

—Lo suficiente como para haberle regalado un pase de temporada a un policía.

—¿Tenías miedo?

Las pestañas le acarician las mejillas y la emoción le impide hablar.

—No por mí. Yo puedo hacerme cargo de un bebé, pero no quería que nada te alejara de tu sueño.

Lo miro y nuestros ojos se encuentran. Ay, Devon.

Las lágrimas me hacen un nudo en la garganta, pero me libro de ellas y consigo decir:

—Devon, tú eres mi sueño. Eres lo que más quiero en este mundo. Quiero estar contigo, y tener bebés y una casa en el campo. El CERN no es nada en comparación. Puede que lo sea en el futuro, invitan a profesores a dar clases durante temporadas, pero Suiza no se va a mover del mapa. Tú eres mi presente. Eres mío y yo soy tuya. Aquella mañana en el armario describiste la vida que quiero tener contigo hasta el último detalle. —Cierro los ojos y recuerdo sus palabras—. Quiero estar contigo y tener una vida por la que valga la pena vivir, feliz y bonita. Quiero estar en todos tus universos.

Hago acopio de fuerzas y le digo la cita de Einstein, y él me escucha con atención, me observa el rostro con sus preciosos ojos verdes sin dejar que se le escape ni un detalle.

—Sin ti, solo sería una sombra de lo que fui —susurro.

Aprieta las manos y acerca su cabeza a la mía. Me besa con el anhelo reprimido de estos tres últimos días.

—¿Estás segura? Yo… —Se le quiebra la voz—. Estos días que he pasado sin ti han sido desoladores, pero estoy dispuesto a tener una relación a distancia y ver si funciona…

Le tapo la boca con la mano.

—Me puse mala en cuanto Susan mencionó lo del CERN. Aunque me haya hecho falta hacerme una prueba de embarazo para darme cuenta. Te quiero muchísimo, Devon.

Suelta un suspiro largo y pesado, y veo que se le iluminan los ojos con esperanza. Apoya la frente sobre la mía.

—Haré que estés orgullosa de mí, nena; te haré feliz y te daré todo lo que quieras, te lo juro.

Me besa suave y lentamente.

—Bueno, ¿cuándo vamos a decirles a todos que no estás embarazada?

—Díselo tú y yo voy corriendo al coche.

Gruñe.

—Ahora tu madre no tiene la menor duda de que nos acostamos. No me atrevo ni a mirarla. Díselo tú.

—Vale. Tú les dices que, al final, no me voy, y yo, que no estoy embarazada. Lo del bebé va a ser una gran decepción —sentencio con melancolía.

—Ya habrá otros bebés —murmura con una voz dulce y sorprendida, como si le fascinara la idea, después de darme un beso embriagador—. Te quiero, Giselle.

—Soy tuya, Dev.

El hilo grueso y rojo del destino nos envuelve.

Salimos por la puerta cogidos de la mano. Un futuro totalmente nuevo nos espera.

Epílogo

Devon

Unos cuantos años más tarde

Me despierto y la busco, pero no la veo, y siento una pequeña punzada de decepción hasta que miro hacia el tragaluz del techo y rompo a reír. Conociéndola, lo más probable es que se haya escondido para darme un susto de muerte o que esté trabajando.

Me doy una ducha en el cuarto de baño de nuestra casa, la que construimos en la granja después de casarnos. Pongo la cabeza bajo el chorro de agua y hago memoria de aquel día. La recuerdo con su vestido blanco, su anillo de amatista rodeada de diamantes y el collar de perlas de su abuela, y me acuerdo de su mano, posada sobre la mía mientras recitábamos nuestros votos en la iglesia de su madre. Fue un día de abril perfecto. Ella estaba haciendo el doctorado y yo me moría de ganas de hacer oficial lo nuestro.

Mi padre vino a la boda sobrio. Unos meses después de que se marchara de Nashville, regresó, vino a mi ático a visitarnos a Giselle y a mí, y rompió a llorar. Creo que se dio cuenta de lo feliz y satisfecho que estaba, del amor tan fuerte que sentía por una mujer que me correspondía con la misma adoración. Vio que tenía una relación real en la que se mezclaban la admiración y la devoción, el respeto y el compromiso. Él nunca había tenido algo así. Al final, unos cuantos meses después, me dejó que le pagara el centro de desintoxicación, se rehabilitó y volvió a instalarse en su casa. Es un hombre hecho y derecho, y se está abriendo camino en la vida. Puede que recaiga, sí, pero lo abordaremos todos juntos con Giselle y nuestra familia.

Entro en nuestro armario espacioso y, cuando no encuentro a mi mujer, a la que tanto le gustan las máscaras, niego con la cabeza.

—Se está relajando —murmuro.

Me pongo unos pantalones de chándal y una sudadera, y camino por el pasillo hasta la puerta de la habitación del bebé. La abro tan silenciosamente como puedo, entro de puntillas y me acerco a Gabriel Kennedy, nuestro hijo de un año. Se chupa el dedo. Lo tapo con las sábanas y me siento feliz.

Salgo del cuarto y me dirijo a la cocina iluminada en su búsqueda. No está en la sala de estar, que da a las colinas onduladas de Daisy. Empiezo a ponerme nervioso cuando saco las fotos del cajón del escritorio. Me muero de ganas de enseñárselas. Me calzo unas zapatillas de deporte, salgo por la puerta y corro hacia su despacho, que decidimos colocar en el granero en el momento en el que construimos la casa.

Abro las puertas correderas y lo primero que veo es un atisbo de su tatuaje. Le asoma por los vaqueros de pitillo cuando Giselle alarga el cuerpo para llegar a una estantería, donde está organizando sus libros. Mi chica ha escrito tres libros superventas. Sonrío. Siempre supe que lo conseguiría. Tiene el monitor del bebé al lado del portátil y oigo los suaves ronquidos de Gabriel. Me acerco con sigilo, me pongo detrás de ella y le beso el cuello, y ella se derrite contra mi cuerpo y enreda las manos en mi pelo.

—Me has dejado solo —gruño.

—Es que tengo que trabajar antes de que se despierte el bebé. —Ríe y se da media vuelta. Lleva el pelo suelto y de color dorado y plateado. Se lo ha teñido de muchos tonos diferentes, pero mi favorito es su color natural.

Me da un beso y me pierdo en ella de nuevo, como la primera vez que nos besamos.

—Tengo una cosa para ti —digo sin apartar los labios de los suyos.

—Y ni siquiera es mi cumpleaños. ¿Es lo que tienes debajo del pantalón?

—Eso siempre está a tu disposición. —Me pongo nervioso cuando le enseño las fotos y las esparzo por el escritorio.

Suelta un grito ahogado.

—Devon... ¿es una... villa? —Se queda en silencio y señala con el dedo la siguiente foto—. Y esta... ¿dónde está?

—Es un apartamento en el barrio de Saint-Jean, muy mono, vale unos tres millones. Tiene casi cuatrocientos metros cuadrados y una piscina con vistas al lago. El de la inmobiliaria me ha dicho que las puestas de sol son espectaculares. —La rodeo con los brazos por detrás—. Aunque la villa es mi favorita, no llega a los cinco millones y tiene vistas a los Alpes, seis habitaciones, una cocina renovada y un jardín. Pero tú eliges.

Parpadea.

—¿Quieres comprar una casa que vale casi cinco millones en Ginebra? —pregunta con un tono incrédulo—. Sé que habíamos hablado del tema en broma, pero...

«Era una prueba, nena, y vi que se te iluminaron los ojos cuando lo mencioné».

—Tengo dinero de sobra, y tú también. Llevo la mejor vida que cualquier hombre desearía: una mujer preciosa, un bebé y tanto amor que, algunos días, cuando me despierto, miro a mi alrededor y pienso: «¿De verdad he tenido tanta suerte?».

—¿Una villa?

—Venga, nena, es un regalo. Te quiero comprar una segunda residencia en Ginebra. Si no te gusta ninguna de estas, podemos elegir otras e ir allí para decidir. —Hago una pausa—. Te quiero dar todos tus universos favoritos.

—Devon..., eres..., madre mía... Te quiero —dice con una voz atragantada cuando se gira.

Le doy un beso.

—Tienes el doctorado y Susan ya ha hablado con los del CERN...

—¿Cómo dices? Susan no me ha comentado nada. —Susan y ella se han hecho muy amigas. Giselle no es profesora a tiempo completo, porque prefirió impartir solo una clase a la semana hasta que Gabriel sea mayor. Viene a verme a todos los partidos que jugamos en casa y a la mayoría de los que jugamos fuera, siempre va con el portátil debajo de un brazo para poder escribir y con el bebé debajo del otro. Elena y sus dos hijas la acompañan.

—No la culpes a ella, esto ha sido cosa mía. Hemos hablado de cómo llevarte al CERN.

Abre la boca de par en par.

—Susan me dijo que les encantaría que fueras y conocieras a los investigadores, y que echaras un vistazo al sitio por dentro, que abrazaras el Gran Colisionador de Hadrones, que te enrollaras con él, lo chuparas… Aunque puede que eso te duela, pero tú haz lo que te ponga.

Niega con la cabeza.

Hago una pausa, esta parte me pone nervioso de verdad. Se lo he soltado así, sin más, y puede que me diga que no, aunque no pasaría nada, es solo que quiero que tenga todo lo que siempre ha querido.

—Ha mencionado que hay plazas vacantes de profesor sustituto para el semestre de enero a mayo. Es un trabajo temporal, que normalmente hacen los estudiantes, pero a ti se te da de miedo, nena. Los alumnos te adoran. La temporada de fútbol americano no habrá empezado todavía, así que Gabriel y yo podemos ir contigo cuando acabe el último partido eliminatorio en enero. —Arqueo la ceja y dejo que asimile las palabras un momento, ella abre la boca y la vuelve a cerrar.

—¿Y si no me dan el trabajo? ¿Qué vamos a hacer con una casa en Europa?

Me encojo de hombros.

—Pues será nuestra casa de vacaciones, la podremos alquilar y ganar pasta. Yo no puedo dedicarme siempre al fútbol, pero, mientras te tenga a mi lado, no me importa el país en el que vivamos. Podemos instalarnos allí en el futuro, o andar yendo y viniendo de una casa a la otra. Es un lugar precioso para que escribas tu próxima novela. —Le enredo las manos en el pelo—. A donde tú vayas, iré yo.

Parpadea con los ojos cargados de lágrimas.

La beso suavemente.

—Puedes invitar a tu madre y a tu tía. Estoy segura de que querrán pasar una temporada allí. Jack, Elena y las niñas, Topher y Quinn, Aiden, Myrtle y John, mi padre…, llenaremos la casa. Podemos salir por allí e ir a ver la ciudad, y, si no quieres el trabajo, aunque estoy convencido de que te lo darán con los ojos cerrados, pues entonces hacemos una visita normal y corriente, y te cuelo en la sala con el acelerador de partículas.

—Estás como una cabra —dice y sonrío al ver el brillo de la ambición en sus ojos.

—Qué va, es solo que estoy enamorado de la mujer más inteligente y preciosa del mundo.

Se echa a reír.

—No puedo ser más feliz. No necesito una villa —responde mirando las fotos— ni ir al CERN.

—Nena, te bajaría la luna si pudiera. Una casa en Europa no es nada en comparación.

Nos quedamos mirándonos unos segundos y sonrío con complicidad.

—Una mirada de nivel cinco. Sé lo que significa eso —digo antes de quitarle la camiseta por encima de la cabeza—. Alguien desea mi cuerpo.

Cinco minutos después, estamos desnudos y rodamos hacia un lado de la habitación, donde tiene una gran cama cómoda que puso en el granero para situaciones como esta. La miro, tumbado encima de ella y le pongo las manos por encima de la cabeza mientras me introduzco en su interior y la beso. Me susurra que acepta la casa y que se pensará lo del trabajo. Me echo a reír y le prometo que siempre estaré a su lado, donde quiera que esté, y que siempre tendrá mi corazón, mi alma, mi todo.

Bibliografía

Carroll, Sean. *The Big Picture: On the Origins of Life, Meaning, and the Universe Itself.* Nueva York: Penguin Random House, 2017.

Greene, Brian. *The Elegant Universe: Superstrings, Hidden Dimensions, and the Quest for the Ultimate Theory.* Nueva York: W. W. Norton & Company, 2003.

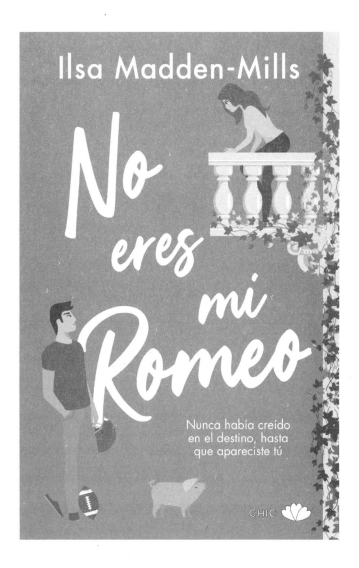

Chic Editorial te agradece la atención dedicada a
No eres mi alma gemela, de Ilsa Madden-Mills.
Esperamos que hayas disfrutado de la lectura
y te invitamos a visitarnos
en www.chiceditorial.com,
donde encontrarás más información
sobre nuestras publicaciones.

Si lo deseas, también puedes seguirnos
a través de Facebook, Twitter o Instagram
utilizando tu teléfono móvil
para leer los siguientes códigos QR: